Marlis Straub · Insel der Kindheit

Marlis Straub

Insel der Kindheit

Roman

Langen Müller

Für Michael

1. Auflage 1979

Schutzumschlaggestaltung: Zembsch' Werkstatt, München
Satz: VerlagsSatz Kort GmbH, München
Druck: Druckerei Jos. C. Huber, Dießen
Printed in Germany 1979
ISBN 3-7844-1776-0

1.

Ein Zug fuhr durch die norddeutsche Tiefebene. Ein D-Zug. Nicht so rasant wie heute waren die Züge in jener Zeit, und manchmal machten sogar Schnellzüge an kleineren Stationen Halt. Jedenfalls hielt dieser Zug auch in der Stadt, in der Tando lebte. Tante Dora, wie sie richtig hieß. Als Kind hatte Ditha ihren Namen verkürzt, seither war sie für die ganze Familie und darüber hinaus eben Tando.

Familie Wieland liebte Tando trotz allem, was immer man über sie reden mochte. Sie war nämlich das sprichwörtliche schwarze Schaf, eine Tatsache, die sie allerdings geradezu mit Genugtuung zu erfüllen schien. Tando hatte nämlich – was soll man da groß drumherumreden – einen zumindest in jener Zeit noch unüblichen Männerverschleiß. Den hatte übrigens auch Tante Irene, allerdings mit dem gravierenden Unterschied, daß ihr die Männer nacheinander hinwegstarben. Wohlgemerkt, legitime Ehemänner mit legitimen Todesarten, was man von Tandos Männern leider nicht sagen konnte. Ihre Männer waren nicht legitim. Sie starben auch keinesfalls, sondern waren entweder eines Tages von selbst verschwunden oder wurden abgelegt. So genau erfuhr man das nie, denn Tando lebte ja nicht in Annes Stadt, sondern tauchte immer nur sporadisch und unangemeldet auf, dann wenn sie seelischen Zuspruch benötigte. Dann stand sie plötzlich vor der Tür,

in barocker Pracht, mit dem augenzwinkernden Charme einer Bacchantin – sie liebte gutes Essen und fruchtige Weine, die Liebe und alle sonstigen Genüsse dieser Welt. Sie stand also da und weinte. Aber das hatte weiter nichts zu bedeuten und war keinesfalls der Ausdruck irgendeines Kummers. Ihre Tränen waren einfach das Übermaß an Empfindung. Anne hatte sie bei vielen und überhaupt keinen Anlässen weinen sehen. Ihre Tränen traten immer dann in Aktion, wenn Worte allein nicht mehr ausreichten. Wie gesagt, sie stand da, unangemeldet wie Sommerregen, und Anne, die ihr die Tür geöffnet hatte, wurde schwungvoll emporgehoben und an ihre üppige Brust gedrückt. »Wie groß du geworden bist«, rief sie mit tränenerstickter Stimme, und Anne versank in vollbusige Warmherzigkeit, wurde hochgetragen von einer Woge allesumfassender Liebe und fühlte sich über die Maßen wohl ...
Jetzt aber saßen sie in diesem Zug. Anne dachte an Tandos Geburtstag, zu dessen Anlaß sie die Reise angetreten hatten. Natürlich war da auch ein Hausherr, zu dem Anne auf Tandos Geheiß Onkel sagen durfte. Onkel ohne Namensbezeichnung, das vereinfachte die Sache erheblich. Annes Mutter verhielt sich zunächst diplomatisch und übersah die Anwesenheit dieses neuen Onkels geflissentlich, während Ditha ihn mit dem unverhohlenen Interesse ihrer siebzehn Jahre begutachtete. Er seinerseits ignorierte sämtliche verwandtschaftlichen Reaktionen auf sein Vorhandensein und wickelte alle in die Zuckerwatte einer unermüdlichen und entwaffnenden Aufmerksamkeit. Beflissen legte er Mutter

ein Kissen in den Sessel und Anne die besten Tortenstückchen auf den Teller. Vor allem aber umgab er Tando mit jener werbenden Galanterie, wie sie die Illegitimität verleiht. Übrigens sollen sich die meisten ihrer Gefährten durch Liebenswürdigkeit ausgezeichnet haben, was zweifellos ihrem veredelnden Einfluß zuzuschreiben war. Man mutmaßte, daß Tando ihren Auserwählten eine angemessene Frist zur Persönlichkeitsentfaltung zugestand. War diese abgelaufen und die betreffende Person hatte die in sie gesetzten Hoffnungen nicht erfüllt, wurde sie erbarmungslos gefeuert – so tuschelte man jedenfalls im Familienkreis.

Das alles erfaßte Anne selbstverständlich noch nicht, vielmehr hielt sie sich an die Sahnetörtchen. Was sie jedoch durchaus spürte, richtig körperlich spürte als permanentes Wohlbehagen, war die Fröhlichkeit, die an jenem Geburtstag epidemisch um sich griff. Sie hockte in allen Winkeln der kleinen Wohnung, nistete sich ein und schien selbst die Gegenstände zum Schwingen zu bringen.

Tando hatte viele Freunde und alle, alle kamen – Gott allein weiß, wo und wie sie alle Platz fanden. Freude feierte Triumphe und Anne saß auf tausend Schößen, empfing tausend Küsse.

Auch Ditha empfing einen Kuß, und zwar vom Hausherrn, vermutlich im Überschwang der allgemeinen euphorischen Stimmung. Aber dieser Kuß hatte eine verblüffende Wirkung. Der Hausherr, Annes neuer Onkel, erhielt als Antwort auf diesen Kuß zwei Ohrfeigen. Eine von Ditha und die andere von Tando, beide kamen sehr prompt und beide waren sehr präzise gezielt. Anne verstand die Welt nicht mehr und ließ sich von ihrer Mutter, die genau diesen Augenblick für angemessen erachtete, sie ins Bett zu stecken, widerspruchslos abführen.

Mit angehaltenem Atem lag sie in der plötzlichen Dunkelheit und grübelte über die verheerende Wirkung eines Kusses nach, bis das Singen und Gelächter des Festes, das durch jenen Kuß und die beiden Ohrfeigen offenbar nichts von seinem Glanz eingebüßt hatte, sie in den Schlaf schaukelten.

Der nächste Morgen war eine einzige Tristesse. Wo war die Fröhlichkeit geblieben, die noch vor wenigen Stunden die Wohnung erfüllt hatte? Diese Wohnung, die jetzt wie ein verwüstetes Schlachtfeld aussah, mit einer Unzahl von Gläsern, leer oder mit dem trüben Satz stehengelassener Getränke, mit Brotresten, überquellenden Aschenbechern und hängenden Blumenköpfen.

Benommen tappte Anne durch dieses Chaos, betäubt von einem ekligen Geruch, der von den Wänden, den Gardinen, den Polstern, einfach aus allen Richtungen auf sie eindrang. Ihre Zunge klebte pappig am Gaumen. Als sie niemanden fand, der sich um sie kümmerte, trottete sie wieder ins Bett zurück. Erst jetzt bemerkte sie Ditha, die neben ihr lag. Hoffnungsvoll rüttelte sie an ihren Schultern, aber Ditha wehrte im Schlaf unwillig ihre Hand ab und drehte sich demonstrativ auf die andere Seite. So lag sie allein in der Dämmerung heruntergelassener Jalousien, atmete ganz flach die Schalheit der bis hierher vermieften Luft, wußte ja noch nichts

von dem Preis einer durchfeierten Nacht, lag nur da, stocksteif, verwirrt und ein bißchen traurig.
Eine Ewigkeit später rief die Mutter: »Wollt ihr denn nicht aufstehen, ihr Langschläfer? Beeilt euch, wir wollen einen langen Spaziergang machen!«
Tatsächlich mußte Anne noch einmal eingeschlafen sein. Sie rieb sich verstört die Augen und ließ sich von Ditha beim Waschen und Ankleiden helfen.
Das Frühstück verlief wortkarg, bis Tando erschien. Wohlig streckte sie ihre üppigen Glieder und murmelte etwas von einer wonnigen Nacht.
»Ja«, erwiderte die Mutter rasch, »es war wirklich eine hübsche Geburtstagsfeier.«
Als der Hausherr zum Vorschein kam, ein wenig unsicher und sichtlich benommen, waren sie bereits im Aufbruch begriffen.
Später stakten sie durch den Wald. »Mein Wald«, sagte die Mutter, denn sie hatte ihre Kindheit hier verlebt und Sehnsucht nach ihrem Kinderwald gehabt. Doch er mußte sich sehr verändert haben, denn sie verirrten sich, liefen kreuz und quer durch einen graublauen Tag, zwischen kahlerstarrten Bäumen und drohenden Wacholdergruppen. Nebel bauschte sich rauchig um verkrüppelte Kiefern. Raben schwärzten aufschreiend die milchige Höhe. Manchmal hoppelte ein Hase aufgeschreckt über ihren Weg.
Gegen Mittag quälte sich eine metallische Sonnenscheibe durch den Dunst. Ein Waldhüter wies ihnen endlich den Weg. Einen weiten Weg, wie sich später herausstellte. Anne ergriff die Hand ihrer Mutter, ließ

sie nicht mehr los, hatte Angst vor diesem Wald. Er war verzaubert, daran zweifelte sie keinen Augenblick, obwohl die Mutter versicherte, das gäbe es nicht und sie würden schon wieder hinauskommen. Aber Anne sah doch genau, daß sie immer den gleichen Weg gingen. Immer den gleichen.

Auf einmal wurde es hell. Licht zitterte in die Winterlichkeit, und plötzlich war der Wald zu Ende. Ein Wunder war geschehen. Geblendet blinzelten sie in die Sonne, weit lag das offene Land vor ihnen. Birken umsäumten den Weg, winterlich bereift noch, aber schon goldumrandet von langfingrigen Strahlen. Die dünne Eisdecke auf den Wasserlachen zersplitterte unter ihren Schritten, und der Bach, der den Weg eine Strecke begleitete, konnte endlich wieder schwatzen. Die Mutter brach einen Zweig von einer Weide. »Schaut nur, die ersten Kätzchen, jetzt wird es Frühling!«

Doch der Tag war noch kurz und fast schon zu Ende, als sie etwas später im Zug saßen.

Anne kauerte in der Ecke des Abteils, müde von dem langen Weg durch Mutters Wald. Telegrafenmasten flitzten am Fenster entlang. Häuser flogen vorbei und Bäume. Schatten durchblauten die Dämmerung, sahen unheimlich aus, wie Tiere aus Märchenbüchern oder Träumen. Schon entfernten sich die Stimmen von Mutter und Schwester, wurden undeutlicher und immer leiser. Bis der Schlaf sie aufsog.

Als sie erwachte, standen Lichter vor dem Abteilfenster. Ein Bahnhof. Sie preßte ihre Nase gegen die Scheibe und beobachtete die Menschen, die den Zug verließen

und ihre Koffer über den Bahnsteig schleppten. Wie verschwommen sie aussahen. Wie unheimlich, wenn sie von der breiten Treppe hinabgezogen wurden.
»Du kannst ja gar nichts sehen«, sagte die Mutter und wischte mit dem Taschentuch die beschlagene Scheibe. Bunte Bilder auf einmal. Ein Zeitungsverkäufer. Eine Dame mit einem großen Hut, von der eine riesige Feder herunterwippte. Das sah lustig aus. Lustig und aufregend, weil diese schwarzfächernde Feder immer nur einen Teil ihres Gesichts freiließ.
Vielleicht war sie einäugig? Fasziniert folgte Anne dem Spiel der weichgeschwungenen Feder im Rhythmus der Bewegung. Sah einen Mund, ein Profil, das Ohr, von einer hellen Locke umkräuselt, und ein Auge. Immer nur ein Auge. Lauter Einzelteile, kein Gesicht. Sie kniete auf der Bank und starrte die Dame durch das Fenster an, hellwach jetzt. Keine Sekunde ließ Anne sie aus den Augen, wollte um jeden Preis die Einzelteile zusammengesetzt sehen. Nur einen winzigen Augenblick. Sie mußte einfach wissen, ob sie einäugig war, ob sie überhaupt ein Gesicht hatte.
Jetzt drehte sie Anne den Rücken zu – eine fremde Dame im Pelz. Sie erschien ihr groß. Von hinten sah sie nur die flaumigen Federspitzen über die Stirn und ein Auge, immer nur ein Auge, zittern, wenn sie den Kopf nach rechts und nach links drehte, wartend, suchend. Jetzt kam ein Mann über den Bahnsteig auf die Dame zu, an jeder Hand ein Kind. Ihre Stimmen begrüßten und vermischten sich, lebhaft und helldurchdringend die Stimmen der Kinder, besonders die des kleinen

Mädchens. Aber Anne achtete nicht so sehr auf sie, war immer noch mit der Dame ohne Gesicht beschäftigt und dieser merkwürdigen Feder, die das Geheimnis einfach nicht preisgeben wollte.
Plötzlich war die kleine Gruppe verschwunden, eingestiegen in den Zug. Annes Blicke reagierten nicht so rasch, irrten noch suchend um den leeren Platz, hakten sich dann gleichgültig an den Würstchenwagen. Dampf stand in der kalten Nachtluft, als der Deckel des Behälters geöffnet und eine lange, heiße Wurst mit einer Holzzange herausgefischt und auf einen Pappteller gelegt wurde. Ein Mann biß in die Wurst. Er war hungrig, schlang und schlang, bis die Wurst nur mehr ein braunes, senfbekleckstes Ende war. Das Gesicht des Mannes war groß und viereckig. Als der Wurststummel hinter seinen breiten Lippen verschwunden war, stand sein Gesicht ganz nackt vor Annes Fensterscheibe. Einen Augenblick lang kreuzten sich ihre Blicke, bis er sich rasch abwandte.
Der Zug fuhr weiter. Lichter sprenkelten zurück. Wieder glitten Schatten vorbei – vielleicht Häuser, vielleicht Bäume, vielleicht Geister. Alles war unbestimmt. Nichts, woran man sich festhalten konnte. Die Mutter und Ditha unterhielten sich immer noch. Anne hörte undeutlich Namen, vernahm ihr Lachen, war ausgeschlossen. Blieb oft ausgeschlossen in der Welt der Erwachsenen, in der sie lebte.
Unbemerkt stand sie auf, verließ das Abteil, fand sich plötzlich auf dem halberleuchteten Gang des Zuges, blieb unentschlossen stehen, warf einen zögernden

Blick zurück auf die Mutter und machte sich auf den Weg ins Unbekannte. Kühn kam sie sich vor im Bewußtsein ihres verbotenen Tuns. Sie spähte in die erleuchteten Abteile und erstarrte, als sie plötzlich Kinderstimmen vernahm. Sie gehörten den Kindern vom Bahnsteig, das erkannte sie sofort. Kaum wagte sie zu atmen. Wie angeleimt stand sie zwischen zwei Abteilen, unfähig, einen Schritt weiter zu tun und in das Abteil zu schauen, in dem sie die Dame mit der Feder, den Herrn und die beiden Kinder wußte. Wieder vernahm sie die Stimme des Mädchens, hell, laut, womöglich ein bißchen schrill.

»Willi«, rief das Mädchen und redete weiter.

Willi, zwei fastweiße Silben. Ein Name. Ein simpler Name. Ein verkürzter dazu, abgeleitet von Wilhelm, dem Kaiser. Nichts Besonderes also. Schon gar nicht in jenen Jahren, die man später die goldenen Zwanziger nennen würde. Nichts, das einen aufhorchen ließ. Aber diese beiden Hellton-Silben, die einen Einfachnamen bilden, machten Klick. Natürlich wußte Anne das nicht. Stand ja nur da im Halbdunkel eines fahrenden Zuges, zaghaft, auch ein wenig ängstlich und auf geheimnisvolle Weise angezogen von den Menschen in diesem Abteil. Atemlos lauschte sie auf die helle Mädchenstimme, hörte sie immer wieder Willi sagen. Willi in allen Tonarten. Scheltend, lachend, schreiend hämmerte sich Willi in Annes Dasein. Und Anne stand ganz still.

Nach einer Ewigkeit löste sie ein Bein, dann das andere vom Boden und befand sich plötzlich vor dem hellerleuchteten Abteil. Das fremde Mädchen war auf einmal zum Greifen nahe, abgetrennt nur durch die Scheibe der Abteiltür. Es war ungemein lebhaft, sprach mit flinken Händen und wippenden Füßen, hatte braune Zöpfe. Wahrscheinlich ein hübsches Mädchen, vielleicht ein wenig älter als Anne. Neben ihm die Dame mit dem Federhut, sicher die Mutter. Sie hatte ihren Pelz abgelegt. Nicht aber ihren Hut, und so konnte Anne immer noch nicht erkennen, ob sie ein Gesicht hatte. Ihr gegenüber saß Willi. Doch auch ihn konnte sie nicht erkennen, denn er wurde von seinem Vater, einem großen, kräftigen Mann, fast völlig verdeckt. Nur das Mädchen und den Mann, von dem Anne annahm, daß es der Vater war, sah sie deutlich unter dem kalten Licht der Glühbirne. So sehr sie sich auch anstrengte, mehr zu erkennen, immer nur zeigte die Mutter einen halben Mund oder ein Ohr, die seitliche Nase und ein Auge. Zusammenhanglose Einzelteile, Sinnesorgane. Kein Gesicht. Die Mutter war lebhaft wie die Tochter. Während sie sich bewegte und ihren Kopf drehte, nickte oder lächelnd schüttelte, zeichnete die fächernde Feder sanfte Linien in ihr Gesicht, tuschte das Auge, beschattete die Stirn, doch nicht einmal gab sie es gänzlich frei. Und Willi? War er wirklich da? Doch. Da war das Bein eines Jungen für einen Augenblick erkennbar, als der Vater eine rasche Bewegung machte. Jetzt eine Jungenhand, die beim Sprechen plötzlich hervorschoß, sich zu einer Faust ballte und dann wieder hinter dem viel zu großen Vater verschwand. Auch sein Rücken wurde sichtbar, während der Vater sich für einen Moment bückte. Ein dunkelblau betuchter Rücken, durch den weißen, blaulitzigen Matrosenkragen ungemein belebt. Als das Mädchen einen Augenblick still war und die Eltern ebenfalls schwiegen, hörte Anne seine Stimme, leiser als die des Mädchens und viel bedächtiger. Da erst glaubte sie, daß es ihn wirklich gab.

Unvermutet erhob sich der Vater. Anne erschrack furchtbar, wollte weglaufen, verschwinden, auf alle Fälle unsichtbar sein. Aber sie war unfähig, sich von der Stelle zu bewegen, so groß war ihr Verlangen, Willi zu sehen. Ganz zu sehen, richtig zu sehen, überhaupt zu sehen. Doch diese seltsame Familie war wie verhext, schien nur aus Bruchstücken zu bestehen. War gar keine Einheit, war womöglich überhaupt keine richtige Familie. Für den Bruchteil einer Sekunde erkannte sie Willis Haare, braune Haare, nicht viel kürzer als ihre eigenen – nein sie sah ihn nicht in voller Statur. Eine Hand legte sich auf ihre Schulter. Erschreckt zuckte sie zusammen.

»Hier steckst du«, rief Ditha erleichtert, »und ich habe dich schon überall gesucht!« Sie zog Anne einfach fort, sehr energisch, wenn auch nicht böse. »Du zitterst ja am ganzen Körper«, schalt sie, »bestimmt wirst du dich in dem zugigen Gang erkältet haben.«

Anne ließ sich auf die Bank fallen, ganz elend und schrecklich müde.

»Wir sind bald zu Hause«, tröstete die Mutter.

»Willi ist auch im Zug«, sagte Anne leise.

»Willi?« Die Mutter und Ditha sahen erst sich und dann Anne erstaunt an. »Wer ist Willi?«

»Er wohnt in unserer Stadt.« Anne blickte aus dem Fenster den Schatten nach.
»Aber woher kennst du ihn denn«, wollte die Mutter wissen.
»Aus unserer Straße.« Anne war müde. Sie antwortete mechanisch, wollte die Frager loswerden, sagte einfach, was ihr gerade in den Sinn kam.
»Aus unserer Straße«, wiederholte die Mutter, »dann müßte ich ihn auch kennen. Wie heißt er?«
»Willi.« Sie war so müde.
»Willi! Willi heißen viele – ich meine seinen Nachnamen. Du hast doch auch einen Vor- und einen Nachnamen. Sag mir, wie du heißt!«
»Anne Wieland.« Warum hörte sie nicht auf.
»Siehst du, dein Vorname ist Anne und dein Nachname Wieland. Jeder Mensch hat einen Vor- und einen Nachnamen. Weißt du nicht, wie dein Willi heißt?«
»Natürlich weiß ich das«, murmelte Anne schläfrig, »er heißt Willi Sonntag.«
»Sonntag«, rief die Mutter verblüfft, »aber diese Familie gibt es gar nicht in unserer Straße. Du mußt dich verhört haben.«
»Nein«, beharrte Anne, »er heißt Willi Sonntag.«
»Heute ist Sonntag«, fiel Ditha ein. »Vielleicht wohnt dieser Willi Sonntag im Offiziershaus.«
»Ja, das ist möglich«, überlegte die Mutter, »dort ist vor kurzem eine Familie eingezogen. Ich sah den Möbelwagen vor der Tür.«

Die Stadt, in der Familie Wieland lebte, war eine Beamten- und Residenzstadt. Ihrem Haus gegenüber wohnten mehrere Offiziere mit ihren Familien, weswegen das mehrstöckige Gebäude Offiziershaus genannt wurde. Da besonders die jüngeren Offiziere oft versetzt wurden, wechselten in jenem Offiziershaus die Mieter viel häufiger, als es sonst in der Stadt zu jener Zeit üblich war. Sie war ja nicht groß, diese Stadt. Übrigens eine schöne Stadt. Wenn Anton morgens seinen Choral vom schlanken Kirchturm blies – viermal in alle Himmelsrichtungen – dann erwachte das Leben in dieser kleinen Stadt. Die Fenster der alten Fachwerkhäuser öffneten sich, eiserne Ladengitter wurden hochgezogen. Schon hatten die Bäckerjungen die Brötchen ausgetragen und die Bauern aus dem Hinterland ihre Stände auf dem Markt aufgebaut. Beamte gingen in ihre Ämter – viele Beamte in viele Ämter, Rechtsanwälte in ihre Kanzleien. Mehr Rechtsanwälte als in anderen gleichgroßen Städten, denn das Oberlandesgericht befand sich nicht in der Landeshauptstadt, sondern in eben dieser Stadt. Wenn Anne mit ihren Eltern spazierenging, grüßten sie viele Menschen im Vorübergehen, und die Leute in ihrer Straße, von denen viele ihr ganzes Leben dort verbrachten, kannten einander recht genau.

Auf dem Bahnsteig erwartete sie der Vater. Anne erblickte ihn schon von weitem, denn er war groß und für sie der schönste Mann, den sie sich vorstellen konnte. So etwas wie der jüngere Bruder vom lieben Gott. Er hob sie hoch und sie vergaß Willi, jedenfalls für einen Augenblick. Doch als sie sich zum Gehen wandten, reckte sie sich und versuchte, an den Abteilfenstern Willi zu erkennen oder wenigstens die Dame mit dem Federhut, die sie für seine Mutter hielt. Eben setzte der Zug sich wieder in Bewegung. Langsam rollten die Abteile vorbei, aber sie waren leer oder voll fremder Menschen. Auch auf dem Bahnsteig kein Willi. Ganz elend stolperte Anne neben ihrem Vater her. Ihr einziger Trost war seine große, warme Hand, die ihre kalten Finger umschloß.

»Sie ist müde«, sagte die Mutter. Da hob der Vater sie hoch und trug sie die Treppe hinunter. Eine schier endlose Treppe und ein endloser Bahnhof.

Als sie endlich draußen waren und der Vater Anne behutsam absetzte, sah sie Willi. Nein, nicht den ganzen Willi, sondern eigentlich nur den weißen Matrosenkragen auf seinem Rücken, dann das eine und das andere Bein, als er in eine wartende Pferdedroschke stieg und ganz zum Schluß seine Hand, die sich vom Türgriff löste. Anne starrte in die Droschke, wünschte so sehr nur einmal, nur ein einziges Mal, den ganzen Willi oder wenigstens seinen Kopf zu erkennen, aber dann schob sich das Gesicht seiner Mutter davor. Nicht ihr Gesicht, denn sie hatte immer noch keines – nur ein halber Mund, ein sehr klares Nasenprofil, ein Auge und eine wundersame Feder, die weichfächrig von einem riesigen schwarzen Hut herunterrieselte und die das letzte war, das Anne sah, bevor der Wagen davonfuhr.

»Willi!«

»Das war Willi?« riefen Mutter und Ditha.

»Ja«, triumphierte Anne, »das war Willi.«

»Woher kennt ihr die Leute«, fragte der Vater überrascht, »ich habe sie nie gesehen.«
»Sie wohnen uns gegenüber im Offiziershaus«, berichtete Ditha eifrig, »erst vor kurzem sind sie eingezogen. Anne kennt den Jungen aus dem Kindergarten.«
»Merkwürdig, ich hätte den Mann nie für einen Offizier gehalten.«

Vielleicht war auch alles ganz anders, diese Reise zu Tando, ihr Geburtstag, der verzauberte Wald und die Rückfahrt. Bestimmt hatte diese Reise für die Mutter zum Beispiel eine andere Bedeutung und für Ditha wieder eine andere. Für Anne aber waren es die ersten Bilder, die in ihr Bewußtsein gestanzt wurden. Natürlich nicht die ersten Eindrücke – die kommen früher, wie man weiß, doch sie bleiben unbewußt, verschwimmen mit der Zeit oder werden, wenn belastend, womöglich verdrängt. Diese Reise aber, Annes erste Reise, würde ihr die ersten Bilder ihres Lebens liefern, jederzeit als Erinnerung zur Verfügung stehen. Oder andersherum: Annes Lebensfilm begann mit Willi.
Willi, ein fremder Junge aus einer fremden Familie. Einer seltsamen Familie. Mehr das Fragment einer Familie und als Gesamtbild für ein Album gänzlich ungeeignet. Immer in Bewegung, lauter Einzelteile: Die sanftfächernde Hutfeder der Mutter, der breite Rücken des Vaters, die Zöpfe des Mädchens und von Willi, ach von Willi eine geballte Faust, und wenn man es genau nahm nur ein weißer, blaubelitzter Matrosenkragen. Diese Familie war wie ein halbfertiges Puzzle.

2.

Anne war in eine Welt von Erwachsenen geraten. Kein Wunschkind, eher ein Mißgeschick, aber das erfuhr sie erst viel später, als sie selbst schon erwachsen war. Doch selbst dann schmerzte es noch zu hören, daß ihr Erscheinen in dieser Welt alles andere als überschwenglich begrüßt worden war. Immerhin entwickelte sie sich durchaus normal. Das war nicht weiter erstaunlich, denn sie wuchs in der Geborgenheit einer Familie auf und wurde von dieser – erst einmal vorhanden – geliebt, sogar ein wenig verwöhnt.

Zur Zeit jener denkwürdigen Reise waren Annes Schwestern nahezu erwachsen. Ingrid, ihre älteste Schwester, tauchte immer nur sporadisch zwischen zwei Pflegen zu Hause auf. Sehr blond, etwas schwerfällig, von betulicher Mütterlichkeit, war der Beruf einer Säuglingsschwester für sie wie maßgeschneidert. Ditha ging noch zur Schule. Sie hatte viele Freundinnen, mit denen sie unentwegt tuschelte und kicherte. Wenn sie von der Tanzstunde kam, wurde sie von rotbemützten jungen Männern begleitet.

Du bist sehr hübsch geworden, hatte Tando bei ihrem letzten Besuch geäußert. Aus ihrem Munde gesprochen, bedeutete das Anerkennung, fast so etwas wie ein Ritterschlag. Jedenfalls faßte Anne diese Feststellung so auf, und ihre heimliche Bewunderung für Ditha wurde durch sie sozusagen gerechtfertigt. Aber leider hatte

auch Ditha wenig Zeit für ihre kleine Schwester. Ständig hatte sie irgend etwas vor, immer war sie in Bewegung. Manchmal in heftiger Bewegung, zum Beispiel, wenn sie Charleston übte. Verblüfft verfolgte Anne den Lernprozeß, das seitliche Wegwerfen der Beine, die Rhythmik eines Tanzes, der brandneu war, wie Ditha sich ausdrückte. Er mußte ansteckend sein, dieser Tanz. Schon zuckte es in ihren Beinen, schon versuchte Anne, sie wegzuschnippen, doch das war viel schwerer, als sie geglaubt hatte. Ihre Beine schienen Beine von jenen Puppen zu sein, deren Glieder mittels dünner Fäden bewegt wurden, ungelenk, staksig. Fast hätte sie aufgegeben, als sie plötzlich merkte, daß die erstrebte Bewegung aus dem Kniegelenk kommen mußte.
»Ja«, rief Ditha, »jetzt hast du den Dreh heraus!«
Anne übte, wenn sie sich unbeobachtet glaubte, ahmte ihre große Schwester nach, schmiß die Beine wie sie, gefiel sich in den gleichen Verrenkungen, trällerte ›wer hat denn den Käse zum Bahnhof gerollt‹, anstatt mit Reifen und Kreisel zu spielen.
»Anne muß in den Kindergarten«, bestimmte die Mutter, die sie eines Tages bei solchem Tun überraschte, »es ist nicht gut, wenn sie nur unter Erwachsenen aufwächst.«
Von nun an teilte sich ihr Leben in der morgendlichen Gemeinschaft des Kindergartens und den Nachmittagen, die sie wie bisher verbrachte, nämlich unter Erwachsenen oder allein. Oft allein, denn in ihrem Haus gab es keine Kinder außer ihr.
Es war ein schönes Haus mit vielen Ecken und Winkeln

und voll Atmosphäre. Als die Eltern es erworben hatten, war es schon nicht mehr jung gewesen. Im Laufe der Jahre, längst vor Annes Erscheinen, war es zivilisiert worden mit elektrischem Strom und später mit Badezimmern, doch äußerlich hatte es sein Gesicht bewahrt. Ein zeitloses altes Haus, holzverschalt und mit einem Obergeschoß niedriger als die meisten Häuser der Straße, aber sehr breit und viel geräumiger, als man von außen vermuten konnte.
Außer Wielands wohnten noch zwei Familien im Haus, aber beide Ehepaare hatten bereits erwachsene Kinder, die nicht mehr bei ihnen lebten. Herr Storch, ein Finanzbeamter, war Anne eher unheimlich, obwohl er nicht ohne Freundlichkeit war. In gleichmäßigen Abständen spielten sich nämlich merkwürdige Dinge oben im Haus ab. Es begann gewöhnlich mit Rumoren, das wie Möbelrücken oder das Umkippen schwerer Gegenstände klang. Bei diesen Geräuschen pflegten die Eltern einen bedeutungsvollen Blick auszutauschen, aber das merkte Anne erst im Laufe vieler Wiederholungen. Sie wurden lebhaft, und Mutter begann zu singen. Nun war sie eine Frohnatur und trällerte oft während der Arbeit vor sich hin, so daß Anne ihr Verhalten zunächst nicht auffiel. Plötzlich schepperte es.
Der Gesang der Mutter verstummte jäh. Mit angehaltenem Atem verfolgten sie den Fortgang jener akustischen Darbietung, die aus Storchs Wohnung drang und die gleichbedeutend mit vielen Scherben war. Wielands Haus war solide gebaut und durchaus nicht hellhörig, doch die Stimme des Herrn Storch, die das Scherben-

klirren überjolte, nahm Besitz noch vom allerletzten Winkel. Da half weder der verstummte Gesang der Mutter, noch das Zuhalten der Ohren, da gab es einfach kein Entrinnen. Was immer dieser Mensch in den Monaten seit seiner letzten Entladung an Aggressionen, Ärger und Enttäuschungen aufgespeichert haben mochte – nun entlud es sich. Entlud sich mit geradezu elementarer Gewalt und selbstverständlich auf dem Haupte seiner Frau, die er ›du listige Schlange‹ nannte. Ein Vergleich, der so unpassend wie nur etwas war, denn Frau Storch war ein unscheinbares, verschüchtertes Wesen, mausegrau, um beim Tiervergleich zu bleiben. Wenn sie am nächsten Morgen die Scherben in den Mülleimer trug, drückte sie sich verschämt an der Hauswand entlang, krampfhaft bemüht, sich unsichtbar zu machen.

Wenn Herr Storch ›du listige Schlange‹ schrie, erhob sich der Vater und begab sich nach oben. Kurz darauf wurde es schlagartig still. Eine ganz und gar unglaubwürdige Stille, beklemmend und ungeheuerlich. Anne dachte jedesmal nun sind sie alle gestorben. Angst kroch in ihr hoch, lähmte ihre Glieder. Sie starrte auf die Zimmertür, durch die ihr Vater verschwunden war und die plötzlich immer größer wurde. Immer größer. Eine riesige, absolut leere Fläche.

Auf einmal war der Vater wieder da. Er war der Stellvertreter vom lieben Gott, das wurde Anne spätestens in diesem Augenblick klar. Die weiße Leere war wieder eine ganz alltägliche Tür, Mutter murmelte die arme Frau und Ditha sagte Quartalssäufer. Sie spuckte dieses

Wort, das ein Schimpfwort sein mußte, mit einer Mischung aus Verachtung und latenter Wonne aus. Zurück blieb ein dumpfes Nichtbegreifen und eine permanente Assoziation von Storch und Schlange, die Anne nie mehr losließ.

Da hielt sie sich lieber an Tante Ella. Tante Ella hatte ebenfalls eine richtige Familie mit Mann, Sohn und Familiennamen, aber das erfuhr Anne erst später. Doch auch dann blieb sie für Anne eine Einzelfigur. Sie war keine Verwandte der Familie, sondern eine Nenntante, und die beiden waren einander herzlich zugetan in einer Art Ersatzverhältnis von Mutter und Kind. Anne ersetzte ihr die Tochter, die sie sich immer gewünscht hatte, während Tante Ella die Mutter vertrat, wenn diese keine Zeit für Anne hatte. Und es war Tante Ella, die Anne in ihre Obhut nahm, wenn Familie Wieland gelegentlich am Abend ausging. Kein Wunder, daß sie die erste war, der Anne von Willi erzählte, als sie eines Tages fragte, wie es ihr im Kindergarten gefalle.

»Manche Kinder sind frech«, stellte Anne fest.

»Das stimmt«, gab Tante Ella unumwunden zu, »aber du mußt dich einfach nicht um sie kümmern.«

»Das geht nicht, weil wir doch die ganze Zeit zusammen sind. Immer will Marga die schönsten Spielsachen für sich haben und schubst mich einfach zur Seite.«

»Unerhört!« Tante Ella legte ihr Nähzeug weg. »Was ist denn das für eine Marga – ich meine, wie heißt sie mit Nachnamen?«

»Weiß nicht, vielleicht Schneider oder so. Sie wohnt in der Gärtnerei.«

»Natürlich, das hätte ich mir denken können – genau wie die Mutter! Die drängt sich beim Kaufmann auch dauernd vor. Eine schnippische Person. Ich werde mit ihr reden.«

»Nein, Tante Ella, das brauchst du nicht. Willi ist doch da.«

»Willi?« Tante Ella blickte zu Anne hoch, die wie gewöhnlich auf der blumenbemalten Bauernkommode saß und die Beine baumeln ließ.

»Ja, Willi. Er hat zu Marga gesagt, daß er sie verhauen würde, wenn sie mich nicht in Ruhe ließe. Jetzt ist sie ganz nett zu mir, aber ich mag sie trotzdem nicht.«

»Welcher Willi?«

Sofort begriff Anne, daß Tante Ella den Nachnamen wissen wollte. Komisch, daß Erwachsene so viel damit anfangen konnten. Für sie, Anne, genügten Vornamen als Personenbezeichnung vollauf.

»Willi Sonntag.« Sie blickte Tante Ella in die Augen, graue, ein bißchen wässrige Augen, die ihre Empfindungen schlecht verbergen konnten. Jetzt zum Beispiel verdunkelten sie sich.

»Sonntag – das soll ein Name sein? Ich habe ihn noch nie gehört.«

»Willi kommt aus einer anderen Stadt«, sagte Anne rasch. Sie hätte auch sagen können ›er kommt vom Mond‹, denn für Tante Ella, deren ganzes Leben sich innerhalb der 30-Meilen-Grenze der Stadt abgespielt hatte, war dieser Unterschied minimal. Es schien sie auch nicht sonderlich zu interessieren, was außerhalb ihrer Stadt vor sich ging. Durchaus möglich, daß es in

einer anderen Stadt oder wo auch immer Menschen gab, die Sonntag hießen.
»Ach so«, nickte sie und Anne wußte sofort, daß sie Willi akzeptiert hatte. Nie wieder stellte sie Fragen nach seiner Herkunft, seiner Adresse oder sonstigen Merkmalen.
Ganz im Gegensatz zu Ditha, die Anne hinterrücks mit gezielten Fragen überfiel, wie »wohnt eigentlich dein Willi noch drüben im Offiziershaus« oder »war der kleine Junge, mit dem du gestern aus dem Kindergarten kamst, Willi?«
»Nein«, entgegnete Anne heftig, »das war nicht Willi. Willi ist hübscher und viel größer. Außerdem paßt er auf, daß die anderen Kinder mir nichts tun.«
»Pah«, machte Ditha, »was sollten die anderen Kinder dir denn schon tun. Wenn dein Willi wirklich so viel kräftiger und größer als andere ist, müßte er übrigens längst in die Schule gehen.«
Anne ließ sie einfach stehen. Sie fand, daß Ditha wirklich in einem schwierigen Alter war, wie sie die Mutter kürzlich hatte erwähnen hören. Andererseits konnte sie auch sehr lustig sein. Manchmal behandelte sie Anne sogar beinahe wie eine gleichaltrige Freundin. Einmal nahm Ditha sie sogar zum Bummel mit, der allabendlich zwischen sechs und sieben Uhr auf der Hauptgeschäftsstraße ihrer Stadt stattfand. Eine Einrichtung, die von einer Schülergeneration auf die nächste weitervererbt wurde. Die Mädchen flanierten einzeln oder zu mehreren die Straße auf und ab, während die buntbemützten Schüler in Gruppen beisammenstanden oder

rastlos auf ihren Fahrrädern durch die Straße kurvten. Als sie in die Hauptstraße einbogen, ging eine seltsame Verwandlung mit ihrer Schwester vor. Sie erschien Anne plötzlich viel größer. Ihre Bewegungen veränderten sich, wurden lebhafter. Ganz hoch trug sie ihren Kopf und die dunkelblonden Zöpfe schwangen auf der roten Samtjacke bei jedem Schritt hin und her. Kein Zweifel, daß sie meilenweit von Anne entfernt war. Aufregend, wie die Schüler, die Ditha Pennäler nannte, ihre Mütze vor ihrer Schwester zogen, worauf diese huldvoll ihren Kopf neigte. Obwohl Ditha sie an der Hand hielt, fühlte Anne sich gar nicht richtig da, trippelte in fünfjähriger, weißbestrumpfter Ratlosigkeit neben ihr her, bewunderte sie glühend.

Auf einmal stockte ihr Schritt, wurde langsamer. Sie beugte sich zu Anne herunter, strich mit dem Zeigefinger glättend über den Pony und flüsterte: »Der da auf dem Rad, das ist Rudi!« Während sie vor einem Schaufenster stehenblieben, deutete sie verstohlen nach vorne.

Annes Herz hüpfte ganz komisch. Auf einmal war sie gar nicht mehr weit weg. Vorsichtig äugte sie zu dem Jungen, der verwegen auf seinem Fahrrad thronte, einen Fuß auf dem Bordstein, mit der Schülermütze in der Hand. Groß war er und natürlich schon alt, aber trotzdem recht hübsch. Plötzlich spürte Anne ein Stück Papier in ihrer Hand.

»Gib ihm das, wenn wir an ihm vorbeikommen«, befahl Ditha.

Irgend etwas begann wie verrückt in ihr zu hämmern.

Wenn sie bloß nichts falsch machte! Vor Aufregung wäre Anne fast über den Fuß des Jungen gestolpert, als sie auf gleicher Höhe waren. Doch irgendwie fing sie sich wieder, wobei sie ganz mechanisch den Zettel auf die Schülermütze warf, die er immer noch gelangweilt in den Händen drehte. Natürlich fiel der Zettel auf die Erde. Blitzschnell bückte Rudi sich danach, während Ditha sie weiterzog.

Inzwischen hatten sie das Ende der Straße fast erreicht. Jetzt schien Ditha unheimlich viel Zeit zu haben. Sie bummelten, betrachteten sich die Auslagen der Geschäfte und blieben schließlich bei einem Mädchen aus Dithas Klasse stehen.

»Das ist Anne, meine kleine Schwester«, stellte Ditha sie vor.

»Ah so.« Ein gleichgültiger Blick und ein feuchtwarmer Händedruck.

»Wir haben Rudi gesehen«, sprudelte Anne hervor, »und ich habe ihm . . .«

»Sie spinnt«, unterbrach Ditha sie grob, und alles in ihr kippte zusammen.

»Rudi«, wiederholte das Mädchen gedehnt, »meint sie den Rudi . . .«

»Ach was«, sagte Ditha hastig, »sie spricht von einem Jungen aus ihrem Kindergarten, den wir getroffen haben.«

Fassungslos starrte Anne ihre große Schwester an, fühlte sich verramscht, wollte protestieren und schwieg doch in knallrotem Zorn.

Die Klassenkameradin blinzelte Ditha mißtrauisch an,

dann wanderte ihr Blick zu der kleinen Schwester, verweilte unangemessen lange und sagte: »Du, die Kleine ist eigentlich zu beneiden.«
»Wieso«, fragte Ditha verblüfft.
»Weil sie einen Pagenkopf hat. In den Großstädten lassen sich viele Frauen die Haare abschneiden. Sieht todschick aus; ich habe es in einem Magazin gesehen. Wenn ich mehr Mut hätte, ließe ich mir auch einen Bubikopf schneiden, darauf kannst du dich verlassen. Schon, damit ich die erste in unserer Klasse wäre.« Sie raffte ihre Zöpfe, aschgraue, spärliche Stränge, am Hinterkopf zusammen. »Kleidet mich gut, findet ihr nicht auch?«
Wie ein nackter Spatz sah sie aus. Anne fand sie blöd, fand diesen ganzen sogenannten Bummel und vor allem Ditha blöd. Sie riß ihre Hand los und sagte entschlossen: »Ich will nach Hause!«
»Ja«, stimmte Ditha bereitwillig zu, »wir müssen wirklich gehen. Bis morgen.«
Sie schlenderten die Straße zurück. Anne erkannte Rudi schon von weitem. Er hockte immer noch auf seinem Fahrrad am Straßenrand. Ditha hatte wieder ihre Hand genommen und beschleunigte ihren Schritt. Die Büros und Geschäfte hatten inzwischen geschlossen. Als sie sich an dem Jungen vorbeidrängten, hatte Anne plötzlich den Zettel von vorhin wieder in ihrer Hand. Bestimmt war es der gleiche Zettel, dieser Zettel von Ditha, daran zweifelte Anne keinen Augenblick. Und Rudi hatte ihn soeben zurückgegeben, wollte ihn gar nicht haben. Anne fühlte sich jämmerlich. Verzagt

blickte sie zu Ditha hoch, die ihr das Stück Papier aus der Hand riß und in ihre Tasche stopfte. Jetzt rannte sie fast, zerrte Anne hinter sich her, bog in eine stillere Seitenstraße und zog den inzwischen ziemlich mitgenommenen Zettel hervor. Sie warf einen Blick auf die eine Seite, drehte ihn hastig um und starrte auf die Rückseite. Starrte eine Ewigkeit darauf. Dann hob sie ihre kleine Schwester hoch, gab ihr mitten auf der Straße einen Kuß und sagte: »Anne, du bist ein Schatz.«

Anne verstand überhaupt nichts mehr, fühlte sich in jeder Beziehung überfordert. Warum mußten die Erwachsenen bloß so schwierig sein? Eigentlich hätte sie gerne geweint, aber sie war müde, auch zum Weinen zu müde.

»Nun gib doch ein bißchen acht, du stolperst ja dauernd.« Ditha schüttelte unwillig ihre Hand.

Erschreckt fuhr Anne zusammen. Plötzlich sah sie zwei Jungenbeine vor sich, einen blauen Rücken mit dem weißen Rechteck. Sie riß sich los und rannte, rannte.

»Willi!«

Aber die Jungenbeine waren ebenfalls schneller geworden, so daß der Abstand zwischen ihnen immer der gleiche blieb.

»Willi!« Sie lief und lief. Schon war die Straße zu Ende, machte einen scharfen Rechtsknick. Noch sah sie den blauen Rücken, winkten die Bänder von der Matrosenmütze, dann kam ein Tor, ein Eisentor, grünspanig mit Ranken verziert, das schluckte die Beine, den Rükken, die Bänder von der Matrosenmütze, bis nichts aber auch gar nichts mehr von Willi übrigblieb.

»Bist du verrückt geworden, Anne, einfach davonzulaufen!« Ditha hob ihre kleine Schwester hoch, die verstört am Boden kauerte.

»Willi!« Anne deutete auf das schwere Eisentor.

»Der Junge im Matrosenanzug? Du mußt dich geirrt haben. Schließlich tragen viele Jungen Matrosenanzüge. Außerdem siehst du Willi ja jeden Tag im Kindergarten. Komm, ich trage dich ein Stückchen Huckepack!«

3.

Ditha bestand darauf, daß Annes Geburtstag ein festlicher Tag würde, zu dem Anne drei Freundinnen einladen sollte. Zwar verspürte Anne nicht die geringste Lust dazu, wagte aber nicht zu widersprechen. Sie hatte keine Ahnung, wen sie einladen sollte.
»Aber du mußt doch Freundinnen haben«, bohrte Ditha, »jeder Mensch hat Freundinnen.«
»Ich habe Willi«, entgegnete Anne trotzig.
»Das geht nicht«, entschied Ditha, »das würde die Sache zu kompliziert machen. Jungens wollen ganz andere Spiele spielen, und ich weiß nicht, was ich mit einem Jungen, ich meine mit so einem kleinen Jungen, anfangen soll. Also, wen laden wir ein?«
Nach einigem Nachdenken bekamen sie drei Namen zusammen. Ditha malte wasserblaue Vergißmeinnichtblüten auf schmale weiße Kärtchen und schrieb die Einladung darauf, die Anne am nächsten Morgen den Auserwählten überreichte.
Sie erschienen auch pünktlich zur angegebenen Zeit, festlich geschmückt mit bunten Schleifen im Haar und Primel- und Schneeglöckchensträußen in der Hand. Ditha, mit der Gestaltung der Feier betraut, half den kleinen Mädchen aus ihren Mänteln und geleitete sie ins Wohnzimmer.
Es muß alles wunderschön gewesen sein, der brennende Kerzenkranz mit dem Lebenslicht in der Mitte und die

Torte, die mit einer großen Fünf aus Marzipan verziert war. Der einzige Schönheitsfehler war die Abwesenheit des Geburtstagskindes. Die kleinen Gäste traten unruhig von einem Bein auf das andere, hielten unschlüssig Blumen und Mitbringsel in der Hand und blickten sich befremdet an.

Ditha sauste in die Küche, wo die Mutter gerade die Schokolade in einen Topf goß. »Wo ist Anne?«

»Anne«, fragte die Mutter erstaunt zurück, »ist sie denn nicht bei euch?«

»Na, die kann was erleben«, erboste sich Ditha, während sie den Topf mit der dampfenden Schokolade ins festliche Wohnzimmer trug. Doch hier zeigte sich erstmalig ihre erstaunliche Fähigkeit, sich sofort auf jede gegebene Situation einzustellen. Sie nahm den Kindern die Primeln und Geschenke ab, placierte sie um den runden Tisch, bewirtete sie mit Torte und Schokolade und fühlte sich offensichtlich von Minute zu Minute wohler in der Rolle der Gastgeberin. Ihre kleinen Gäste verloren rasch ihre anfängliche Scheu. Als Ditha nach der Kuchenschlacht das Pferdchenspiel – Tante Ellas Geburtstagsgeschenk – auf den Tisch stellte, hatten sie die Hauptperson bereits vergessen.

Wie gesagt, alles in allem soll es ein herrlicher Geburtstag gewesen sein. Anne mußte sich da auf spätere Berichte verlassen, denn sie selbst erlebte nur das Ende der Feier mit. Kam gerade noch zurecht, um die Flammen der bekleckstenKerzenstummel auszupusten, das letzte Stück der ramponierten Torte mit dem oberen Bogen der Fünf heißhungrig zu vertilgen und sich von ihren

Gästen, die sie wie einen ungebetenen Eindringling betrachtete, zu verabschieden. Kein Wunder, daß später, wenn die Rede auf diesen denkwürdigen Geburtstag kam, mehrere Variationen bestanden, von denen eine jede Anspruch auf Wahrheit erhob, denn jeder hielt sich eben an seine eigene Wahrheit.

Auch für Anne war es ein glücklicher Geburtstag, wenn auch ohne Kerzen und Festtagsstimmung, sondern gewissermaßen auf freier Wildbahn. Als sich nämlich ihre Mutter nach dem Mittagessen wie gewöhnlich ein Stündchen hingelegt hatte und Anne ihrer Schwester bei ihren emsigen Festvorbereitungen überall im Wege stand, machte sie die überraschende Entdeckung, daß dichte große Schneeflocken vor dem Fenster tanzten. Schon in der Nacht hatte sich der Winter noch einmal zurückgelistet und eine dünne, weiße Decke über das Land geworfen, jetzt gebärdete er sich, als könne er nie vergehen.

Nach einem vorsichtigen Blick auf ihre Schwester, die den Tisch mit einer Begeisterung deckte, als gelte es, ihren eigenen Geburtstag zu begehen, schlüpfte Anne unbemerkt in ihren Mantel, zog sich die rote Pudelmütze über die glatten Haare und schlich nach draußen. Die Luft war wattigweich. Die großen Flocken versprachen keine lange Haltbarkeit, hatten aber immerhin ausgereicht, um dicke, bauschige Schneehauben auf Dächer und Bäume zu stülpen. Anne blickte nach oben in den dichten Schneewirbel, dann auf den weißen Teppich unter ihren Füßen, holte entschlossen ihren Schlitten aus dem Holzstall und trollte sich von dannen.

Wielands Haus lag an der Hauptverkehrsstraße, die nach Norden führt. Anne überquerte zwei Eisenbahnstrecken: die Staatsbahn, die mit langen Güterzügen und schnellen D-Zügen nach Nord und Süd rollt, und die sogenannte Kleinbahn, die mit einer pfeifenden Dampflokomotive gemütlich in die Heidedörfer zockelt. Letztere besaß sogar einen Bahnhof oder vielmehr etwas, das einem Bahnhof nahekam. Er bestand aus einem winzigen Backsteinhaus, in dem der Schrankenwärter einen Raum bewohnte, während die andere Hälfte als Warteraum nebst Fahrkartenschalter diente. Der einzige Bahnsteig, der sich hauptsächlich durch ein schönes, großes Stationsschild auswies, war durch einen Bahndamm leicht erhöht. Dieser Bahndamm, der in einer langen abschüssigen Wiese auslief, war ein beliebter Rodelberg der Kinder.
Eben diesem Berg strebte Anne also an ihrem Geburtstag unter Mißachtung festlicher Gepflogenheiten zu. Wie gesagt, es war durchaus kein klirrkalter Wintertag und der Schnee knirschte nicht etwa trocken unter ihren Stiefeln, sondern pappte verräterisch.
Andere Kinder hatten sich ebenfalls durch die wässrigen Schneeflocken, die immer noch aus gestapeltem Grau herauswirbelten, zu winterlichem Tun verführen lassen und bevölkerten den bescheidenen, weißgetünchten Hang. Anne kannte keines dieser Kinder, die von allen Seiten zu der einzigen Anhöhe weit und breit geeilt waren. Ihr waren ja nur die Kinder aus dem Kindergarten bekannt, von denen einige sich soeben anschickten, ihren Geburtstag festlich zu begehen. Vor-

sichtig äugte sie nach allen Seiten, setzte sich auf ihren Schlitten und glitt zurückhaltend in gemäßigtem Tempo die Piste hinunter. Als sie ihren Schlitten wieder bergauf zog, beschämten die mitleidig-verächtlichen Seitenblicke ihrer vorwiegend männlichen Mitrodler sie derartig, daß sie sich beim zweitenmal auf der Bergspitze mit den Füßen abstieß, um das Tempo zu beschleunigen.

Dann ging es los. Anne entdeckte gewissermaßen die Freude an der Bewegung, entdeckte überhaupt vieles an diesem denkwürdigen Geburtstag. Unermüdlich sauste sie den Hang hinab und stapfte ihn wieder hinan, wurde von Mal zu Mal kühner, rodelte rück- und bäuchlings, wurde von den anwesenden Jungen längst nicht mehr belächelt, sondern anerkannt, ja bestaunt. Ihr Schlitten, schon ein bißchen klapprig, hatte er doch schon ihren beiden Schwestern zu winterlichen Freuden verholfen, kam nochmal so richtig in Schwung und Anne auch. Ihren Mantel hatte sie längst abgeworfen, die rote Pudelmütze war ebenfalls auf der Strecke geblieben, und immer wieder ging es bergab, bergauf und plötzlich schrie sie, mußte einfach schreien: »Willi! Willi!«

Damit war sie bei der nächsten Entdeckung angelangt. Die gleiche Entdeckung, die jemand macht, wenn er geistesabwesend in den Himmel starrt und auf einmal merkt, daß alle Menschen ringsherum ebenfalls in den Himmel starren. Sie entdeckte sozusagen das Nashorn, das durch die Stadt spaziert. »Willi«, schrie sie, überwältigt von diesem ganz und gar neuen, funkelnden Seligkeitsgefühl, und flitzte hügelab.

»Willi«, brüllten auch ihre Rodelgefährten und warfen vor Vergnügen die Arme in die Luft, während sie neben Anne hinabsausten. Willi! Willi! Der ganze Berg war angefüllt bis zum tiefgestapelten Grau, war ausgefüllt mit Willi. Vergessen der Geburtstag, total abgerissen diese Verbindung, nur die greifbare, schneeverpackte Gegenwart war da. Ach nein, nicht mehr schneeverpackt, denn die Flockentuffs waren bereits verwässert, Dämmerung sickerte aus schweren Wolkensäcken, aber die Rodler merkten gar nicht, daß sie längst nicht mehr über eine weiße Piste, sondern über schmutziges Grün fuhren.
Die ersten Kinder zockelten nach Hause. In den winzigen Bahnhof, der eigentlich keiner war, dampfte der Abendzug. Die Lokomotive ächzte asthmatisch und gab furchtbar an mit ihrem verwegenen Pfiff, als die Bahn sich nach kurzem Aufenthalt prustend wieder in Bewegung setzte.
Auf einmal war das Fest vorbei.
Anne stand auf dem Rodelberg, diesem lächerlichen Bahndamm, sah den schmutzigen Spuren der Schlitten nach und zog ihren Mantel an. Er war schwer vor Nässe. Alles an ihr schien aufzuweichen. Sie fror erbärmlich.
»Du«, fragte plötzlich der Junge, der den ganzen Nachmittag an ihrer Seite gerodelt hatte, »wer ist eigentlich dieser Willi?«
»Willi?« Anne blickte auf seine sommersprossige Nase und in das treuherzige Blau seiner Augen und begann zu lachen.

»Warum lachst du«, fragte er heftig.
»Dein Gesicht ist ganz verschmiert.«
»Wieso?«
»Weil der Schnee ganz schmutzig geworden ist. Alles ist schmutzig.«
Der Junge blickte sich um. »Ja«, staunte er, »alles ist schmutzig. Außerdem regnet es.« Er hielt sein dreckgestreiftes Gesicht in den Regen, dann wandte er sich wieder zu ihr. »Also, wer ist Willi?«
»Der da!« Anne wies mit ausgestrecktem Arm auf den letzten Rodler, der jetzt den Weg am Bahndamm entlang heimwärts trabte.
»Dachte ich mir«, murmelte der Junge, »und wie heißt du?«
»Anne.«
»Ich heiße Heinz.« Sein Blick war ernst, entschlossen und sehr blau. »Ich komme nächstes Jahr zur Schule. Und du?«
»Ich auch.«
»Prima. Dann werde ich auf dich achtgeben und später werde ich dich heiraten.« Sein Blick wurde noch fester, noch entschlossener und noch blauer.
»Ich muß jetzt nach Hause«, sagte Anne ausweichend, denn sie fühlte sich diesem Tempo nicht ganz gewachsen.
»Gut«, nickte er, »dann gehen wir.«
Ihre Schlitten ratschten über den aufgeweichten Weg. Vorbei der weiße Zauber, den der scheidende Winter über die Schulter zurückgeworfen hatte. An der Hauptstraße trennten sich ihre Wege. Heinz gab Anne die

Hand, eine ziemlich robuste, rauhe Hand, die sich angenehm warm um ihre steifen Finger schloß. »Hast du keine Handschuhe«, fragte er besorgt.
»Doch.« Anne stülpte die Manteltaschen um, brachte aber nur einen einsamen Sahnebonbon zum Vorschein.
»Dann nimm meine! Du kannst sie mir später in der Schule wiedergeben.«

Es war dunkel, als Anne mit ihrem Schlitten auf den Hof schlich. Vorsichtig öffnete sie die Anbautür, dann um einen Spalt die Tür, die zur Küche führte. Im gleichen Augenblick bemerkte ihre Mutter sie, zog sie herein, nahm das quatschnasse Bündel in den Arm und rief erleichtert: »Gott sei Dank, da bist du ja! Aber wie siehst du denn aus?« Entsetzt schlug sie die Hände zusammen, packte Anne dann kurzerhand unter den Arm und trug sie ins Badezimmer. Während sie das Wasser in die Wanne laufen ließ, erinnerte sie sich offenbar ihres Unmuts. »Hier«, rief sie erzürnt und hielt Anne einen Handspiegel vor das Gesicht, »schau nur, wie du aussiehst!«
Aus dem runden Rahmen blickten zwei Augen, graugrüne erschreckte Augen. Das übrige Gesicht trug die Spuren eines wilden Nachmittags auf einer Rodelbahn, konnte mit einem Wort nur als dreckig bezeichnet werden und wurde auch durch die triefenden Haarsträhnen keineswegs verschönt.
»Hat man denn so etwas schon gehört«, schalt die Mutter, »vergißt ihren eigenen Geburtstag!«
Geburtstag. Wie der Blitz schlug das ein, ließ Anne

stocksteif werden. Aus den aufgerissenen Augen im Spiegelrund lösten sich glitzernde Tropfen und zogen zwei helle Linien an der Nase entlang. Anne war entsetzt, und die Tatsache, daß sie selbst Gegenstand dieses Entsetzens war, machte es keinesfalls leichter.
»Nun heul nicht, damit machst du es auch nicht besser!« Die Mutter legte den Spiegel weg, streifte die pitschnassen Kleider ab und hob Anne in das heiße Wasser. Schön war das. Ein Gefühl wohliger Gleichgültigkeit überkam sie, als Mutter ihr den Rücken einseifte. Um ein Haar wäre sie eingeschlafen, während ihre Mutter frische Wäsche holte. Nur widerwillig trennte sie sich von diesem angenehmen Zustand, aber jetzt wurde ihre Mutter energisch, rubbelte sie trocken und zog ihr das neue rote Kleid über den Kopf. »Wir müssen uns beeilen«, drängte sie, »damit du wenigstens das Ende deiner Geburtstagsfeier mitbekommst.«
»Nein!« Nicht im Traum hätte Anne daran gedacht, zu ihren Freundinnen gehen zu müssen. »Nein, bitte, bitte nicht! Ich schäme mich so.«
»Doch, Anne«, entgegnete ihre Mutter entschieden, »ich weiß, daß es schlimm für dich ist, deshalb müssen wir uns auch eilen, damit wir es ganz schnell hinter uns bringen.« Sie schob Anne einfach hinaus.
Ein riesiger Kloß saß ihr im Hals. Am liebsten hätte sie geschrien, ganz laut. Als sie durch die Küche gingen, klammerte Anne sich in einem Gefühl von Panik an die Griffe des Küchenschrankes, fest entschlossen, keinen Schritt weiter zu tun.
»Aber, Anne«, sagte Mutter vorwurfsvoll, »was würde

wohl Willi dazu sagen, wenn er dich so sehen könnte. Du hast doch erzählt, wie stark und mutig er ist. Wenn das wahr ist, dann würde er auch hineingehen, das weiß ich ganz genau.«

Willi. Ganz still wurde es in ihr. Langsam lösten sich ihre verkrampften Finger von den Schrankgriffen. Ja, Willi war mutig, und es bestand nicht der geringste Zweifel, daß er in dies verflixte Zimmer gehen würde, auch wenn er zehnmal wüßte, daß man ihn auslachen würde. Anne würgte den Kloß im Hals und den panischen Wunsch davonzurennen, hinunter und ging mit steifen Gliedern in das Wohnzimmer.

Dann geschah etwas Seltsames, nämlich dieses ganz und gar Unerwartete, das in den Märchen, die Tante Ella erzählte, immer passierte. Keine Fragen, kein Gelächter empfingen sie, vielmehr saßen die Kinder um den runden Tisch, mit hochroten Köpfen und völlig vertieft in diesem aufregenden Pferdchenspiel. Sie würfelten und ließen die buntlackierten Metallpferdchen über die Pappfelder traben. »Du«, Marga knuffte Anne begeistert in die Seite »ich bin ganz vorne.«

Ehe sie sich versah, würfelte Anne mit, setzte ihr spinatgrünes Pferd, aß zwischendurch das letzte Stück Torte und trank dazu die lauwarme Schokolade, die Mutter ihr mit einem Augenzwinkern gebracht hatte. Sie fühlte sich ganz neugemacht und frischpoliert.

Etwas später kamen die Mütter, um ihre Töchter abzuholen. Damit war die Feier beendet. Wie wenig die Kinder vom Fehlen der Hauptperson beeindruckt waren, zeigte sich daran, daß sie es gar nicht erwähnten.

Nur Marga – natürlich Marga – sagte zu ihrer Mutter: »Weißt du was, Anne kam erst etwas später«, eine Bemerkung, die überdies im allgemeinen Aufbruch völlig unterging.
Ditha allerdings schien immer noch erzürnt. »Na warte, bis wir allein sind«, drohte sie. Daraufhin beschloß Anne, diesen Zeitpunkt gar nicht erst abzuwarten, sondern Tante Ella um Asyl zu bitten. Aber es kam nicht mehr so weit, denn kaum waren die Geburtstagsgäste verschwunden, als Ingrid auf der Bildfläche erschien.
»Da bin ich wieder.« Sie setzte ihren riesigen Koffer ab, dann hob sie Anne hoch, gab ihr einen schnalzherzlichen Kuß und drückte ihr als Geburtstagsgeschenk einen Teddy in den Arm. »Hoffentlich habt ihr noch Kuchen für mich übriggelassen!«
»Natürlich«, lächelte die Mutter, »ich habe ihn extra für dich reserviert.« Sie setzten sich und sahen zu, wie Ingrid ein Stück nach dem anderen mit sichtlichem Genuß vertilgte. Anne hielt sich sicherheitshalber dicht an ihrer Seite. Nachdem ihr Heißhunger gestillt und ihre Aufmerksamkeit nicht mehr ausschließlich vom Essen beansprucht war, mußte ihr Annes Anhänglichkeit verdächtig erschienen sein. »Was hast du?«
Anne blickte rasch zu Ditha und zuckte unsicher die Achseln.
»Nun laß doch die Kleine in Ruhe«, wandte sich Ingrid jetzt an Ditha.
»Du bist gut«, gab diese zurück, »weißt du überhaupt, was sie sich geleistet hat? Vergißt ihren Geburtstag und läßt mich mit den Kindern allein!«

»Na und«, erwiderte Ingrid ungerührt, »sie wird vermutlich noch viele Geburtstage feiern können.« Nach einer Pause lachte sie schallend: »Na ja, komisch ist das schon. Ich kann es mir richtig vorstellen: die feierliche Geburtstagstafel mit Kerzen und Brimborium und keine Anne – ja, wo hast du denn gesteckt?«

»Ich habe gerodelt.«

»Wieso«, fragte Ingrid verblüfft, »es gießt doch in Strömen.«

»Heute nachmittag hat es geschneit.«

Ditha machte eine verächtliche Handbewegung. »Eine hauchdünne Schneedecke. Du hättest sie sehen sollen, als sie nach Hause kam! Völlig verdreckt.«

»Das kann sie gar nicht wissen«, unterbrach Anne ihre Schwester, »ganz dick lag der Schnee. Wir sind den Berg hinuntergeflitzt. Ganz schnell. Auf dem Bauch, auf dem Rücken und im Sitzen.«

»Wer ist wir?«

»Na, ich und die anderen Kinder und natürlich Willi. Zum Schluß, als Willi schon weg war, war da noch einer, der hieß Heinz. Er hat gesagt, daß er mich heiraten will.«

»Was?« Da hatten sie ihre Sensation, die beiden großen Schwestern. Anne biß sich auf die Unterlippe, völlig überrumpelt von dieser Reaktion, denn ihr sagte dieses Wort so gut wie nichts. Hätte dieser Junge, der Heinz hieß, ihr ein Eichhörnchen oder wenigstens einen Goldfisch versprochen, hätte sie sich vielleicht noch begeistern können. Das Wort Heirat erweckte noch keinerlei Vorstellungen in ihr. Im Gegensatz zu ihren beiden

Schwestern, die – das fiel ihr jetzt ein – unentwegt davon sprachen, sobald sie allein waren oder sich allein wähnten.

»Donnerwetter«, platzte Ingrid heraus, »Willi und Heinz – wer zählt die Namen. Ich muß sagen, die Kleine fängt früh an. Wir sollten eigentlich die Rollen tauschen, denn bei mir ist weit und breit kein Heiratskandidat in Sicht.«

»Du kannst ja Heinz haben«, schlug Anne zaghaft vor.

»Ach, ich weiß nicht«, lachte Ingrid, »der erscheint mir noch ein bißchen jung.«

»Und ich«, fragte Ditha, »bekomme ich dann Willi?«

»Nein«, erklärte Anne mit Bestimmtheit, »das ist etwas ganz anderes, Willi gehört zu mir.«

4.

Es war dunkel. Finsternis, die sich um sie wickelte wie ein Sack. Ein Sack, der dicht über ihrem Kopf zugeschnürt war. Sie bewegte sich, wollte sich befreien aus dieser Düsternis, doch ihre Glieder waren schwer, gehorchten ihr nicht, schienen elefantengroß zu sein.
Anne bekam Angst. Möglicherweise gab es tapfere kleine Mädchen, aber offenbar gehörte sie nicht dazu. Sie wollte die Augen öffnen, aber jemand mußte sie ihr zugeklebt haben. Entsetzen sprang sie an. Sie wollte schreien, doch auch ihre Stimme gehorchte ihr nicht mehr. Alles an ihr mußte abhanden gekommen sein. Bis auf diesen kümmerlichen Rest in diesem Sack. Vielleicht bin ich tot? Aber dieser Gedanke ließ sie gleichmütig, denn im Grunde genommen sagte ihr dieses Wort nicht viel.
»Willi«, stöhnte sie, »mach den Sack auf! Du bist stark und du bekommst ihn bestimmt auf.« Dann war alles wieder weg. Zurück blieben Schwärze und gleichzeitig eine ganz neue Leichtigkeit, eisstechende Schauer und glühende Spiralen und ganz im Hintergrund der dumpfe Rest eines wackligen Ichbewußtseins.
»Sie hat immer noch Fieber.« Das war die Stimme ihrer Mutter. Kaltes kroch um Annes Beine. »Ich mache ihr einen Wadenwickel, der drückt das Fieber herunter.« Blumiger Duft streifte ihre Nase und legte sich lauwarm auf die verklebten Lider. Irgendwann, nach einer Mi-

nute, einer Stunde, einem Jahr, verschwand er wieder. Anne öffnete die Augen. Sie war ganz verblüfft, daß sie sich so mühelos öffnen ließen.

Konturen schwammen auf sie zu, zitternd, als wollten sie sich gleich wieder verflüchtigen, doch dann blieben sie stehen, bekamen wieder Bedeutung. Das Gesicht ihrer Mutter beugte sich über sie. »Wie fühlst du dich?«

»Gut. Ich habe immerzu geschlafen.« Die Worte lösten sich wie dicke Klöße aus ihrem Mund. »Mir ist so heiß.«

»Ja, mein Armes, du hast Fieber.« Die Hand der Mutter legte sich angenehm kühl auf die glühende Stirn.

»Bin ich krank?«

»Ja, du hast die Masern.«

»Ist das schlimm?«

»Nicht schlimm, aber ansteckend. Deshalb können dich auch deine Freundinnen nicht besuchen.«

»Macht nichts«, murmelte Anne, »Willi ist ja bei mir.«

Dann war sie wieder weg, war ganz eingewickelt in diese wohlige Schläfrigkeit. Wieviel Schlaf man absolvieren kann! Einmal zwischen zwei Schlafstrecken steckte Ingrid den Kopf durch die Tür.

»Ich darf nicht herein«, erklärte sie, »sonst stecke ich das Baby an.«

»Welches Baby«, fragte Anne benommen.

»Das Baby, das ich betreuen werde. Ein winziges, kleines Mädchen, weißt du, das vor zehn Tagen in Dessau angekommen ist. Es ist mit seiner Mutter noch in der Klinik und kommt morgen nach Hause. Deshalb fahre ich in einer Stunde nach Dessau, um die Mutter und das Kind zu pflegen.«

»Kommen denn nur in Dessau Babys an«, wunderte Anne sich.
»Wie kommst du denn darauf«, fragte Ingrid mindestens genauso erstaunt zurück.
»Weil du das letzte Mal auch in Dessau warst.«
»Ach nein«, lachte Ingrid, »Babys kommen überall auf die Welt, aber die Mutter, die ich vor kurzem in Dessau betreut habe, hat eine Freundin, die jetzt ebenfalls ein Baby bekommen hat, und diese hat mich gebeten, auch zu ihr zu kommen.«
»Möchtest du nicht lieber ein eigenes Baby haben?«
»Doch«, gab Ingrid unumwunden zu, »doch, das möchte ich wirklich.«
»Und warum schaffst du dir dann keins an? Ich würde es dann auch spazierenfahren. Wenigstens manchmal.«
»Ach, so einfach ist das nicht«, erklärte Ingrid, »dazu brauche ich erstmal einen Mann.«
»Einen was?«
»Ach so«, Ingrid biß sich auf die Lippe, was sie immer tat, wenn sie verlegen war, dann wiederholte sie entschlossen, »natürlich einen Mann. Jedes Kind hat doch eine Mutter und einen Vater, oder etwa nicht?«
»Doch«, gab Anne nach einigem Nachdenken zu. In ihrer Umgebung gab es keine ledigen Mütter.
»Siehst du ... aber jetzt muß ich mich beeilen, sonst versäume ich noch meinen Zug. Werde bald wieder gesund, meine Kleine! Auf Wiedersehn!«
Anne schloß die Augen, war schon wieder müde geworden, aber im Hinüberdämmern faltete sie die Hände:

Lieber Gott, könntest du wohl für Ingrid einen Mann finden, damit sie ein eigenes Baby bekommen kann?
Auch Dithas Kopf erschien im Türspalt – irgendwann.
»Ich verreise«, frohlockte sie. »Wir fahren mit Hühnervater ins Riesengebirge.«
So war Ditha. Immer setzte sie einem gleich fertige Bilder vor, wie zum Beispiel jetzt dieses bedrohliche Riesengebirge und einen ... was hatte sie gesagt?
»Wer ist Hühnervater«, fragte Anne irritiert.
»Unser Lehrer. Er heißt Hühner, aber wir nennen ihn Hühnervater.«
»Und gibt es in diesem Gebirge richtige Riesen«, bohrte Anne weiter.
»Natürlich«, kam es prompt vom Türspalt zurück, »sonst hieße es ja nicht so.«
Das war einleuchtend. »Hast du denn keine Angst, Ditha?«
»Nicht wenn Hühnervater bei uns ist. Weißt du, bei ihm kann uns einfach nichts passieren. Selbst Riesen können gegen ihn überhaupt nichts ausrichten.«
Das verstand Anne sofort. Er stand direkt vor ihr, dieser Hühnervater, ein großer, kräftiger Mann mit treuhundigen Augen, backenbärtigen Wangen und wallenden Haaren. Offenbar gab es mehrere Stellvertreter vom lieben Gott auf dieser Welt. Dieser Gedanke hatte etwas ungemein Tröstliches. Sie winkte ihrer Schwester zu und Ditha lachte zurück, illuminiert von ihrer Vorfreude auf die bevorstehende Reise. Als sie sich abwandte, schwangen ihre dicken Zöpfe übermütig hinter ihr her.

Die Zöpfe waren auch das erste, was Anne von ihr sah, als sie nach zwei Wochen von ihrem Klassenausflug zurückkam. Allerdings mit verändertem Standort sozusagen, denn sie befanden sich nicht mehr am Haupte ihrer Schwester, sondern zusammengerollt in einer leeren Pralinenschachtel.

Immer noch lag Anne im Bett, geplagt von einer schmerzhaften Angina, welche die Masern abgelöst hatte. Der ›Struwwelpeter‹ lag auf ihren angezogenen Knien. Tante Ella hatte ihn Anne als Trost geschenkt. Wie die meisten Kinder, kannte sie die Texte zu jeder dickgepappten Bildseite auswendig. Gerade war sie bei dem ungehorsamen Paulinchen angelangt, kurz bevor seine Zöpfe Feuer fingen, als Ditha, ungeachtet jeder Ansteckungsgefahr, in das Zimmer stürmte und die ihren wie eine Siegestrophäe auf das Bett warf.

»Die Mutter hat's verboten«, murmelte Anne, noch halbwegs im klassischen Kindertext befangen und über alle Maßen verblüfft. Sie starrte ihre Schwester an, die zopflos und triumphierend vor dem Bett stand, mit kurzem Rock, übermütigen Augen, verwegenem Bubikopf. Ein fremdes Wesen. Auf der Stelle wurde Anne klar, daß dies eine echte Sensation war. Sie hielt den Atem an, hielt ihn ziemlich lange an, worin sie eine gewisse Übung hatte. Nun ging alles Schlag auf Schlag.

Noch bevor ein Wort gefallen war, betrat nämlich ihre Mutter die Szene, vom Kaufmann kommend, mit einem Einkaufsnetz in der Hand, das ihr mit einem entgeisterten Wehlaut entglitt, als sie ihrer entzopften Tochter ansichtig wurde.

Das Brot fiel polternd zu Boden, Zucker rieselte aus der zerrissenen Tüte, Apfelsinen sah man kullern, bevor die Hand der Mutter zuklatschte. Einmal, zweimal – eine reine Reflexbewegung. Die Stille hernach war allumfassend und bedeutungsschwer. Immer noch war kein Wort gefallen. Immer noch starrte die Mutter Ditha an, die mit herunterhängenden Armen erwartungsvoll vor ihr stand.
Aber es geschah nichts, denn das Außerordentliche war ja bereits geschehen. Die Zöpfe waren gefallen, und das war in jener Zeit in einer kleinen Stadt gewissermaßen eine Tat. Da Frau Wieland, eine praktische Frau, nach kurzer Überlegung zu der Erkenntnis gekommen war, daß man zumindest im Augenblick gegen die so radikal verminderte Haarpracht nichts unternehmen konnte, zuckte sie nur die Achseln. »Wie ein gerupftes Huhn schaust du aus«, sie machte sich daran, die verstreuten Lebensmittel wieder einzusammeln, wobei Ditha ihr beflissen zur Hilfe kam, erleichtert, so billig davongekommen zu sein.
Blieb also nur noch das Verhalten des Vaters abzuwarten. Entschlossen klappte Anne das Bilderbuch zu. Was bedeuteten schon die flammenfangenden Zöpfe Paulinchens gegen diese familiäre Wirklichkeit. Sie schlüpfte in das nächstbeste Kleid, streifte Strümpfe und Hausschuhe an, kurz gesagt, Anne verließ ihr Krankenlager. Weder der Protest ihrer immer noch konsternierten Mutter, noch die erschreckende Entdeckung, daß ihre Beine unter ihr wegzurutschen schienen, konnten sie von der Notwendigkeit weiterer Bettruhe überzeugen.

Wortlos bezog sie ihren Beobachtungsposten am Fenster des Wohnzimmers, das zur Straße hinausging.
Die Spannung wuchs und wuchs, je mehr die Mittagszeit nahte. Anne hörte in der Küche Geschirr zerdeppern, sah die zopflose Ditha rastlos durch die Zimmer huschen, wobei sie ziemlich kläglich einen Schlager sang. Der Refrain hieß ›Wer wird denn weinen, wenn man auseinandergeht‹. Anne fand ihn irgendwie in seiner Traurigkeit überaus geeignet als musikalische Untermalung der herannahenden Familienszene.
Dann sah sie ihren Vater kommen. Er schritt die breite Straßenfront ihres Elternhauses ab. Groß, aufrecht – ein schöner Mann. An der Gartenpforte, die wie immer etwas klemmte, blieb er stehen und prüfte kopfschüttelnd das Schloß. Jetzt betrat er das Haus. Eine Atmosphäre wie kurz vor einem Gewitter. Alle Gegenstände schienen aufgeladen zu sein. Kribbeln in Händen und Füßen. Anne hielt es nicht mehr an ihrem Platz. Sie lief ihrem Vater entgegen. Erfreut, seine jüngste Tochter angezogen und offenbar auf dem Wege zur Gesundung zu sehen, hob er sie hoch, begrüßte die Mutter und bemerkte Ditha, die sich entgegen ihrer sonstigen Gewohnheit völlig im Hintergrund hielt, zunächst gar nicht. Dann streifte sein zufälliger Blick sie, hakte ein – man sah es direkt, wie dieser Blick plötzlich feststand, irritiert und über die Maßen erstaunt.
Eine eingefrorene Szene. Keiner sagte ein Wort, keiner wagte, auch nur eine Bewegung zu machen. Alle standen da in Erwartung eines Stichwortes, das nicht kam: der Vater in wortloser Verblüffung, Ditha in zopfloser

Nacktheit, die Mutter und Anne als abwartende Statisten. Endlich löste sich die Starrheit. Der Blick des Vaters prüfte noch einmal ungläubig an Dithas kahlen Rücken entlang und verlor sich dann irgendwo am Fußboden. Der Vater wandte sich abrupt ab und verließ schweigend das Zimmer.
Drei Wochen sprach er kein Wort mit Ditha. Das war schlimm für sie, viel schmerzhafter als die beiden spontanen Ohrfeigen der Mutter, die etwas ungemein Reelles hatten, weil sie einkalkuliert und eine endgültige Quittung waren.
Überhaupt war Dithas Sprung auf die Barrikaden durchaus nicht von eindeutigem Sieg gekrönt. So rasch pflegten sich die neumodischen Ideen ehedem nicht durchzusetzen. Schon gar nicht in einer Kleinstadt, die ihre Vorurteile wie kostbare Kulturgüter hütete. Vielmehr schlich die Emanzipation auf leisen Sohlen einher, schrittweise und nahezu unbemerkt. So blieb Dithas Sieg über die Konvention zunächst heftig umstritten. Wurde sie von ihren Mitschülerinnen uneingeschränkt bewundert und von einigen auf der Stelle nachgeahmt, so verharrten die Lehrer in steifer Ablehnung, was immerhin zu erwarten gewesen war. Bei Dithas zahlreichen Verehrern hingegen schieden sich die Geister. Ihren Mut bewunderten zwar alle und ihren Bubikopf fand man – man war ja modern – einfach schick. Aber – der Aber waren viele. Möglich, daß da Atavistisches mitspielte, auf alle Fälle hängen Männer, eingestanden oder nicht, nun einmal an dieser Manifestation verwirrender Weiblichkeit.

Bezeichnenderweise war es dann auch Rudi, Dithas Favorit, dem Anne vor kurzem noch kleine Briefchen zugesteckt hatte, der sich durch Dithas Tat persönlich gekränkt fühlte. Vielleicht waren es auch nicht allein die gefallenen Haare, die ihn so aufbrachten, auf alle Fälle fand die Freundschaft ein jähes Ende. Seine Schülermütze aus rotem Samt mit einem Goldstreifen war das einzige, was Ditha aus ihrer ersten Liebe rettete. Sie griff zu Hammer und Nagel und hämmerte ihre frühe Enttäuschung an die Wand. An den Nagel hing sie die Schülermütze und darunter die Zöpfe – ein makabres Stilleben, das bis zu ihrem Auszug aus dem Elternhaus die Wand über ihrem Bett schmückte.
Anne hatte sich nie daran gewöhnen können. Als sie es zum erstenmal irgendwann in jenen drei Schweigewochen ihres Vater erblickt hatte, war ihr beinahe schlecht geworden. Natürlich besprach sie ihre Entdeckung sofort mit Willi.
»Ditha hat sie an die Wand gehängt.«
Willi saß an ihrem Bett. Oft hatte er an ihrem Bett gesessen während ihrer Krankheit, die sie wochenlang von der Außenwelt isoliert hatte. Da gab es ihre Familie, natürlich, aber die war so schrecklich erwachsen und zuweilen ganz und gar unverständlich für sie. Zwar durfte sie inzwischen aufstehen, doch durch das Fieber und das lange Liegen ermüdete sie rasch und mußte sich meistens auch tagsüber noch mehrere Stunden hinlegen.
Manchmal hatte er auch neben ihr gelegen. Dann war sie ganz auf die Seite gerutscht, damit er genügend Platz

hatte. Ganz deutlich hatte sie den Stoff seines Anzugs gespürt, und manchmal war ihr heiß geworden, weil das Bett für sie beide zu schmal war. »Aber Anne«, hatte sie die Mutter von weitem fragen hören, »warum liegst du so am Rande, du fällst ja gleich aus dem Bett.«

Einmal hatte sie seine Hand auf ihrem Bauch gefühlt. Das Nachthemd war hochgeglitten und ihr Bauch war bloß. Seine Hand hatte sich ein bißchen rauh angefühlt. Ganz lange war sie da über ihrem Nabel liegengeblieben. Ganz ruhig. Ganz selbstverständlich. Aber irgendwas mußte mit seiner Hand losgewesen sein, fast so, als kämen Funken aus ihr. Dann war etwas Seltsames geschehen: Kribbeln, das unter den Achseln anfing, über Brust und Bauch rieselte, sich an den Schenkeln verstärkte. Plötzlich war Willis Hand ihre eigene, die zwischen den Beinen lag.

»Sie hat immer noch Fieber.« Erneuter Wadenwickel. Ein frisches Nachthemd.

Willi zuckte die Schultern, als Anne ihm von ihrer Entdeckung berichtete. »Irgendwohin muß sie die Zöpfe ja tun.«

»Aber sie sehen scheußlich aus, diese Zöpfe an der Wand, genauso als hinge dort ein Bein oder ein Daumen oder eine Nase.«

»Nein«, widersprach Willi entschieden, »da besteht ein großer Unterschied. Die Nase, den Daumen und das Bein braucht sie noch, die Zöpfe dagegen sind nun einmal abgeschnitten und daher überflüssig.« So war Willi. Immer ein bißchen klüger, immer ein bißchen einsichtiger als sie selbst. Den Gedanken, daß er womöglich ein Zwillingsbruder von ihr sein könnte, verwarf sie allerdings gleich wieder. Bei einem Spaziergang mit ihrer Mutter begegneten sie nämlich eines Tages einer anderen Mutter, die an jeder Hand ein Mädchen hatte. Eine fast malerische Szene wie ein Motiv von Renoir: der Weiher mit den langhalsig arroganten Schwänen, die beiden Kinder, die ihre Mutter verlassen und die Tüte mit den Brotresten geöffnet hatten, um die Schwäne zu füttern und etwas abseits Anne, die ihre Gaben bereits verteilt hatte. Die beiden Mütter hatten auf der weißgestrichenen Parkbank Platz genommen und ein zögerndes Gespräch begonnen. Und über ihnen auf dem Berg das ockerfarbene Schloß als gelungene Kulisse.

Anne hatte zunächst zu träumen geglaubt und sich heimlich in den Arm gezwickt. Ihre Augen blinzelten ratlos von einem Mädchen zum anderen. Da sah eines wie das andere aus. Nichts, aber auch gar nichts schien sie voneinander zu unterscheiden.

Die Mädchen, bereits an das Erstaunen, das ihre Ähnlichkeit überall hervorrief, gewohnt, lachten sie an – beide zu gleicher Zeit, was Anne fast unheimlich erschien.

»Wir sind Zwillinge«, erklärte eines der Mädchen.

Anne schwieg. Sie versuchte, das soeben vernommene Wort in ihren Erfahrungsbereich einzuordnen. Da sie bis dahin noch nie etwas von Zwillingen gehört hatte, blieb sie in Ratlosigkeit stecken. »Ich habe auch einen Zwilling . . .« sie spürte selbst, das klang ein bißchen dünn, »er heißt Willi.«

»Willi? Wo ist er denn?« Das war das andere Mädchen. Die Tatsache, daß die Zwillinge wenigstens abwechselnd sprachen, machte die Szene wieder glaubwürdig.
»Dort.« Annes Arm deutete vage auf ein Gebüsch.
»Ach so.«
Auf dem Heimweg war Anne nachdenklich. Die Mutter hatte auf ihre Frage erklärt, daß Zwillinge zusammen, das heißt in Abständen von ganz kurzer Zeit, höchstens einer Stunde, geboren würden, wobei sie nicht bedachte, daß Worte wie geboren oder Geburt einer Erklärung bedurften für ein Kind, das bis dahin noch den Klapperstorch für derartige Aufgaben als zuständig gewähnt hatte. Aber Anne hatte zu diesem Zeitpunkt durchaus noch kein Bedürfnis nach Aufklärung. Was sie viel mehr beschäftigte, war das Spiel mit der Möglichkeit, einen Zwillingsbruder namens Willi zu haben, doch dann scheiterte sie bereits an mangelnder Ähnlichkeit. Nicht nur daß Willi größer, stärker und klüger als sie selbst war, er hatte vor allem braune Augen, leuchtend braune Augen. Ihre Familie aber hatte, wie die meisten Menschen in ihrem Landstrich, graue bis blaue Augen.
»Nein«, entschied sie, schon an ihrem Gartentor angelangt, »Willi ist doch nicht mein Zwilling.«

5.

Meistens kommen Ereignisse in Schüben. Da passiert eine lange Zeit rein gar nichts, bis plötzlich eine Ladung Geschehnisse auf einen zurollt, eines nach dem anderen. Vor dieser Reise zu Tando war sozusagen ereignislose Dämmerung. Aber dann kam Willi, kurz darauf Annes Geburtstag, ihre Krankheit, Dithas Entzopfung. Keine großen Dinge gewiß, doch für Anne von erheblicher Bedeutung. Genau wie jener Tag, an dem Ditha sich vor sie aufbaute, sie hart an den Schultern packte und sagte: »So, Anne, jetzt wirst du mir antworten, und zwar ehrlich, hast du verstanden?«
Anne erschrak furchtbar. Sie wußte sofort, daß irgend etwas auf sie zukam, sie bedrohte, ihr fast den Atem nahm. Sie nickte wortlos.
»Dieser Willi«, fuhr Ditha unerbittlich fort, »dein Willi, von dem du immer sprichst, der mit dir in den Kindergarten geht, dich beschützt, mit dir spielt, dieser Willi wohnt gar nicht gegenüber im Offiziershaus.«
Wie gelähmt stand Anne da, wollte weglaufen, weit weg, wußte aber gleichzeitig, daß sie sich wahrscheinlich nie wieder von der Stelle würde bewegen können.
»Antworte«, herrschte Ditha sie an.
»Er ist weggezogen.« Die Worte tropften dünn, einzeln, ungewollt und gar nicht wie von ihr aus dem Mund.
»Nein«, entgegnete Ditha aufgebracht, »nein, er ist nicht weggezogen, denn er hat niemals dort gewohnt.

Ich habe nämlich ein Mädchen aus dem Offiziershaus kennengelernt, und sie hat sich erkundigt. Dort hat niemals ein Willi und schon gar keine Familie Sonntag gewohnt. Diesen Willi gibt es nämlich gar nicht, dieser Willi ist eine glatte Erfindung von dir!« Ihre Worte trommelten auf Anne herab. Stechender, eiskalter Hagel, unter dem sie sich duckte, der sie vollends erstarren ließ.

»Hör auf, Ditha!« Die Mutter hatte das Zimmer betreten. Schützend legte sie die Arme um ihre jüngste Tochter. Aber Anne spürte sie gar nicht, wahr gefühllos, gänzlich leer und wünschte nur, unsichtbar und am liebsten überhaupt nicht vorhanden zu sein.

»Nein«, schrie Ditha, »nein, ich höre nicht auf. Sie spinnt, und ich will nicht, daß sie spinnt. Sie erzählt von Dingen, wie zum Beispiel von diesem Willi, die gar nicht existieren. Eines Tages wird man sagen, sie sei verrückt. Ich will aber nicht, daß man unsere Familie für unnormal, für verrückt hält. Ich will nicht!« Völlig außer sich, stampfte sie mit den Füßen auf den Boden, dann rannte sie heulend aus dem Zimmer.

»Sie meint das nicht so«, versuchte die Mutter, Anne zu trösten, die mit hängenden Armen dastand, zusammengeschrumpft zu einem winzigen Rest und sich nicht vorstellen konnte, wie es jetzt weitergehen würde, viel zu klein, um wissen zu können, daß es immer weitergeht, irgendwie.

»Mein Gott, wie siehst du denn aus, Anne! Komm', ich bringe dich ins Bett, sonst kippst du mir noch um.« Die Mutter streifte ihr die Kleider ab. Ehe Anne zum Nachdenken kam, fand sie sich im Bett wieder. Augenblicklich und übergangslos sank sie in einen bildlosen, pechschwarzen Schlaf. Tagelang dauerte dieser Schlaf, angeheizt durch hohes Fieber, nicht immer so dicht, sondern gestört von wirren Bildern und manchmal aufgehellt zu einem seltsam wohligen Schwebezustand. Ihr Körper hatte ihr zur Flucht in die Krankheit verholfen. »Ein Rückschlag«, bekümmerte sich Tante Ella, »ich würde lieber den Arzt rufen.«

Als dieser kam, war es nicht Wielands alter Hausarzt, der ehrwürdige Sanitätsrat Dr. Horn, sondern sein Neffe, der ihn während eines Urlaubs vertrat. Dr. Horn war noch jung. Nicht für Anne, aber daß er viel jünger als sein Onkel war, empfand sie durchaus. Man merkte es, vom Äußeren abgesehen, an seinem Schwung und jener Begeisterung, die nur Anfänger für ihren Beruf aufbringen, bevor sie von der jahrzehntelangen Gewohnheit täglicher Magengeschwüre, Grippen, Forunkel und sonstiger Gebrechen abgestumpft werden – so ähnlich äußerte sich jedenfalls die Mutter.

Anne befand sich gerade in diesem hellen Schwebezustand, in dem sie zwar alles wahrnahm, was um sie herum geschah, aber gleichzeitig in der Lage war, sich nötigenfalls von ihrer Umgebung abzusetzen. Durch die angelehnte Tür ihres Zimmers hörte sie die Stimme ihrer Mutter und die des Arztes, die ihr fremd war. Worte wehten zu ihr herüber, einzelne Begriffe, wie Angina, hohes Fieber, Anne, Rückschlag. Als ihr klar wurde, daß von ihr die Rede war, war ihr erster Impuls, sich unter die Bettdecke zu verkriechen oder sich mit Schlaf zu tarnen, doch irgend etwas zwang sie, sich aufzusetzen und angestrengt zu lauschen. Jetzt war nur die Stimme ihrer Mutter zu hören. Anne verstand nicht, was sie sagte, denn sie sprach anders als sonst, hastiger, auch viel heller, fast ein wenig schrill. Ihren und Dithas Namen glaubte Anne herauszuhören und dann ganz deutlich und oft wiederholt den Namen Willi. »Herr Doktor, glauben Sie, daß sie nicht normal ist?« Das waren ihre letzten Worte, und diese verstand Anne genau, obwohl sie viel leiser als die vorherigen gesprochen waren.

Normal – das war das gleiche Wort, das Ditha gebraucht hatte. Plötzlich wurde Anne diese ganze entsetzliche Szene mit ihrer Schwester wieder gegenwärtig, dieser Auftritt, der durch den betäubungsähnlichen Zustand der letzten Tage verblaßt, ja, so gut wie vergessen gewesen war. Lange grübelte sie diesem Wort nach, versuchte mühsam, es zu ergründen. Normal war offenbar das, was alle machten, das, was man von ihr erwartete und an ihr bezweifelte. Anne sank in ihr Kissen zurück und wußte nicht, ob sie sich wirklich wünschen sollte, so zu werden wie sie alle, diese Erwachsenen, die so unverständlich waren.

Dann sprach die fremde Stimme, die dem Arzt gehörte, wie Anne später feststellte. Sie klang beruhigend, stellte dann offenbar einige Fragen, denn jetzt hörte sie beide Stimmen in raschem Wechsel, doch so gedämpft, daß sie die Worte nicht verstehen konnte.

Plötzlich war Anne überhaupt nicht mehr müde. Abwehr stieg hoch und berstendroter Zorn. Was hatte sie eigentlich verbrochen? Wenn man sie nicht verstehen konnte, dann war das doch nicht ihre Schuld. Woher sollte sie denn wissen, was für die Erwachsenen normal war? Übrigens wollte sie es gar nicht wissen. Anne saß jetzt stockgerade im Bett. Sie starrte auf die Tür. Sie war entschlossen zu kämpfen.

Doch dann gab es gar nichts zu kämpfen. Der junge Arzt betrat das Zimmer. Er begrüßte Anne mit aufmunternder Stimme und legte wie zufällig die Hand auf ihre Stirn. Dann nahm er ihr Handgelenk zwischen Daumen und Zeigefinger, um den Pulsschlag zu zählen, blickte in ihren weitaufgerissenen Mund und machte alles genauso wie ihr alter Hausarzt. Jetzt holte er einen Stuhl und setzte sich an ihr Bett. Seit seinem Eintritt hatte Anne ihn keine Sekunde aus den Augen gelassen. Gehorsam hatte sie seine Anweisungen befolgt. Nun blieb sie wachsam, ganz und gar bereit, Willi und sich selbst zu verteidigen.

»Tut dir irgend etwas weh, Anne«, fragte Dr. Horn.

Anne schüttelte verneinend den Kopf, entschlossen, kein Wort zuviel zu sagen.

»Keine Kopfschmerzen?«

»Nein.«

»Das ist fein, dann wirst du bald wieder aufstehen und in den Kindergarten gehen können. Bist du gerne dort?«

»Ja«, erwiderte Anne ohne Begeisterung. Sie hatte noch nie darüber nachgedacht. Jetzt, da er sie direkt danach fragte, wußte sie, daß ihr der Kindergarten im Grunde genommen schnuppe war. Nicht, daß sie ihn direkt verabscheute, aber es störte sie, daß alles nach Plan geschah: das Essen und Spielen, Singen und Basteln. Trotzdem bejahte sie die Frage des Arztes. In plötzlicher Berechnung erwog sie, daß dieses Ja vermutlich das war, was man von ihr erwartete, das, was sie alle unter normal verstanden.

»Sicher hast du viele Freundinnen«, erkundigte sich der Arzt beiläufig.

»Oh ja.« Es ging so leicht, fast wie von selbst. Anne erzählte von Inge und Gisela und wie sie alle hießen, die kleinen Gespielen vom Kindergarten. Lauter kleine Geschichten, lauter kleine Lügen. Oh nein, lauter wahre Begebenheiten. Es ging wirklich ganz leicht, fast wie von selbst. Anne hatte fast vergessen, wie viele Ereignisse es gegeben hatte. Wie Gisela sich in den Mittelfinger geschnitten, Ilse einen Vogel gefunden hatte, Kurt von der Schaukel gefallen war und Marga ihr eine Ohrfeige verpaßt hatte. Sie hatte diese Dinge vergessen, total vergessen, hatte nicht geahnt, wie wichtig diese kleinen Begebenheiten einmal für sie sein würden, war selbst überrascht, daß man so lange davon reden konnte, sich damit schmücken konnte wie mit einem Theaterkostüm aus dem Weihnachtsmärchen. Sie redete und redete, lernte das Stroh dreschen.

Inzwischen hatte ihre Mutter das Zimmer betreten. Erstaunt lauschte sie Annes munterem Geplapper, und während die Worte immer leichter und gar nicht mehr zu bremsen aus ihrem Mund strömten, sah ihre Mutter plötzlich unglaublich erleichtert aus.

Der Arzt hörte Anne zu, aufmerksam zunächst, dann mit leisem Staunen. Doch allmählich, je mehr sie rede-

te, wurde sein Gesicht – jedenfalls schien es ihr so – ganz traurig. Anne begriff ihn nicht. Seine Betroffenheit verwirrte sie, wußte sie doch plötzlich ganz genau, daß ihre Geschichtchen, diese kleinen, ach so wahren Begebenheiten, das waren, was sie alle normal nannten.
Dr. Horn erhob sich. Er gab ihr die Hand, wollte sich schon zum Gehen wenden, als er sich plötzlich noch einmal umwandte, über ihre Haare strich und etwas murmelte, das wie »Jetzt hat sie die Spielregeln begriffen« klang.
Natürlich verstand Anne nicht, wie er das meinte, aber sein Lächeln gab sie schüchtern zurück, war eine Brükke, über die sie gehen konnte. So etwas wie ein Verschwörerlächeln.
Anne war müde. Ganz erschöpft von der Anstrengung ihres unaufhaltsamen Geplappers, sank sie in die Kissen zurück. Entfernt hörte sie die Stimmen ihrer Mutter und des Arztes, der etwas von überwundenem Schock und der Notwendigkeit einer Reise sagte. Sie blickte gewohnheitsmäßig auf den Stuhl an ihrem Bett. Aber der Stuhl war leer und blieb auch leer. Kein Willi.
Am nächsten Tag stand Anne auf. Sie war fieberfrei und beschloß einfach, gesund zu werden. Plötzlich verspürte sie einen heftigen Widerwillen gegen ihr Bett, gegen diese wohlige Müdigkeit, gegen die Schwäche. Sie wollte nichts als gesund und kräftig sein. Vor allem aber wollte sie so wie die anderen sein.
»Wie sie gewachsen ist«, sagte Tante Ella mit ihrer immer ein wenig bekümmerten Stimme. »Kinder wachsen immer, wenn sie krank sind. Sie sollte Rotwein mit Ei

trinken, das kräftigt. Ich habe eine Flasche mitgebracht.«
Anne trank also Rotwein mit Ei, trank das Getränk zuerst mit großer Begeisterung und später mit leichtem Widerwillen. Bereitwillig aß sie alles, was man ihr vorsetzte und wurde von Tag zu Tag gesunder. Nach einer Woche nahm ihre Mutter sie mit in die Praxis von Dr. Horn. Er schlug mit einem silbernen Hämmerchen gegen ihr Knie, stellte unzählige Fragen, die Anne ziemlich albern fand und auf die sie Antworten gab, die ihr noch alberner vorkamen und die er unbegreiflicherweise auf einen Bogen Papier notierte. Er war ihr gleichgültig und wieder fremd geworden. Als er sie zur Tür geleitete, sagte er zu ihrer Mutter: »Sie brauchen sich keine Sorgen zu machen, Anne ist ein völlig normales kleines Mädchen.«
Seine Feststellung erfüllte Anne mit der Befriedigung eines Menschen, der soeben eine Prüfung bestanden hat, gemischt mit einer erstaunten Verachtung. Erst als er sich von ihrer Mutter verabschiedet hatte und sich dann, als diese sich bereits zum Gehen gewandt hatte, zu Anne herabbeugte, wurde er ihr wieder vertraut mit seinem Lächeln, das eine Brücke war, einem Verschwörerlächeln.
Anne saß im Zug. Sie fuhr, wenn auch nicht gerade in die Welt, so doch immerhin wenige Stationen weiter zu Tando. Es war ihre erste Reise, die sie allein unternahm. Ihre Eltern hatten sie in den Zug gesetzt, und Tando würde sie in Empfang nehmen. Dazwischen lag das Abenteuer ihrer fünfjährigen Existenz in einem rol-

lenden Zug. Die Familie, zu der ihre Eltern sie placiert hatten, war bereits am nächsten Bahnhof ausgestiegen. Jetzt hatte sie alles für sich allein: die beiden leeren Bankreihen aus glattgewetztem Holz und die ganze Fensterscheibe in uneingeschränkter Höhe und Breite, hinter der ein Frühlingstag vorbeizigeunerte. Sie betrachtete, was er ihr bot, spürte das aufregende Ratata der Räder, die sie weitertrugen, immer weiter, und war über die Maßen bewegt von der Vielfältigkeit dessen, was die Erwachsenen Leben nannten.

Es ging so schnell. Die Bilder rasten geradezu an ihr vorbei. Gerne hätte sie das eine oder andere festgehalten. Die Schafherde zum Beispiel mit dem Schäfer, der festgewachsen sein mußte, so unbeweglich stand er auf seinem Stock gestützt, oder das Gesicht des Kindes hinter einer Fensterscheibe. Für den Bruchteil einer Sekunde hatten sich ihre Blicke getroffen. Ein kleines Mädchen in ihrem Alter. Oder war es womöglich ihr eigenes Spiegelbild? Vorbei. Sie kniete auf dem Fensterplatz, die Nase gegen die Scheibe gepreßt.

Auf einmal verdichtete sich die Landschaft, rückte bis an den Zug, zum Greifen nahe. Sanftäugige Kuhmütter mit ihren staksigen Kälbern. Ein Dackel, der bellend unterhalb des Bahndammes ein Wettrennen mit dem Zug veranstalten wollte. Schrebergärten mit grüngestrichenen Lauben. Häuser, die sich plötzlich zu einer Stadt vermehrten. Unterhosen, die in seltsamen Verrenkungen an der Leine flatterten. Ganz langsam spazierte jetzt ihr Zug an allem vorbei und blieb schließlich ächzend stehen. Ein Bahnhof.

Plötzlich geriet alles in Bewegung. Geschäftige hasteten über den Bahnsteig, Kinder schrien, Erwachsene begrüßten oder verabschiedeten sich, ein Zeitungsverkäufer verkündete das Weltgeschehen. Anne war diesen Eindrücken wehrlos ausgesetzt. Sie erlebte das Abenteuer des Reisens zum erstenmal, den ganz besonderen Rhythmus, ganz bestimmten Geschmack der Ferne.
Mädchen stiegen in den Zug, mit Schulmappen unter dem Arm, erfüllten ihn mit ihrer redefreudigen Wichtigkeit, betraten schwatzend und kichernd Annes Abteil. Sofort nahmen sie es gänzlich in Besitz, öffneten das Fenster und riefen Unverständliches über den Bahnsteig. Als der Zug sich mit zögernden, ruckartigen Stößen in Bewegung setzte, schlossen sie es wieder. Anne schienen sie gar nicht wahrzunehmen, jedenfalls taten sie so, als sei sie nicht vorhanden.
Erst als der Schaffner in der Abteiltür erschien und Anne mitteilte, daß sie an der nächsten Station aussteigen müsse, wurde sie für ihre Reisegefährtinnen gegenwärtig. Ihr Vater hatte dem Zugschaffner ein Päckchen Zigaretten in die Hand gedrückt und ihn gebeten, sich um Anne zu kümmern. So war er in regelmäßigen Abständen an ihrem Abteil vorbeipatrouilliert, um sich zu vergewissern, daß alles in Ordnung sei.
Die Schülerinnen staunten, daß Anne schon allein reiste und versprachen, da sie ebenfalls an der nächsten Station aussteigen würden, ihre Hilfe. Als der Zug in den Bahnhof rollte, stritten sie sich fast um Annes Koffer, nahmen sie in ihre Mitte und geleiteten sie direkt in die Arme ihrer wartenden Tante.

»Groß bist du geworden«, stellte Tando wie immer fest, wobei sie gerührt eine allzeit parate Träne an der Nasenspitze zerquetschte, »und ein bißchen blaß. Aber das wird sich bald ändern, wir werden uns eine herrliche Zeit machen.« Anne versank in ihrer vollbusigen Warmherzigkeit und fühlte sich über die Maßen wohl. Bald stellte sich heraus, daß Tando nicht zuviel versprochen hatte. Von der ersten Minute an wurde Anne von ihr und Onkel Edi, ihrem derzeitigen Gefährten, ja gewissermaßen von der ganzen schnurrbehaglichen Wohnung mit der größten Selbstverständlichkeit aufgenommen. Sofort wurde sie einbezogen in Tandos Milieu, das sich so völlig von dem geregelten Haushalt ihrer Familie unterschied. In Tandos Dasein war nichts geordnet, auch nichts geplant. Das fing schon damit an, daß Onkel Edi nicht wie Annes Vater jeden Morgen Punkt halb acht das Haus verließ, sondern eben irgendwann am Vormittag. Wenn überhaupt, denn er war Vertreter von Büromaterial und bereiste einen großen Bezirk, so daß er oft tagelang nicht anwesend war. An diesen Tagen gab es überhaupt keine Fixpunkte. Sie standen auf, wenn sie ausgeschlafen hatten, aßen, wenn sie Hunger verspürten, und taten genau das, was ihnen Spaß machte. Oft gar nichts. Tando nannte diesen Zustand »gammeln«. Vermutlich hing es mit ihrer gerade überstandenen Krankheit zusammen, daß Anne diesen Zustand wohligen Nichtstuns nicht nur wohl oder übel akzeptierte, sondern sogar genoß. Vielleicht lag auch sein Reiz darin, daß man sich mit Tando so gut unterhalten konnte. Im Umgang mit Kindern gänzlich ungeübt, sprach sie zu Anne wie zu einer Erwachsenen. Das merkte Anne sofort, und es gefiel ihr auch dann, wenn sie Tando nicht verstand. Später erinnerte sie sich an viele Gespräche, deren Sinn ihr damals noch unbegreiflich war.

An einem solchen Gammeltage, als Onkel Edi auf Tour war, wie er es nannte, sprachen sie von Willi.

Es regnete, regnete stetig und mit der Unaufhaltsamkeit des nördlichen Landstrichs. Wundersame, pinkernde Monotonie, die immer wieder in den Schlaf wiegt. Völlig entrückt, sozusagen schon häuslich eingerichtet in der Welt der Träume, rieb Anne sich die Augen, als Tando ihr ganz behutsam – denn Schlafende bedeuteten ihr ungefähr das, was den Indern ihre heiligen Kühe – über die Haare strich. Ihre Stimme klang sanft und noch entfernt: »Es ist fast Mittag, Anne, willst du mit mir frühstücken?«

Anne nickte. Tando trug sie in ihr Bett, holte aus der Küche das bereits fertige Frühstück, zog die Vorhänge auf, zögerte einen Augenblick und überlegte laut, ob sie diese nicht gleich wieder zuziehen sollte, entschloß sich dann aber doch, diesem Regentag gefaßt ins Auge zu blicken. Jetzt kam sie samt Frühstückstablett wieder ins Bett. Bald war das Schlafzimmer von aromatischen Düften erfüllt, denn Tando pflegte morgens einen Kaffee zu trinken, in dem der Löffel stehenblieb, wie sie behauptete, während Anne heiße Schokolade schlürfte.

Ihre Unterhaltung begann zögernd.

»Es regnet«, murmelte Tando mit einem lustlosen Blick auf die Fenster.

»Macht nichts«, gab Anne gleichmütig zurück und biß genußvoll in ein knuspriges Brötchen.

»Ach, ich weiß nicht, solch ein Regentag kann einem schon sehr aufs Gemüt gehen.«

Anne nickte wortlos über ihrer dampfenden Schokolade, obwohl sie Tando nicht ganz verstand, denn sie hatte, wie die meisten Kinder, ein völlig neutrales Verhältnis zum Wetter.

»Eigentlich hast du recht«, sinnierte ihre Tante, »es macht wirklich nicht viel aus, denn wir haben es recht behaglich hier im Bett. Wenn ich an die vielen Menschen denke, die jetzt arbeiten müssen . . .«

»Wie Mutti«, warf Anne ein.

»Ach, an sie habe ich eigentlich weniger gedacht, denn sie arbeitet freiwillig, weil sie eine fleißige Frau ist. Im Gegensatz zu mir.«

»Hast du denn noch nie gearbeitet?«

»Doch«, erwiderte sie erbost, »aber höchst ungern. Allein schon das immer wiederkehrende Aufstehen mitten in der Nacht und dann dieser gräßliche Augenblick, wenn man seine Wohnung verlassen muß. Für einen ganzen Tag! Ich glaube wirklich, das ist das Schlimmste an der Arbeit, dieses Aus-dem-Haus-gehen-Müssen. Vielleicht bin ich mal eine Schnecke gewesen, ich meine früher in einem anderen Leben . . .« Sie schwieg, ganz erschöpft. Anne betrachtete sie in grenzenlosem Erstaunen, denn mit einer Schnecke hätte sie ihre Tante nie im Leben verglichen. Eher schon mit einer Katze. Sie wußte nicht warum, aber plötzlich tat Tando ihr leid. Unbeholfen streichelte sie ihre nackte Schulter, von der der Spitzenärmel heruntergerutscht war. »Vati geht auch immer früh aus dem Haus«, murmelte sie in der schwachen Hoffnung, daß dieser Hinweis irgendeinen Trost für Tando enthielt.

Sie zuckte die Schultern. »Ihm macht das nichts aus, denn er würde sich ohne einen geregelten Zeitplan höchst unbehaglich fühlen. Er ist eben ein typischer Beamter.«

»Beamter?« Anne dachte angestrengt nach, konnte sich aber nicht das geringste darunter vorstellen.

»Das ist eine Art Beruf mit viel, viel Sicherheit«, belehrte Tando sie.

»Sicherheit, ist das etwas Gutes?«

»Und ob! Das merkt man erst, wenn man sie nicht hat.«

»Aber du hast doch Onkel Edi.«

Tando lachte hell auf. »Ja, meine Kleine, ich habe Onkel Edi, aber der hat mit Sicherheit nichts zu tun.« Sie strich ihren Pony glatt. »Was macht übrigens Willi«, fragte sie beiläufig.

»Der ist weggezogen«, gab Anne automatisch zur Antwort.

»Ganz weg?«

»Ja«, nickte sie gleichmütig, »er kommt nie wieder.«

»Das ist aber schade«, rief Tando, »ich habe dich so um ihn beneidet.«

Anne blinzelte ihre Tante mißtrauisch an.

»Ja, wirklich«, wiederholte sie mit Nachdruck, »ich habe dich um ihn beneidet. Es muß doch wunderbar sein, jemand zu haben, dem man alles anvertrauen kann, der immer zur Stelle ist, wenn man ihn braucht.«

»Als ich krank war und keiner mich besuchen durfte, ist er immer gekommen und hat an meinem Bett gesessen«, murmelte Anne.
»Er wird wiederkommen«, behauptete Tando mit großer Bestimmtheit.
»Nein, er ist doch weggezogen«, widersprach Anne hartnäckig.
»Du wirst sehen, er kommt wieder.« Plötzlich schien Tando hellwach zu sein. Sie setzte das Frühstückstablett auf den Nachttisch und blickte sie lebhaft an. »Weißt du, Anne, was ich täte, wenn ich einen Willi hätte? Ich würde kein Sterbenswörtchen darüber verlauten lassen aus Angst, jemand könnte ihn mir wegnehmen. Ich weiß genau, daß er eines Tages wieder auftauchen wird, wahrscheinlich wenn du mal ganz traurig oder auch ganz glücklich bist. Dann sei froh, daß er da ist und sag es keinem Menschen. Keinem Menschen, hörst du? Höchstens mir, wenn du schon unbedingt von ihm reden mußt. Willst du mir das versprechen?« Sie streckte Anne beide Hände entgegen.
Anne, ganz betroffen über die plötzliche Heftigkeit ihrer Tante, nickte. »Du bist anders.«
»Anders als wer?«
»Anders als Ditha, als überhaupt alle.«
»Du meinst, anders als deine Familie«, lachte Tando, »natürlich, ich bin ja auch ein Außenseiter.«
Wieder so ein Wort: Außenseiter. Was sollte Anne damit anfangen. Ihre Tante nahm sie in den Arm. »Das verstehst du noch nicht, meine Kleine, und das sollst du auch noch gar nicht verstehen. Deine Familie ist in

Ordnung, eine ganz normale Durchschnittsfamilie sozusagen. Du bist ein bißchen spät in sie hineingeraten, als sie eigentlich schon komplett war, deshalb verstehst du vieles nicht. Ich an deiner Stelle würde nicht so viel über sie nachdenken. Aber wenn du später mehr begreifen wirst, dann denke daran, daß es die Außenseiter sind, an denen die Umwelt begreiflich wird. – Aber jetzt wird aufgestanden. Ich wünsche dir nur, daß du deinen Willi behältst. Noch lange behältst.«

6.

Dann vergaßen sie Willi wieder. Die Tage waren so restlos ausgefüllt, daß für Willi kein Platz mehr blieb. Sie waren auch dann ausgefüllt, wenn sie nichts Besonderes unternahmen, denn mit Tando leben, bedeutete mit der prallen Gegenwart zu leben. Im ständigen Auf und Ab ihres bewegten Daseins hatte sie die Fähigkeit errungen, die Gegenwart auszukosten. »Das ist eine Kunst«, behauptete sie, »denn die meisten Menschen pendeln unentwegt zwischen ihren Erinnerungen und ihren Zukunftsplänen und sind sich überhaupt nicht klar darüber, daß das einzige, was wirklich zählt, das winzige Stück dazwischen ist.«
Natürlich sagte sie das nicht zu Anne, sondern zu Onkel Edi, der von der Zukunft, offenbar einer gemeinsamen Zukunft, gesprochen hatte. »Laß uns noch warten«, fügte sie hinzu.
Anne achtete nicht auf Gespräche dieser Art. Vergangenheit, Zukunft – für sie waren das nichts als Worte ohne Bedeutung, denn sie lebte, wie alle Kinder, ganz im Gegenwärtigen. In überraschenden, funkelnden, aufregenden oder traurigen Augenblicken.
»Wir fahren nach Hamburg«, verkündete Onkel Edi eines Tages, »ich habe dort geschäftlich zu tun. Wenn ihr mitfahren wollt, dann müßt ihr euch beeilen.«
Zehn Minuten später saßen sie bereits im Auto, denn bei all ihrer barocken Pracht und ihrem gelegentlichen

Hang zur Faulheit war Tando eine überaus bewegliche Frau, besonders wenn es darum ging, etwas zu unternehmen, das ihr Spaß machte.

Annes erste Autofahrt.

Ein Auto war in jenen Jahren etwas Besonderes, etwas, was durchaus nicht jeder besaß. Doch für Onkel Edi als Reisenden bedeutete es vielmehr sein Handwerkszeug, wie er es auch manchmal nannte. Er behandelte es darum mit äußerster Sorgfalt, weil er darauf angewiesen war, daß es funktionsfähig blieb. Für Tando hingegen war es ein Symbol ihres derzeitigen Wohlstandes. Im Bewußtsein der erlebten mageren Jahre und ihrer ungewissen Zukunft war dieses Auto gewissermaßen die Bestätigung augenblicklicher Sorgenlosigkeit.

Allein wie sie einstieg, war sehenswert. Onkel Edi und Anne warteten bereits an der frischpolierten, schwarzglänzenden Limousine, als Tando aus dem Haus trat. »Donnerwetter«, rief Onkel Edi, und auch Anne war beeindruckt vom Anblick ihrer Tante. Das tintenblaue Seidenkostüm mit weißen Längsstreifen reduzierte ihre Rubensformen auf ein modisches, wenn auch immer noch vollschlankes Maß. Vom hocherhobenen Haupt, das durch eine knappanliegende, gleichfalls tintenblaue Kappe merkwürdig verwandelt aussah, wehte ein weißer Chiffonschleier. Ihre Augen – auch sie nahezu tintenblau und viel größer als gewöhnlich, weil schwarzumrandet – streiften in verhaltener Genugtuung an den Fenstern der Nachbarhäuser entlang, hinter denen Gardinen neugierig bewegt wurden. Als eine Nachbarin aus dem Parterrefenster heraus fragte, wohin sie denn

fahren wolle, antwortete Tando mit einer ganz neuen, man könnte fast sagen frisch gereinigten Stimme: »Ach, Frau Werner, mein Verlobter hat geschäftlich in Hamburg zu tun, da fahren wir mit, denn ich möchte meiner kleinen Nichte doch etwas bieten.«
»Oh ja«, hauchte Frau Werner und fügte noch ein säuerliches »Viel Vergnügen« hinzu, wobei ihre inspizierenden Blicke Tando bis zum Auto begleiteten.
Auch auf die beiden Wartenden hatte ihr Auftritt seine Wirkung nicht verfehlt. Onkel Edi öffnete schwungvoll die Autotür und kippte den Vordersitz nach vorne, damit Anne auf dem Rücksitz Platz nehmen konnte. Dann ließ er Tando mit einer galanten Handbewegung einsteigen. Als sie es sich auf dem Beifahrersitz bequem gemacht hatte, war der Wagen, obwohl durchaus nicht klein, restlos von ihr ausgefüllt. Ihre Persönlichkeit, unterstrichen durch ein kostbares Parfum, war so vorherrschend, daß Onkel Edi und Anne zu bedeutungslosen Statisten verblaßten, wenn auch immerhin Onkel Edi es war, der das Auto in Bewegung setzte.
Annes erste Autofahrt, wie gesagt. Immer sind es die ersten Male, die sich einprägen, die diesen ganz besonderen Glanz des Neuen haben, auch ein bißchen von der Erregung des Entdeckens.
Sie ließen die Stadt hinter sich und erreichten die Landstraße, die schnurgerade die Ebene teilte. Sommerwind wellte die noch silbrigen Kornfelder. Der Himmel war hoch und durchsichtig.
»Schau nur, die Lerchen, Anne!« Tando hatte das Seitenfenster heruntergekurbelt und steckte ihren Kopf

halb hinaus, um besser sehen zu können. Der weiße Chiffonschleier wurde vom Fahrtwind erfaßt und flatterte wie ein Wimpel an der Fensterscheibe. Jetzt mußte er sich von der Kappe gelöst haben, denn er wölkte sich einen Augenblick hoch, durchsichtig und wie eine Seifenblase schimmernd, dann stahl ihn der Sommerwind und trug ihn davon.

»Wie hübsch«, rief Tando, »jetzt wird er ein Stück mit den Lerchen fliegen oder auch kläglich an einem dornigen Strauch hängenbleiben, bis ihn jemand findet und mit nach Hause nimmt oder sich um den Kopf bindet. Ach, ich wüßte zu gerne, wer meinen Schleier aufheben und in den Händen halten wird. Etwas von mir, das nach meinem Parfum duftet, eine Verbindung zu mir. Seltsam, daß man eigentlich gar nicht weiß, wie weit man reicht.«

»Wie bitte?« Onkel Edi blinzelte sie irritiert, auch ein bißchen besorgt von der Seite an. Tando achtete nicht auf ihn, hatte sicher auch Anne vergessen, sprach nur für sich selbst, war wie betrunken von dieser Fahrt.

Die Straße verengte sich, Hühner scheuchten verstört davon, breite Bauernhäuser versteckten sich hinter mächtigen Bäumen – sie fuhren durch ein Dorf. Unter einer Eiche mit einer riesigen, den ganzen Dorfplatz beschattenden Krone, saßen alte Männer und rauchten Pfeife.

»Wie gut, daß es keine alten Frauen sind«, rief Tando erleichtert.

»Wieso?« Wiederum blickte Onkel Edi sie irritiert an.

»Alte Weiber bringen Pech«, erwiderte sie knapp.

»Aber ich bitte dich, das ist doch finsterster Aberglaube«, protestierte Onkel Edi.
»Möglich«, gab sie zu, »dann bin ich eben abergläubisch. Alle Menschen mit Phantasie sind es übrigens, nur geben es die meisten nicht zu. Ich finde eben alte Frauen deprimierend, das ist alles.«
Birken umsäumten jetzt die Straße. Sie gehören zu dieser Landschaft. Immer sehen sie aus, als warteten sie auf irgend etwas. Ihre schwarzweißgerippten, schlanken Stämme, gerade aufgereiht wie eine Balletttruppe, tragen mit unvergleichlicher Anmut das zarte Astwerk – eine Federzeichnung im Winter, im Reif erstarrtes Filigran, im Frühling werden gelbe Wimpel gehißt und im Sommer tupfen stets bewegte Blätter silbriges Grün in das Bild.
Diese Landschaft an einem Sommermorgen: Alles ist bewegt von unaufhörlichem, zärtlichem Wind, der sanft über die Ebene streicht, mit diesem unerreichbaren Himmel und dem unendlich fernen Horizont, hinter dem man das Meer weiß. Dieses Land in seiner Weite, das einem die Illusion von Freiheit und schier unbegrenzten Möglichkeiten schenkt. Eine Landschaft der Sehnsucht. Nein, keine aufwendige Landschaft. Keine aufgestülpten Bergriesen, keine romantischen Felsbuchten oder Palmenfassaden. Auch keine gelben Wüsten mit erinnerungbrütenden Sphinxen und Königsgräbern. Keine Moscheen und Bazare, kein Zuckerhut und auch kein Dschungel. Nichts von all den Herrlichkeiten dieser Erde, sondern so simpel und trist, wie viele sagen, daß man um nichts in der Welt dort leben möch-

te. Diese Landschaft, hat man sie erst einmal in sich aufgenommen mit allen Poren, dann wird man sie nicht wieder los. Nie wieder.

»Halt!« Tandos Hand schoß in die Höhe, stieß natürlich gegen irgend etwas, was sie mit einem wütenden »Aua« quittierte. Die Bremse quietschte, der Wagen schlingerte und blieb stehen.

»Bist du wahnsinnig«, keuchte Onkel Edi, »mich so zu erschrecken!«

Tando beachtete ihn überhaupt nicht, sondern stieß die Wagentür auf. »So kommt doch schon«, rief sie so ungeduldig, daß sie ohne Widerspruch ausstiegen.

»Der Zeppelin!« Tando und Onkel Edi warfen die Arme hoch und schrien aus Leibeskräften.

Zeppelin. Ein ganz neues Wort. Drei seltsame Silben, wie zum Spaß aneinandergereiht. Anne starrte wie sie in den Himmel und erschrak furchtbar, zuckte zusammen vor diesem nie gesehenen und überaus fremden Gebilde, das, einer riesigen Zigarre gleich, durch das gläserne Blau glitt. »Kommt er aus dem Himmel«, fragte sie fassungslos.

»Im Gegenteil«, lachte Onkel Edi, »er ist von der Erde hochgestiegen. Es ist ein Luftschiff, und man hat es nach seinem Erfinder, dem Grafen Zeppelin, benannt. Nach Berlin fliegt der Zeppelin; ich habe es in der Zeitung gelesen. So deutlich habe ich ihn noch nie gesehen, man kann sogar die Menschen darin erkennen. Sie winken.« Er zerrte ein Taschentuch aus der Rocktasche. Auch Tando hatte plötzlich ein winziges Tüchlein in der Hand, jetzt winkten sie beide aufgeregt zurück.

Ohne Bewegung stand Anne neben ihnen. Sie schien nur noch aus Augen zu bestehen, die nach oben staunten, die metallische Ellipse verfolgten, die scheinbar ganz langsam und lautlos hoch über ihren Köpfen und gleichwohl zum Greifen nahe vorüberschwebte. Da waren Köpfe, zwei oder drei, oh nein, nur einer und dann für eine Sekunde ein Gesicht und eine wohlbekannte Hand. Eine winkende Jungenhand.
Willi! Wie im Traum glaubte sie zu schreien, doch kein Wort kam über ihre Lippen. Auch die Worte schienen festgekleistert zu sein. Das silberne Schiff entfernte sich unaufhaltsam, veränderte sein Aussehen in der verkürzten Perspektive, strebte dem rechten Horizont zu, war nicht aufzuhalten, wurde schemenhafter im immer helleren Licht, glitt aus der Realität und schien sich endlich im Horizont aufzulösen.
»Willi!« Jetzt konnte Anne plötzlich schreien. Jetzt, wo es sinnlos war, flogen ihre Hände in die Luft.
»Vorbei«, sagte Onkel Edi trocken. »Wir müssen uns beeilen, sonst sind wir zu spät in Hamburg.«
Weiter ging die Fahrt. Sie fuhren durch eine Landschaft, die Anne nicht wahrnahm, weil sie versuchte, das Bild festzuhalten, das ihr schon wieder zu entgleiten drohte: dieses schimmernde, silberne Schiff, das man Zeppelin nannte. Auch das Gesicht, das sie gesehen und wiedererkannt hatte. Sie achtete nicht auf Tandos lebhafte Schilderungen ihrer Eindrücke. Welch ein Tag, wie für sie geschaffen, voll Licht und mit Überraschungen gewürzt. Plötzlich drehte sie sich um. »Du bist so still, Anne.«

»Willi war im Zeppelin.« Anne mußte es einfach sagen.
»Sie spinnt«, brummte Onkel Edi.
»Nein«, entgegnete Tando scharf, »das tut sie nicht. Wenn du ihn nicht gesehen hast, ist das noch lange kein Beweis, daß er nicht im Zeppelin war.«
»Wer ist denn überhaupt dieser Willi«, fragte Onkel Edi aufgebracht.
Tando schwieg. Anne schwieg ebenfalls. Hätte sie doch bloß nichts von Willi erwähnt! Wie konnte sie wissen, daß Schweigen eine Kunst ist, die man erst im Laufe des Lebens erlernt. Oder auch nie erlernt.
»Na bitte!« Onkel Edi lachte kurz auf. »Diesen Willi gibt es nämlich nicht, weder im Zeppelin noch sonstwo. Er ist eine pure Erfindung von Anne. Macht ja nichts, deswegen habe ich sie trotzdem gerne.« Er drehte sich nach Anne um und streichelte gutmütig ihren Arm, den sie auf den Vordersitz gelegt hatte. Oh, hätte sie doch bloß nichts gesagt!
»Edi . . .« Tando machte eine Pause, und Anne sah an ihrem entschlossenen Gesicht, daß jetzt etwas Wichtiges kam, »Edi, glaubst du an Gott?«
»Was soll denn das nun schon wieder«, erwiderte Onkel Edi gereizt. »Du weißt, daß ich solche Fragen nicht mag. Jeder Mensch glaubt an Gott, oder an sonst irgendeinen.«
»Eben«, nickte Tando, »jeder glaubt an Gott oder an Götter, seit es Menschen gibt auf dieser Welt, obwohl noch nie einer seinen Gott oder seine Götter gesehen hat.«
Pause. Onkel Edi konnte Regale bauen, eine Gans aus-

nehmen und Autofahren. Er konnte rechnen und vor allem Geld verdienen, aber im Denken war er manchmal ein bißchen langsam. »Du willst doch wohl diesen Willi nicht mit ...« es widerstrebte ihm, den Satz zu vollenden.

»Nicht direkt«, beschwichtigte ihn Tando, »was ich sagen wollte ist, daß es nicht nur die Wirklichkeit gibt, ich meine, daß diese Wirklichkeit nicht immer ausreicht. Schon gar nicht für ein kleines Mädchen, das nur unter Erwachsenen lebt. Ich kann Anne gut verstehen, ja, manchmal beneide ich sie direkt um ihren Willi.«

»Du liest zu viel«, brummte Onkel Edi.

»Oh nein«, widersprach Tando lebhaft, »längst nicht genug. Meine Eltern konnten mir keine teure Schulausbildung geben, daher habe ich einen großen Nachholbedarf an Wissen. Ich möchte nämlich nicht einfach nur so dahinleben, sondern ich will wenigstens den Versuch unternehmen, mein Dasein auch geistig zu verkraften. Es muß doch ein Schema, ich meine, so etwas wie einen Entwurf geben.«

»Was für Einfälle du hast!« Onkel Edi schüttelte belustigt, auch ein wenig bewundernd den Kopf.

Kann sein, daß sie andere Worte gebrauchten, kann sein, daß dieses Gespräch überhaupt ganz anders abspulte. Ihre Worte beschäftigten Anne durchaus nicht, erreichten kaum ihr Bewußtsein und waren doch da, eines Tages, viel später.

Häuser kamen auf sie zu. Eine Straßenzeile. Ein Platz. Immer mehr Häuser, viel höher als in Annes Stadt. Türme und wieder Straßen, die unersättlich nach allen

Seiten griffen, Krakenarme, die gar kein Ende nahmen. Eine Großstadt. Die erste, die Anne sah. Dann der Fluß. Die Elbe, wie Tando erläuterte. Auch er nicht vertraut und beschaulich wie der Fluß in Annes Stadt, vielmehr ein Strom, bedeutungsvoll und von einer Brücke überbogt.

»Halt!« Diese Brücke. Anne wollte so gerne hinübergehen, von einem Ufer zum anderen. Sie glaubte, diese Brücke wäre einmalig.

»Was ist denn«, fragte Onkel Edi aufgeschreckt.

»Sie möchte gerne hinübergehen.« Tando schien immer und augenblicklich Annes Gedanken zu erraten.

»Das geht nicht«, entschied er kurz, »wir können hier nicht einfach halten. Außerdem kann sie noch über so viele Brücken gehen.« Doch er fuhr ganz langsam, damit Anne die Dampfer sehen konnte, auch die Boote, deren Segel sich weiß in der sommerlichen Brise blähten.

Dann wurde der Tag ausgeknipst, von einem Augenblick zum anderen. Aus der glitzernden Helligkeit eines Sommertages tauchten sie in Nacht, deren klebrige Feuchtigkeit durch alle Ritzen drang und deren künstliche Beleuchtung etwas Kränkliches hatte.

»Der Elbtunnel! Gleich werden wir am Hafen sein!« Tando drehte sich nach Anne um, »da wirst du staunen.«

Hafen, Tunnel, Brücke, Elbe, Hamburg, Zeppelin, Willi – nie hätte Anne geglaubt, wie viele funkelnagelneue Dinge in einen einzigen Tag paßten. Außer Willi natürlich. Der war ihr zu sehr vertraut, gehört ihr,

hatte mit der Inszenierung dieses Tages nichts zu tun. Der Hafen. Onkel Edi ließ sie aussteigen und fuhr geschäftig davon.
»Jetzt gehört der Tag uns.« Tando nahm Annes Hand und drängte sie in eine Barkasse, die bereits mit Menschen vollgestopft war und nur noch auf sie zu warten schien, bevor sie lostuckerte. Ganz anderes Gefühl des Fahrens als in einem Zug, einem Pferdewagen oder einem Auto, dieses seltsame Schaukeln auf den Wellen. Selbst wenn man die Augen zumachte, war man sich bewußt, daß keine Erde unter den Füßen war, sondern Wasser. Etwas Bewegliches, das keinen Halt mehr bot. Abenteuer, eines von vielen. Natürlich hielt Anne die Augen nicht immer geschlossen, nur eben so lange, um sich dieses neuen und durchaus nicht nur angenehmen Gefühls des Auf-dem-Wasser-Seins bewußt zu werden, dieser beängstigenden Haltlosigkeit, die komischerweise aus dem Bauch zu kommen schien.
»Dir ist doch nicht etwa schlecht, Anne?« Tando legte die Hand auf Annes Schulter, »bist eben eine echte kleine Landratte. Du mußt ganz tief atmen!«
Gehorsam sog Anne diesen gleichfalls neuen Geruch von Tang, Verfaultem und Teer, auch ein bißchen Salz ein. Jetzt hatte sie die Augen weit geöffnet und sah den Kai, das Stahlgerippe der Kräne, die wie Vogelhälse aussahen, die Frachter, Dampfer und Barkassen, diese faszinierende Schraffur eines großen Hafens auf sich zukommen, begleitet von der eintönigen Stimme eines Mannes in einem dunkelblauen Rollkragenpullover, mit einer Schirmmütze auf dem Kopf. Er sprach in ei-

nen Trichter. Anne achtete nicht so sehr auf das, was er sagte, lauschte nur auf den Klang seiner Stimme, der neu war, wie alles an diesem Tag und ihr außerordentlich gefiel. Die Worte, die aus seinem Singsang herausfielen, hatte sie noch nie gehört: Werften, Handelsmarine, Bruttoregistertonnen, Pier – was bedeutete das?
»Spricht er chinesisch?« Annes Stimme klang sehr hell und schrecklich laut.
»Nein«, erwiderte Tando trocken, »hamburgisch.«
Gelächter sprang hoch, brachte die Barkasse richtig in Bewegung. Auf einmal sang der Mann ein Lied in den Trichter, in dem etwas von Nordseewellen vorkam. Alle schienen dieses Lied zu kennen, selbst Anne, obwohl sie es noch nie gehört hatte, denn sie konnte seine Melodie sofort mitsummen. Und sie mochte den Wind, der in ihr Haar griff. Auch dieser Geschmack, der bittersalzig auf der Zunge lag, war ihr vertraut von Anbeginn.
Dann setzte das Tuckern des Motors aus. Lautlos wiegten sie sich auf den Wellen. Als Anne den Blick hob, hielt sie den Atem an. Wirklich, ihr blieb der Mund offen, so überwältigt war sie von dem Anblick des riesigen Schiffes, das im Hafen vor Anker lag. Der Mann im Rollkragenpullover nannte auch einen Namen, doch den vergaß Anne sofort, war ja restlos ausgefüllt von diesem weißen, riesigen Schiff, dessen Höhe und Breite sie nur mit einiger Anstrengung abmessen konnte. Weit mußte sie den Kopf zurückbeugen, damit ihre Blicke an der Schiffswand hinauf auf das Deck klimmen konnten, wo sie geschäftige Männer hin- und herrennen sah.
»Das sind Matrosen«, erklärte Tando, »auch Hand-

werker, die das Schiff überholen, bevor es zu seiner nächsten Reise in See sticht.«

Sie sagte tatsächlich »in See sticht«. Obgleich Anne diese Worte einzeln nicht das geringste sagten, prägten sie sich ein. Irgendwie wußte sie augenblicklich, was sie bedeuteten, hatte sofort das ganze Bild vor sich. Tando setzte einen Seufzer hintenan. Einen ganzen Seufzerakkord, mit dem sie ihre Wünsche dekorierte, die in der kühnen Behauptung gipfelten, daß sie mit einem solchen Überseedampfer irgendeines wunderschönen Tages nach Amerika reisen würde. Wie sie auf Amerika und überhaupt zu dieser Behauptung kam, war bedeutungslos, aber Anne glaubte ihr aufs Wort, hätte ihr in diesem Augenblick so gut wie alles abgenommen. Man bedenke, was sie an diesem einzigen Tag, der noch lange nicht zu Ende war, schon alles gesehen und erlebt hatte: ihre erste Autofahrt, ein Luftschiff, das man Zeppelin nannte, einen breiten Strom und einen Tunnel, den Hafen und nun dieses Schiff, mit dem die Menschen in fremde Länder reisten. In jenen Jahren waren technische Errungenschaften noch keine Alltäglichkeiten, derer man sich ohne Staunen bedient.

Welch verrücktes Gefühl, als sie die Barkasse endlich verließen. Ein Kribbeln von tausend Ameisen in den Kniekehlen. Die Welt wurde wieder eine Fläche. Das Dasein bekam den Halt von zuverlässiger Erde und der Bauch seine Balance. Benommen trottete Anne neben ihrer Tante durch Straßen, in denen sich die Menschen drängten, mit Häusern, die bis in den Himmel reichten, verglichen mit den schmalbrüstigen Fachwerkhäusern

der kleinen Stadt, aus der sie kam, in der alles vertraut und überschaubar selbst für ein kleines Mädchen war.
»Was für eine Stadt«, sagte Tando, »hier möchte ich leben. Immer habe ich hier leben wollen. Nicht in irgendeiner großen Stadt, sondern nirgend anders als hier.« Sie zog Anne in ein Kaufhaus von unheimlicher Größe, einem Labyrinth von Treppen, Etagen und Warenständen, die mit Dingen bestückt waren, die Anne noch nie gesehen hatte. Doch schon gewöhnte sie sich daran, daß in dieser Stadt alles neu, alles größer und über ihre gewohnten Maße zu sein schien. War es nicht beinahe selbstverständlich, daß sie auf einer Rolltreppe nach oben glitten.
Tando kaufte sich einen neuen Schleier für ihren Hut und im Vorbeigehen das eine oder andere, was ihr ins Auge stach, dann verließen sie das Warenhaus. Weiter und weiter wanderten sie durch Straßen, die kein Ende nahmen. Plötzlich war wieder Wasser da. Kein Fluß, sondern ein Wasserviereck, von hohen Gebäuden flankiert, auf dessen kurzen, spitzengekrausten Wellen sich alle möglichen Boote, Barkassen und Ausflugsdampfer herumtrieben.
»Das ist die Binnenalster«, erklärte Tando. »Du wirst müde sein. Wir werden hier Kaffee trinken und auf Onkel Edi warten.« Während sie Anne hinter sich her durch die dichtbesetzten Tischreihen zog und nach einem passenden Platz Ausschau hielt, schien auch sie auf einmal größer, man könnte fast sagen, unübersehbarer geworden zu sein. Scheu blickte Anne zu ihr hoch und fand ihre Tante plötzlich auf irgendeine geheimnisvolle

Weise fremd. Der neue Schleier schmeichelte sich spielerisch um ihr Gesicht. Und ihr Lächeln, ja dieses Lächeln war es, das sie veränderte. Es mußte irgendwie mit den Leuten auf der Caféhausterrasse zusammenhängen, deren Blicke sie an ihren Tisch begleiteten.
Als das bestellte Gebäck vor ihnen stand, spürte Anne erst ihren Hunger. Gierig schlang sie die ersten Bissen in sich hinein. Mit dem Rest ließ sie sich Zeit, schlürfte gekühlte Schokolade und war so vertieft in diesen Genüssen, daß sie weder auf ihre Umgebung noch auf ihre Tante achtete. Trägheit wattierte ihre Glieder, ließ den uneingestandenen Wunsch nach Schlaf aufkommen und zwang sie zum Gähnen. Kleinäugig blinzelte sie auf die Alster, die ihr jetzt sehr fern vorkam. Sie träumte sich in eines der Boote, spürte fast das Wiegen auf dem sanftbewegten Wasser. Sie hatte ihre Arme auf die Holzbrüstung der Terrasse gelegt. Die Sonne, schrägstehend jetzt und auch schon ein bißchen müde geworden, lag wie eine warme Hand auf ihrem gesenkten Nacken. Die Segel über dem Wasser schienen allmählich wegzugleiten, veränderten sich auf merkwürdige Weise, waren auf einmal keine weißen Segel mehr, sondern verschwommene rote Dreiecke. Rote Dreiecke.
»Schau mal, Anne, ein kleiner Hund!« Die Stimme ihrer Tante klang entfernt und belästigte sie. Ein Hund. Anne kam aus einer Kleinstadt, ihre Eltern hatten Freunde auf dem Lande, und sie war mit Tieren aufgewachsen. O nein, mit einem Hund konnte man sie wirklich nicht aus diesem angenehmen Dämmerzustand, auch nicht von den roten, roten Dreiecken weglocken.

»Ein Dackel – ach, ist der drollig!« Tando konnte schrecklich hartnäckig sein, aber Anne schüttelte immer noch träge den Kopf und verspürte nicht die geringste Lust, sich mit einem noch so drolligen Hund zu befassen. Übrigens hatten Nachbarn zu Hause auch einen Dackel. Er gehorchte nie, befand sich in ständiger Erregung oder kläffte aus purer Gewohnheit. Anne mochte ihn nicht besonders. Dieses Wasser, war es nicht viel interessanter, als ein Hund, noch dazu ein Dackel, sein konnte. Immer noch waren die Segel rot, denn die Sonne neigte sich, malte Farben auf weiße Flächen, zog goldene Schleppen über das geriffelte Wasser, wollte alles verändern.
»Er bettelt – sieh' doch nur, wie er bettelt!« Tando ließ nicht locker.
Mit einem kleinen Seufzer hob Anne den Kopf. Plötzlich wurde ihr klar, daß ihrer Tante aus unbekanntem Grund etwas an diesem Hund liegen mußte. Wie viele Kinder, hatte sie ein Gespür für die Absichten der Erwachsenen, wenn sie auch deren Beweggründe nicht durchschaute. Widerstrebend beugte sie sich also zu dem Hund, sah ihn dasitzen mit hochgereckten Vorderpfoten, blickte in seine Augen, durch deren samtbraune Hundetraurigkeit ein Anflug von Schalk zu blitzen schien und war ihm augenblicklich zugetan. Er schnappte nach dem Kuchenrest, den sie ihm zuwarf, schluckte ihn mit Todesverachtung herunter. Wirklich, sie bemerkte deutlich, daß er diesen Kuchen verabscheute, aber trotzdem vertilgte, um keinen Mißton aufkommen zu lassen.

Sie rutschte vom Stuhl, was er mit heftigem Schwanzwippen quittierte. Als sie sich niederhockte und seinen Kopf streichelte, hätte er vor Freude fast geweint. Doch, doch, seine Augen schimmerten ganz feucht, und es war unschwer zu erkennen, daß er hingerissen war von der ihm dargebotenen Zuneigung. Vielleicht sollte man sagen, hingerissen in einer Art drolliger Listigkeit, mit der er Anne ganz gezielt vom Tisch weglockte bis an den äußersten Rand der Terrasse. Hier standen die Tische nicht so gedrängt und waren, da die Sonne sie nicht mehr erreichte, auch nur noch spärlich besetzt.
Wie er sich bemühte, dieser kleine, fremde Dackel, Annes Bewunderung zu erringen. Pausenlos produzierte er sich, zeigte bereitwillig alle Kunststückchen, die man ihm beigebracht hatte, veranstaltete ein ganzes Fußballspiel mit einer zusammengeknüllten Papierserviette, jagte mit einer wilden Pirouette seinen Schwanz und war mit einem Wort der geborene Komiker.
Längst war Annes Müdigkeit verflogen. Ihre Tante hatte sie so gut wie vergessen, und wenn sie später an diese Hundebekanntschaft zurückdachte, dann bestand sie aus einem langen, gleichzeitig aber überaus kurzweiligen Nachmittag.
Das Erwachen überkam die neuen Freunde zu gleicher Zeit. Irgendwann hob der Dackel den Kopf, sozusagen in sich oder auf irgend etwas lauschend, auf einen nur für ihn hörbaren Ruf vielleicht oder auch nur auf ein Bedürfnis, das ihn bedrängte. Jedenfalls fiel Anne im selben Augenblick ihre Tante ein. Das Spiel war aus. Ernüchtert tappelten sie über die leerer gewordene Ter-

rasse zurück zu dem Tisch, an welchem sie Tando zurückgelassen hatte.
Erstaunt stellte Anne fest, daß sie offensichtlich nicht im geringsten vermißt worden war. Tando saß nämlich nicht mehr allein, sondern schien sich in Gesellschaft eines Herrn äußerst wohl zu fühlen. Eines silbermelierten Herrn übrigens, der sich – wundersame Fügung eines freundlichen Geschicks – als der Besitzer ihres Hundefreundes vorstellte.
»Habt ihr euch gut unterhalten«, erkundigte sich der Silberne, halb zu Anne, halb zu seinem Hund gewandt. »Er heißt Karo«, fügte er hinzu.
»Karo«, wiederholte Anne mechanisch. Eigentlich war ihr der Hundename ganz egal, denn das Spiel war ja längst vorbei.
»Ja«, sagte der Silberne, »gefällt dir der Name?«
Anne nickte in plötzlichem Unbehagen. Am liebsten wäre sie weggerannt. Weit weg von diesem freundlichen Herrn mit seinem Hund, ja sogar weit weg von Tando.
»Es wird Zeit für mich und vor allem für Karo«, lächelte der Silberne. Während er mit geübtem Griff die Hundeleine an das Halsband hakte, wechselte er ein paar rasche Worte mit Tando und gab Anne einen leichten Klaps auf die Schulter. Bevor er außer Sichtweite kam, drehte er sich noch einmal um, hob leicht die Hand zum Gruß und wäre fast mit Onkel Edi zusammengestoßen, der sie in diesem Augenblick entdeckte und auf ihren Tisch zusteuerte.
»Kanntest du den Herrn«, fragte er Tando mißtrauisch.
»Eigentlich nicht«, gab sie gleichgültig zurück, »ich

wechselte bloß ein paar Worte mit ihm, weil Anne mit seinem Hund gespielt hatte.«
Anne öffnete den Mund, schwieg aber erschreckt, als sie Tandos Blick begegnete. Eigentlich hatte sie etwas von Karo erzählen wollen, aber auf einmal war sie nicht mehr sicher, ob ihre Geschichte überhaupt erwünscht war. Sie kam sich ganz klein vor, wünschte sich, irgendetwas zum Festhalten an diesem Tag und sagte in trotziger Notwehr: »Willi wohnt hier in Hamburg.«
Während sie die Terrasse verließen, strich Tando über ihren Kopf und meinte: »Doch, das halte ich durchaus für möglich. Wenn ich einen Willi hätte, würde er jedenfalls bestimmt in Hamburg leben.«
Onkel Edi drehte sich halb zu ihr und fragte zerstreut: »Wie meinst du das?«
»Anne ist müde«, Tando knöpfte ihre Jacke zu, »vielleicht sollten wir hierbleiben.«
»Du meinst, hier übernachten?«
Jetzt hängte sie sich bei ihm ein, während sie rechterhand Anne neben sich herzog. »Warum nicht? Wir haben noch eine lange Heimfahrt vor uns; außerdem haben wir beide noch nichts von diesem Tag gehabt. Wir könnten ausgehen und uns einen vergnügten Abend machen.« Sie blickte ihn an mit der gleichen Sorte Lächeln, die Anne schon heute nachmittag, als sie über die Terrasse gegangen waren, beunruhigt hatte.
Er gab ihr Lächeln zurück, nur daß es bei ihm zu einem schiefen Grinsen mißlang, das wie eine Verschwörung aussah. Hatten sie ein Geheimnis miteinander?
»Gewonnen«, sagte Onkel Edi.

Jetzt war die Sonne hinter einer violettumrandeten Wolkenbank gekippt. Eine aufkommende Abendbrise wehte Anne ein herrenloses Taschentuch vor die Füße, aber sie war zu müde, sich danach zu bücken. Sie wünschte sich gähnend, daß dieser Tag, funkelnd wie er gewesen war, jetzt ganz schnell zu Ende sein möge.

Er war es auch, jedenfalls für Anne. Kaum bemerkte sie, wie sie mit dem Auto durch die abendlich aufflammenden Straßen fuhren. Nur noch matt bestaunte sie das hektische Auf- und Abzucken der Reklamen. Farbige Schleppen an nächtlichen Häusern, Silberperlen, die aus einem Glas tropften, glühende Buchstaben – ein Zirkus der Lichter. Sie schwammen vor ihren Augen wie Fische in einem beleuchteten Aquarium, verloren ihre Bedeutung und tropften auf ihre schweren Lider. Nur das Rot blieb, siegte wie immer, zog seine Spiralen noch hinter geschlossenen Augen, war einfach nicht auszulöschen.

Das Auto hielt. Als Onkel Edi die Tür öffnete, wäre Anne fast hinausgefallen. Sie mußte eingeschlafen sein auf der Fahrt durch die nächtlichen Straßen. An der Hand ihrer Tante tappelte sie benommen in das Hotel und wünschte sich plötzlich nach Hause. Wie ein Schlag überfiel sie Sehnsucht nach ihrem Vater, der ein Stellvertreter vom lieben Gott war, nach ihrer Mutter und ihrem Haus. Nach dem Vertrauten, dem Kreis, der sie umschloß. Woher sollte sie wissen, daß man dieses Gefühl Heimweh nennt? Überhaupt nichts wußte sie in diesem Augenblick, so beansprucht war sie von der Anstrengung, nicht loszuheulen. Ganz steif spürte sie sich werden, fühlte, wie selbst ihr Gesicht kalt wurde und aus lauter Einzelteilen bestand. Aus aufgerissenen Augen und zusammengepreßten Lippen, aus Ohren und einem Kinn, das wackelte.

Sie setzten sich in das Restaurant. Ein Kellner brachte Getränke und später Speisen. Die Bockwurst, die Tando für Anne bestellt hatte, weil sie wußte, daß sie sie gerne aß, schmeckte nach gar nichts. Zentimeter für Zentimeter würgte sie herunter und hatte keine Ahnung, warum sie sich immer noch wünschte, losheulen zu können.

»Sieh nur, wie blaß sie ist«, sagte Tando, »es ist schon gut, daß wir hierbleiben.«

»Ja«, nickte Onkel Edi zerstreut, dann fragte er: »Du hast doch nichts dagegen, wenn ich einen Blick in die Zeitung werfe?« Er erhob sich und ging zu einem Ständer, an dem die Zeitungen an Holzleisten hingen.

»Ich bringe inzwischen Anne ins Bett und mache mich ein wenig frisch.«

»Laß dir ruhig Zeit«, Onkel Edi war schon ganz in seiner Zeitung vertieft.

Das Hotel gehörte keineswegs zu den bekannten dieser Stadt, sondern höchstens zur Mittelklasse. Ihr Zimmer lag im obersten Stockwerk. Vier nichtendende Treppen, denn es gab keinen Lift. Die Treppen waren aus Holz und von einem roten Läufer mit verwischten Ornamenten nur mäßig verschönt. Die spärliche Beleuchtung des Treppenhauses reichte gerade aus, um unbeschadet hinaufzukommen. Schon bevor sie die erste Biegung erreicht hatten, war es um Anne geschehen.

Unbemerkt zunächst, schmeckte sie plötzlich Salz auf ihren Lippen. Erschreckt hielt sie einen Augenblick inne im Steigen, wußte immer noch nichts über den Grund ihrer Traurigkeit, wollte nur nicht, daß ihre Tante aufmerksam wurde. Aber Tando, deren barocke Fülle in dieser Situation eine erhebliche Belastung bedeutete, war ganz darauf konzentriert, mit Unterstützung des Geländers Stufe für Stufe der endlosen Treppe zu erobern. Anne stieg hinter ihr hinauf. Irgendwann im Hinaufstapfen wurde ihr klar, daß der Salzgeschmack von Tränen kam, die nicht aufzuhalten waren, die ihr Gesicht überschwemmten und deren Ursache ihr unbegreiflich blieb. Dazu die sinnlose Vorstellung, daß ihr Haus in Flammen aufging und ihre Eltern für immer verschwunden waren. Nichts war geschehen. Ein Tag, beklebt mit fremden, knallbunten Bildern, ging zu Ende, aber Anne überfiel die Vorstellung ihres brennenden Elternhauses. Später, in der Erinnerung, verschwamm der buntbeklebte Tag, aber das dämmrige Treppenhaus, die endlosen Stufen, die verblaßten Ornamente auf dem roten Läufer, das blieb in gestochener Deutlichkeit. Und es blieben die Tränen und diese unsinnige Vorstellung ihres in Flammen aufgehenden Hauses.

»Wirst du es schaffen«, fragte Tando sie in der dritten Etage.

Wie ertappt fuhr Anne mit dem Handrücken über ihr nasses Gesicht, doch ihre Tante war völlig von ihrer eigenen Anstrengung in Anspruch genommen. Schnaufend blieb sie stehen, spähte den Gang nach rechts und nach links und setzte dann widerstrebend ihren Fuß auf die nächste Stufe. »Das letzte Stück.«

Als sie die Treppe endlich besiegt hatten, waren Annes Tränen getrocknet. Vermutlich waren einfach keine mehr da. Ganz und gar ausgelaufen kam sie sich vor und unbeschreiblich leicht. Es hätte sie überhaupt nicht gewundert, wenn sie weggeflogen wäre. Keine Traurigkeit mehr, auch kein brennendes Haus. Wie weggeblasen waren die Gedanken, und es blieb eine angenehme, überaus helle Leere.

Kaum nahm sie das Hotelzimmer mit dem breiten Doppelbett und dem quer davor stehenden schmalen Bett wahr, spürte undeutlich, wie ihre Tante sie auszog bis auf das kurze Hemdchen, denn sie hatten kein Nachtzeug bei sich. Anne sank ins Bett. Der letzte flüchtige Eindruck dieses Tages waren die üppigen Umrisse ihrer Tante vor dem Waschbecken, dann sauste sie wie auf einer Rutschbahn in schwarze Finsternis.

Stimmen weckten sie und das Knarren einer Tür. Der Schalter knipste aufdringlich ein Bündel unerwünschten Lichts auf ihre zugedrückten Lider. Das Auflachen ihrer Tante hatte einen unbekannten Klang, dunkler als sonst und ein bißchen heiser. Sie hörte Kleider auf einen Stuhl oder sonstwohin fallen, dann das Poltern von Schuhen und das Ächzen des Bettes, als Tando mit einem wohligen Seufzer hineinsank. Das Tappen nackter Fußsohlen wurde von dem Klack des Schalters unterbrochen und mit einem abermaligen Bettächzen beendet. Stille.

Anne drehte sich auf die Seite, kniff die Lider fest zu-

sammen, merkte gar nicht, daß sie hellwach war und lauschte in das fremde Zimmer.
Ein Geräusch ließ sie hochfahren. Die Stimme ihrer Tante: ein langgezogenes Ahhh, das nicht aufhören wollte. Nein, das konnte Tandos Stimme nicht sein, war womöglich überhaupt nicht die Stimme eines Menschen. Stocksteif saß Anne in ihrem Bett, sah wie auf einer Fotografie das ganze Zimmer. Ein tristes Zimmer in der Graudämmerung eines unbestimmten Morgens, der sich durch die Spalten halbgeschlossener Jalousien drängte, mit einem Schrank, einem Tisch, zwei mit Kleidern drapierten Stühlen, dem Waschbecken und dem Bett.
Das Bett. Über seiner verschnörkelten Rückwand hing ein Elfenreigen, aber den bemerkte Anne erst später. Was sie sah, mit weitaufgerissenen Augen sah, war Onkel Edi. Er war nackt. Der niedrige, ebenfalls verschnörkelte untere Rand des Bettes gab nur den Blick auf seinen Oberkörper frei. Anne starrte auf seinen breiten, nackten Rücken, sah nichts als diesen Rücken. Keine Arme, keine Beine, nicht einmal den Kopf, den er gesenkt hatte, so daß es aussah, als sei er im Nacken abgeknickt. Nur der Rücken war da, ohne Zusammenhang, hochaufgerichtet und in dieser Stellung sehr lange – so schien es Anne – und sehr bedrohlich verharrend.
Plötzlich schoß der Rücken hinab, begleitet von einem Laut, den Anne noch nie gehört hatte. Nicht einmal von einem Hund, obwohl er einem Hundelaut noch am ähnlichsten war und der sich mit einem gräßlichen Auf-

stöhnen vereinte, in dem sie entfernt die Stimme ihrer Tante erkannte.
Er macht sie tot, durchzuckte es sie. Sie wollte schreien, aber es war wie in diesen furchtbaren Träumen, in denen man zu schreien glaubt, ohne auch nur einen Ton herausbringen zu können.
Bewegungslos saß sie immer noch aufrecht, beide Fäuste gegen ihren halbgeöffneten Mund gepreßt und die Augen magnetisch auf das Bett geheftet. Dieses breite Doppelbett, in dem sich ganz offensichtlich ein schrecklicher Kampf abspielte.
Entsetzt beobachtete sie, wie der nackte Körper des Mannes, den sie Onkel Edi nannte, auf- und abschnellte, während sie von ihrer Tante nur ein merkwürdig verrenktes, weißes Bein und ihre Hand erkannte, die sich in das zerknüllte Kopfkissen gekrallt hatte. Immer noch stöhnte sie angsterregend. Anne war klar, daß sie jeden Augenblick sterben konnte. Trotzdem war sie außerstande, auch nur einen ganz kleinen, jämmerlichen Ton herauszuquetschen. Nicht, aber rein gar nichts tat sie zur Errettung ihrer armen Tante. Saß nur da und biß in ihre Fäuste. Sie starrte und starrte, bis der Körper des Mannes, den sie Onkel Edi nannte, obwohl er gar nicht ihr Onkel war, ganz unerwartet und ganz schlaff ins Kissen sank mit einem Röcheln, als wäre es das letzte, das er je von sich geben würde.
Anne dachte, nun ist auch er gestorben, bewegungslos, wie er auf ihrer Tante lag, sie fast verdeckend, bis auf ihr Bein und ihre Hand, die jetzt ausgestreckt weiß und zusammenhanglos auf dem mitgenommenen Laken lagen.

Die Stille hatte etwas Endgültiges. Der schreckliche Zweikampf war beendet und die Beteiligten offenbar tot. Unfähig, auch nur eine Bewegung zu machen oder ihre Blicke von dem Doppelbett zu lösen, glaubte Anne zu träumen, als sie sah, wie der nackte Mann, den sie Onkel Edi nannte, auf die Seite rollte und augenblicklich an zu schnarchen begann, während Tando, eben noch mitten in einem aussichtslosen Kampf verstrickt, ihren weißen Arm auf seinen ihr zugewandten Rücken legte und mit der anderen Hand die Bettdecke über sie beide zog. Eine Geste, die Fürsorge, ja sogar Zärtlichkeit ausdrückte und die Anne nach allem, was soeben geschehen war, über die Maßen verblüffte.
Inzwischen hatte der frühe Morgen von dem Zimmer Besitz ergriffen. Sein durch die Jalousien abgeschwächtes Licht verschönte es keineswegs. Immer noch saß Anne aufrecht. Während ihre Blicke sich endlich von dem Doppelbett befreit hatten und langsam über das karge Mobiliar wanderten, fühlte sie sich – wieder einmal – von den Erwachsenen überlistet. Als Zeuge eines schrecklichen Kampfes hatte sie um das Leben ihrer bedauernswerten Tante gezittert. Zwar hatte sie nichts zu ihrer Errettung unternommen, aber sie schlotterte jetzt noch am ganzen Körper, während die eben noch erbittert Kämpfenden nun einträchtig Seite an Seite schnarchten. Angezogen von diesem unbegreiflichen Phänomen, kehrten ihre Blicke zu den Schlummernden zurück. Sie fühlte sich erheblich düpiert und betrachtete, vor überstandener Aufregung außerstande zu schlafen, ihre Tante mit einer gewissen Verbitterung. Diese

war durchaus nicht bedauernswert, das wurde ihr klar in diesem Augenblick. Ihre üppigen Glieder dehnten sich genüßlich und unter der leichten Decke durchaus erkennbar, während ihr halbgeöffneter Mund zischende Diskantlaute in das gleichmäßig sägende Schnarchen des Mannes, den sie Onkel Edi nannte, streute.
Hatte sie etwa alles nur geträumt? Zweifel an ihrer eigenen Glaubwürdigkeit begannen zu nagen, und sie fiel auf das Kissen zurück in der Gewißheit, diese Erwachsenen nie begreifen zu können.
In diesem Augenblick bemerkte sie das Bild, den lieblichen Elfenreigen über diesem Doppelbett des Unbegreifens. Es erschien ihr wunderschön mit dem geheimnisvollen, von dunklen Bäumen umstandenen Weiher, um den sich ruhend oder in schwebender Bewegung die Elfen gruppierten. Sie waren von zartfarbenen, schleierartigen Gewändern kaum verhüllt, und ihre lockenumrahmten Gesichter lächelten in entrückter Lieblichkeit. Es war ein ungemein beruhigendes Bild. Als Anne es eine Weile betrachtet hatte, vermeinte sie selbst zu schweben. Wirklich, sie wurde leicht und leichter, während ihre Lider herabsanken und sie als letztes die von himmelblauen Schleiern umwogte Elfe rechts im Bild wahrnahm, die in ihren Alabasterhänden einen Kranz aus weißen Blüten trug und genau wie Ditha aussah. Wie eine veredelte Ditha.
Seltsamerweise war es dieses Bild, das blieb. Nicht das nächtliche Geschehen, das sie in seiner Unbegreiflichkeit so erschreckt hatte.

»Hast du gut geschlafen«, erkundigte sich Tando, als sie am nächsten Morgen sehr verspätet frühstückten. Sie goß heiße Milch in die Tasse, bestrich ein Brötchen mit Honig und war voller Fürsorge.
Anne nickte, dann sagte sie: »Die eine Elfe sah genau wie Ditha aus.«
»Wie bitte?« Tando hielt ihre Kaffeetasse in der Luft, »von welchen Elfen sprichst du?«
»Über eurem Bett . . .«
»Was sagst du da?« Onkel Edi legte die Zeitung, die er gerade entfalten wollte, wieder beiseite. Er hatte rote Augenlider, sah verschlafen aus und gefiel Anne überhaupt nicht mehr.
»Das Bild«, stammelte sie.
»Ach so«, lachte Tando erleichtert, »sie meint den Elfenreigen, der in unserem Hotelzimmer hängt.«
»Ich habe keine Elfen gesehen«, brummte Onkel Edi und griff wieder zu seiner Zeitung.
Als sie nach dem Frühstück aufbrachen, regnete es. Das sagt sich so einfach, aber dieser Regen war ein besonderer Regen. Nicht bloß ein heftiger Schauer oder das stetige Nieseln eines atlantischen Tiefs, nein, das waren richtige Vorhänge aus Regen, einer hinter dem anderen, bis an das Ende der Welt. Zum erstenmal dachte Anne über Regen nach. Zusammengekauert hockte sie auf dem Rücksitz des Autos, plierte durch das Seitenfenster in die aufgebauschte Regenkulisse und fror erbärmlich.
Keine Straßen, keine Häuser. Die Stadt von gestern, diese schöne, große Stadt mit ihrem Strom und ihren

Brücken, dem Elbtunnel und dem riesigen Hafen, diese Stadt mit ihren himmelhohen Häusern und einer Terrasse vor einem Wasserviereck, auf dem die Sonne rote Segel malte, gab es nicht mehr. Es gab nur Vorhänge aus Regen, einer hinter dem anderen. Anne konnte sich absolut nicht vorstellen, daß die Sonne jemals wieder scheinen würde, ja, daß es sie überhaupt noch gab.
Wie Onkel Edi den Weg, irgendeinen Weg, fand, war ihr unbegreiflich und wertete sein ramponiertes Ansehen erheblich auf. Sein breiter Rücken auf dem Fahrersitz erschien ihr plötzlich wieder vertrauenserweckend.
»Ich möchte einmal erleben, daß es nicht regnet in dieser Stadt«, schimpfte er.
»Ach, ich weiß nicht«, Tando gähnte ausgedehnt und genußvoll, »er stört mich eigentlich nicht sonderlich, dieser Regen. Ich möchte trotzdem hier leben.«
Der Scheibenwischer quietschte, und alles in allem schien dieser Regen nichts Endgültiges, ja womöglich sogar etwas Alltägliches zu sein. Wenigstens in dieser Stadt.
Was Anne nicht für möglich gehalten hatte, geschah schon bald: Die Vorhänge wurden zurückgezogen, wirklich, genauso sah es aus, einer nach dem anderen, und mit jedem Vorhang fiel ein bißchen mehr Licht auf die Welt. Der Himmel wurde ganz hoch, das Land ganz weit. Aber die Stadt, diese riesige, staunenswerte Stadt, lag längst hinter ihnen.
»Aber Willi wohnt doch nicht in Hamburg«, atmete Anne auf.

7.

Am nächsten Tag stand Ditha vor der Tür. Sie sah durchaus nicht wie die himmelblaue Elfe auf dem Bild, sondern höchstens wie deren jüngerer Bruder aus, falls Elfen jüngere Brüder haben. Ihre Haare waren keineswegs gewachsen, vielmehr erneut gekürzt zu einem Pagenkopf, der ihr schmaler gewordenes Gesicht streng umrahmte. Ihre Beine ragten lang und braungebrannt unter einem grünknappen Rock hervor. Auch ihre Stimme kam Anne verändert vor, aber vielleicht hatte sie ihren Klang auch nur vergessen. Sie war metallisch, würzte ihre kecken Reden mit noch keckeren Liedern, die sie Schlager nannte und von denen besonders ›Das Fräulein Helen‹ häufig wiederkehrte, und nahm noch den letzten Winkel der kleinen Wohnung in Beschlag. Mit einem Schlag hatte sich alles verändert. Vorbei die schnurrende Behaglichkeit. Kein Herumgammeln mehr, keine endlosen Frühstücke, nichts von alledem, was Annes Aufenthalt bei ihrer Tante so überaus angenehm gemacht hatte. Die Wohnung schien zusammengeschrumpft und viel zu eng für vier Personen. Vielleicht lag es auch daran, daß Onkel Edi jetzt jeden Abend nach Hause kam. Er war voller Aktion, setzte sich nicht wie sonst ruhig in seinen Sessel, um die Zeitung zu lesen, sondern rannte rastlos in der Wohnung herum, redete ununterbrochen, machte Späße, zeigte sich mit einem Wort von einer ganz neuen Seite. Aber seine funkelnde Lustigkeit wirkte komischerweise nicht ansteckend, sondern eher befremdend und hatte auf Tando eine geradezu verheerende Wirkung. Je lauter er wurde, desto trauriger und in sich gekehrter wurde sie. Natürlich wurden Anne diese Veränderungen der Erwachsenen nicht bewußt. Sie spürte nur eine neue Spannung, die täglich wuchs und die sie wünschen ließ, nach Hause zu fahren, am liebsten sofort. Doch Ditha bedeutete ihr, daß dies unmöglich sei, weil ihre Mutter krank sei und gerade erst eine Operation überstanden habe. Zwar hatte sie das Hospital inzwischen verlassen, doch bedurfte sie noch der Schonung. Ingrid pflegte sie und versah den Haushalt.

Anne blickte Ditha, die das alles berichtet hatte, an, versuchte in ihrem Gesicht irgendein Zeichen zu finden, vielleicht der Sorge oder eines Einverständnisses. Aber ihr Gesicht blieb ganz glatt. Ihre großen, graublauen Augen blickten durch sie hindurch, waren ganz woanders, waren übrigens meistens weit weg. Anne begriff mit einem Schlag, daß auch sie auf der anderen Seite stand, daß sie erwachsen geworden war und daß Anne sie verloren hatte. Vielleicht würde sie sie wiederfinden, wenn sie selbst erwachsen sein würde. Vielleicht.

Anne blickte sich um. War das Wohnzimmer plötzlich kleiner geworden, hatten die Gegenstände sich auf unerklärliche Weise verändert? Aus der Küche vernahm sie die Stimme ihrer Tante, auch diese Stimme anders als sonst, schärfer, so als schnitte sie die Worte einzeln von einem Band. Sie sah den Mann, den sie Onkel Edi nannte, obwohl er nicht ihr Onkel war, ins Zimmer

kommen. Wie von einem Zauberstab berührt, blieb er stehen. Er starrte Ditha an, als habe er eine Erscheinung oder so etwas.
Ditha lächelte ihn an, aber Anne sah ganz deutlich, daß sie gar nicht ihn meinte, denn sie blickte auch durch ihn hindurch, als sei er aus Glas, während er dastand, als könne er sich für alle Zeiten nicht wieder von der Stelle bewegen. Genau wie im Märchen, nur daß er natürlich nicht wie ein verzauberter Prinz, sondern eher ein bißchen dämlich aussah. Das sagte auch Tando, die mit einem Tablett in den Händen das Zimmer betrat. Aber er hörte es überhaupt nicht, stand immer noch da und starrte und starrte, während Dithas große Schönaugen in wer-weiß-welchen Gefilden herumspazierten.
»Ihr könnt mir beim Abendessen helfen«, sagte Tando mit einer Stimme, als schnitte sie die Worte wirklich einzeln ab.
Onkel Edi zuckte zusammen, nahm ihr wortlos das Tablett aus den Händen und machte sich daran, den Tisch zu decken, während Ditha in der Küche verschwand.
»Ich habe eine großartige Idee«, verkündete Onkel Edi, als sie etwas später beim Abendessen saßen, »wir fahren ein paar Tage an die See.«
»Fabelhaft!« Ditha klatschte begeistert in die Hände, während Tando kein Wort dazu verlor. Annes Anwesenheit war ohnehin total in Vergessenheit geraten. Anne überlegte, ob man sie wohl vermissen würde, wenn sie aufstünde und einfach davonginge. Aber sie blieb und wartete ab, wie sich die Dinge weiterentwikkeln würden.

Nach dem Abendessen wurde ihre Tante krank, aus heiterem Himmel sozusagen. Sie klagte über Migräne, begab sich unverzüglich ins Bett und äußerte die Befürchtung, daß es ihr auch am nächsten Tag nicht besser gehen würde, eine Ahnung, die sie nicht trügte. Ditha, im Grunde ihres Wesens gutmütig und hilfsbereit, legte kalte Kompressen auf die schmerzende Stirn, massierte mit einer medizinischen Salbe den versteiften Nacken und zeigte sich liebevoll um Tando bemüht, während Onkel Edi seinen Geschäften nachging und Anne weiterhin in Vergessenheit verharrte.
Gegen Abend, kurz bevor Onkel Edi heimkam, wurde Ditha sich offenbar der Anwesenheit ihrer kleinen Schwester bewußt, jedenfalls kniff sie Anne spaßhaft in den Arm. »Wetten, daß wir morgen fahren?«
»Aber Tando ist doch krank«, gab Anne zu bedenken.
»Morgen ist sie wieder gesund«, prophezeite Ditha.
Bald darauf erschien Onkel Edi mit einem riesigen Blumenstrauß und Tandos Lieblingskonfekt, legte beides auf das Bett und erkundigte sich besorgt nach dem Befinden der Kranken.
Tando zuckte die Achseln und seufzte tief.
Onkel Edi holte eine Vase für die Blumen, rannte geschäftig hin und her, räusperte sich ein paarmal, setzte sich auf die Bettkante und brachte endlich etwas holprig seine Absicht vor, mit den Kindern – damit waren offenbar Ditha und Anne gemeint – allein an die See zu fahren, um sie nicht zu enttäuschen.
Tando schaute ihn großäugig, wortlos und mit einem seltsamen Gesichtsausdruck an, dann nickte sie nach-

denklich, ließ Onkel Edi keine Sekunde aus ihrem umfassenden Blick, so daß er unruhig aufstand und schließlich stotterte, daß sie ja nur ein paar Tage wegbleiben würden und Tando sich während dieser Zeit pflegen könne.
Nach dem Abendessen, das Tando noch im Bett einnahm, erschien sie überraschend im Wohnzimmer. Sie sah in einem schillerndroten Seidenmorgenrock mit aufgedruckten bunten Drachen überaus malerisch aus. »Es geht mir viel besser«, sagte sie aufatmend, »diese Migräneanfälle kommen wie angeblasen und verschwinden genauso plötzlich. Vielleicht kann ich doch noch mitfahren.«

»Es regnet«, verkündete Tando am nächsten Morgen, während sie die Vorhänge zurückschob.
»Macht nichts«, hörte Anne Onkel Edi aus dem Wohnzimmer antworten, »an der See ist das Wetter ganz anders, jedenfalls fahren wir auf alle Fälle.«
Tandos Seufzer umfaßte mehrere Akkorde, so daß Anne sie besorgt fragte, ob sie noch krank sei.
»Nein, nein, mir geht es ganz gut. Ich werde die Koffer packen, während ihr frühstückt.«
Die Fahrt war grau. Grau in allen Schattierungen. Keine bunten Bilder, kein noch so winziges Stückchen Blau am Himmel. Nicht einmal Wolken, auch kein Wind. Selbst der Regen kam nicht etwa in glitzernden Schnüren, sondern nieselte verdrossen vor sich hin, hatte sich überall eingenistet, malte immer nur Grau und wirklich nur graue Schraffuren in ein unendlich tri-

stes Bild. Die Leute aus dem Flachland kennen das, nehmen es als etwas Gottgewolltes hin. Sie pflegen in ihrer sparsamen Ausdrucksweise das zu sagen, was auch Tando in eben diesem Augenblick äußerte, nämlich »es regnet sich ein«, und das dürften so ziemlich ihre einzigen Worte auf dieser Reise gewesen sein. Vielleicht fühlte sie sich nicht wohl, jedenfalls war sie, verglichen mit der kürzlichen Fahrt nach Hamburg, kaum wiederzuerkennen, obwohl sie das gleiche Kostüm, ja sogar den gleichen Hut trug. Diesmal aber stahl kein Sommerwind ihr den Schleier in den Himmel. Anne fragte sich, wo die Kühe, die Schafe und die alten Männer unter der Dorflinde geblieben waren. Es war, als führen sie durch eine ganz leere Welt. Still kauerte sie auf ihrem Rücksitz und plierte gegen die beschlagene Scheibe, versuchte irgendein Bild aus der tröpfelnden Landschaft zu erhaschen. Sie achtete kaum auf Onkel Edis mühsame Späße, die nur von Ditha belacht wurden, und mußte zwischendurch wohl ein wenig eingeschlafen sein.

Es kam ihr vor, als hockten sie schon tagelang zusammen in diesem Auto. Verschlafen rieb sie sich die Augen, als Onkel Edi behauptete, es würde immer heller, besonders in der Richtung, in die sie fuhren.

Endlich hielten sie vor einem Gasthof. Als sie ausstiegen, stellten sie verwundert fest, daß es tatsächlich aufgehört hatte zu regnen. Selbst Tando wurde auf einmal gesprächiger, taute während des Essens auf. Ihr Wesen nahm wieder bekannte Formen an, und es war beinahe so, als sei ein böser Bann von ihnen gewichen.

Als sie ihre Reise fortsetzten, wetteiferten sie geradezu mit ihrer guten Laune. Dafür ernteten sie Onkel Edis gerührten Dank, den er in fröhlichen Liedern äußerte. So fuhren sie singend weiter, während der Wind die Wolken vor sich herblies und ein blaues Quadrat freifegte, gerade groß genug, daß die Sonne Platz darin fand.

»Was habe ich gesagt«, frohlockte Onkel Edi, »an der See scheint die Sonne, Kinder, wir werden eine herrliche Zeit haben!«

Wie herrlich die Zeit für die anderen, ja, ob es überhaupt eine gute Zeit für sie war, war schwer zu sagen, tatsächlich hat Anne später weder mit Tando noch mit Ditha jemals über diese Tage an der See gesprochen. Für Anne war es die erste Begegnung mit dem Meer, wenn auch gewissermaßen einem kleinen Meer. Keinem Ozean, sondern einer großen, grüngeschwungenen Bucht.

Zunächst fuhren sie in den Hof ihrer Pension und wurden von Frau Peterson in Empfang genommen.

»Alle Leute hier heißen Peterson«, bemerkte Tando, als sie die Treppe zu ihren Zimmern hinaufstiegen. Eine Bemerkung, die Anne entzückte und die sie wörtlich nahm.

Nichts in den folgenden Tagen konnte sie davon abbringen, daß alle Leute in Scharbeutz miteinander verwandt waren und daß sie allesamt Peterson hießen.

Was für ein Ort. Nicht groß, nicht aufwendig, oh nein, damals eher ein Fischerdorf mit strohgedeckten Häusern, weißgetünchten Pensionen und zwei oder drei

Straßen, die alle zum Strand führten. Anne wartete nicht ab, bis ihre Tante und Ditha die Koffer ausgepackt hatten, sondern ging einfach los.
»Lassen Sie die Kleine man laufen«, hörte sie Frau Peterson sagen, »hier kann ihr nichts passieren.«
Langsam schlenderte Anne die Straße entlang, sagte artig »Guten Tag, Frau Peterson, Guten Tag, Herr Peterson.« Natürlich nicht zu den Feriengästen, die mit Badetaschen und Gummibällen vom Strand kamen, denn sie gehörten ja nicht dazu, das begriff sie sehr wohl. Bei den Fischern am Strand blieb sie stehen. Sie saßen auf einem umgekippten Boot und flickten Netze. Das heißt, eigentlich sah sie nur einen mit einem Netzende auf den Knien, die anderen saßen nur da, blickten in die violetten Abendwolken und stießen zusammen mit einem Stoß Pfeifenqualm von Zeit zu Zeit ein paar Bemerkungen hervor.
»Guten Abend, Herr Peterson«, grüßte Anne und meinte sie eigentlich alle, die Männer, die da mit ihren dunkelblauen Schirmmützen paffend auf dem umgestülpten Boot saßen und den Abend erwarteten. »Abend, min Deern«, erwiderte ein Fischer, der vermutlich wirklich Peterson hieß, und die anderen nickten freundlich dazu, denn man geht an unseren Küsten sparsam um mit Worten. »Wohl erst angekommen«, setzte der vermeintliche Herr Peterson die Unterhaltung fort, »bist noch ein bißchen blaß, aber das wird sich bald ändern ... Morgen haben wir schönes Wetter, da kannst du am Strand sein und eine Burg bauen.«
Eine Burg bauen. Anne nickte wortlos, ganz überwäl-

tigt von der Vorstellung einer Burg, einer Art Ritterburg mit vielen Zinnen und vor allem einem Turm für das Burgfräulein. Zögernd ging sie weiter, hatte ihre Blicke in den Sand gebohrt und konnte sich nicht von dieser Vorstellung einer Burg trennen, die zu bauen ihr Herr Peterson so ohne weiteres zutraute.

Plötzlich stolperte sie, fiel aus ihren Träumen direkt in den Sand, sah auf einmal lauter Wälle aus Sand. Festgeklopfte Wälle, mit Muscheln und Steinen verziert und von bunten Wimpeln umflattert. Innerhalb dieser Wälle standen Körbe. Sie sahen ulkig aus, auf den ersten Blick ein bißchen wie Bienenkörbe, aber dann bemerkte Anne, daß sie auf der einen Seite offen waren und daß Menschen in ihnen saßen, die ihre Gesichter in die sanften Strahlen einer späten Sonne hielten.

»Oh, du hast meine Burg kaputtgemacht!« Erschreckt hob Anne den Kopf. Immer noch lag sie bäuchlings im Sand. Sie starrte auf das kleine Mädchen, das in einem rotweiß gekringelten Badeanzug und zwei steif abstehenden, weißblonden Zopfstummeln und einer Gießkanne in der Hand recht putzig aussah.

»Deine was«, stammelte Anne.

»Na, unsere Burg! Du siehst doch, daß die Muscheln abgefallen sind«, entgegnete die Kleine ungeduldig, während sie Sand in die beschädigte Lücke klopfte.

Anne hatte sich erhoben und schaute zu, wie das Mädchen den Wall begoß und ein paar abgefallene Muscheln in den feuchten Sand drückte. Unsere Burg, hatte das Mädchen gesagt. Anne blickte sich um, sah, daß alle Körbe von einem Wall umgeben waren, der

manchmal nur lose aufgeschüttet, meistens jedoch zu einer festen, geschmückten Sandmauer errichtet war. Auf einmal erfaßte sie, daß dieses die Strandburgen darstellten, von denen der Fischer gesprochen hatte. Eine neben der anderen, kleingärtnerisch begossen und gepflegt. Sorgsam abgegrenztes Zuhause der Ostseeurlauber, so weit der Strand reichte. Nichts von Türmen und Zinnen und schon gar nichts von einem Burgfräulein. Zum erstenmal beschlich Anne die Ahnung, daß die Wirklichkeit nur selten an unsere Vorstellungen heranreicht.
Sie ließ das Mädchen bei seiner Gießkanne einfach stehen, bahnte sich einen Weg durch das Labyrinth der Burgen, streifte zwischendurch ihre Sandalen ab, weil der eingedrungene Sand sie störte und stand plötzlich am Wasser. Zum erstenmal erblickte sie das Meer, das allerdings eher einem großen Dorfteich glich, so ruhig war es, so als sei es bereits eingeschlafen unter dem hohen abendlichen Himmel. Träge beleckten die auslaufenden Wellen den Sand, und wenn sie ihre nackten Füße erreichten, war das wie eine Begrüßung.
Anne kam sich winzig vor unter diesem entfernten Abendhimmel vor dem Meer, das wie verdünnte Milch aussah, die in irgendeiner Ferne in den Himmel floß. Ein kleines Mädchen, das zum erstenmal am Meer war und doch schon alles kannte: das Wasser, den Himmel und auch die müdegewordenen Wellen, die seine Füße beleckten, wenn sie über den Sand gekrochen kamen.

Seltsame Tage, die nun folgten. Nicht der erste Tag.

Der begann so, wie er für die meisten beginnt, die an der Ostsee ihre Ferien verlebten: Sie mieteten einen Strandkorb und bauten ihre Burg. Hilfreiche Burgnachbarn borgten ihnen Gießkanne, Schaufeln und versorgten sie mit wohlmeinenden Ratschlägen. Jetzt, nachdem Anne erfahren hatte, daß eine Strandburg nichts mit Rittern und schon gar nichts mit einem Burgfräulein zu tun hatte, sondern eben nur aus Sand war, hatte sich ihre Phantasie der Realität angepaßt. Es machte ihr einen Riesenspaß, ihre Burg mitzubauen.
So kamen sie in richtige Ferienlaune. Angefangen bei Tando, deren Tätigkeit vorwiegend darin bestand, sie anzufeuern und Kontakte zu ihren Nachbarn zur Rechten und zur Linken herzustellen, was ihr mühelos gelang, während Onkel Edi und Ditha die Hauptarbeit des Sandschippens übernahmen und Anne Wasser mit der Gießkanne heranholte. Später, als ihre Burg Gestalt gewonnen hatte, sammelte sie Muscheln und Steine für die künstlerische Ausstattung. An der festgeklopften Sandmauer entstanden aus Muscheln Boote, Anker und unter Dithas Hand ein Seepferdchen, das die Bewunderung sämtlicher Burgnachbarn fand. Zum Schluß preßte Onkel Edi aus dunklen, glattrunden Steinen an die Innenseite der Burg ihre Namen in den Sand. Als Tando nach beendetem Mittagsschlaf, auf den sie nicht hatte verzichten wollen, wieder am Strand erschien, waren sie gerade dabei, Papierwimpel am Burgeingang zu hissen.
»Sehr schön«, lobte sie, »vielleicht wird ein Burgenwettbewerb veranstaltet, dann bekommen wir be-

stimmt einen Preis.« Sie trug einen Strandhut von enormem Ausmaß. Nachdem sie sich durch den Eingang balanciert und im Strandkorb Platz genommen hatte, stellte sich heraus, daß damit ihre Burg restlos ausgefüllt war.

»Ich gehe ins Wasser!« Ditha stülpte sich eine scheußliche, feuerwehrrote Badekappe über die Haare und lief in langen Sprüngen geschickt zwischen den Sandburgen hindurch auf das Meer zu.

»So warte doch«, rief Onkel Edi ihr, »ich komme mit.«

Anne fand soeben noch Platz in dem schmalen Korb neben ihrer Tante. Vorsichtig lugte sie hinter den breiten Hutrand. War Tando womöglich noch mal eingeschlafen, still wie sie war. Nein, ihre Augen waren weitgeöffnet und unentwegt auf das Meer gerichtet mit einer Gespanntheit, als sei dort ein Ungeheuer oder wenigstens ein Schiff aufgekreuzt. Doch abgesehen von den Kindern, die im flachen Wasser planschten, konnte Anne nichts Interessantes entdecken. Bis auf Dithas Badekappe, die wie ein rotlackierter Gummiball aussah, und dicht daneben Onkel Edis Kopf. Zwei Punkte, die sich rasch entfernten und jetzt schon die Höhe der Mole erreicht hatten.

Annes Versuch einer Unterhaltung schlug leider fehl, da Tando sie überhaupt nicht zu hören schien. Sie merkte nicht einmal, daß Anne sie endlich verließ, so beansprucht war sie von der Beobachtung dieser beiden Köpfe, dem roten und dem männlichen, die seltsam zusammenhanglos und für Annes Begriffe gänzlich unbedeutend über dem Wasser auf- und abtauchten. Längst nicht mehr erstaunt darüber, daß Erwachsene die merkwürdigsten Interessen hatten und auf geheimnisvolle Weise unerreichbar für sie blieben, trottete Anne durch die schmalen Sandschneisen zwischen den Burgen bis zum Wasser. Unentschlossen blieb sie bei den Kindern stehen, legte sich bäuchlings in den nassen Sand und ließ sich von den auslaufenden Wellen überspülen, flüchtete dann aber vor der schrillen Wasserschlacht größerer Jungen und tappte weiter. Immer weiter.

Die Sonne, den ganzen Tag von Dunstschleiern umwoben, hatte einen späten Sieg errungen und brannte angenehm auf ihren nassen Rücken, malte ihren langgedehnten Schatten auf den Sand und streute Goldtropfen in das Meer. Anne blieb stehen, fühlte sich richtig eingewickelt von wohliger Wärme, entdeckte ihre Fußspuren, die hinter ihr herliefen und sah zu, wie eine breitausholende Welle sie wegschäumte. Das war nicht mehr der milchigunbewegte Dorfteich von gestern. Heute war es ein richtiges Meer, das mit glitzernden Schaumkronen spielte und grün war, richtig dunkelgrün. Nicht blau, wie Anne es immer in den Malheften, die Onkel Edi ihr mitbrachte, gemalt hatte. Das Meer ist dunkelblau und der Himmel hellblau, hatte er dabei erklärt, und die Boote mußt du gelb oder rot malen, damit das Bild schön bunt wird. Aber das Meer war nicht blau, sondern grün. Warum war alles ganz anders, als es einem die Erwachsenen erklärten? Waren sie am Ende gar nicht klüger, sahen sie womöglich nur alles anders? Und hatten immer nur sie recht, bloß weil sie stärker

waren? Aber wer würde ihr sagen können, wer wirklich recht hatte?
Anne zögerte unschlüssig, ob sie weitergehen sollte. Schon hatte sie den Badestrand weit hinter sich gelassen. Ganz allein war sie mit ihrem Schatten, der sie beunruhigte, weil er so offensichtlich ein Teil von ihr und trotzdem außer ihr selbst war, so als habe sie sich plötzlich ausgedehnt. Allein auch mit diesem veränderten Meer, das dunkelgrün und laut geworden war. In dieser Zeit, da sie aus der Kleinkinderphase über die Schwelle des Bewußtseins tappte, beunruhigten sie viele Dinge. Die Welt, jedenfalls das, was sie von ihr wahrnahm, erschien ihr geheimnisvoll. Oft auch bedrohlich.
Sie machte kehrt und patschte im flachen Wasser zurück bis zur Mole. Auf einmal entdeckte sie einen riesigen, schwarzen Stein. Eine Möwe saß darauf. Unbeweglich, so als sei sie mit ihrem Steinsockel verwachsen. Vielleicht hatte dieser Stein sich von der Mole gelöst, irgendwann, aber jetzt war er allein am Rande des Meeres, zur Hälfte von Wasser bedeckt. Schwarz sah er aus unter dem rosabefederten Abendhimmel, wie aus schwarzgelacktem Papier geschnitten, wie Anne es im Kindergarten gelernt hatte. Und die Möwe, die weiß und besitzend auf ihm thronte, war ganz bestimmt keine einfache Möwe, sondern eine verzauberte Prinzessin, und Anne war mittendrin in irgend etwas Märchenhaftem.
Vorsichtig setzte sie Schritt um Schritt in das seichte Wasser, unwiderstehlich angezogen von diesem Stein und seiner Prinzessin. Nur noch eine Armlänge trennte

sie von dem Stein, als die Möwe, wie von einem Katapult geschossen, gellend in die Höhe stieß, eine weite Schleife mit zornigen Schreien unterstrich und dann im Sturzflug niederging. Keine Märchenprinzessin, das wurde Anne augenblicklich klar, sondern eben eine simple Möwe.

Sie beunruhigte Anne, auch sie, und sie zögerte, den schwarzen Stein zu erklimmen, den die Möwe offenbar als ihren Besitz empfand. Vielleicht würde sie ihn verteidigen, Anne angreifen, sich voller Ingrimm auf sie stürzen, einhacken auf sie. Anne schauderte, als ihre Gedanken so weit gekommen waren – ein Kind, das seine täglichen Ängste durchlitt und manchmal überwand.

Schließlich kletterte Anne doch auf den Stein. Es erstaunte sie, daß es ganz leicht war hinaufzuklimmen, denn seine scharfen Kanten waren wie Treppenstufen, ein bißchen schmerzhaft zwar, aber auch Halt bietend. Als Anne sich setzte, spürte sie, daß er oben glatt war mit einer leichten Mulde, in die sie genau hineinpaßte. Jetzt war sie es, die auf dem begehrten Stein thronte, der keineswegs schwarz, sondern vielfarbig war. Glitschigbraun, befranst mit tiefgrünen Algen, blaubemoost an einigen Stellen, nur seine Kanten hatten tintenschwarze Spitzen.

Anne ließ die Beine hinabbaumeln vom dem gar nicht so hohen Stein. Wenn sie die Beine streckte, konnte sie mit ihren Füßen die weißgekrausten Wellen leicht erreichen. Jede dritte Welle überspülte sie. Bis zwanzig konnte sie zählen, das hatte Ditha ihr beigebracht. Im-

mer wenn sie jetzt bis drei kam, rollte eine Welle über ihre Füße. Das Spiel machte ihr Spaß. Jede Welle erschien ihr wärmer als die vorherige, manche erreichte ihre Waden, und alle fühlten sich verschieden an. Manche waren ganz hart, fast wie ein Brett und stießen mit einem Ruck gegen ihre Beine, andere pusteten nur einen Hauch Schaum über ihre Fußspitzen.
Ganz in diesem Wellenspiel vertieft, wußte sie plötzlich, daß Willi neben ihr saß. Wußte es nicht nur, vielmehr sah sie seine braunen Beine neben ihren blasseren ganz deutlich, bemerkte sogar eine verkrustete Schramme unterhalb des Knies. Mucksmäuschenstill, wagte sie nicht, ihre Füße zu bewegen, traute sich auch nicht hochzublicken, um sein Gesicht zu erkennen, fürchtete, er könnte wieder verschwinden. Blieb also steif dasitzen und bekam ihre Augen nicht weg von seinen baumelnden Beinen. – Kannst du schwimmen, Willi? –
– Natürlich. –
Sie hatte es vorher gewußt, doch sie wollte einen Anfang finden, wollte ja nur wissen, ob er antworten würde.
– Du kannst immer schon alles. –
– Macht doch nichts. Ich bin eben älter als du und lerne alles ein bißchen früher. Du wirst es auch können, eines Tages, und dann schwimme ich mit dir hinaus. –
– Richtig hinaus ins Meer – so weit wie Ditha und Onkel Edi? –
– Viel weiter. –
– Bestimmt? –
– Ich verspreche es dir. –
Kein bißchen ängstlich war sie mehr, sondern schreck-

lich froh, als sie auf die braunen und die etwas blasseren Beine blickte, die jetzt nebeneinander von dem Felsbrocken hinabhingen. Sie beugte sich hinunter, um die Schramme unter dem Knie zu berühren. Mit dem Zeigefinger wollte sie darüberstreichen, wie ihre Mutter es immer machte, wenn sie sich verletzt hatte. Schon streckte sie die Hand aus, aber da war Willi bereits hinabgesprungen. Sie sah ihn durch das flache Wasser auf den Strand zulaufen, der Matrosenkragen flatterte verwegen auf dem blaubetuchten Rücken. Einen Augenblick erkannte sie sogar sein Gesicht, als er sich umdrehte. – Ich komme wieder, Anne! Morgen, wenn du willst. –

Anne fror. Die Welle, die jetzt kam, war kalt und piekte wie mit Nadeln in ihre Füße. Als sie hochblickte, entdeckte sie die Möwe, die enge Kreise um ihren Stein zog. Anne sprang hinab, rannte vor den anrollenden Wellen davon und erreichte den Strand.

Kein Schatten lief vor ihr her. Willi war nicht mehr da. Ob er wiederkommen würde? Morgen und überhaupt? Es war Abend geworden.

8.

Tage, an denen die Wirklichkeit mühelos in die Träume floß. Nichts war greifbar und nichts voneinander abgegrenzt. Keine aufgeräumten Schubfächer, in die man die Dinge hineinordnete. Fein säuberlich, damit man sie später leichter wiederfand: eines für Tando, die immer stiller wurde, eines vielleicht für Onkel Edi, der Anne das Schwimmen beibringen wollte und dessen grapschende Hände doch immer nur nach Ditha griffen, dessen unentwegt glotzende Augen nur sie verfolgten, obwohl sie es überhaupt nicht zu bemerken schien. In jenen Tagen war Ditha ausschließlich mit sich selbst beschäftigt, ganz verliebt in sich und zutiefst beeindruckt von der Macht, die sie zu besitzen schien. Warum nicht auch noch ein Fach für die morgendlichen Spiele mit den Kindern am Strand, wo sie am Wasser wirklich hübsche Burgen bauten, mit richtigen Sandzinnen und Wassergräben mit einer Brücke darüber. Später vernichteten sie sie wieder, das machte am meisten Spaß. Sie zertraten ihre Bauwerke mit den Füßen oder überspülten sie mit den Wellen, auf alle Fälle vernichteten sie sie. Immer wieder, sooft sie sie aufgebaut hatten.

Nein, nein, keine Schubfächer für die Erinnerung. Nichts war geordnet und schon gar nichts voneinander getrennt. Schon mit den Farben begann es, die so anders da oben an der See sind als im Binnenland. Heller sind sie, vielleicht auch manchmal ein bißchen verschwommener. Zum Beispiel der Morgen. Er kommt nicht so einfach daher, womöglich mit einem schönen präzisen Sonnenaufgang. Vielmehr träufelt er Licht in die Dämmerung, träufelt es durch eine wattiggesteppte Wolkendecke und natürlich auch durch sämtliche Ritzen, mogelt sich silbergrau und nahezu unbemerkt in die Welt, na ja, und auf einmal ist es ein Tag, mit dem man etwas anfangen kann. Man frühstückt irgendwann und geht zum Strand irgendwann. Jetzt kommt Bewegung in das Bild. Auch neue Farben. Rote, blaue, gelbe Kleckse, die Farben der Badesachen, die an den Strandkörben hängen, und der Papierwimpel, mit denen die Burgen garniert sind.

Schon zieht die Sonne Schleppen aus Licht über die See, läßt weiße Segel aufleuchten, streut Gold auf schäumende Gischt und läßt am hohen Mittag die Farben fahler werden, verschluckt sie einfach mit ihrem gierigen Licht. Das ist die Zeit, in der die Urlauber ihre Hotels und Pensionen aufsuchen, um ihr Mittagessen einzunehmen, vielleicht auch um ein Schläfchen zu halten. Bei schönem Wetter nahmen sie ihre Mahlzeiten in Frau Petersons Garten unter einer Linde ein – es muß eine Linde gewesen sein, denn Anne behielt diesen honigen Duft in Erinnerung. Übrigens hatte Tando den größten Teil des Vormittags hier verbracht. Schon nach kurzer Zeit hatte sie nämlich darauf verzichtet, mit zum Strand zu gehen. Sie behauptete, die Hitze nicht vertragen zu können. Vielleicht ging es ihr wirklich nicht gut in diesen Tagen, denn sie, die immer Vor-

herrschende, wirkte seltsam blaß und farblos. Vielleicht störte sie auch die Fülle ihres Körpers, eingezwängt in einem Korsett. Eigentlich war sie gar nicht richtig da, jedenfalls vergaß Anne ihre Anwesenheit manchmal für Stunden, und Onkel Edi schien es genauso zu gehen. Nur einmal gewann sie ihre alte Lebhaftigkeit zurück, als sie nach Timmendorf zum Fünfuhrtee fuhren. Sie hatten noch gar nicht richtig Platz genommen, als ein junger Mann am Tisch erschien und sich vor Ditha verbeugte. Anne war verblüfft, als diese ihm wortlos auf die Tanzfläche folgte. »Sie kennt ihn doch gar nicht.«
»Das macht nichts«, lachte Tando, »er hat sie zum Tanz aufgefordert – so nennt man das.«
Daß zwei Menschen, die sich vorher nie gesehen hatten, zusammen auf eine Tanzfläche gingen und miteinander tanzten, fand Anne aufregend. Was sprach Ditha bloß mit diesem fremden Mann? Wie sie ihn anlächelte.
Onkel Edi schien ähnliche Betrachtungen anzustellen, jedenfalls ließ er ihre Schwester nicht aus den Augen. Unruhig rutschte er auf seinem Stuhl, stieß ein Glas um und gefiel Anne überhaupt immer weniger. Als die Musik endlich verstummte, atmete er sichtlich erleichtert auf. Doch die Paare blieben auf der Tanzfläche, klatschten in die Hände und begannen, als die Kapelle von neuem spielte, wieder zu tanzen, diesmal nicht gleitend und aneinandergepreßt sondern schnell, mit abgehackten Bewegungen.
Ditah glühte. Jemand mußte eine Kerze in ihr angesteckt haben, ach nein, viele Kerzen. Wirklich, sie sah aus, als sei sie gänzlich von innen illuminiert. Anne

hatte Angst, sie könne jeden Augenblick lichterloh brennen wie Paulinchen aus dem Struwwelpeter – schon wieder Paulinchen. Ihre Augen strahlten, ihr halbgeöffneter Mund lächelte immerfort, lauter Kerzen, lauter Kerzen. Alle Menschen auf der Terrasse sahen nur sie, davon war Anne fest überzeugt, und Onkel Edis Augen mußten jeden Moment aus seinem Gesicht kullern. Das sah direkt unheimlich aus und schien auch Tandos Besorgnis zu erregen.

»Ist dir nicht gut«, erkundigte sie sich, als er zum wiederholten Mal die Schweißperlen von der Stirn tupfte. Er schüttelte nur wortlos den Kopf, und seine Augen rollten immer weiter, kamen einfach nicht los von der tanzenden Ditha.

»Charleston«, kommentierte Tando, »Ditha tanzt ihn am besten. Dieses Seitwärtszucken der Beine bekommt sie fast so exakt hin wie die Tillergirls.«

»Sie hat es zu Hause geübt«, sagte Anne eifrig, »und ich kann es auch bald.«

Ein Trommelwirbel beendete den Tanz. Komischerweise konnte Ditha sofort wieder normal gehen, so als hätte es diesen Tanz und die vielen Kerzen überhaupt nicht gegeben. Sie kam an den Tisch zurück und setzte sich, wobei sie ihrem Partner huldreich zunickte.

Onkel Edi steckte sein Taschentuch in die Tasche. Endlich kamen seine Augen wieder zum Stillstand. Tando unterhielt sich während der Pause, wurde zum erstenmal seit Tagen wieder gesprächig, kam gewissermaßen zu sich selbst zurück. Dann spielte die Kapelle einen neuen Tanz.

Plötzlich erhob sich Onkel Edi und machte eine Verbeugung vor Ditha. Anne bekam einen entsetzlichen Schrecken, obwohl sein Verhalten offenbar durchaus üblich war. Sie hielt den Atem an und starrte auf ihn, wie er dastand, ein bißchen linkisch und sehr erwartungsvoll.

Ditha blickte einen Moment verblüfft zu Onkel Edi hoch, dann lachte sie. Ein ganz helles Lachen, das sie über den Tisch streute, arglos, gutgelaunt – kleine, schillernde Lachperlen. Als die letzte heruntergefallen war, sagte sie strahlend: »Aber Onkel Edi, das ist ein Foxtrott, den kannst du bestimmt nicht mehr tanzen.« Sie wendete sich ab und einem neuen jungen Mann zu, der sich ihrem Tisch näherte, jetzt seine Verbeugung absolvierte. Lächelnd folgte sie ihm auf die Tanzfläche. Ganz grau wurde Onkel Edi, als er auf seinen Stuhl zurücksank, und Anne wäre am liebsten zusammen mit ihm gestorben. Sofort und augenblicklich. Zum erstenmal – jetzt und in diesem Augenblick – lernte sie Mitleid kennen, ein neues Empfinden, das sie noch nicht begriff. Sie kniff die Augen zu, um seine Hand nicht mehr zu sehen, die zitterte, als er das Feuerzeug anknipste. Sie wußte selbst nicht, warum sie auf einmal »oh, Willi« sagte. Nicht laut, nur so für sich, weil sie mit diesem komischen Gefühl nicht fertig wurde.

»Hör auf«, herrschte Onkel Edi sie an, »ich kann deine Spinnerei jetzt nicht ertragen.«

Anne schluckte. Die Musik war sehr laut, und da waren so viele Menschen, aber das Schlimmste war, daß sie genau wußte, daß dieser Mann da auf seinem Stuhl, den sie Onkel Edi nannte, obwohl er überhaupt nicht ihr Onkel war, in diesem Augenblick so gut wie gestorben war, auch daß das, was er jetzt sagte oder tat, nicht im geringsten zählte.

»Laß die Kleine in Ruhe«, sagte Tando zu dem gestorbenen Mann, den Anne aus irgendeinem Grund nicht mehr als Onkel Edi empfand, dann straffte sie sich, war wieder die alte, vertraute Tando, nicht mehr die verschwommene, merkwürdige verblaßte Erscheinung der letzten Tage. »Morgen fahren wir nach Hause.«

Anne hätte nicht sagen können, wie es geschah, aber tatsächlich saßen sie am nächsten Morgen samt ihren Koffern im Auto. Keine Zeit mehr, zu ihrem Stein zu laufen, der nun wieder im Alleinbesitz der bewußten Möwe, die sie anfangs für eine verwunschene Prinzessin gehalten hatte, war. Keine Zeit mehr für einen Abschied von Willi. Sie blickte in die übersonnte Landschaft, ohne sie wahrzunehmen, völlig außerstande, diese Reise als Wirklichkeit zu erfassen. Übrigens schien es Ditha ähnlich zu gehen, denn sie war bemerkenswert ruhig und in sich gekehrt. Nur Tando war ganz und gar gegenwärtig, war seit gestern wirklich wieder die alte. Oder etwa nicht? Da war irgend etwas in ihrem Gesicht, ja in ihrer ganzen Gestalt, das man nicht an ihr kannte, das hinzugekommen sein mußte. Eine Erwartung vielleicht, oder eine Spannung. Und dieses Neue an ihr blieb, war immerzu spürbar, obwohl der Mann am Steuer seines schönen Autos, den Anne aus unbekannten Gründen nicht mehr Onkel Edi nennen konnte, sich geradezu verzweifelt um ihr Wohlwollen bemühte. Er hatte die Augen vor Ditha geschlossen, man sah das richtig, wie seine Augen rechts und links an ihr vorbeiglitten. Er tat, als gäbe es sie gar nicht, hätte es sie nie gegeben, knüpfte einfach dort an, wo er aufgehört hatte, bevor sie erschienen war – trotz allem erschienen war, auch wenn er es nicht wahrhaben wollte. Es war ein Versuch, ein bitter ernstgemeinter, aber er mißlang, und je mehr er selbst es spürte, desto unglaubwürdiger wurde sein Bemühen.

Wenn diese plötzliche Rückreise auch rätselhaft war, gewissermaßen gar nicht richtig stattfand, das heißt keinerlei Reiseeindrücke oder Erlebnisse hinterließ, sondern nur aus Gesichtern, Empfindungen, halben Sätzen und betretenem Schweigen bestand, Tatsache war, daß sie irgendwann ankamen. Auch ein Abendbrot nahmen sie ein. Dann entdeckte Ditha den Brief, der während ihrer Abwesenheit angekommen war. Ingrid hatte ihn geschrieben in ihrer sauberen, schönen Handschrift. Während Ditha ihre Zeilen las, wurde ihr Gesicht ganz hell. Dann hob sie Anne hoch, nein, sie warf sie richtig in die Höhe, während der Brief zu Boden fiel. »Morgen fahren wir nach Hause«, rief sie, »Mutti ist wieder gesund. Wir brauchen unsere Koffer gar nicht erst auszupacken.« Letzteres sagte sie zu Tando, die damit beschäftigt war, ihre Reisesachen zu ordnen. Sie blickte kurz von ihrer Tätigkeit auf und murmelte: »Ja, das wird das Beste sein.«

Ungeheure Erleichterung breitete sich in Anne aus, setzte sich in alle Poren. Die Wohnung, in der sie sich vor

kurzem noch so wohl gefühlt hatte, erschien ihr jetzt dunkel und viel zu eng. Freudig ließ sie sich von Ditha ins Bett bringen, war sich durchaus bewußt, daß mit dem Schlaf die Wartezeit verkürzt wurde. Aber dann, bereits an der Schwelle des Schlafs, gewahrte sie etwas Seltsames. Ihre Tante, immer noch zwischen Koffern und Kleiderschrank wechselnd, leerte die Koffer nicht etwa, sondern packte sie randvoll. Stapel mit Wäsche, Hemden und Socken wanderten in die geöffneten Koffer, die wie gefräßige Tiermäuler aussahen, die gefüttert werden. Immer waren solche Vergleiche zur Stelle, kamen einfach, obwohl keiner sie gerufen hatte. Sie schnappten also nach Taschentüchern und Strickwesten, diese Koffermäuler, fraßen gierig alles, was ihre Tante in sie hineinstopfte. Und Anne wußte genau, obwohl sie schon fast schlief, wußte ganz genau, daß hier etwas geschah. Nicht mit ihr geschah, sondern in dieser unbegreiflichen Welt der Großen. Als sie endlich doch hinüberglitt in den Traum, da war dieser angefüllt mit Koffern und Koffern, und in all diesen Koffern war Schwärze und Traurigkeit – nicht ihre eigene, sondern irgendeine fremde Traurigkeit.
Sie erwachte, als eine Tür ins Schloß schnappte. Im gleichen Augenblick, ihr selbst noch gar nicht bewußt, war sie auf den Beinen, schlich auch schon ins Wohnzimmer und sah ihre Tante am Fenster stehen. In ihrem scharlachroten, drachenbestickten Morgenrock stand sie hinter zugezogenen Gardinen und spähte hinunter. Anne stellte sich neben sie auf die kleine Fußbank, die vor dem Sessel am Fenster stand, und blickte gleichfalls

hinab. Sie sah einen Mann mit zwei großen Koffern aus dem Haus kommen. Erst als er am Auto die Koffer absetzte, erkannte sie, daß es Onkel Edi war. Der Mann, der meistens vergnügt und später, als Ditha gekommen war, ein bißchen komisch gewesen war, einer, der vieles konnte und vieles einfach nicht begriff, einer, für den sie das Mitleid entdeckt und den sie in jenem bewußten Augenblick für beinahe gestorben gehalten hatte und daher auch nicht mehr als Onkel Edi empfand. Er stand also da und sah zwischen diesen beiden riesigen Koffern verkleinert aus. Verharrte an seinem schönen, schwarzen Auto und bewegte sich nicht von der Stelle, sondern blickte nach oben, bekam seine Augen nicht los von dem Fenster und schien darauf zu warten, daß irgend etwas geschah, während ihre scharlachrote Tante und Anne hinter der Gardine lauerten, zu ihm hinabspähten und sich ebenfalls nicht von der Stelle rührten. Als er endlich begriff, daß gar nichts geschah und auch nichts mehr geschehen würde, schloß er das schöne, schwarze Auto auf, verstaute die riesigen Koffer, setzte sich ans Steuer und fuhr, ohne noch einmal zurückzusehen, davon.
Wieder überwältigte Anne dieses Gefühl jenes Augenblicks, als sie ihn für fast gestorben gehalten hatte – diese neue, merkwürdige, auch unbehagliche Empfindung, die irgendwo im Bauch saß. Sie setzte sich auf die Fußbank und blickte zu ihrer Tante hoch, die immer noch hinter der Gardine stand und wer weiß auf was stierte. Groß und rot und drachenbestickt stand sie da, herrlich in barocker Fülle. Während aus ihren weitgeöffneten Augen ein paar Tränen fielen – Anne sah sie

richtig wie Glasperlen herauskullern –, breitete sich über ihr Gesicht erst Erleichterung, dann eine Art Wohlbehagen aus, das direkt in ihre Gesichtszüge floß. Mit vehementem Schwung drehte sie sich um, hinterließ viel Rot und verzerrte Drachen, beendete wieder einmal einen Abschied. Sie hatte Annes Anwesenheit überhaupt nicht wahrgenommen.

»Er ist weg«, stellte Anne fest.
Sie saßen im Zug, hatten einen raschen Aufbruch, einen fast flüchtigen und völlig trockenen Abschied von ihrer Tante hinter sich gebracht und waren auf dem Wege nach Hause.
»Wer?« Ditha gähnte.
»Onkel Edi«, sagte Anne eifrig in der Hoffnung, doch noch das Interesse ihrer Schwester zu gewinnen.
»Ach so«, murmelte Ditha immer noch lustlos, »er fährt morgens doch immer weg.«
»Aber er kommt nicht wieder«, bohrte Anne.
»Woher willst denn du das wissen?«
»Er hat riesengroße Koffer mitgenommen, und all seine Sachen waren darin.«
»Dann hat sie ihn gefeuert«, meinte Ditha versonnen, »na, ja, vermutlich gibt es bald einen anderen Onkel Edi.«
Anne schwieg, mußte das erst bedenken, begriff nicht, daß Menschen offenbar auszuwechseln waren.
Ditha mußte ihre Betroffenheit bemerkt haben, glaubte vielleicht, ihr eine Erklärung schuldig zu sein: »Sie ist eben das schwarze Schaf der Familie.«

Wenn Erwachsene oder Halberwachsene in Gleichnissen redeten, wurde es völlig unverständlich, das hatte Anne schon herausbekommen. Sie grübelte also weiter und blickte dabei aus dem Fenster. Der Zug schien viel Zeit zu haben. Gemütlich bummelte er durch die Heide, grüne Heide, umsäumt von sonnengelbem Ginster, feierlichem Wacholder und winkenden Birken. Er zockelte so langsam, als wolle er die Schafe auf der Heide zählen und gab Anne somit die Gelegenheit, sie genauer anzuschauen, aber alle waren sie hell. Verschieden groß natürlich, mit kicksigen Lämmern, aber hell und wollig.
»Gibt es denn überhaupt schwarze Schafe?«
»Selten«, gab Ditha zu, »aber auf alle Fälle ist Tando so ein schwarzes Schaf, das hat selbst Mutti gesagt.«Diese ganze Geschichte mit den Schafen, den vielen hellen und den seltenen, von ihr noch nie gesehenen schwarzen Schafen, nahm Anne ziemlich gefangen, führte sie ganz weg von Tando und diesem Mann, den sie einmal Onkel Edi genannt hatte, und all den Geheimnissen, die um die beiden waren.

Niemand erwartete sie, denn sie hatten ihre Ankunft nicht angemeldet. Ditha gab ihre Koffer zur Aufbewahrung, sehr selbstsicher jetzt und wieder einmal von Anne bewundert, dann stiegen sie in die Straßenbahn und fuhren durch die Stadt.
Anne entdeckte hier und da Bekanntes, aber vieles war weggerückt und fremd geworden, gar nicht so, als wäre es ihre Stadt.
Das letzte Stück Weges mußten sie zu Fuß zurücklegen.

Ihre Schwester schien es nicht mehr erwarten zu können, nach Hause zu kommen. Immer schneller wurden ihre Schritte. Anne mußte beinahe laufen und sich mächtig anstrengen, um neben ihr zu bleiben. Links die rote Backsteinschule, in die sie bald gehen würde, an der Ecke der Kaufmann – aber ja, hier erkannte sie alles wieder, hier hatte sich nichts verändert. Auch das Offiziershaus stand an seinem Platz. Und gegenüber ihr Elternhaus.

Anne konnte es noch nicht sehen, denn es lag weiter zurück als die übrigen Häuser und war durch einen Vorgarten von der Straße getrennt. Aber den grünen Holzzaun erkannte sie und Menschen, die an dem weitgeöffneten Gartentor standen.

»Was wollen sie dort?« Ditha zerrte Anne ungeduldig hinter sich her.

Es waren Nachbarn. Anne erkannte sie wieder, wußte von einigen sogar ihre Namen. Sie schienen auf etwas zu warten. Mit Spannung hatten sie ihre Augen auf die Haustür gerichtet, die sich in diesem Augenblick langsam öffnete. Die beiden Schwestern gingen nicht etwa durch die Gruppe hindurch in ihr Haus, sondern blieben unter irgendeinem Zwang stehen und starrten auf die geöffnete Haustür, aus der zwei schwarze Männer kamen. Natürlich waren sie nicht ganz und gar schwarz, sondern nur schwarz gekleidet, aber Anne sah sie eben als schwarze Männer. Prompt fiel ihr der schwarze Mann ein, mit dem Ditha ihr manchmal gedroht hatte, als sie noch ganz klein gewesen war. Es gab ihn also, genauso wie es Willi gab – und nun waren es sogar zwei.

Beklommen blickte sie zu Ditha hoch und erschrak furchtbar.
Kalkweiß war ihr Gesicht. Plötzlich lief ein Zittern durch ihren Körper. Anne glaubte, sie würde umkippen, jetzt gleich, wußte, daß etwas Außerordentliches geschah, umklammerte mit beiden Händen ihre eiskalte Hand und erkannte erst jetzt, daß die schwarzen Männer einen riesigen Kasten trugen.
»Wer ist darin«, fragte Anne – komischerweise nicht was, sondern wer ist darin.
»Frau Storch«, antwortete eine Stimme neben ihnen. Anne fühlte auf einmal Dithas Hand in ihren umklammernden Fingern ganz schlaff werden, so als wäre es gar keine Hand, vielleicht ein Schwamm oder irgend etwas Weiches, aber keinesfalls eine oder gar Dithas Hand. Menschen quollen aus der Haustür, schwarzgekleidete Frauen und Männer. Einen unter ihnen kannte Anne: Herrn Storch, ihren Mieter und eigentlich freundlichen Mann, der allerdings von Zeit zu Zeit eine unheimliche Verwandlung zeigte. Nun weinte er. Immerfort rannen unter seiner Nickelbrille – wieso Nickelbrille, die saß neu und fremd auf seiner geröteten Nase – jedenfalls rannen Tränen unter ihr hervor in ein besonders großes und besonders weißes Taschentuch. Während sie alle langsamen Schrittes den elterlichen Vorgarten durchmaßen und die schwarzen Männer den Holzkasten auf einen schwarzen Wagen hoben, den Anne erst jetzt gewahrte und vor dem zwei schwarze Pferde gespannt waren – immer nur schwarz, immer nur schwarz –, während Ditha ihr zuraunte, daß dies kein Kasten war,

sondern ein Sarg, schwang sich eine Kinderstimme über die Szenerie.
»Warum weint er denn so? Er hat sie doch immer du listige Schlange genannt.«
Die schwarzen Menschen entfernten sich, nachdem der Sarg in den schwarzen Wagen gehoben und dieser von den schwarzen Pferden weggezogen wurde. Die Kinderstimme hing eine Sekunde lang über der Schwärze, dann riß sich Lachen los, durfte gar nicht, ließ sich aber nicht halten, keckerte hinter die abfahrende Droschke, machte das Schwarz total zunichte. Und da diese unangebrachte Kinderstimme nicht irgendeine, sondern bedauerlicherweise Annes Stimme war, klatschte in das immerhin unterdrückte Lachen der Umstehenden Dithas Ohrfeige. Dann schüttelte sie Annes Hand wie eine lästige Fliege von sich, rannte auf die Haustür zu, in der jetzt ihre Mutter erschien, warf sich laut aufschluchzend in ihre Arme, war in diesem Augenblick längst noch nicht erwachsen, vielmehr von einer tödlichen Angst befreit.
Die Leute entfernten sich, einige vermochten sich nur mühsam von ihrem unpassenden Lachen zu trennen. Vorbei war die Schwärze. Anne stand allein am Gartentor mit brennender Wange und außerordentlich verwirrt. Je mehr Ausschnitte sie aus diesem Unbegreiflichen erfuhr, das die Erwachsenen Leben nannten, um so schwieriger wurde alles.

9.

Die Zuckertüte war zu groß. Alle Zuckertüten sind zu groß auf den Fotos der Schulanfänger, dominieren über Gebühr, sehen fast immer so aus, als habe der Fotograf nur sie für die Ewigkeit festhalten wollen. Sozusagen als Symbol für einen neuen Lebensabschnitt, dessen Ernst mit ihrem Inhalt versüßt werden soll. Tatsächlich gab es für Anne gar keine Zuckertüte in ihrer Erinnerung, vielmehr entdeckte sie ihr Dagewesensein erst viel später auf einem verblaßten Foto: eine viel zu große Zuckertüte mit einem kleinen Mädchen, unter dessen weißblondem Pony zwei Augen grüblerisch in die Welt blikken.

Geblieben dagegen sind die Handschuhe, zwei ganz und gar unterschiedliche Handschuhe.

Der eine Handschuh war ein roter Wollfäustling und wurde ihr mit verlegener Feierlichkeit überreicht, bevor sie den Schulraum betraten.

»Du hast ihn beim Rodeln verloren, und ich habe ihn aufgehoben. Nachher haben wir uns verlobt, und ich habe dir meine Handschuhe gegeben, weil du so kalte Finger hattest – weißt du es nicht mehr?« Die Augen des Jungen, dessen Namen und den Anne überhaupt vergessen hatte, waren unglaublich blau und ein bißchen vorwurfsvoll.

»Doch«, stammelte sie ziemlich fassungslos, »aber ich habe deine Handschuhe vergessen.«

»Macht nichts«, entgegnete er rasch, »du brauchst sie mir auch nicht wiederzugeben, sie sind bestimmt zu klein. Ich bin nämlich gewachsen.« Er reckte sich vor seiner Mutter, die gewissermaßen den Hintergrund bildete, groß, kompakt, seine Zuckertüte wie einen Feldmarschallstab in der Hand haltend. Wirklich überragte er Anne beträchtlich. Jetzt blickte er über sie hinweg auf ihre Eskorte, und seine Blicke wanderten unschlüssig von Ingrid über ihre Mutter zu Tante Ella, dann versprach er treuherzig: »Ich werde schon auf sie aufpassen.«

Den anderen Handschuh bemerkte Anne später, als sie in dem Schulraum saßen, in welchem die Einschulungsfeier stattfand. Es ist anzunehmen, daß der Raum mit Blumen geschmückt war und der Rektor eine Rede hielt. Für Anne begann die Feier erst, als ihr zukünftiger Klassenlehrer zu den Schulanfängern sprach, seinen Namen nannte – er hieß Gudehus – und sie begrüßte. Er sah während des Sprechens seine künftigen Schüler nacheinander an, und auf einmal war Anne in seinem Blick. Anne dachte plötzlich an Willi und war fest davon überzeugt, daß Herr Gudehus mit Willi verwandt sein mußte, denn seine Augen waren braun wie Willis Augen. Dann fiel ihr Blick auf seine Hände. Erst die rechte, die einen Satz mit einer Geste unterstrich, dann die linke, die von einem dünnen, glatten Lederhandschuh umspannt war und in leichter Krümmung seltsam unbewegt unter dem Anzugärmel herausragte. Da war etwas, was nicht stimmte, da war etwas, was sie nicht verstand, da war etwas – sonst würde sie nicht diesen merkwürdigen Schlag im Bauch verspüren. Wie eine Uhr war das, die mitten im Bauch zu ticken begann.

»Wie war denn dein Schulanfang«, wollte Annes Vater am Abend wissen.

»Er trägt einen Handschuh«, sagte Anne.

Ihr Vater runzelte die Stirn und blickte fragend zur Mutter.

»Anne hat recht«, erwiderte diese rasch, »Herr Gudehus hat seine Hand im Krieg verloren. Seine Holzhand ist von einem Lederhandschuh verdeckt.«

»Verloren?« In Annes Bauch begann es erneut zu tikken, »man kann doch keine Hand verlieren.«

»Nein«, antwortete ihre Mutter hastig, »sie ist im Krieg zerschossen worden.« Dann, als sie einsah, daß ihre Tochter sich mit dieser knappen Erklärung nicht zufrieden geben würde, fügte sie hinzu: »Aber er hat eine neue Hand bekommen . . .«

»Sie ist aus Holz, und er kann sie überhaupt nicht bewegen. Was ist Krieg?« Anne wandte sich an ihren Vater, erwartete eine Erklärung von ihm, denn es war das erstemal, daß dieses Wort in ihr Bewußtsein fiel. Jetzt wollte sie seine Bedeutung wissen, damit sie begriff, warum Herr Gudehus eine Hand aus Holz hatte.

Ihr Vater räusperte sich: »Krieg ist ein Streit zwischen zwei Völkern.« Eine karge Erklärung, doch sie reichte aus. Mit einem Schlag begriff Anne, warum die Jungen sich prügeln, warum sie Krieg spielen, was ein Streit ist und wie weit er gehen kann, wußte plötzlich, als hätte sie dieses Wissen bei ihrer Geburt gleich mitgeliefert

bekommen, wozu die Soldaten da waren, die schmuck und singend durch die Stadt marschierten.
»Warst du auch im Krieg?«
Ihr Vater nickte wortlos.
»Hast du richtig geschossen – ich meine, eine Hand oder ein Bein abgeschossen?«
»Dein Vater hat unser Vaterland gegen den Feind verteidigt.«
Anne blickte zu ihrer Mutter, deren Stimme verändert klang, härter als sonst und natürlich auch ungeduldig, weil sie so viele Fragen stellte.
»Feind – wer ist das?«
»Der andere«, erwiderte ihre Mutter rasch, »der Soldat auf der anderen Seite.«
»Und wie heißt er?«
»Franzose.«
»Immer Franzose?«
»Nein, auch Engländer oder Russe oder . . .«
»So viele Feinde haben wir?« Anne war entsetzt. Sie spürte aber auch, daß ihre Fragen als unbequem empfunden wurden, und sie sah genau, daß ihr Vater, obwohl er die Augen auf die Zeitung gesenkt hielt, nicht wirklich darin las. Zum erstenmal beschlich sie ein ganz schwacher Zweifel, ob er wirklich ein Stellvertreter vom lieben Gott war, und er tat ihr leid, weil er gegen so viele Feinde hatte kämpfen müssen. Alle Erwachsenen taten ihr plötzlich leid, ihr Leben war so schwierig und offenbar von allen Seiten bedroht.

»Lieber Gott«, betete sie, als sie etwas später in ihrem

Bett lag, »mach, daß keine Feinde und vor allem keine Franzosen kommen und daß Herr Gudehus seine Hand aus Holz wieder bewegen kann!«
Diese Hand aus Holz bei ihrem Lehrer, der ihre Klasse bis zum Schulwechsel unterrichtete, blieb Anne allzeit bewußt. Man nimmt die Einzelheiten eines Menschen, mit dem man tagtäglich zusammen ist, nicht mehr wahr, sieht nicht mehr seine Schönheit oder Häßlichkeit, doch diese Hand in dem braunen Lederhandschuh, von der sie wußte, daß sie aus Holz war, hatte sich in ihr Bewußtsein gestanzt und blieb darin. Manchmal dachte Anne über diese Ersatzhand nach. Besonders in den Rechenstunden, in denen sie meistens über irgend etwas nachdachte, denn ihr Verhältnis zu Zahlen war von Anbeginn gestört.
Zahlen setzten sofort ihre Phantasie in Bewegung, lösten Assoziationen aus, die sie daran hinderten, sich auf ihr Verhältnis zueinander zu konzentrieren, auf das allein es ankommt. Ihre Einstellung zur Zahl war nicht sachlich, sondern von Anfang an persönlich, um es mal so zu sagen. Sie bekam es nicht fertig, Zahlen auf ihre Tafel und später in das Heft zu schreiben und mit ihnen zu operieren, wie man es von ihr verlangte, sondern sie ließ sich schon durch ihr Aussehen ablenken. Spaßeshalber malte sie sie umgekehrt und fand sie in dieser Position viel interessanter, manche ganz buchstabenähnlich. Später entdeckte sie die Horizontale für die Zahlen und war entzückt über die neuentstandenen Ornamente, begeisterte sich vor allem an dem Schwung der Acht, handhabte sie wie ein Lasso, überschwemmte

Tafel und später ganze Heftseiten mit dieser rhythmischen Acht und vermochte nur nach erheblicher Überwindung ihre Vorstellungen wieder einzusammeln und sich darauf zu besinnen, daß man nichts anderes von ihr erwartete, als eine harmlose Drei von ihrer bevorzugten Acht abzuziehen.

»Ich lerne es nie«, seufzte Anne selbst noch im vierten Schuljahr. Die Zahlenkolonnen in ihrem Rechenheft setzten sich in Bewegung, setzten sich ja immer in Bewegung, sobald sie verbissen auf sie starrte, um ihnen durch Teilen oder wie auch immer, jedenfalls in irgendeiner vorgeschriebenen Weise beizukommen. Ein paar Zahlen sahen aus wie die Spatzen, die verdrossen auf der Teppichstange hockten. Da – schon war ihr Blick durch die Fensterscheibe spaziert, badete sich durch den Regen bis zu den Spatzen, um bestätigt zu finden, daß sie wirklich eine gewisse Ähnlichkeit mit aufgereihten Zahlen hatten.

Einmal draußen, tummelten sich ihre Blicke fröhlich herum. Ließen sich einfach nicht auf das Heft zurückziehen, tasteten sich lieber in die nasse Krone der Ulme, die den Hof beschattete, wenn die Sonne schien und die jetzt diesen unaufhörlichen Regentag eingefangen haben mußte, genauso sah sie aus, strolchten dann weiter den Gartenweg entlang und entdeckten dort ihre Mutter. Sie spannte gerade den Regenschirm auf und hatte einen ganzen Arm voller Blumen. Während Anne sich noch fragte, warum sie bei diesem Regen Blumen aus dem Garten geholt haben mochte, fiel ihr Tante Ellas Geburtstag und die ganz wunderbare Notwendigkeit

ihres sofortigen Besuchs ein. Im gleichen Augenblick klappte sie das Rechenheft zu. Ganz automatisch ging das, wie von selbst. Aber während sie schon aufstand von ihrem Schreibplatz am Fenster, wurde ihr bereits bewußt, daß sich diese Zahlenblöcke nicht von allein teilten, daß sie somit weiter auf sie warten würden mit ihrer gräßlichen Forderung, sich mit ihnen zu befassen. Warten würden bis heute abend, bis morgen früh, eben bis zu dem Zeitpunkt ihrer Ablieferung. Als Anne mit ihrer Überlegung bis hierher und bis zu Herrn Gudehus mit seiner Holzhand kam, setzte sie sich seufzend wieder hin, blätterte das Heft auf und starrte fassungslos auf die veränderten Zahlen, die allesamt wie zerrupfte Spatzen aussahen. An der Zwei ein Schwänzchen, an der Fünf ein Flügelchen, an der Neun ein Schnabel – oh Gott!
Anne riß die Heftseite heraus, beileibe nicht zum ersten Mal, sondern mit einer gewissen Fertigkeit. Während sie sich daran machte, die Aufgaben aus dem Rechenbuch neu abzuschreiben und nach einer endlosen Zeit wieder vor der gleichen Forderung stand, sie zu lösen, kam ihr das Dasein unendlich mühevoll vor.
»Ich lerne es nie«, wiederholte sie, an den Tränen würgend. Keine traurigen Tränen, sondern trotzige, zornige, die überhaupt keine Erleichterung brachten.
– Doch, – sagte Willi, – du lernst es schon, wenn du nur willst. –
Ganz schlaff wurde der Federhalter in ihren Fingern. Sie spürte die letzte Träne in den Kragen ihres Kleides rollen und wurde still. Willi stand hinter ihr, blickte

über ihre Schulter in das Rechenheft. Sie konnte ihn zwar nicht sehen, aber sie empfand seine Gegenwart.

–Wo warst du so lange, fragte Anne.

–Du hast mich nicht gerufen all die Zeit.–

–Aber du warst immer da?–

–Natürlich war ich immer da.–

–Ach, dann kommst du nur, wenn ich dich rufe?–

–Ja.–

–Kannst du rechnen, Willi?–

–Selbstverständlich kann ich rechnen.–

–Dann sag mir vor!–

–Nein, du mußt schon selbst lernen, versuch es wenigstens!–

Anne preßte ihren Daumen und Zeigefinger fest um den Federhalter, hütete ihre Blicke sorgsam in der schmalen Einfriedung des Rechenheftes, engte sie ein, trieb sie direkt auf die 91 zu, die sie durch 7 zu teilen hatte, wußte plötzlich die 13, merkte überhaupt, daß sie das, was die Aufgaben von ihr forderten, bereits erlernt hatte, daß es nur unendlich mühsam war, das Erlernte wieder aus sich herauszuholen. Ganz anders als bei Wörtern, die zu lesen oder zu schreiben ihr nicht die geringsten Schwierigkeiten bereiteten. Anne saß also an ihrem Schreibplatz, überließ die Spatzen auf der Teppichstange dem Regen, war ganz zusammengerafft und auf die Zahlen in ihrem Heft konzentriert, entdeckte plötzlich, daß sie ihrer habhaft wurde und war über die Maßen erstaunt darüber, was man alles kann, wenn man nur will. Aber ohne Willi hätte sie es nie geschafft, das war klar, denn in der ganzen Zeit, in der sie dasaß und rechnete, verließ sie nicht eine Sekunde die Gewißheit seiner Nähe. Als Anne das Heft endlich zuklappte, hatte sie eine Tat begangen. Wirklich, genauso empfand sie es, auch wenn sie nichts anderes als ihre Schulaufgaben gemacht hatte. Federleicht fühlte sie sich, gänzlich leergelaufen von dem enormen Kraftaufwand, etwas zu bewältigen, das ihr so schwerfiel.

Sie drehte sich um, aber Willi war nicht mehr da. Statt seiner stand Ingrid in der Tür.

»Hast du deine Hausaufgaben gemacht«, erkundigte sie sich, »wir wollen Tante Ella zum Geburtstag gratulieren.« Sie legte Anne den riesigen Blumenstrauß, den die Mutter vor einer Ewigkeit aus dem Garten geholt hatte, in den Arm. Sie gingen hinüber, klopften an Tante Ellas Tür, die aber nicht von ihr, sondern von einem fremden Mann geöffnet wurde. Anne sah ihn zum erstenmal.

Das Wohnzimmer, ihr vertraut von Anbeginn, aber immer nur als Rahmen für Tante Ella, für sie allein, wirkte fremd auf sie, so als habe jemand die Wände zusammengedrückt. Neben Tante Ella im Sofa saß ein junger Mann. Obwohl Anne auch ihn zum erstenmal sah, wußte sie sogleich, daß es Tante Ellas Sohn war, denn sie kannte sein Foto, das auf der bemalten Kommode stand. Jedesmal, wenn sie sich darauf gesetzt hatte, hatte sie es beiseite gerückt.

Der junge Mann erhob sich sofort und bestand darauf, daß Ingrid und Anne neben seiner Mutter auf dem Sofa Platz nahmen.

Es war wirklich so, als wäre sie jetzt und in diesem Augenblick zum allerersten Mal hier, so neu war diese kleine Wohnung für sie. So neu war vor allem Tante Ella für Anne, die sie bisher immer als Einzelperson betrachtet hatte, als jemanden, der beinahe zu ihrer Familie gehörte, die auf alle Fälle immer für sie dagewesen war. Nun saß sie neben Anne auf dem Sofa, ganz dicht, aber doch auf rätselhafte Weise entrückt, gehörte plötzlich zu diesem fremden Mann, den Anne noch nie gesehen hatte, und diesem jungen Mann, der bisher nur eine Fotografie gewesen war, die man beiseiteschieben konnte. Saß da mit den Blumen, die Anne ihr mit einem gestotterten Glückwunsch überreicht hatte. Saß da ganz dicht und ganz weit neben ihr, lächelte vertraut und doch anders als sonst und gab dem fremden Mann ihre Blumen, damit er eine Vase für sie hole. Während Anne ihren Blick senkte, weil dieser fremde Mann sie so merkwürdig angesehen hatte, bemerkte sie, daß Tante Ellas Hand zitterte und spürte zugleich, wie Ingrid ihre Hand ergriff. Ganz komisch nahm sie Annes Hand, so wie man einen aus dem Nest gefallenen Vogel oder eine junge Katze anfaßt.

Beklommen blickte Anne hoch. Der junge Mann hatte dunkle, krause Haare und glich dem älteren, aber auch Tante Ella in einer eigenartigen Mischung. Dieser ältere, ja natürlich, dieser ältere Mann mußte der Vater des jungen und Tante Ellas Mann sein. Aufmerksam betrachtete sie sein Gesicht, das ihr ganz verriegelt vorkam, seine fahle Blässe, von der sich ein dunkler Bart über der Oberlippe scharf abhob. Auch seine Haare waren fast schwarz, aber von vielen silbernen Fäden übermalt, so sah es jedenfalls aus. Sein Blick war ebenfalls schwarz oder düster oder traurig oder wie auch immer, jedenfalls mußte sie ihre Augen schnell senken, als er sie traf. Sogleich begann von neuem dieses Spiel der Hände: Tante Ellas zitternde Hand und der Druck, mit dem Ingrid Annes Hand umschloß.

Und Anne war bestimmt zum erstenmal hier, und Tante Ella war nicht länger ihre Tante Ella, und sicher hatte Anne niemals auf dieser bemalten Kommode gesessen und ihre Beine baumeln lassen und von Willi erzählt. Und Anne stand auf und machte einen Knicks, wie es sie ihre frühere Tante Ella einmal gelehrt hatte und sagte artig Auf Wiedersehen und ging hinaus.

Ging zu ihrer Mutter und fragte: »Wo war er die ganze Zeit?«

Ihre Mutter begriff augenblicklich, von wem sie sprach. »Im Sanatorium«, murmelte sie mit abgewandtem Gesicht.

Anne hatte keine Ahnung, was ein Sanatorium war. Sie wollte es in diesem Augenblick auch gar nicht wissen, weil es nämlich nicht stimmte. Es war einfach nicht wahr, daß dieser Mann, der Tante Ellas Mann war, in einem Sanatorium gewesen war.

Als Anne Gute Nacht gesagt und das Wohnzimmer verlassen hatte, hörte sie ihren Vater sagen: »Es ist besser, sie geht nicht mehr hinüber.«

Sie sprachen von Anne und von Tante Ella, und da war ein Kloß in ihrem Hals, riesengroß und schmerzhaft. Als ihre Mutter sich später über ihr Bett beugte, um mit ihr zu beten, stellte sie sich schlafend, wollte sie nicht sehen, wollte auch nicht beten, hatte ihre Tante Ella verloren, aber dafür gelernt, daß man rechnen kann, wenn man es nur ernsthaft wollte, hatte die Vermutung, daß man vieles kann, was man ernsthaft will, hatte es von Willi gelernt. Aber Willi hatte es nicht verhindern können – das mit Tante Ella.

10.

»Sie hat sich völlig verändert.« Ditha zupfte an ihrem fußlangen Abendkleid. »Wie sie mit den Jungens herumtobt, auf Bäume klettert, ständig verkratzt und verschmiert ist. Weißt du noch, wie versponnen sie war, jetzt ist sie ins andere Extrem gefallen – also irgendwann könnte sie doch mal die Mitte finden.«
Die beiden Schwestern standen vor dem Spiegel im elterlichen Schlafzimmer, einem hohen Spiegel auf einem Marmorsockel, aber zu schmal für sie beide. Ein verrücktes Bild, diese beiden festlich geschmückten Gestalten, von denen jeweils die rechte und die linke Seite durch den Spiegelrand abgeschnitten war. Ein Zerrbild aus der Spiegelgalerie auf der Kirmes: die Doppelschwester mit zwei Köpfen und in der Mitte zwei Armen und zwei Beinen. Schilfgrüne Seide und himmelblauer Taft.
Mit einem Ruck blieb Anne stehen, mußte sich richtig abbremsen, denn in jener Zeit war sie ständig in Bewegung, befand sich geradezu unter dem Zwang, die Funktionen ihrer Gliedmaßen zu erproben. Sie wußte sogleich, daß ihre Schwestern von ihr sprachen und wunderte sich, daß sie es in diesem Augenblick taten, denn sie bereiteten sich zu einem Fest. Zum erstenmal durften sie die Eltern zu dem Winterball irgendeines Vereins, dem ihr Vater angehörte, begleiten. Ein Ereignis, das bereits in dem Augenblick begonnen hatte, als

Fräulein Lieschen erschienen war, um die Kleider zu nähen.
Jedes Jahr erschien Fräulein Lieschen, nicht nur bei Wielands, sondern in vielen Familien. Es nähte für Mütter und Töchter, nähte für Tanzstunden, Hochzeiten und Beerdigungen, ja genaugenommen begann jedes Ereignis mit dem Erscheinen Fräulein Lieschens. Es nähte für Generationen und schien selbst generationslos zu sein, mußte als ältliches Fräulein auf die Welt gekommen sein, eines Tages. Unvorstellbar, daß es jemals ein Kind gewesen war, unvorstellbar auch, daß es jemals alt werden würde. Stich für Stich nähte das Fräulein Kleider für andere, Geschichten für andere, selbst immer in einem grauen Kleid, das, wenn es abgetragen war, durch ein neues graues Kleid ersetzt wurde. Auch Schuhe und Strümpfe waren grau und selbstverständlich der Mantel. Dabei liebte es Farben, und seine Hände, überraschend wohlgeformte, weiße Hände, konnten fast andächtig über leuchtende Seide streicheln. Es wählte die Farben und Muster immer richtig, hatte einen untrüglichen Geschmack, wußte genau, was die anderen kleidete. Stich um Stich für die anderen wie eine Parze, die am Schicksal webt, immer an der Peripherie der anderen, eingesponnen in Grau.
Anne hielt den Atem an, überwältigt von dieser märchenhaften Metamorphose im Spiegel, dieser Doppelschwester, die sie erschreckte und liebte zugleich. Dann floß das Bild auseinander. Der Spiegel wurde wieder leer, obwohl es natürlich keinen leeren Spiegel gibt, vielmehr wurde er von dem gleichgültigen Kleider-

schrank besetzt. »Die Mitte...« Ingrid hatte offenbar das Schweigen mit Nachdenken ausgefüllt, »was verlangst du von der Kleinen – hast du denn deine Mitte schon gefunden?«
Ditha schien das Interesse an diesem Gespräch bereits verloren zu haben, jedenfalls war sie ganz vertieft in der Beschäftigung, die Utensilien in ihrem von Tante Ella mit Goldgarn gehäkelten Abendtäschchen zu prüfen. Plötzlich blickte sie Ingrid an, wobei sie den Taschenverschluß energisch zuschnappte und erklärte: »Ich werde dafür sorgen, daß Anne ein Klavier bekommt.«
Das war typisch Ditha: ein Einfall, ein spontaner Entschluß, eine Tat.
Ingrid stand wie ein Denkmal – in etwa germanische Göttin, wenn auch eine ziemlich ratlose Göttin, ein bißchen schwerfällig im Denken, auf alle Fälle sprachlos, während Anne an ihrem Lauscherposten die Hände wie überreife Pflaumen herunterfielen.
»Ein Klavier – wie kommst du denn darauf?« Ingrid hielt ihre Schwester für überspannt, wohl auch für unglaubwürdig und keinesfalls ernstzunehmen.
»Ich will es«, erklärte Ditha mit dieser gelegentlichen Hartnäckigkeit, die gewissermaßen ihrer aller Familienmerkmal war. »Anne soll eine gute Ausbildung, soll einfach mehr Möglichkeiten haben als wir. Als kleines Mädchen hielt ich sie fast für verrückt, aber jetzt finde ich sie einfach gräßlich – es ist, als habe jemand an irgendeiner Schraube gedreht, so verändert ist sie. Deswegen soll sie Klavierspielen lernen. Man muß sie doch irgendwie ins Gleichgewicht bringen können.«

»Und wer soll es bezahlen, das Klavier«, erkundigte sich Ingrid nüchtern.
»Wenn Vater sich nicht bereitfindet, werde ich es übernehmen«, erwiderte Ditha knapp.
Ingrid lachte schallend, wenn auch keinesfalls fröhlich, sondern eher ärgerlich. »Du spinnst ja!«
»Nein!« Ditha stampfte mit dem Fuß auf. »Du wirst es ja sehen! Ich werde berühmt werden und reich, und das Klavier werde ich mit der linken Hand bezahlen.«
Ingrid plumpste auf das Ehebett. »Du bist ja noch spleeniger als ich dachte. Aber ich weiß genau, wer dir diesen Floh ins Ohr gesetzt hat . . .«
»Jawohl«, unterbrach Ditha sie, »es war dieser Fotograf, der eine Aufnahme vom mir gemacht und sie dann ohne mein Wissen an eine Zeitung als Reklamefoto für Zahnpasta verkauft hat. Na und? Schließlich muß er leben. Er wird als Kameraassistent nach Berlin gehen und hat mir eine Adresse gegeben. Denn der Film hat eine Riesenzukunft, sagt er, und einen enormen Bedarf an neuen, fotogenen Gesichtern. Wenn eine fotogen ist, dann sei ich es, hat er gesagt, und damit du es nur weißt, den Brief nach Berlin habe ich gestern abgeschickt. Sie werden mich bestimmt zu Probeaufnahmen kommen lassen, hat er auch gesagt, und das erste, was ich kaufe, wenn ich reich bin, ist ein Klavier für Anne und für dich . . . aber ein Baby kann man ja nicht kaufen.« Jetzt sank auch sie auf das Bett, graziöser als Ingrid, wenn auch leicht erschöpft von ihren aufregenden Zukunftsvisionen.
Seide raschelte. Zwei Hände legten sich auf Annes

Schultern. »Aber Anne«, sagte ihre Mutter vorwurfsvoll, »du weißt doch, daß man nicht lauscht.« Sie schob Anne ins Schlafzimmer. »Seid ihr endlich fertig, Kinder?«
Die beiden Schwestern schnellten vom Bett hoch. Tatsächlich hatten sie für einen Augenblick das verlokkende Fest völlig vergessen. Ihre Mutter, selbst sehr festlich in einem silbergrauen Spitzenkleid, betrachtete ihre beiden erwachsenen Töchter voll Stolz, dann nahm sie Anne an die Hand. »Ich bringe dich ins Bett oder ...« sie zögerte ... »hast du Angst, allein in der Wohnung zu bleiben? Dann müßte ich dich zu Tante Ella bringen.«
»Nein«, entgegnete Anne rasch, »nein, nicht zu Tante Ella. Ich habe keine Angst.« In Wahrheit hatte sie Tante Ella längst verloren, hatte sie in dem Augenblick verloren, als sich herausgestellt hatte, daß sie keine einzelne Tante Ella war, sondern einen Mann und einen Sohn hatte. Zwar war der Sohn am Tage nach ihrem Geburtstag wieder abgefahren, doch ihr Mann war geblieben. Ein schweigsamer Mann von düsterer Schönheit, groß und schlank. Sein anfänglich fahles Gesicht war jetzt leicht gebräunt, aber sein Blick, dieser Blick seiner dunklen Augen war seltsam, so seltsam. Er machte Anne beklommen und ließ sie die kleine Wohnung nebenan schließlich ganz meiden.
Anne war nicht mehr klein, ging jetzt in die dritte Grundschulklasse und hatte sich sehr verändert, wie Ditha vorhin festgestellt hatte. Tatsächlich spielte sie am liebsten mit den Nachbarjungen Räuber und Gen-

darm, tatsächlich hatte der blauäugige Heinz nicht die geringste Veranlassung, ihren Beschützer zu spielen. Zum Glück schien er sich ihre voreilige Verlobung auch aus dem Kopf geschlagen zu haben.
Anne hatte schreiben, lesen und rechnen, trotz allem auch rechnen, gelernt und liebte ihren Lehrer Gudehus immer noch. Nicht nur sie, nein, die ganze Klasse, denn er war sehr gütig. Zudem hatte er diese Hand aus Holz, die von einem Lederhandschuh fest umspannt war. An diese Hand dachte Anne manchmal, dann brachte sie ihm Blumen aus dem Garten mit. Gerne hätte sie ihm noch mehr Blumen geschenkt, aber sie unterließ es aus Befürchtung, ihre Klassenkameraden könnten annehmen, sie wolle sich bei ihm einschmeicheln.
Angst hatte Anne nicht mehr oder doch nur ganz selten, zum Beispiel wenn die Jungen Krieg spielten. Dann schlich sie sich weg und versteckte sich. Aber natürlich hatten sie es längst gemerkt mit kindlichem Spürsinn für die Schwächen der anderen. Sie lachten Anne deswegen aus, aber letzten Endes entschuldigten sie sie gutmütig damit, daß sie eben doch nur ein Mädchen war, leider. Nur wenn Anne sie geärgert oder herausgefordert hatte, dann schrien sie, schrien sie erbost und ganz genau gezielt: Die Feinde kommen!
Wie ein Schlag war das jedesmal. Eine Arte Detonation, die Anne auf der Stelle bewegungsunfähig machte, obwohl sie doch ganz genau wußte, daß die Jungen ihr nur einen Schrecken einjagen wollten, daß ihre Drohung nur ein Teil ihrer wilden Spiele war. Stocksteif stand sie da, konnte einfach nicht verhindern, daß sich dieses

Bild aufdrängte: fremde Soldaten, die zahllosen Feinde, mit haßverzerrten, schrecklichen Gesichtern. Von rechts und links, hinten und vorne, ja selbst von oben drangen sie in ihre Straße, schießend, brennend, vernichtend, Entsetzen verbreitend. Wer weiß schon, woher die Bilder kommen. Aus dem Lesebuch vielleicht, einem Gemälde, einem Denkmal. Krieg, Niederlage, Sieg und Helden, vor allem Helden, das war wohl da von Anbeginn, in der ersten Zelle sozusagen, das wird mitgeliefert bei jedem ersten Schrei überall auf unserer Welt. Das Bild war jedenfalls da und deckte für Sekunden die Wirklichkeit ihrer wilden Spiele zu. Ihre vom Spiel schmutzige Hand preßte Anne gegen den Mund, um nicht zu schreien, weil sie kamen. Weil sie in dieser Sekunde wirklich kamen, die fremden Soldaten, und sie war ganz vollgepumpt mit Angst, dieser ererbten, archaischen Urangst. Der Angst vor dem Feind, dem Fremden, dem Unverständlichen, dem Anderen. Dann stöhnte sie leise »oh, Willi«, und die verkrampften Finger lösten sich von ihrem Mund. Auf einmal waren die Feinde wieder die Jungen aus der Nachbarschaft, vertraut grinsend. Selbst ihre Schadenfreude über den gelungenen Schreckschuß versetzte Anne in euphorische Erleichterung. Das Bild war weggeblasen. Das Spiel konnte wieder beginnen. Dennoch, die Spiele dieser wilden Jahre hinterließen keinerlei Abdrücke, waren als spätere Erinnerungen völlig unterbelichtet. Die Bilder dagegen, jene Sekundenraffer von Eindrücken und Empfindungen, die blieben ganz scharf, mit gestochenen Konturen.

Möglich, daß Ditha recht hatte, als sie an jenem Abend vor ihrem ersten Ball behauptete, Anne sei unerträglich und habe dem kleinen Liebermann das Hemd zerrissen – eine Erinnerung an diesen Vorfall ist Anne jedenfalls nicht geblieben.

Wohl aber an die Nacht, jene erste Ballnacht ihrer Schwestern. Nein, nicht als ein Fest, das fand selbstverständlich ohne Anne statt, sondern zunächst als ein Rauschen. Es war der Nachtwind, das wußte sie wohl. Der war ihr vertraut, denn in der Ebene ist der Wind sozusagen zu Hause. Da gab es eine Geschichte, die ihr, wie die meisten Geschichten, Tante Ella erzählt hatte: die Geschichte vom Wind, der sich auf Wanderschaft begibt, um den Himmel reinzufegen. Eine Zeitlang, als Anne noch viel kleiner gewesen war, hatte sie ernsthaft geglaubt, daß dieser Wind in der riesigen Ulme auf dem Hof schlief, daß er hier wohnte und von hier aufbrach zu jener ominösen Wanderschaft, was immer man sich darunter vorstellen mochte. Hatte Anne nicht oft genug gehört, wie er summte in den Zweigen? Erst noch ganz dünn, wie zur Probe, dann immer lauter, bis er in das Geäst blies, so daß sommernachts die Blätter rauschten und orgelten, während winternachts die kahlen Zweige lauter zirpige Fetzen in die Nacht schnitten und die Äste hin- und hergezottert wurden.

Natürlich hatte Anne inzwischen längst gelernt, daß Wind aus den Himmelrichtungen und wenn er heftig wurde, vorwiegend aus Island, auf alle Fälle nicht aus ihrer Ulme kam. Doch jenseits dieses Wissens blieben seine akustischen Darbietungen: ein sanftes Wiegenlied, orgelnde Barockfugen oder jaulende Bedrohung. Kaum hatten sich die lebhaften Stimmen ihrer Mutter und ihrer Schwestern, auch die ruhige ihres Vaters, die die tieferen Akzente sparsam setzte, entfernt, als der Wind die Regie übernahm. Seine Ouvertüre setzte ganz leise wie aus weiten Fernen ein mit einem Piano, das Anne angenehm in den Schlaf tragen würde. Aber es war zu kurz, reichte zum Einschlafen nicht aus. Schon wurden die Geigen von den Bläsern unterstützt, schon griff das Orchester in die vollen. Kein Orgeln oder Rauschen – es war ja Winter –, vielmehr das Zirpen und Knattern und Aufstöhnen kahler, ganz und gar wehrloser Zweige. Pause – Fermate. Dann ein Dröhnen, auch noch das Trommeln von Blech, wahrscheinlich der Deckel der Mülltonne, und das Aufjaulen, wenn der Wind um die Hausecke stob. Nein, da half keine Bettdecke, die Anne längst über den Kopf gezogen hatte, das vermochten nicht einmal die in die Ohren gebohrten Zeigefinger abzuwehren, dieser Wind aus irgendeinem Sturmtief war nicht mehr zu bremsen, wollte partout ein Orkan werden.

Anne lag flach auf dem Rücken und versuchte, den Schlaf zu erzwingen, aber die Tricks, die man sie zu diesem Zwecke gelehrt hatte, waren sozusagen für die Katz. Immerhin lenkten sie Anne für eine Weile von dem Getöse da draußen ab, denn beim obligatorischen Schäfchenzählen fiel ihr sogleich das legendäre schwarze Schaf und damit Tando ein. Tando, die fröhliche in ihrer kleingeblümten Wohnung. Tando, die seltsam stille im Strandkorb. Tando, die drachenbe-

stickte, an jenem Morgen, als Onkel Edi abfuhr. Die Bilder kamen zu ihr unter die Bettdecke gekrochen, wurden noch einmal zur Szene und so gegenwärtig, daß sie Anne das nächtliche Sturmkonzert total vergessen ließen. Was war mit ihr, mit dieser Tando, die auftauchte und wieder verschwand, genauso regellos wie jene Onkel Edis, die da kamen und gingen nach Gesetzen, die von Annes Familie offenbar nicht gebilligt wurden. Auf einmal wurde ihr bewußt, wie lange sie nicht bei ihr gewesen war. Auch daß niemand von ihr sprach, geradeso als sei sie überhaupt nicht mehr vorhanden. Anne zerrte die Decken von ihrem Gesicht. Was kümmert sie der Nachtwind, wenn es um Tando ging. Dieses Zählen von eingebildeten Schafen war ein dummes Spiel und wahrscheinlich für viel kleinere Kinder gedacht. Am liebsten wäre sie aufgestanden, hätte irgend etwas unternommen, ohne zu wissen was und wozu. Auch hielt die Kälte der ungeheizten Schlafzimmer sie davon ab, ihr warmes Bett zu verlassen.
»Willi!« Ihre Stimme setzte sich richtig ab von dieser eisigen Nachtluft ausgekühlter Wände; sie klang nicht etwa kläglich sondern ungeduldig, fast ein wenig schrill. Aber Willi kam nicht. Er konnte auch gar nicht kommen, weil es ihn ja nicht wirklich gab. »Wenn ich einen Willi hätte, dann würde ich ihn ganz festhalten«, hatte Tando mal gesagt. Aber wie sollte man etwas festhalten, das es gar nicht wirklich gab?
Aufrecht im Bett saß Anne jetzt und versuchte, irgend etwas zu erkennen. Das Buch zum Beispiel, von dem sie wußte, daß es auf dem Nachttisch lag. Doch die Nacht

gab nichts preis, war so schwarz und kompakt wie die Stille in ihrer Kammer. Stille. War nicht eben noch Sturm gewesen, hatte da nicht gerade noch ein bombastisches Orchester aufgespielt? Sie wartete mit angezogenem Atem, wußte wohl, daß es Pausen gab im nächtlichen Konzert, lauerte dem Wind auf, wollte ihm zuvorkommen mit jenem Besserwissen, das selbst Willi nicht mehr wahrhaben wollte.
Immer noch nichts. Er mußte sich verzogen haben, war, wie in Tante Ellas Geschichte, auf Wanderschaft gegangen. Nach Süden vielleicht oder auch nach Osten.
Zap-zap-zap. Ein neues Geräusch. Nicht so laut wie der Wind und längst nicht so wild. Sein Rhythmus war vielmehr gleichmäßig, schien geplant.
Vorbei. Ungeachtet der nächtlichen Kälte saß Anne im Bett, die Hand über der Decke um die Knie gefaltet. Eben noch hatte sie diesem Wind mit seinem Zirpen, Pfeifen und Jaulen aufgelauert und vor lauter Anspannung gar nicht wahrgenommen, daß er sich längst zu einem monotonen Regenrauschen beruhigt hatte. Nun wartete sie auf dieses neue Geräusch, dachte schon, Angst habe sie genarrt. Da: Zap-zap-zap! Anne zuckte zusammen wie bei einem Gewitter, wenn der Blitz kommt, den man doch erwartet hat.
Aber das Aufhören, dieses plötzliche Stoppen, war noch schlimmer. Ihre Haut begann zu kribbeln, und sie empfand sich nur noch als riesenhaft vergrößerte Ohren.
Beim drittenmal: Schritte – das waren ja Schritte!
Mit einem Satz war Anne aus dem Bett. Barfuß rannte sie im dünnen Nachthemd durch den finsteren Flur,

stürzte blindlings aus dem Haus über den nachtschwarzen Hof und hämmerte mit beiden Fäusten gegen die Tür zu Tante Ellas Wohnung. Panik wie in einem bösen Traum. Als die Tür sich endlich öffnete, stürzte sie hinein, griff mit beiden Händen zu, fand Halt in zwei Armen oder vielleicht auch Beinen, war in Sicherheit.
Naß klatschte das Nachthemd um ihren schloddernden Körper. Dann spürte Anne die Hand auf ihrem Rücken. Eine riesengroße Hand. Sie wußte sofort, daß es nicht Tante Ellas Hand war. Sie hob den Kopf und fühlte sich steif werden. Zwei Augen in einem dunklen Gesicht. Augen, ganz schwarz. Und die Hand auf ihrem Rücken wurde größer und diese Augen immer schwärzer. Wie hypnotisiert starrte Anne in diese Augen, unfähig, sich von ihnen zu lösen, unfähig sich zu bewegen, unfähig sogar zur Angst.
Plötzlich glitt sie zu Boden. Die Hand, die riesengroße Hand, hatte sie fallenlassen wie einen nassen Sack. Eine Tür fiel zu. Anne fühlte sich hochgehoben und in eine Decke gewickelt, und sie wußte augenblicklich, daß es Tante Ella war, die sie in die elterliche Wohnung trug. Während sie Anne mit einem Handtuch trockenrubbelte und ihr ein frisches Nachthemd überstreifte, murmelte sie unentwegt Worte vor sich hin, deren Sinn Anne nicht verstand und von denen sie annahm, daß sie sie beruhigen sollten. Doch Anne war ruhig, empfand keine Angst und überhaupt nichts mehr. Sie wollte nur noch schlafen.
Erst als Tante Ella an ihrem Bett saß, sah Anne im matten Schein der Nachttischlampe ihr Gesicht – es war so

starr und so hell. Selbst ihre grauen Augen waren starr und hell. Etwas Schlimmes war darin. Anne fühlte, daß sie etwas tun mußte, aber sie wußte nicht, was sie tun konnte, damit es wieder das vertraute Gesicht wurde.
–Willi! Willi!–
Tante Ella hob den Kopf, schüttelte ihn ganz leicht, und auf einmal kamen Tränen. Zuerst zögernd und einzeln, dann sammelten sie sich, spülten die Härte weg, machten ihr Gesicht wieder locker und gut, so wie Anne es kannte.
»Ach du und dein Willi!«

11.

Der Ball.

Einmal hatte Tante Ella ihr einen Ball geschenkt, einen mindestens kopfdicken Ball und knallbunt. Wirklich, er leuchtete in allen Farben, die man sich überhaupt vorstellen konnte. Falsch – die Farben dieses Balles waren nicht laut und leuchtend, vielmehr schienen sie verwaschen, glichen dem Regenbogen, wenn er sich auflöst und in den Himmel zu fließen scheint. Auf alle Fälle war es ein schöner Ball und viel zu schade zum Spielen. Das erschien Anne zunächst als ein Nachteil, denn in jener Zeit war sie geradezu versessen aufs Ballspielen. Ballproben nannte sie das. Dazu bot sich ein Teil der Seitenwand des Hauses an, der aus unbekannten Gründen nicht holzverschalt wie das übrige Haus, sondern hellverputzt war. Möglicherweise hatte sich dort früher einmal eine Tür befunden, jedenfalls betrachtete Anne dieses ausgesparte Rechteck als idealen Partner ihrer Ballproben.

Durch begeistertes Üben hatte sie eine beachtliche Fertigkeit erlangt. In schnellem Wechsel ließ sie den Ball gegen die Wand schnellen. Nicht einfach nur so, sondern abwechselnd mit dem rechten Unterarm, linken Unterarm, rechten Knie, linken Knie, gefalteten Händen und nun mit der Stirn, zweimal, dreimal, bis der Kopf dröhnte. Jetzt in flinker Drehung mit dem Rücken zur Wand den Ball hoch über den Kopf werfen. Immer

neue Variationen erfand sie bis zur Atemlosigkeit. Ein Monospiel, zu dem man nur eine Wand, einen Ball und sich selbst brauchte.
Doch den neuen Ball in den sanften Farben – nicht bloß rot und blau und grün und gelb, sondern auch die Töne, die dazwischen sind – diesen neuen Ball ließ Anne weder auf die Erde, noch gegen ihre Spielwand springen. Sie warf ihn höchstens mal in die Luft und fing ihn vorsichtig wieder auf. Meistens drehte sie ihn jedoch langsam in den Händen. Sie verliebte sich in den durch die Bewegung entstehenden Wechsel der Farben und kam auch hier auf immer neue Variationen. So entdeckte sie zum Beispiel, daß man durch schnelles Rotieren Muster hervorzaubern und sie durch Abbremsen wieder auseinanderfließen lassen konnte. Sie erzielte durch Sonnenstrahlen Lichtreflexe und kam ein andermal, als der Ball in die Regentonne gefallen war, darauf, daß Wasser genau wie das Licht seine Farben veränderte, sie dunkler, aber auch ausdrucksvoller erscheinen ließ. Bis sie eines Tages eine Nadel nahm und sie in den schönen, sanftbunten Ball stach. Warum? Nein, sie konnte mit keinem Anlaß dienen, auch nicht mit einer halbwegs plausiblen Begründung. Nicht einmal Wut und Rache oder Langeweile lieferten eine wenn auch unliebsame Erklärung für ihr Verhalten, das sie selbst bis in jene Bauchgegend, in der Angst, Entsetzen und Mitleid hausten, erschreckte.
Er starb ganz langsam, ihr sanftbunter Ball. Kein Knall wie bei einem Luftballon, überhaupt nichts Heftiges spielte sich ab, denn es handelte sich um einen soliden

Ball aus dickem Gummi, und die Nadel – eine Stopfnadel, die ihre Mutter auf dem Nähtisch hatte liegenlassen – hatte nur ein winziges Loch hineingetrieben, so daß die Luft ganz allmählich und mit einem kaum wahrnehmbaren Pfeifton entwich.

Anne hockte auf den Knien und sah fassungslos zu, wie er in ihren Händen langsam immer kleiner wurde, sah zu, wie die Farben zusammenschrumpften, wie Rot auf Grün und Gelb auf Blau fiel, wie die Zwischentöne zerdrückt wurden und eine neue Struktur, ein letztes Muster entstand. Das war, als habe sie einer Fliege die Beine einzeln ausgezogen. Bewegungslos, entsetzt über die eigenen Möglichkeiten, beobachtete sie, wie ihrem sanftbunten Ball die Luft ausging, hörte sie mit diesem irrsinnig hohen, kaum wahrnehmbaren Ton entweichen, sah, wie er sich – eben noch groß und schön – zu einem jämmerlichen Gebilde veränderte, wie seine eben noch schillernden Farben zusammenbrachen.

– Willi, oh Willi, die Farben sterben ja richtig. –

– Ja, und du hast sie totgemacht. –

So hatte Willi noch nie zu ihr gesprochen, nicht so traurig. Bis dahin hatte er sie getröstet oder ihr auch nur Gesellschaft geleistet, wenn sie sich allein gefühlt hatte.

– Ich habe es ja gar nicht gewollt. –

Aber Willi war weggegangen, hatte sie sitzenlassen mit ihrem Ball oder vielmehr dem, was von ihm noch übriggeblieben war. Plötzlich sprang sie hoch, auf einmal ganz durchgeschüttelt vor Wut, trampelte auf diesem kläglichen Rest des einstmals sanftbunten Balles. Er hatte die ganze Schuld, er allein hatte sie dazu gebracht, etwas zu tun, was sie gar nicht gewollt hatte. Sie stampfte und schrie und wollte, daß nichts, aber auch gar nichts mehr übrigblieb von ihm. Doch so toll sie sich auch gebärdete, da blieb ein Rest, der nicht aus der Welt zu schaffen war, häßlich zwar und in seiner einstigen Form und Schönheit nicht mehr erkennbar, eine klebrige Masse nur mehr, aber vorhanden. Immer noch vorhanden.

Endlich begriff sie, daß sie diesen Rest nicht vernichten konnte, was sie auch anstellen mochte. Sie wandte sich ab, besiegt und erschöpft ...

Nun aber kamen die Großen mit ihrem Ball und gleich wurde etwas anderes daraus, das kannte sie nun schon. Für ihre Familie, die Erwachsenen, hatte ein Ball eine gänzlich andere Bedeutung. Immerhin schienen doch noch ein paar Ähnlichkeiten zu existieren: das Runde, die Bewegung und die schillernden Farben zum Beispiel. Annes sonst so unterschiedlichen Schwestern lieferte ihr Ball offenkundig viele Gemeinsamkeiten, denn er gab ihnen Anlaß zu abendelangen Gesprächen, aus denen Namen wie Signale herausfielen. Herbert und Günter und Jochen – Männernamen, mit denen Anne nichts anzufangen wußte und die sie ausschlossen von dem, was sie ihren Ball nannten und der mit Annes Ball nicht das geringste zu tun hatte. Weder mit ihrem Ball, noch mit ihrer Angst in jener Ballnacht, die der Schlaf wenn nicht ausgelöscht, so doch verdrängt hatte, so daß nichts mehr davon übriggeblieben war. Auch Tante Ellas Bericht, der womöglich aus einer bestimmten Richtung weglenken und Anne mit der Erklärung beruhigen sollte, daß jene vermeintlichen Schritte nichts als ein vom Sturm abgeknickter Ulmenast gewesen sei, erhellte gar nichts, ließ vielmehr unbestimmte Traurigkeit aufkommen. Diese Schritte – was sollten sie? Anne hatte sie nahezu vergessen am nächsten Morgen. Was blieb, waren chaotische Bilder, wie sie Angstträume zurücklassen. Eine immer größerwerdende Hand auf ihrem Rükken, schwarzdrohende Augen. Später, viel später, wurde ihr bewußt, daß Tante Ella seither wieder allein lebte. Doch unterließ Anne die Frage nach dem Verbleib ihres Mannes, denn sie spürte, nein sie wußte schon im vorhinein, es wäre nicht die Wahrheit, die sie zu hören bekäme.

Dieser Ball. Er war ins Rollen gekommen wie damals Annes Ball, wenn sie ihn dazu gebracht hatte. Alles schien in Bewegung geraten zu sein, als habe jemand Wellen in ihr Dasein gepustet. Vielleicht kam es Anne auch bloß so vor, weil sie den Dingen, die um sie herum geschahen, mehr Aufmerksamkeit schenkte, auch mehr von ihnen begriff, als den Erwachsenen klar oder lieb war, wenn ihr auch immer noch vieles unverständlich blieb.

Zum Beispiel die Sache mit dem Brief, der eines Tages von einem Filmstudio aus Berlin kam. Anne hatte ihn zusammen mit zwei graugrünen nichtssagenden Briefen aus dem Briefkasten geholt. Noch bevor sie den Absender las, wußte sie, daß es ein bedeutungsvoller Brief sein mußte. An Ditha war er gerichtet. Während Anne ihn in den Händen wog, geradeso als könne sich sein Inhalt im Gewicht ausdrücken, fiel ihr das Gespräch zwischen ihren beiden Schwestern vor eben jenem Ball ein. Sofort wurde ihr klar, daß dies die Antwort auf die Fotos war, die Ditha nach Berlin geschickt hatte. Kein Zweifel, was sie hier in der Hand hielt, war die Zukunft, ach was, der Ruhm ihrer Schwester, auf alle Fälle aber endlich einmal wieder eine echte Sensation. Wie damals, als Ditha ohne Zöpfe von ihrem Schulausflug heimgekommen war. Irgend etwas in ihr begann richtig zu hüpfen – komisch daß alle Gefühle aus dem Bauch zu kommen schienen, nur daß man Freude eine Etage höher als Angst und alles, was damit zusammenhing, empfand.

Zugleich war plötzlich etwas Neues in ihrem Bewußtsein, kam sozusagen mit vollen Akkorden auf sie zu. Das Klavier. War es nicht Ditha gewesen, die verkündet hatte, sie würde ihr ein Klavier schenken? Niemals hätte Anne sich zu solch einem Wunsch verstiegen, wenn Ditha ihn nicht in ihr geweckt hätte. Nun hielt sie Ruhm für Ditha und Klavier für sich selbst bereits in ihren Händen. Nur noch geöffnet brauchte er zu werden, dieser Brief aus Berlin, dann würde alles weitere wie von selbst gehen.

Erwartungsvoll überreichte sie ihrer Mutter die Post. Auch sie legte die beiden graugrünen Umschläge achtlos zur Seite. Sah nur den Brief aus Berlin, hatte merkwürdigerweise Mühe, die Adresse zu entziffern, obwohl diese tadellos mit Schreibmaschine geschrieben war, wendete ihn unerträglich langsam und zuckte richtig zusammen, als sie den Absender studierte. Warum brauchte sie bloß so lange, ihn zu prüfen, er war doch

ganz deutlich lesbar. Endlich löste sich ihr Blick von dem Brief, kam wie zufällig zu Anne, blieb verwundert, womöglich sogar argwöhnisch an ihrem Gesicht hängen, dann wandte sie sich ab. Den Brief aber steckte sie in den Ärmel ihrer Bluse, das sah Anne genau, obwohl die Mutter ihr den Rücken zugedreht hatte.
Wie eingegipst blieb Anne auf der Stelle stehen, konnte nicht fassen, wieso Erwachsene immer und immer anders als erwartet reagierten, sah schon Ruhm und Klavier in tausend Scherben brechen, als ihr plötzlich die Erleuchtung kam. Daß sie nicht gleich darauf gekommen war: ihre Mutter wollte Ditha überraschen – so einfach war das. Sie selbst war es, die alles mißverstand und die Dinge erst schwierig machte. Ein Stein plumpste zu Boden. So betrachtet, sah alles ganz anders aus, war wieder leicht und durchschaubar geworden. Anne teilte ein Geheimnis mit ihrer Mutter und war mächtig stolz darauf. Sofort wollte sie ihr sagen, daß sie ihrer Verschwiegenheit sicher sein könne, doch konnte sie sie nirgends finden.
Mit Spannung erwartete Anne das Mittagessen, zu dem Vater und Ditha nach Hause kommen würden, wie die meisten Menschen in ihrer Stadt. Die Entfernungen waren ja nicht groß, und zwei Stunden reichten nicht nur für eine Mahlzeit, sondern, wie bei ihrem Vater, meistens sogar für ein Mittagsschläfchen. Sie war nicht groß, ihre Stadt, das wurde bereits erwähnt. Eine typische Beamtenstadt mit vielen Behörden und dem Oberlandesgericht, das sich nicht etwa in der nahen Provinzhauptstadt, sondern eben in ihrer Stadt befand.

Keine Industrie, von einer Keksfabrik und wenigen kleineren Unternehmen abgesehen, dafür aber Kasernen, Infanterie, Artillerie, alte Tradition. Natürlich hatten sie auch ein Krankenhaus, aus rotem Klinker wie die Kasernen, und eine Landesfrauenklinik, in deren Säuglingsabteilung Ingrid seit kurzem die Babys betreute. Auch ein Kaufhaus war vorhanden sowie mehrere große und viele kleine Geschäfte, Gewerbebetriebe, Kneipen, Gaststätten, eben alles, was zu einer Kreisstadt gehört. Mittags von eins bis drei war auf alle Fälle eine wichtige, sozusagen geheiligte Zeit. Behörden, Arzt- und Anwaltspraxen, Geschäfte und Gewerbebetriebe wurden geschlossen und man strebte – selten per Auto, häufig, besonders im Sommer, per Fahrrad, aber vorwiegend per pedes – dem häuslichen Herd zu.
Anne wartete auf Ditha, die als erste zum Mittagessen erscheinen würde, grimmhungrig, da sie, obwohl bereits strichschlank, mit beachtlicher Disziplin auf ein Frühstück zu verzichten pflegte. Verständlich, daß sie vor dem Essen nicht ansprechbar war. Das hatte Anne längst begriffen und folglich eine gewisse Fertigkeit darin geübt, sich mittagszeitlich möglichst unsichtbar zu machen, eine Fähigkeit, die ihr auch in anderen Situationen gelegentlich nützlich war. Natürlich würde sie als erstes fragen: »Keine Post für mich?« Und aus ihrer betont gleichgültigen Stimme würde die Spannung herausspringen. Spätestens in diesem Augenblick aber müßte ihre Mutter besagten Brief aus ihrem Ärmel zaubern.
Aber Anne hätte es allmählich wissen wollen, es kam

natürlich wieder einmal ganz anders. Ihre Schwester Ditha, weit von jeder Norm entfernt, erschien durchaus nicht hungergereizt, sondern – fast möchte man sagen – mit einem Lied auf den Lippen. Weder stürzte sie in die Küche, um trotz mütterlichen Unwillens in die Töpfe zu schnuppern, noch stellte sie die gewohnte Postfrage. Ohne Eile hing sie für ihre Verhältnisse geradezu pedantisch den Mantel an den Garderobehaken, die Baskenmütze darüber. Mit geübtem Griff bauschte sie die kurze Frisur hoch, wobei sie das Gesumme einstellte und nachdenklich ihrem Spiegelbild zulächelte. Dann entdeckte sie Anne (trotz Tarnkappe), sagte leutselig: »Hallo, Kleine!« und begab sich in die Küche.

»Kann ich helfen?« Ohne auch nur einen Seitenblick auf oder in duftende Töpfe zu werfen, nahm sie ihrer erstaunten Mutter die Teller ab und eilte ins Wohnzimmer, um den Tisch zu decken. Hörte nicht auf zu trällern und zu plappern. Auch nicht, als Vater nach Hause kam und sie sich alle an den Tisch setzten und zu essen begannen. Übersah einfach sein Stirnrunzeln, denn er bevorzugte ein geruhsames Mahl und lehnte Debatten oder gar Probleme strikt ab, solange sie aßen. Ihre Mutter dagegen ging mit einem gewissen Eifer auf Dithas Ergüsse ein, während Annes Blicke von einem zum anderen linsten, um schließlich am Blusenärmel ihrer Mutter hängenzubleiben, wo sie eine erstaunliche Veränderung wahrnahmen: sie waren nämlich hochgeschlagen. Unmöglich, daß sich in einem dieser Ärmel ein Brief oder sonst etwas befinden konnte, ohne herauszufallen.

Anne wurde augenblicklich klar, daß es keine Sensation geben würde. Weder Ruhm für Ditha noch Klavier für sie.
Weder heute noch überhaupt.
Immerhin piesackte sie dieser Brief aus Berlin noch eine ganze Weile, stellte er sie doch vor erheblichen Gewissenskonflikten. Zum erstenmal überfiel sie nämlich ein bohrendes Verlangen, in ein Geschehen einzugreifen, das sie im Grunde nichts anging. Vom Klavier mal abgesehen. Ja, sie hatte den Verrat schon auf der Zunge, schwankte zwischen zwei Loyalitäten und tat schließlich, unfähig sich für ihre Mutter oder für Ditha zu entscheiden, doch nichts. Während sie die Erwachsenen streng beobachtend einkreiste, verging ein Tag nach dem anderen, ohne daß der ominöse Brief wieder zum Vorschein oder gar zum Disput kam. Außer ihr schien sein Vorhanden- oder Nichtvorhandensein niemanden zu interessieren.
Auch die Postfrage war offenbar für immer eingestellt. Dithas Gedanken mußte eine andere Richtung eingeschlagen haben, waren auf einmal gänzlich von ihrem Beruf ausgefüllt. Obwohl sie schon seit Absolvierung der Handelsschule im Büro eines Möbelgeschäfts, dem größten der Stadt, arbeitete, hörte Anne sie erst jetzt von ihrer Tätigkeit berichten. Genauer gesagt, von nichts anderem mehr berichten. Selbst ihr Vater, dem Begriffe wie Pflicht und Pflichterfüllung zu den geheiligten gehörten, war beeindruckt von dem Arbeitseifer seiner Tochter, nahm sogar mittäglich-lebhafte Gespräche in Kauf, während Anne mehr dem hellen Klang und be-

schleunigten Rhythmus ihrer Reden lauschte. Vor allem aber grübelte sie diesem einen Wort nach, das direkt herausfiel aus ihren Erzählungen, sich häufig und immer häufiger wiederholte, bis Anne eines Tages in eine Pause hineinfragte: »Was ist Juniorchef?«
Ihr Vater hob die Brauen, möglicherweise unwillig, daß sich nun auch noch seine Jüngste an dem Mittagspalaver beteiligte, Ditha errötete sichtbar und heftig, während die Mutter ihr immerhin eine sachlich-bündige Erklärung zuteil werden ließ. »Das ist der Sohn des Seniorchefs, dem Inhaber des Möbelgeschäfts.«
Irgend etwas mußte diese Klarstellung ausgelöst haben, denn auf einmal herrschte Schweigen in ihrer Tischrunde. Die Brauen des Vaters blieben hochgehißt, Ditha kicherte albern, während auf dem Gesicht der Mutter eine ganze Menge geschah: Verwunderung, ein winziges Lächeln, das sofort von Besorgnis abgelöst wurde, fast unmerkliches Kopfschütteln und der Ansatz von Wohlwollen oder was immer es war. Ihr Dankgebet, mit dem die Mittagsmahlzeiten beendet wurden, kam Anne heute etwas hastig vor.
Ein paar Tage später bekam sie ihn zu sehen, den vielzitierten Juniorchef. Es waren die beiden Töchter des Kaufmanns an der Ecke, die sie durch ihr albernes Gehabe auf ihn aufmerksam machten. Die ältere hielt mitten im Zuckerabwiegen inne und rief die jüngere herbei. »Schau mal, jetzt bringt er sie schon fast bis zur Haustür!« Sie stießen sich in die Rippen, reckten die Hälse und hatten Annes Anwesenheit völlig vergessen. Anne folgte ihnen bis an das Schaufenster, linste zwischen ih-

nen und den ausgestellten Waren hindurch auf die Straße, wo ein Sportwagen parkte. Knatschgrün, klein und handlich, um es mal so zu sagen, das Verdeck allerdings etwas provisorich und zeltplanmäßig, offenbar ein dürftiger Behelf gegen schlechtes Wetter. Zwei Figuren schälten sich aus den Türen. Anne sah zwei Beine länger werden, dann etwas höher eine verrutschte Baskenmütze und schon war sie draußen.

»Ditha!«

Der Kopf flog herum, ertappte Augen, dann ein erleichtertes: »Ach, du bist es!« Und zu ihrem Begleiter: »Das ist Anne, meine kleine Schwester.«

Annes kalte Finger wurden von einem warmfühligen Händedruck umschlossen. Sie schnupperte, nahm sozusagen Witterung auf, roch etwas Neues, ein Gemisch aus Benzin, Tabak und etwas angenehm Fremdem. Tatsächlich war dieser Geruch das erste, was sie wahrnahm, dann erst kam das übrige: die Gestalt, nicht viel größer als ihre Schwester, dunkelbraune Augen und Haare, gebräunte Haut und eine Stimme, die ein bißchen durch die Nase gesprochen klang. »Guten Tag, Anne!« Machte er wirklich eine Verbeugung vor ihr?

»Sie sind der ...« Dithas Blick ließ den »Juniorchef« ungesagt. Überhaupt hatte sie plötzlich Eile, nach Hause zu kommen. Sie murmelte einen hastigen Abschied und zog Anne mit sich fort. Erst an der Gartenpforte lockerte sich ihr Handgriff. »Du verrätst doch nichts, nein?«

»Warum fährt er dich nicht bis vor unser Haus?«

Ditha zuckte die Achseln.

»Weil er dein Juniorchef ist, nicht wahr?«
»Ach was, davon verstehst du nichts.«
Mit diesen Worten pflegten alle Gespräche in der Familie zu enden. Genau dieser Satz war die Trennungslinie ziwschen den Erwachsenen ihrer Familie und Anne, der Zuspätgekommenen. Da war zu vieles, was sie nicht verstehen konnte, und da war manches, was nicht die Wahrheit war.
Als die Mutter ihnen die Tür öffnete, sah sie nur Anne.
»Wo bleibst du denn, Anne, und wo hast du den Einkaufskorb?«
Anne hob ihre leeren Hände, selbst ganz erschreckt. Zugleich packte sie Wut und der unbändige Wunsch, ihre Geheimnisse herauszuschreien: dieser Brief aus Berlin und der Juniorchef in seinem grüngrünen Auto und das Sanatorium, ja auch das kam plötzlich von irgendwoher hoch. Blasen, Andeutungen der Erwachsenen, ihre Stichwörter und immer nur die Umrandungen. Wollte sie mehr wissen, dann wurde sie zurückgedrängt: »Davon verstehst du nichts.«
»Ditha, der Brief...« wollte sie sagen, aber dann wurde doch kein Wort daraus, nur ein komischer Laut. Anne wandte sich ab, ging zurück, um den vergessenen Einkaufskorb zu holen.
– Oh, Willi, warum hast du mir den Mund zugehalten? –
– Weil es dir leidgetan hätte, hinterher. Alle Wörter wären draußen gewesen, und vielleicht wäre es ganz schlimm geworden für deine Mutter und deine Schwester. Du hättest dich bestimmt geschämt. –

– Aber sie sollen nicht immer sagen: das verstehst du nicht. Es macht mich wütend. –
– Vielleicht verstehst du sie wirklich noch nicht. Wenn du erwachsen bist wie sie, wirst du alles begreifen. Möchtest du denn schon erwachsen sein? –
Langsam ging sie die Straße entlang, dachte darüber nach, ob sie sich ernsthaft wünschte, erwachsen zu sein, wußte, daß Willi verschwinden würde, wenn sie den Kaufmannsladen erreicht hätte. Wußte ja längst, daß es ihn für die anderen nicht gab, diesen Willi, daß keiner ihn je gesehen und gesprochen hatte. Außer ihr selbst natürlich. Sie hatte ihn gesehen – früher und jetzt nur noch selten. Gleichwohl war er auf eine bestimmte, wenn auch unsichtbare Weise da – wenigstens für sie. Nicht, wenn sie ihn bewußt und gezielt rief, vielmehr unerwartet, dann wenn sie ihn brauchte.
Anne ging langsamer, immer langsamer. Schließlich blieb sie an der Straßenecke stehen, bis eine der Kaufmannstöchter ihr den vergessenen Korb aus der Ladentür reichte.

12.

Handwerker waren da. Nicht daß dies etwas Besonderes gewesen wäre. Genaugenommen waren sie Vorboten des Frühlings, den Anne keineswegs allegorisch als Jüngling mit Blütenkränzen im Haar, sondern firnißduftend und pinselschwingend verstand. Ihr Elternhaus war nicht mehr jung und daher reparaturanfällig, so daß Handwerker auch während des Jahres gelegentlich am Werke waren. Aber die Maler kamen nur im Frühling, unterstützt von ihrer Mutter, die durch den Geruch von Firniß und Farbe in eine geradezu euphorische Stimmung versetzt wurde. Singend, von Farbspritzern weißgepunktet, pflegte sie kleinere Arbeiten, wie das Streichen von Fensterrahmen, zu übernehmen. Anne war also keineswegs überrascht, als auch in diesem, dem neunten Jahr ihres Lebens, kurz nach Erscheinen der ersten Krokusse im Vorgarten, sich vertrauter Farbengeruch im Haus breitmachte. Die Familie, durchaus nicht unvorbereitet, reagierte prompt. Ingrid murmelte etwas von Schichtdienst und verschwand vorübergehend ganz in der Klinik. Auch Ditha leistete mit kaum unterdrückter Fröhlichkeit ein beachtliches Maß an Überstunden. Selbst der Vater, sonst ein Muster an Pünktlichkeit, kam mit wechselnden Erklärungen später als gewöhnlich nach Hause. Mutter nahm die Fluchtversuche ihrer Lieben indessen gelassen, wenn nicht sogar mit gewisser Erleichterung zur Kenntnis. Nur Anne, die sich der Unbehaglichkeit mit der mehrfach bewährten Tarnkappe und verstärkten Schularbeiten zu entziehen versuchte, bekam sie meistens zu fassen. Sogleich hatte sie einen Auftrag für sie parat, eine Hilfeleistung bei ihren Verschönerungen oder einen Einkauf.

Bei dieser Gelegenheit, auf dem Weg vom Farbengeschäft, sah sie übrigens Ditha in den wohlbekannten grüngrünen Sportwagen steigen, um mit ihrem Juniorchef vermutlich die erwähnten Überstunden zu absolvieren. Ditha, vor allem war es Ditha, die Anne Stoff zum Nachdenken lieferte. Auf dem zögernden Heimweg, das Netz mit der dringend benötigten Farbdose gemächlich hin- und herschlenkernd, grübelte Anne darüber nach, ob sie wohl jenen Brief aus Berlin total vergessen hatte, ob ihr tatsächlich Ruhm und Reichtum, den sie sich von ihm doch erträumt hatte, nichts mehr bedeuteten im Vergleich zu ihrem Juniorchef mit seinem Laubfrosch-Auto.

Endlich zogen sie wieder ab, die Hausverschönerer, hinterließen frischen Farbduft und ein Wohnzimmer, das wie neu aussah. Und verändert. Anne betrachtete die angedeuteten Romben auf der hellen Tapete, die entstaubten leuchtenden Farben des Teppichs und die gewienerte Einrichtung.

»Die kahle Wand«, wunderte sie sich, »da hat doch ein Schrank gestanden.«

»Er ist auf die Diele gewandert«, nickte ihre Mutter gleichmütig. Ihr Tatendrang schien besänftigt, die Farbkleckse waren von Armen und Nase entfernt, ihr

Haar duftig gewaschen und ihre Lieder verstummt. Ihre Mutter hatte ein reichhaltiges Repertoire an Liedern. Im Laufe der Jahre gewann Anne immer mehr den Eindruck, als sänge sie ihre Lider nicht einfach so planlos, wie sie ihr gerade in den Sinn kamen, sondern ganz genau passend zu den Gegebenheiten, sozusagen als musikalische Untermalung. ›Auf, auf zu fröhlichen Taten‹, würde sie jedenfalls zum Glück erst wieder in einem Jahr trällern. Aber die Wand, die kahle, störte das Gleichgewicht des Raumes erheblich, so als wolle er jeden Moment umkippen. Auch am nächsten Tag mußte sie beim Mittagessen, zu dem auch Ingrid überraschend wieder aufgetaucht war, fortwährend auf diese leere Wand starren.
Am Nachmittag lud Ingrid, die zwei Tage Urlaub hatte, Anne in die Konditorei ein. Tat so, als sei dies durchaus etwas Alltägliches und nichts Erstmaliges, was es in Wirklichkeit doch war.
Café Coeur – im Herzen der Stadt. Schließlich lebte man in einer Provinstadt noch lange nicht auf dem Mond. Also Café Coeur – Treffpunkt für Einheimische und Auswärtige, Beamte und Hausfrauen. Und natürlich für Verliebte ... Anfang und Ende, hier wurde es zur Szene. Vor allem der Anfang. Denn die Mädchen, die wohlbehüteten, hier konnten, hier durften sie ohne Begleitung hingehen.

Nun also auch die beiden ungleichen Schwestern. Ein bißchen aufgeregt war Anne, das muß man schon sagen, hatte sie doch nie geglaubt, daß Ingrid ihr kürzliches Versprechen, sie einmal mit ins CC zu nehmen, so prompt einlösen würde.

Ratlos stand sie vor der großen Verkaufstheke. Hinter Glas die aufgebauten Kuchenteile und Torten. Obst-, Schokolade-, Sahne- und Cremetorten warteten auf ihren Abruf. Ingrid verlangte ein Sahnebaiser.

»Was ist das«, fragte Anne eingeschüchtert von diesem unbekannten Wort, »ich möchte es auch haben.«

Sie erhielten ein Märkchen und begaben sich auf einer Wendeltreppe nach oben.

»Baiser heißt Kuß in französisch.«

Die runden Tischchen waren alle besetzt. Die Fensterfront war in kleine Abteile aufgeteilt, fast wie in der Eisenbahn, von denen eines gerade auf sie zu warten schien. Eine Serviererin in schwarzem Kleid mit weißgestärkter Schürze und spitzenbesetztem Stirnhäubchen, das im Nacken in einer großen, steifabstehenden Schleife endete, brachte ihre Bestellung.

»Es bedeutet wirklich Kuß?« fragte Anne, als der Teller mit dem Sahnebaiser vor ihr stand.

Ingrid, ablenkend: »Na ja, weil es auf der Zunge zergeht.«

Anne trieb die Kuchengabel wie ihre Schwester in die zuckrige Muschel, fand sie widerständiger als erwartet, aber dann, im Nu, wurde sie auch schon Vergangenheit. Die Sahne dazu war kompakter, bekannter, zuverlässiger gegen diesen raschvergänglichen, überbackenen Eischnee. Das war ja nicht festzuhalten. Ein Traum, etwas, das man überhaupt nicht beschreiben konnte. »Ist so ein Kuß, ich meine ein richtiger Kuß?«

»Nicht ganz«, gab Ingrid zu, wobei sie errötete, was Ditha zum Beispiel niemals passiert wäre. Aber Ingrids hellhäutige Blondheit wurde ständig durch rote Auf- und Abwellen belebt. Sie mußten nicht unbedingt eine Ursache haben, waren vielmehr Gemütsbewegungen, die an die Oberfläche kamen, kaum bewußt und zu ihrem Leidwesen nicht zu verhindern.
Annes leerer Kuchenteller ließ den gierigen Wunsch aufkommen, auszuprobieren, wie viele Sahnebaisers man essen konnte, bis man merkte, daß man sie verzehrt hatte, bis man sie überhaupt schmecken lernte. Dieser eine, soeben genossene war auf alle Fälle rein gar nichts, blieb schaumige Ungewißheit. Schon nahm sie Anlauf, Ingrid um einen zweiten zu bitten, als diese die Serviererin heranwinkte und zahlte. Trotz ihrer Enttäuschung entging es Anne nicht, daß Ingrids Bewegungen sich beschleunigten und auf einen raschen Aufbruch zielten. Als sie Anne den Mantel zuwarf und dann ihren eigenen vom Haken angelte, tauchte ein Mann auf, jung, brettschmal, mit einer Hornbrille.
»Darf ich?« Er half Ingrid in den Mantel. Natürlich flammte sie sofort wieder auf – wirklich, das sah aus, als hätte sie einen geheimnisvollen Schalter, mittels dessen man sie beliebig an- und ausknipsen konnte.
Erstaunlicherweise kannte sie den Namen des jungen Mannes, wechselte sogar ein paar unbeholfene Sätze mit ihm und sagte schließlich, Anne zu sich heranziehend: »Und das ist meine kleine Schwester.«
Kam Anne die Szene nicht bekannt vor? Meine kleine Schwester, meine kleine Schwester, kleine Schwester,

Schwester – sie schien so etwas wie ein Markenzeichen, eine Art Familienmaskottchen zu werden und wußte noch nicht, ob ihr das angenehm oder lästig war.
Es stellte sich heraus, daß der junge Mann ebenfalls im Aufbruch begriffen war, worauf Anne gerade noch ein naseweises »Aha« unterdrückte. Durch den Umgang mit ihren großen Schwestern allmählich gewitzt, hatte sie nämlich sofort begriffen, warum ihr keine Zeit mehr für einen zweiten Sahnebaiser geblieben war.
Gemeinsam schlenderten sie also »ein Stück Weges«. Tatsächlich gebrauchte ihr Begleiter diese Worte, die Anne – ziemlich naheliegend – sogleich mit Stück Torte assoziierte. Doch aus dem geplanten Stück wurde die Hälfte, dann der gesamte Heimweg bis vor ihre Haustür. Nicht vor, sondern kurz davor, genau wie bei Ditha – das schien zum Ritus zu gehören. Anne beschloß, wenn später einmal die Reihe an ihr sein würde, sich gleich beim erstenmal bis direkt und sichtbar vor ihre Tür begleiten zu lassen.
Aber Ingrid, was ging denn mit ihrer älteren großen Schwester vor? Erröten – ja, das kannte Anne, kannten alle an ihr, dieses Auf- und Abwallen irgend welcher Impulse. Jetzt aber – da schien irgendeine Welle das Abklingen vergessen zu haben und nun gar nicht mehr aufzuhören. Himmel, die glühte ja und ließ Anne plötzlich an Weihnachtsbaum-im-Festglanz denken. Seltsam, sie schien sogar zu wachsen, sich auszudehnen – Nordblondgermanin. Doch gleichzeitig wurde ihr Lachen leiser, verhaltener. Nicht mehr das bekannte, sorglose Herausprusten – nein, dieses Leislächeln kam

nicht von guter Laune, sondern von ganz woanders her. Anne, instinktsicher immer ein paar Schritte hinterher und längst vergessen von den schier unerträglich Langsamschreitenden, orakelte über die unheimliche Verwandlung, die sich da vor ihren Kleinschwesteraugen vollzog, dachte vorübergehend an Fieber und kam schließlich doch zu dem Schluß, daß sie mit dem jungen Mann an Ingrids Seite zusammenhängen mußte. Aufmerksam betrachtete sie ihn, doch seine Rückseite gab nicht viel mehr her als das Fischgrätenmuster seines Mantels.

Erst vor ihrer Haustür, vielmehr kurz hinter dem Kaufmannsladen, zwischen dessen Waschpulverkartons – Anne bemerkte es wohl – natürlich sofort die Tochterköpfe auftauchten, konnte sie ihn näher betrachten. Ihre Blicke mußten ein beträchtliches Stück aufwärtswandern, ehe sie von den schwarzen Schuhspitzen bis an die Hornbrille gelangten und sich unversehens mit seinen freundlichgrauen Augen trafen. Brettschmal war er und strengsauber – der gleiche Geruch, den Ingrid immer aus der Klinik mitbrachte. Anne fiel Dithas Juniorchef ein, der so völlig anders nach Zigaretten und allem Möglichen roch. Sie überlegte noch, welchem Geruch sie den Vorzug geben sollte, als sie sein »bis morgen« vernahm. Ein fast kameradschaftlicher Händedruck beendete die Begegnung.

»Ich verrate nichts«, versprach Anne unaufgefordert und kam sich sehr erfahren vor.

»Wieso?« Das kam zarttadelnd, wenn auch errötend, aber das konnte jetzt auch wieder der Normalfall sein.

»Herr Dr. Lenz ist Assistenzarzt in unserer Klinik. Wir arbeiten zusammen und haben uns zufällig im CC getroffen.«

Anne fiel der entgangene zweite Sahnebaiser ein. Aber sie unterdrückte aufkommende Zweifel an einen Zufall, weil sie inzwischen ins Haus gekommen waren. Sie wurden von ihrer Mutter empfangen, ihrer freudig erregten Mutter, die sogleich ein Komplizenlächeln und bedeutungsvolles Kopfnicken mit Ingrid tauschte, das Anne – wenn auch mit Befremden – natürlich auf diesen Dr. Lenz bezog.

Im Wohnzimmer der Vater und Ditha, erwartungsvoll wie bei einer Weihnachtsbescherung.

Etwas detonierte in Annes Bauch. Völlig verdonnert fand sie sich unversehens vor einer braunschimmernden Holzfläche auf mächtiggeschwungenen Rankenstützen und schwarzweißer Tastatur. Ein Klavier. Abwartend, die vormals kahle Wand beherrschend, schien es sie einen Augenblick animalisch anzulauern, schwarzweißzahnig gegen sie zu bleken, massig. Ach nein, ein Möbelstück, neutral bei geschlossenem Deckel, doch jetzt, geöffnet, lockten schwarzweiße Tastenfinger ... Anne schluckte, wußte, daß sie etwas tun mußte, daß man das von ihr verlangte, daß es das mindeste war, was man von ihr erwarten konnte – etwas so Großes für sie, ein neunjähriges Mädchen. Schon fühlte sie sich eingekreist von ihren Blicken.

– Willi! Kannst du sie nicht weggehen lassen – nur für einen Augenblick, damit wir allein mit den Fingern vorsichtig diese schwarzweißen Tasten ab-tasten können.

Anne sah ihre Gesichter lang und länger werden, und sie schämte sich ihrer Unfähigkeit, sich und ihre Freude vorzeigen zu können.
Aber Willi kam nicht.
Sie warteten weiter. Auf einmal wurde Anne klar, daß dies hier eine richtige Inszenierung war, daß auch der Besuch in der Konditorei geplant war, um sie fernzuhalten. Das alles hatte offenbar gar nichts mit diesem Dr. Lenz zu tun und ihre Mutmaßungen waren völlig fehl am Platz. Gedanken, die sie bedrängten – aber sie sollte nicht denken, sondern etwas tun, und zwar sofort, irgend etwas ... und tat das Falsche, natürlich.
Plötzlich erinnerte sie sich an das Schwesterngespräch vor dem Ball und an Dithas Versprechen, ihr ein Klavier zu schenken, wenn ...
»Der Brief! Wird Ditha nun berühmt ...« Harte Finger um ihren Arm ließen sie verstummen. Anne erschrak ob ihrer offenbar falschen Reaktion, aber es stellte sich heraus, daß die Wartenden – erleichtert, daß sie überhaupt, wenn auch ziemlich sinnlos, reflektiert hatte – nun ihrerseits zu agieren begannen. Schon krochen Finger über die Tasten, schon sprangen Töne heraus, aus der unversehens so etwas wie eine Melodie wurde.
»Flohwalzer«, lachte Ditha und klimperte unbekümmert weiter. Ditha, die unbefangene, die ausgelassene. Erinnerte sie denn rein gar nichts mehr an jenen Traum von Berühmtheit und Reichtum, konnte sie womöglich Striche hinter sich ziehen, hinter denen sie alles Unbrauchbare zurückließ, unzerkaut und rasch vergessen?
»Anne, dein Vater hat es für dich gekauft. Von unserem

Nachbarn, der niemanden mehr hat, der darauf spielen kann. Er freut sich, wenn er weiß, wo es hingekommen ist.«

Ihr Vater. Als sie noch klein gewesen war, hatte sie ihn für den Stellvertreter vom lieben Gott gehalten. Anne versteckte ihren Kopf an seiner Schulter, fühlte seine Arme auf ihrem Rücken – und nichts konnte ihr geschehen, solange er bei ihr war. Ihr wurde auf einmal bewußt, daß das Leben ihrer Familie weitgehend von ihm abhing, obwohl er am wenigsten in Aktion zu sein schien, auf alle Fälle am wenigsten von allen redete.

Plötzlich waren alle verschwunden, hatten sich in ihre Beschäftigungen zerstreut. Anne war allein im Zimmer, allein mit diesem schönschrecklichen Ungetüm. Ach nein, sie stürzte sich nicht darauf, fiel nicht über die Schwarzweißen her. Irgendeine Hemmung, Scheu vor dem Unbekannten ließ sie zögernd auf dem Hocker ein paar Runden drehen, ehe sie die Rechte auf die Tasten legte. Ganz leicht wie eine Katzenpfote, damit ja kein Ton herauskam. Noch kein Ton. Komisch, vor diesem ersten Ton hatte sie Angst.

Angst vor falschen Tönen, so als ob sie etwas Endgültiges wären. Wüßte sie nur die richtigen! Und dann Willis Hand. Nein, nein, keine Einbildung oder ein übermächtiger Wunsch, es war Willis Hand – als wenn Anne sie nicht ganz genau gekannt hätte. Sie lag auf den Tasten, und der breite Daumen, der lange Mittelfinger und etwas zu kurze Kleinfinger drückten drei von ihnen herunter. Und da Willi natürlich alles schon vor ihr konnte, wurde ein Klang daraus.

Als er seine Hand wieder wegnahm, drückte Anne die gleichen Tasten mit den gleichen Fingern herunter und siehe da, es wurde ebenfalls ein Klang daraus. Ein Dreiklang, aber das lernte sie erst später. Jetzt hörte sie, während sie immer wieder diesen einen Klang spielte, daß er zwar noch keine Melodie ergab aber viel besser klang als die gepinkerten Töne, die Ditha herausgehämmert hatte.

Jetzt die Linke auf die gleichen Tasten. Das war ungewohnt für sie, klang am Anfang etwas dünner als von der Rechten gespielt, aber dann, in unverdrossener Wiederholung, erreichte auch sie Akkordfülle. Während die Linke ihn immer wieder probierte, diesen Klang, setzte Willi zwei neue Töne mit seiner Rechten dazu. Himmel, war das eine Fülle – und im Bauch begann das Hüpfen. Jetzt versuchte sie mit der Rechten Willis Töne zu finden, während die Linke immer den gleichen Akkord nun schon sehr fein und differenziert mal laut, mal leise spielte. Willis Tasten, immer wieder, immer wieder.

Das Fußpedal. Jetzt entdeckte sie das Fußpedal. Schon wurde es rauschiger, welch ein Klang. Oh, Willi!

»Mensch, das geht ja schon prima!« Ditha stand plötzlich neben ihr.

Aus.

»Na, nun zier dich bloß nicht! Oder warst du das eben nicht, die da gespielt hat?«

»Doch.« Oder etwa nicht? Anne probierte, wollte es beweisen, doch sie fand die richtigen Tasten nicht mehr. So viele sie auch herunterdrückte, es wurde der falsche

Klang, verkehrt, schrill, widerlich. Verbissen suchte sie, hämmerte in knallroter Wut – und es war doch ein Ungetüm mit blekenden Zähnen. Giftgrüne, bösgelbe, weißtastige Töne sprangen aus ihren zornigen Fingern, kannten sich nicht, wollten nicht zueinander passen und hatten nichts, aber auch gar nichts mit jenem Willi-Klang zu tun.
Natürlich war Willi längst verschwunden, hatte das Weite gesucht, bevor sie ihre Hände endgültig auf die Tasten fallen ließ. Das Ungetüm stöhnte auf, animalisch fast – Ende. Willi!

Anderntags stiegen sie viele Stufen hoch, die Mutter und Anne. Stufen in jenem vierstöckigen Eckhaus, in dem unten der Kaufmann sein Geschäft betrieb. ›Uhlmann‹, las Anne laut auf einem blinden Messingschild, während ihre Mutter die Klingel drehte. Von drinnen seltsame Geräusche, skandierte Silben, ohne Sinn für sie, die Gespanntlauschende. Han – püpp – si – Han – püpp – chen. Nochmaliges Metalldrehen ihrer Mutter, schrillfordernd. Stille.
Und Schritte, nein Huschen, das auf die Tür zukam. Zögerndes Öffnen, spaltbreit und kettengesichert. Grauwässrige Augen, die sich verdunkelten, als sie die Wartenden in den Blick bekamen unter graublondmelierten Haaren, aus denen über den Ohren an jeder Seite ein verblüfftes Löckchen gezupft war. Erstauntes Erkennen und Anlaß, die Kette auszuhaken.
»Guten Tag, Fräulein Uhlmann, ich bringe Ihnen meine Anne; sie möchte bei Ihnen Klavierspielen ler-

nen.« Die Mutter ergriff aufmunternd die schlaffherabhängende Hand.
»Ach!« Es mußte so etwas wie Freude sein, die ihr Gesicht entspannte. Lächeln wagte sich auf zusammengezogene Lippen und lud zum Näherkommen ein.
Sie zwangen sich zwischen zu große Möbel und setzten sich auf ein geblümtes Sofa, dessen betagte Beine bei ihrem Gewicht knarrend protestierten. Annes Blicke wußten vor Überangebot gar nicht, wo sie verweilen sollten, tasteten sich über Schnörkelschrank, Spitzendeckentisch, Raffgardinenfenster und unzähligen Bildern – Blumen, Stilleben und vergilbte Fotos – zum Klavier. Nicht mahagonischimmernd, auf Rankenstützen, wie ihr Klavier, sondern aus sprödhellem Holz. Steifbeinig und kastiger, trug es neben einem Notenberg einen Vogelkäfig. Er war aus Messing und seine Tür stand weitoffen. Schon wollte Anne fragen, als etwas dicht an ihrer Nase vorbeischwärzte. Ihr Kopf ruckte automatisch in die gleiche Richtung.
»Hansi-Püppchen«, kam es spitzmundig von Fräulein Uhlmann. Aha, die Silben von vorhin ergaben offenbar den Namen des schwarzfetten Stars, der sich jetzt gemütlich in dem schütteren, wohl auch falschhaarig unterstützten Haartuff niederließ. Nicht zum erstenmal, das erkannte Anne, die ziemlich irritiert war, sofort. Selbst ihre Mutter, die mit Fräulein Uhlmann den geschäftlichen Teil ihrer Klavierstunden besprach, geriet aus dem Konzept und betrachtete konsterniert das kerzengerade auf dem wackligen Stuhl sitzende Fräulein mit dem Vogel auf dem Haupt, der sie gelbäugig an-

plierte. Sie hob die Hand und forderte ihn auf, darauf Platz zu nehmen, worauf er angewidert die Augen schloß und sich schwarzfett aufplusterte.
»Nun ja, er ist eben kein Hund«, entschuldigte Fräulein Uhlmann seinen Ungehorsam.
»Stört er Sie nicht beim Unterricht«, erkundigte sich die Mutter vorsichtig.
»Stören?« Erschreckte Grauaugen. »Aber er ist doch das einzige, was ich habe. Ich kann mit ihm reden, und er gibt sogar Antwort, wenn auch auf seine Weise. Ich lasse ihn den ganzen Tag frei herumfliegen, so ist er immer um mich und ich bin nicht allein.«
»Du wirst sie bestimmt liebgewinnen«, sagte die Mutter beim Treppenhinab, doch ihre Stimme schien so sicher nicht.
»Sie hat Ähnlichkeit mit Fräulein Lieschen.« Endlich war es Anne eingefallen, nachdem sie die ganze Zeit darüber nachgedacht hatte, an wen Fräulein Uhlmann sie erinnerte.
»Ja, das stimmt. Die sitzengebliebenen Mädchen werden schrullig und zu alten Jungfern, wie man so sagt, ob sie wollen oder nicht. Das macht sie einander ähnlich.«
»Sitzengeblieben?« Anne blieb auf dem Treppenabsatz stehen.
Ihre Mutter, jetzt am Treppenhausfenster, stützte die Hand auf die Fensterbank. »Ja, sie haben keinen Mann abbekommen.«
»Ist das so schlimm, wenn man keinen Mann abbekommt?« Anne war entsetzt. Daß alles, was mit Liebe und Heirat, also mit Männern zusammenhing, überaus

wichtig zu sein schien, war ihr durch ihre großen Schwestern seit langem bekannt, aber daß Heirat praktisch die einzige Möglichkeit für ein Mädchen sein sollte, glücklich zu werden, versetzte ihr einen Schlag.

»Doch, das ist schon ziemlich schlimm«, antwortete ihre Mutter. »Du siehst es ja an Fräulein Lieschen und Fräulein Uhlmann. Solange die Eltern leben, mag es ja noch gehen, aber wenn sie eines Tages allein sind, bleibt ihnen nur ein kümmerliches Dasein, entweder allein oder, was meistens genauso schlimm, wenn nicht schlimmer ist, bei Verwandten.«

»Aber wenn ein Mädchen einen bösen Mann bekommt, das ist doch auch schrecklich.« Da war doch Herr Storch, der in gewissen Abständen seine Frau listige Schlange genannt hatte, da war dieser Mann ihrer Tante Ella mit dem merkwürdig dunklen Blick und seiner großen Hand auf ihrem nackten Rücken – damals in jener Sturmnacht. Und der Nachbar, der Frau und Kinder verprügelte, so daß sie schreiend auf die Straße liefen und ...

»Ja, auch das ist furchtbar. Ein schlechter Ehemann ist ein rechtes Kreuz für eine Frau.«

»Dann hängt also alles davon ab, daß man den richtigen Mann findet?« Annes Entsetzen nahm zu, ließ so etwas wie Panik aufkommen, die naturgemäß nicht sie selbst, sondern all die Mädchen betraf, die vergebens auf einen Mann warteten, denen jeder Tag ein doppelt verlorener sein mußte, die verbittert gegen die Zeit ankämpften. Ob es so etwas wie einen Stichtag oder wenigstens ein bestimmtes Jahr geben mochte, in dem ein verspätetes

Mädchen endgültig verloren hatte? Sie grübelten langsam die ausgemergelten Stufen hinab, da kam Anne plötzlich die rettende Idee. »Tando«, rief sie, »Tando hat auch keinen Mann, ich meine keinen richtigen, und ist doch keine alte Jungfer.«

»Tando.« Ihre Mutter blieb stehen, zwei Stufen über ihr. Anne sah genau, daß sie Mühe hatte, aufspringendes Lachen zu unterdrücken. »Nein, eine alte Jungfer ist sie weiß Gott nicht, aber Tando ist kein Beispiel, sondern eine Ausnahme. Ich glaube, sie will frei sein, was immer sie sich darunter vorstellen mag.«

»Dann will ich auch mal wie Tando leben.«

»Um Himmels willen!« Einen Augenblick war die Mutter richtig erschrocken. »Aber darüber brauchst du dir wirklich noch nicht den Kopf zu zerbrechen, Anne, das wird sich ganz von selbst ergeben. Und was Tando betrifft, so laß dir sagen, daß es nicht leicht ist, gegen seine Umgebung zu leben. Dazu gehört Mut oder Leichtsinn. Tando ist eine Spielerin.«

Betroffen blickte Anne zu ihrer Mutter hoch, deren Gesicht sich plötzlich verhärtete. Sie ahnte, daß sie einen heiklen Punkt getroffen hatte und unterdrückte den Wunsch, das Thema weiterzuspinnen, so stark er auch war. Mutter wäre ohnehin nicht mehr darauf eingegangen, das spürte Anne, so hielt sie sich widerstrebend schweigend an ihrer Seite. Als Mutter, endlich unten angekommen, die Haustür öffnete, sagte sie, allerdings nicht zu Anne, sondern vermutlich zu sich selbst: »Ingrid sollte auch bald heiraten.«

13.

Am Fenster des Wohnzimmers standen zwei Sessel und ein runder Mahagonitisch. Kein gewöhnlicher Tisch, denn seine etwa 20 cm dicke Platte enthielt Schubfächer, die offiziell Nähzeug, in Wirklichkeit aber alle möglichen Dinge enthielten. Wann immer etwas gesucht wurde in der Familie, in diesen Fächern wurde der Anfang gemacht, meistens mit Erfolg. Als sie noch klein war, hatte dieser Tisch einen geheimnisvollen Zauber auf Anne ausgeübt. Da sich in den Nähzeugfächern Schere, Trennmesser und ähnlich gefährliche Dinge befanden, waren sie für Anne verboten, was ihren Reiz beträchtlich erhöhte. Später wurde das Tabu durchlässiger und im Laufe der Jahre völlig aufgehoben. Nur ein Fach blieb verschlossen. Nicht nur für Anne, sondern für alle Familienmitglieder, bis sie eines Tages im Knopfkasten einen winzigen Schlüssel entdeckte. Ihn sehen und in das verschlossene Schlüsselloch stecken, war eine reine Reflexhandlung. Siehe da, mühelos ließ er sich drehen.

Anne zog das Fach heraus – ach nein, darin befand sich keine wie auch immer geartete Kostbarkeit. Zum Vorschein kamen alle möglichen Alltäglichkeiten. Rosa gebündelte Briefe, ein Poesiealbum, verschossene Fotografien, Zeitungsausschnitte. Damals, bei jenem erstenmal, war Anne wohl noch zu klein gewesen, um Interesse an diesen Dingen zu bekunden, vermutlich hatte sie nicht einmal richtig lesen können. Befriedigt, wenn auch enttäuscht, das Geheimnis der verschlossenen Schublade zu kennen, hatte Anne sie wieder abgeschlossen und den Schlüssel an seinen Platz zurückgelegt. Für lange Zeit hatte der Mahagonitisch mit seinen Schubfächern jeden Reiz für sie verloren.

Was sie veranlaßte, an jenem Apriltag, der sich zu keinem richtigen Wetter entschließen konnte, das verbotene Fach zu öffnen, war kaum zu sagen. Vermutlich war es nichts als Langeweile oder diese unbestimmt streunende Neugier, die das Stadium der wilden Jungenspiele abgelöst hatte. Dinge, die Anne vor kurzem überhaupt nicht wahrgenommen hatte, erweckten plötzlich ihr Interesse. Gespräche, die bisher an ihrem Ohr vorbeigeführt wurden, setzten auf einmal ihre Phantasie in Bewegung.

Anne fand den winzigen Schlüssel an seinem alten Platz unter den Knopfkarten. Sie öffnete mühelos das verbotene Fach. Sein Inhalt schien unverändert: rosagebündelte Briefe, vergilbte Fotografien, das Poesiealbum aus grünem Samt. Als sie es herausnehmen wollte, entdeckte sie den Brief aus Berlin. Und auf einmal wurde ihr klar, daß sie seinetwegen das Fach geöffnet hatte in der absoluten Gewißheit, ihn hier zu finden. Sie zog den Brief aus dem bereits geöffneten Umschlag und las den knappen Inhalt, der tatsächlich die sehnlichst erwartete Einladung zu Probeaufnahmen in ein Filmstudio enthielt. Ruhm und Reichtum für Ditha – hatte sie nicht davon geträumt an jenem Abend vor ihrem ersten Ball? Hier lag der Brief, der beides verhieß, versteckt zwi-

schen vergilbten Andenken. Ungenutzt und ungelesen. Ungelesen? Das Wort schlug ein. Nein, nicht das Wort, als vielmehr die Erkenntnis, daß dieser für Ditha bestimmte Brief eben doch gelesen worden war. Gelesen von ihrer Mutter. Mit neun Jahren weiß man über die Grundbegriffe von Recht und Unrecht genau Bescheid. Hier war etwas geschehen, was dagegen verstieß. Daß es ihre Mutter war, die diesen Brief geöffnet, gelesen und versteckt hatte, machte die Sache nur noch schlimmer. Eltern – waren sie nicht unantastbar, sozusagen jenseits von Gut und Böse, auf alle Fälle die einzig maßgebende Instanz für ihre Schwestern und für sie? Die Buchstaben spielten verrückt in ihren zitternden Händen, fielen übereinander her wie bissige Hunde.
Anne mußte etwas tun, irgend etwas. Zu ihrer Mutter konnte sie nicht gehen, das war klar. Sie hätte sich zu Tode geschämt. Geschämt für wen? Für die Mutter, für sich selbst – in ihrem Kopf begann das Karussel zu drehen. Aber Ditha, natürlich Ditha, sie mußte den Brief bekommen. Diesen Brief, auf den sie so lange gewartet hatte, von dem sie sich so viel erträumt hatte.
Halt. Mit ungeheurer Anstrengung gelang es Anne, das Karussell zu stoppen. War es nicht eine Ewigkeit her, seitdem Ditha nach diesem Brief oder überhaupt nach Post gefragt hatte? War sie etwa unruhig oder gar unglücklich? Wenn Anne ehrlich sein wollte, mußte sie zugeben, daß Ditha niemals vergnügter gewesen war als in diesen Wochen, daß sie diesen Brief wahrscheinlich total vergessen hatte wie alles, was nicht mit ihrem Juniorchef zusammenhing. Übrigens benutzte sie neuer-

dings nicht mehr die Bezeichnung ›Juniorchef‹, wenn sie von ihm sprach – und das tat sie ununterbrochen – sondern sie nannte ihn bei seinem Vornamen Bernd. Seinen grünen Sportwagen parkte er auch nicht mehr an der Straßenecke vor dem Kaufmannsladen, sondern wenige Meter vor der Haustür. Je länger Anne über ihn und Ditha nachdachte, um so unsicherer wurde sie, ob es richtig war, ihrer Schwester den Brief zu geben. Vielleicht hatte ihre Mutter sogar recht – recht in einem verborgenen Sinn –, wenn sie Ditha den Brief nicht aushändigte? Doch warum verwahrte sie ihn dann überhaupt noch? Genau wie Anne hätte ja auch Ditha den für sie bestimmten Brief entdecken können. Bei diesem Punkt wußte sie plötzlich, was sie zu tun hatte. Ohne auch nur einen einzigen weiteren Gedanken zu verschwenden, ging sie zu dem weißen Kachelofen, öffnete die schwarze Eisentür und übergab den Brief den gefräßigen Flammen. Als sie die Tür zuschlug, spürte sie ungeheure Erleichterung.
– Das war gut, ja Willi? –
Aber Willi schwieg.

Unruhig war dieser neunte Frühling. Verfrühte Gewitter und verspätete Hagelschauer, die der April dem beginnenden Mai zuwarf. Nächtliche Stürme mit Zeigefingern in den Ohren und ein irrtümlicher Sommertag, der Ditha dazu verleitete, ihren Badeanzug herauszusuchen und sich im Garten den ersten Sonnenbrand zu holen.
Auch Herr Storch wurde nach dem Tode seiner Frau

und einer längeren Phase der Enthaltsamkeit plötzlich wieder hörbar.
»Er ist und bleibt ein Quartalssäufer«, stellte Ditha fest, eine Bezeichnung, die Anne inzwischen geläufig geworden war.
Die ersten Scherben über ihren Köpfen, dann verdutzte Stille. Und auf einmal das vertraute »du listige Schlange«. Es verschlug ihnen die Sprache, jedenfalls für einen Augenblick, dann sagte Anne konsterniert »aber sie ist doch gar nicht mehr da.«
»Es ist die Gewohnheit«, meinte Ingrid versonnen, während der Vater etwas von Delirium tremens murmelte und sich nach oben begab.
Es muß einer jener selten gewordenen Augenblicke gewesen sein, der ihre Familie vereint sah. Im allgemeinen befanden sich Annes Schwestern fortwährend im Aufbruch. Eine Art Wartesaalatmosphäre machte sich breit, und Anne vermutete überall halbgepackte Koffer, ohne jemals wirklich einen zu entdecken.
Ditha sah sie in jenen Wochen eigentlich nur beim Mittagessen, während Ingrid durch ihren turnusmäßigen Tag- und Nachtdienst in der Klinik ohnehin nur sporadisch auftauchte. Aber auch wenn ihre beiden großen Schwestern zu Hause waren, schienen sie nicht wirklich da zu sein. Stets zeigten ihre Gesichter diesen seltsam entrückten Ausdruck, den Anne für sich als blöde bezeichnete. Wahrscheinlich ärgerte es sie auch nur, daß sie keine Notiz von ihr nahmen. Ihr gelegentliches »na, Kleine«, war pure Gewohnheit, das war deutlich, in Wirklichkeit sahen sie sie überhaupt nicht. Dagegen

schienen sie sich untereinander ausgezeichnet zu verstehen. Sie, die so Verschiedenen, mußten plötzlich und vielleicht zum erstenmal viele Gemeinsamkeiten entdeckt haben, jedenfalls steckten sie, sobald sie zusammen waren, ihre Köpfe zusammen und tuschelten unentwegt. Auch das empfand Anne als blöd. Sie hätten ruhig normal sprechen können, wußte sie doch genau, daß sie von nichts anderem sprachen als von Bernd und Rolf (letzterer mußte der Vorname des jungen Assistenzarztes sein). Bernd und Rolf, das war wie der Kehrreim eines Liedes mit immer neuen Strophen. Nie hätte Anne geglaubt, daß zwei simple Namen so viel hergeben konnten.
Schließlich wurden selbst ihre Eltern angesteckt von den hektischen Auf- und Abgängen der großen Schwestern, von ihrem ständigen Getuschel und der Spannung, in der sie lebten. Anne hörte sie nachts aufstehen, vernahm das Knacken der Lichtschalter, das vorsichtige Hochziehen von Holzjalousien und endlich ihre leisen Stimmen im elterlichen Schlafzimmer.
Mehr denn je blieb Anne sich selbst überlassen – ein verspätetes Anhängsel in einer bereits kompletten Familie.

Einmal in der Woche stieg sie die ausgewetzten Stufen zu Fräulein Uhlmanns Wohnung empor, drehte die Metallklingel und zuckte jedesmal unter ihrem rabiaten Schrillen zusammen. Nervöses Mäusehuschen von einem Zimmer in das andere, begleitet von hochgezwitscherten Silben, die den albernen Namen des schwarzfetten Vogels bildeten, dann stand das Fräulein im Türspalt. Erschreckte Augen, obwohl es Anne doch erwartet haben mußte, dann das Ausklinken der Metallkette und schließlich der Eintritt in eine ganz und gar fremde, skurrile Welt, die von diesem häßlichen schwarzen Vogel beherrscht wurde.

Das Fräulein, animiert durch Annes Besuch, klatschte in die Hände, während der Vogel von irgendwoher sie giftiggelb anplierte. »Begrüßt euch«, forderte es sie auf, versuchte es jedesmal von neuem, obwohl es längst hätte wissen sollen, daß weder der Vogel, noch Anne dieser Aufforderung nachkommen würden. Nun zelebrierte das Fräulein allein die Begrüßung, hielt den Dialog mit zwei Stimmen, einer kindlichen, die offenbar Anne gehören sollte, und einer etwas heiseren, die ihren Liebling imitierte. Während dieser simulierten Begrüßung verharrten beide bewegungslos, der Vogel auf seinem jeweiligen Standort und Anne vor oder unter ihm, je nachdem wo er sich gerade aufhielt. Auge in Auge tauschten sie ihre Ablehung aus. Anne hatte das Gefühl, daß ihre Augen genauso giftgelb plierten wie die seinen. Dann setzte sich Anne auf den Klavierschemel und schlug das Notenheft auf.

Bevor sie mit ihren Übungen begann, fuhr Fräulein Uhlmann noch einmal verstohlen mit einem Tuch über die Tasten.

Nein, eine Offenbarung war der zaghafte Umgang mit der Musik durchaus nicht. Noten sind wie Zahlen etwas Abstraktes, und genau wie bei jenen dauerte es eine Weile, bis Anne sich auf sie konzentrieren konnte. Auch das vorschriftsmäßige Fingersetzen bei den Tonleitern wollte erlernt sein, und so kamen die Töne zwar richtig abgelesen, aber einzeln und mühsam zusammengesucht. Den zufälligen Klang von jenem erstenmal, diesen Willi-Akkord, fand sie nicht wieder. Nicht bei diesen ersten Klavierversuchen. Immerhin lernte sie im Laufe der Wochen Tonleitern und mit der rechten Hand Tonfolgen, die simple Melodien ergaben. Freude überkam sie und die Ahnung, wie es sein würde, wenn sie erst richtig würde spielen können. Aber wenn ihr dann eine Fingerübung ohne Stocken gelang und sie spürte, wie ihre Ohren vor Eifer brannten, dann kam auch der Vogel, dieser schwarzfette Star, den Fräulein Uhlmann idiotischerweise ›Hansipüppchen‹ nannte, in Fahrt. Vom Sekretär schoß er herab, zog Schleifen durch das vollgepfropfte Zimmer, stieß komische Laute aus, von denen das Fräulein behauptete, sie zu verstehen und hinterließ allüberall seine hingeplatschten, grünglitschigen Spuren. Auf Tischchen und Decken, auf Noten und Klaviertaste und einmal bekam sogar Annes rechter Handrücken seinen Segen ab. Das Fräulein wischte ihn mit immer paratem Tuch hastig ab, fuhr überhaupt nach jeder Markierung hoch, um die Spuren zu beseitigen, wobei es zärtlich vor sich hinschimpfte.

Man wird zugeben müssen, daß es nicht die glücklichsten Voraussetzungen waren, unter denen Anne ihre Klavierübungen begann. Auch daß sie wohl nicht gerade dazu angetan waren, so etwas wie Begeisterung in ihr zu wecken. Vielleicht wird man sogar verstehen

können, daß Anne gelegentlich der Wunsch überfiel, diesem Vogel den Hals umzudrehen.
Eines Tages schien ihr eine kleine Melodie, die sie mit großem Eifer zu Hause geübt hatte, besonders gut gelungen, und sie hatte zum erstenmal das Gefühl, einen kleinen Schritt weitergekommen zu sein, als der Schwarze seine gestutzten Rundflüge begann und hektischer denn je seine Markierungen auf das Mobiliar platschte. Plötzlich klingelte es und Fräulein Uhlmann eilte zur Tür. Ohne nachzudenken, stürzte Anne zum Fenster und stieß es weit auf.
»Nun flieg schon, blödes Biest!«
Und der Schwarze flog. Doch nicht in die angebotene Freiheit, sondern auf das Fensterbrett. Dort plusterte er sich auf, hockte fett und häßlich da und der kleine Kopf drehte sich triumphierend nach allen Seiten. Nie sah Anne ihn hämischer blinzeln. »Raus«, schrie sie, stampfte sogar mit dem Fuß auf, kannte sich selbst nicht mehr. Daß sie ihn nicht aus dem Fenster warf, war vermutlich nur der Tatsache zu verdanken, daß in diesem Augenblick Fräulein Uhlmann zurückkam.
Sekundenschnell hatte es die Situation erkannt. Mit einem Satz war es am Fenster, schloß es, packte den Vogel mit beiden Händen und sank mit einem Wehlaut auf den nächstbesten Stuhl. Mit hochrotem Kopf rang es nach Luft, aber Anne wurde die merkwürdige Empfindung nicht los, als beobachtete es sie unter halbgeschlossenen Flatterlidern.
»Meine Tropfen!« Mit matter Gebärde wies sie auf den Schrank.

Anne erschrak furchtbar. Wenn sie jetzt einen Herzschlag bekäme, trug sie die Schuld an ihrem Tode, das war klar. Ihre Hände zitterten, und sie hatte Mühe, die Tropfen aus dem umgestülpten Medizinfläschchen auf Zucker zu zählen, wie Fräulein Uhlmann sie geheißen hatte.

Nur der Vogel blieb ungerührt. Zufrieden hockte er auf dem Schoß des Fräuleins, und da nichts Aufregendes weiter geschah, klappte er mißmutig die Augendeckel zu. Dann steckte er den Kopf in das Gefieder, hatte offensichtlich genug von ihnen und der Welt. Kopflos hatte er jede Vogelähnlichkeit verloren, sah überhaupt nicht wie etwas Lebendiges aus, glich vielmehr einem Ding, einer formlosen, schwarzen Masse.

»Warum hast du es getan«, fragte Fräulein Uhlmann, nun schon wieder einigermaßen bei Stimme.

»Er sollte hinausfliegen.«

»Ah, du wolltest ihm die Freiheit geben.« Die verschwommenen Gesichtszüge des Fräuleins belebten sich zusehens.

Anne hatte nicht den Mut ihr zu gestehen, daß ihr nicht nur die Freiheit schnurzegal, sondern überhaupt der ganze Vogel zuwider war.

»Aber er würde das rauhe Leben da draußen doch gar nicht bestehen. Glaub mir, Anne, es gibt keinen Platz auf der ganzen Welt, wo er es besser haben könnte als hier bei mir.« Fast beschwörend blickte das Fräulein sie an.

Anne nickte, preßte die Lippen fest zusammen, um kein, aber auch kein unbedachtes Wort herausschlüpfen zu lassen. Das Schlimme war, daß sie selbst nicht wußte, warum sie so aufgebracht war. Dieser häßliche Vogel war es nicht allein, vielmehr das unbestimmte Gefühl, daß alles in diesem Zimmer einschließlich des Fräuleins sich am falschen Platz befanden. Das bohrende Verlangen, es zu ändern, ohne zu wissen, wie und warum. Ihre Hilflosigkeit brachte sie so in Wut, daß sie ihre Hände zu Fäusten ballte. Sie trug einen grünen Trägerrock mit tiefeingesetzten Taschen, die wahrscheinlich der Grund dafür waren, daß sie sich, auch als er längst verschossen und mehrfach verlängert worden war, nicht von ihm trennen mochte. Jetzt vergrub sie ihre Fäuste in seinen Taschen, stand steifbeinig vor dem Fräulein, das immer noch auf dem Stuhl hing, den formlosen Schwarzen auf dem dürftigen Schoß. Stand wortlos verbissen da, mit versteckt-geballten Fäusten und diesem unsinnigen Wunsch, das Fräulein zu schütteln und zu schütteln. Gleichzeitig schämte sie sich, empfand grenzenloses Unbehagen, wußte nicht, wohin mit sich.

Die schwarze, formlose Masse teilte sich, wurde Kopf, Körper und Vogel, hob sich ab vom Jungfernschoß und ließ sich im Falschhaar nieder. Gelb plierten seine Augenknöpfe, unter ihnen das gerötete Gesicht des Fräuleins mit diesem entzückten Lächeln um den dünnlippigen Mund.

Bevor sie auseinanderbarst, stelzte Anne grußlos hinaus.

Später hatte Anne diese Szene ihren Schwestern erzählt. Möglich, daß sie die falschen Worte wählte, auf alle Fälle wurde eine ganz neue Szene daraus, eine Szene von umwerfender Komik, so daß Ingrid und Ditha immer wieder in schallendes Gelächter ausbrachen. Allerdings hatte sie den Schluß verschwiegen, hatte nichts von ihren Tränen in diesem endlos dämmrigen Treppenhaus erwähnt, Tränen, die nicht erleichterten, sondern zornige Tränen, die alles nur noch schlimmer machten, so daß Anne alle paar Stufen stehenbleiben mußte. Und jedesmal wenn sie stehenblieb, preßte sie »Oh, Willi« heraus, und das Treppenhaus war schäbig und leer und nahm kein Ende. Aber Willi kam nicht.

14.

»Tante Ella ist krank, willst du sie nicht mal besuchen?« Tante Ella. Gehörte sie nicht zur Familie, war sie nicht so etwas wie eine Ersatzmutter für Anne gewesen, als sie noch so klein gewesen war? Aber Anne hatte sie vergessen, das war die Wahrheit. Einfach vergessen, so wie man einen Regenschirm oder sonst einen Gegenstand vergißt.

»War sie denn überhaupt da?« Anne mußte es laut gesagt haben, denn ihre Mutter erwiderte: »Nein, sie war ein paar Wochen bei ihrem Sohn, du weißt, das ist der junge Mann mit dem Motorrad. Er ist jetzt verheiratet. Aber sie mußte ins Krankenhaus. Naja, ihr Herz war wohl schon länger nicht in Ordnung. Ist ja auch kein Wunder.« Die letzten Worte kamen leise und waren nicht für Anne bestimmt. Jetzt blickte sie Anne an. Vielleicht spürte sie deren Unsicherheit und Abwehr, jedenfalls fügte sie rasch hinzu: »Geh nur, Anne, sie ist allein.«

Zögernd und der plötzliche Wunsch umzukehren, bevor sie den Schlüssel umdrehte, den die Mutter ihr gegeben hatte, um der Kranken den Weg an die Tür zu ersparen. Doch im gleichen Augenblick, als Anne die kleine Wohnung betrat, wußte sie, daß Tante Ella wirklich wieder allein lebte. Kein Hinweis, das nicht, aber das roch und schmeckte sie, war einfach eine Witterung. Anne fand Tante Ella nicht im Bett sondern in einem

bequemen Sessel am Fenster. Über ihren Knien lag eine gehäkelte Wolldecke in vielen Farben, die sie früher einmal, daran erinnerte Anne sich plötzlich, aus Wollresten gearbeitet hatte. Zuerst nahm Anne nur ihre Hände auf dieser Decke wahr, die sie sekundenlang daran zweifeln ließen, daß es überhaupt Tante Ellas Hände waren. Diese Hände, die immer gearbeitet hatten und denen man angesehen hatte, daß sie immer gearbeitet hatten, lagen nun ganz still und wie für sich selbst auf der Decke. Schmaler und viel feiner als früher, weiß mit dem blauen Geäst der Adern. Überhaupt schien alles an Tante Ella kleiner geworden, schmaler, feiner, auch das Gesicht, das sich bei Annes Eintritt belebt hatte. Selbst ihre Stimme, die nie laut gewesen war, klang leiser, wohl auch etwas schleppender. Aber krank, nein krank wirkte sie nicht ein bißchen, sondern ganz vertraut. Annes Krankheiten – Kinderkrankheiten – waren in irgendeiner Weise lauter gewesen, fiebrig mit angstvollen Träumen und unruhigem Hin-und-Herwerfen. Tante Ellas Krankheit dagegen mußte eine ganz leise, kaum wahrnehmbare Krankheit sein, bei der man nicht einmal im Bett zu liegen brauchte.
»Wie geht es dir«, erkundigte sich Anne wohlwissend, daß diese Frage zu jedem Krankenbesuch gehört.
»Gut. Seitdem ich diese Tropfen einnehme, habe ich keinen Anfall mehr gehabt. Doch, Anne, jetzt geht es mir wirklich wieder gut.«
Anne glaubte ihr aufs Wort. Ein leidender Mensch konnte einfach nicht so zufrieden, ja geradezu heiter aussehen. Ihr Gesicht war wie ausgebügelt, der Körper

ruhte in einem bequemen Sessel. Anne wußte nicht warum, aber sie mußte an Sonntag denken. Sie blickte sich um in dem kleinen Raum, suchte nach einer Veränderung, denn auch diese Stube, einfach genug möbliert, schien ihr auf unerklärliche Weise verfeinert. Doch fand sie alles an seinem alten Platz. Komisch, daß sie immerfort denken mußte, daß diese Möbel, das Sofa, der Tisch und die Stühle in der Zwischenzeit anders gruppiert waren und nun endlich wieder ihren alten Platz bekommen hatten. Plötzlich mußte Anne an Fräulein Uhlmanns Wohnung denken, und unversehens erzählte sie Tante Ella von ihren mißglückten Klavierstunden. Ihr Bericht von dem Fräulein in seiner von Möbelungetümen schier berstenden Wohnung und ihrem schwarzfetten, gelbplierenden, ewigkackenden Vogel erweckte Tante Ellas Vergnügen, doch je länger Anne erzählte, um so nachdenklicher wurde sie, und zum Schluß sagte sie: »Du kannst das noch nicht begreifen, Anne, aber manche Menschen vertragen das Alleinsein einfach nicht. Sie werden wunderlich, wie man so sagt. Dabei hat das Alleinleben doch so viele Vorteile, das habe ich erst gemerkt, als ich bei meinem Sohn war. Mütter hängen nun mal beharrlich an der Vorstellung, daß ihre Kinder so etwas wie ein Besitz auf Lebenszeit sind. Es fällt ihnen entsetzlich schwer zu begreifen, daß diese Kinder eines Tages ihr eigenes Leben beginnen. Ich habe mich gefreut, meinen Sohn wiederzusehen, auch seine junge Frau, mit der er sehr glücklich ist.

Aber nach einigen Tagen hatte ich das Gefühl, als hätte

ich nichts mehr bei ihm zu suchen. Ich nahm ja nicht wirklich teil an seinem Leben, war nichts als ein Besuch. Im Krankenhaus habe ich darüber nachgedacht. Da lag eine Kranke im Nebenbett und die sagte einmal zu mir: Ich hatte neun Kinder, aber ich habe sie alle verloren. Die einen an den Tod, die anderen an ihr eigenes Leben. Je länger ich darüber nachdachte, um so mehr habe ich mich auf meine Wohnung, auf jedes Ding, das mir ganz allein gehört, gefreut.«

Nein, Anne begriff nicht, was sie sagte, nicht zu jener Zeit. Tante Ellas Worte hatten wohl auch nicht eigentlich ihr gegolten, waren vielmehr für sich selbst gesprochen. Ganz unbeabsichtigt waren sie in sie hineingefallen wie Münzen, die man in einen Automaten steckt. Aber nach vielen Jahren kamen sie wieder heraus, waren da wie im Augenblick gesprochen. Damals waren sie Anne eher traurig vorgekommen, und sie war Tante Ellas Blicken, die auf jedem Gegenstand in der kleinen Stube lange verweilten, ziemlich ratlos gefolgt. Sie endeten schließlich auf einem Ecksims mit zwei Fotografien, die eine Vase mit bunten Wicken flankierten. Anne stand auf, um sie besser betrachten zu können. Sie erinnerte sich nicht, sie früher dort gesehen zu haben. Endlich hatte sie also doch etwas Neues entdeckt. Die eine Fotografie war das Hochzeitsbild ihres Sohnes und sah aus wie alle Hochzeitsbilder: der schwarze Anzug des Bräutigams, die schleierumwehte Braut, das Brautpaar, enganeinandergeklebt mit immer dem gleichen Lächeln hinter dem großen Brautstrauß, diesem etwas verkrampften Lächeln, das wohl Glück bedeuten mußte. Es fiel Anne schwer, auf diesem Foto den jungen Mann mit dem Motorrad zu identifizieren.

Auf der anderen Seite der Vase ebenfalls das Foto eines jungen Mannes, jungen Mannes – Pochen in der Bauchgegend, obwohl Anne ziemlich sicher war, ihn nicht zu kennen, diesen jungen Mann, jungen Mann, Mann ...

»Er ist gestorben.«

Etwas in ihren Knien wurde weich. Eine Sekunde oder nicht einmal so lange, glaubte Anne, eine Riesenhand auf ihrem Rücken zu spüren – die Erinnerung an einen Alptraum, an etwas, was es nicht wirklich gegeben hatte.

»Gestorben«, mechanisch wiederholte Anne das Wort, starrte Tante Ella an, suchte vergebens nach einem angemessenen Ausdruck von Trauer in ihren Zügen und fand nichts als unveränderte Zufriedenheit. Gleichzeitig die schwache Erinnerung an eine Beerdigung, zu der ihre Familie gegangen war und ihre derzeitige Verwunderung, daß weder erwähnt wurde, wer gestorben, noch warum auch Tante Ella mitgegangen war. Aber letztlich hatte es Anne wohl nicht interessiert, so hatte sie zu fragen vergessen.

»Gestorben«, wiederholte sie noch einmal und konnte doch kaum etwas anfangen mit diesem Wort. Immerhin mußte es etwas mit der Veränderung zu tun haben, die mit Tante Ella und ihrer Wohnung vorgegangen war. Sterben. Hatte Anne bis zu diesem Tag nicht immer geglaubt, daß dieses Wort in jedem Fall etwas schrecklich Trauriges zu bedeuten hatte? Doch das schien hier kei-

nesfalls zuzutreffen. Sterben – konnte das auch Erleichterung bedeuten, womöglich sogar eine Art Veredelung? Noch ein kurzer Blick auf den dunkelhaarigen jungen Mann – nein, Anne kannte ihn nicht, jetzt war sie ganz sicher.
Tante Ellas Stimme in ihrem Rücken. »Das Foto wurde am Anfang unserer Ehe gemacht, kurz nachdem unser Sohn geboren war. Damals wohnten wir noch zu Hause auf dem Lande. Später, als wir in diese Stadt kamen, wurde alles ganz anders.« Das war, als spräche sie von ganz fremden Menschen, Menschen, die Anne nichts angingen, die sie nie gesehen hatte. Die Tante Ella, die sie kannte, hatte immer hier in diesem Hause gelebt. Allein gelebt. Erst viel später war ein junger Mann auf einem Motorrad erschienen, der ihr Sohn war, und gleichzeitig ein älterer Mann, den Anne nur zwei- oder dreimal gesehen hatte. Seltsame, schwarze Augen und eine Riesenhand auf ihrem nackten Rücken – jedesmal an diesem Punkt geriet sie in Abwehr, in diese ungeheure Anstrengung, etwas vergessen zu wollen.
Anne drehte sich um, blickte Tante Ella an, sah die unverminderte Heiterkeit in ihren gutgrauen Augen, die es ihr ganz leicht machte, etwas abzuschütteln, was es gar nicht wirklich gegeben hatte, etwas, das in den Bezirk schlimmer Träume und kindischer Ängste gehörte.

Von nun an ging Anne fast täglich zu Tante Ella, saß wie früher auf der buntbemalten Kommode, ließ die Beine baumeln und schwatzte über alles, was ihr gerade in den Sinn kam. Übrigens war Anne durchaus nicht ihr

einziger Besuch. Sie, die ihr ganzes Leben für andere Menschen gewaschen, gebügelt, geschrubbt und gestopft, Kinder gehütet und Kranke gepflegt hatte, erlebte nun, daß zwar nicht alle, aber viele zu ihr kamen und sogar wiederkamen. Vielleicht nicht einmal ausschließlich in dem Bestreben, ihr etwas Gutes zu tun als in der unbewußten Hoffnung, wenigstens ein Zipfelchen ihrer Heiterkeit zu gewinnen, die ihnen in Anbetracht ihrer Krankheit und der immerhin bescheidenen Umgebung unerklärlich sein mußte. Selbst Anne ertappte sich das eine oder andere Mal bei dem Zweifel, ob Tante Ella überhaupt richtig krank war. Ein Zweifel, den sie allerdings schon am nächsten Tag bedauerte, als diese blasser als sonst und schweratmend nach ihren Tropfen verlangte. Doch selbst an solchen Tagen verlor sie niemals diesen Ausdruck wunschloser Zufriedenheit. Und wenn sie auf Annes Frage nach ihrem Befinden sagte und nie etwas anderes sagte als »mir geht es gut«, dann war dies nicht etwa die übliche Antwort auf eine übliche Frage, sondern der ganz bewußte Ausdruck ihres Daseins. Das war sogar für Anne unmißverständlich. Manchmal fügte sie noch hinzu »Kein Wunder, so wie ich jetzt umsorgt werde«.
Einmal, auf Annes Frage, ob sie ihr vielleicht Wolle besorgen solle, damit sie etwas stricken oder häkeln könne, um sich die Zeit zu vertreiben, besah Tante Ella lächelnd ihre noch feiner gewordenen Hände und schüttelte den Kopf. »Nein, Anne, hol mir lieber mal die runde Schachtel aus der oberen Kommodenschublade.« Als Anne sie ihr brachte, öffnete sie den Deckel und

holte einen Ring mit vielen dunkelroten Steinen heraus. Sie schob ihn an den Ringfinger ihrer linken Hand, doch er rutschte sofort von dem dünnergewordenen Finger, so daß sie ihn auf den stärkeren Mittelfinger setzte. »Granaten«, sagte sie und hob ihre geschmückte Hand hoch, »hübsch, nicht?« Anne nickte und erwartete, daß sie den Ring in die Schachtel zurücklegen würde, aber zu ihrer Verwunderung erklärte sie, ihn künftig immer tragen zu wollen.

Eines Tages erschien ihr Sohn auf seinem Motorrad. Da er nie anders erschienen war, war Anne die Kombination Sohn – Motorrad längst zu einem Begriff geworden. Tante Ella freute sich, als er kam, das war deutlich zu erkennen. Doch als er gegen Abend wieder abbrauste, freute sie sich noch einmal. Naja, das vielleicht nicht, aber ihre Erleichterung, wieder allein zu sein, merkte Anne sofort. Wie gewöhnlich, hatte sie ihr die Zeitung und von Ditha eine Illustrierte gebracht.

»Ich bin froh, daß es ihm gut geht und vor allem, daß er Arbeit hat«, murmelte sie.

»Arbeit hat?« Anne blickte sie verwundert an, denn die Tatsache, daß jemand Arbeit hatte, erschien ihr eher als eine Art Naturgesetz, keinesfalls jedoch ein Grund zur besonderen Freude. »Arbeit – die hat doch jeder.«

»Oh nein, es gibt immer mehr Arbeitslose, Millionen, die gerne arbeiten wollen und keine Arbeit finden, die von einer kläglichen Unterstützung leben müssen . . .«, ihre Augen waren auf die erste Seite der Zeitung geheftet, von der sie im allgemeinen nur die fettgedruckten Überschriften las »man muß wirklich froh sein, wenn

man Arbeit hat ... wir leben in einer schlechten Zeit.« Anne hatte keine Ahnung, daß es schlechte und wahrscheinlich auch gute Zeiten gab, sie wußte überhaupt nichts, was außerhalb von Familie und Schule geschah. Tante Ella mußte ihre Verwirrung bemerkt haben, denn sie fügte hinzu: »Das hängt mit dem verlorenen Krieg und der Politik zusammen.«
»Politik – mein Vater sagt, das wäre kein Gesprächsthema.«
»Für ihn nicht, er ist ja Beamter, ihm kann nicht viel passieren.«
»Das hat Tando auch mal gesagt.«
»Tando, wie geht es der eigentlich?«
»Ich weiß nicht.« Natürlich merkte Anne sofort, daß Tante Ella sie ablenken wollte, dabei wäre sie gerne bei der Politik geblieben, die für sie verboten war und die mit dem Leben, das sich außerhalb ihrer Familie abspielte, zusammenhängen mußte. Immer wieder stieß ihre erwachte Neugier gegen diesen magischen Kreis, der ganz enggezogen war und eigentlich nur ihre Familie umschloß. Zum erstenmal beschlich sie die Ahnung, daß die Informationen, die von außerhalb dieses Kreises zu ihr drangen, ziemlich unzureichend waren.
Tante Ella hatte die Zeitung beiseitegelegt und blätterte zerstreut in der Illustrierten, wahrscheinlich entschlossen, Anne an weiteren Fragen zu hindern. Fragen, von denen sie nicht sicher war, ob sie sie würde beantworten können und deren Beantwortung überdies Annes Eltern gewiß nicht recht sein würde. »Schau mal, Anne, hier fehlt ein Stück ...«, sie wies auf das säuberlich ausge-

schnittene Rechteck des Blattes, »wahrscheinlich hat es deine Mutter herausgeschnitten.«

Nein, es interessierte Anne nicht sonderlich, dieses rechteckige Nichts. Sie hätte auch nicht sagen können, was sie veranlaßte, sich zu verabschieden und sich auf direktem Weg zu dem verbotenen Fach zu begeben, es mit nun schon geübtem Dreh zu öffnen und keineswegs überrascht unter dem Poesiealbum das passende Rechteck herauszuziehen. Ein Blick auf das Foto, das mehrere festlich gekleidete Menschen zeigte, in deren Mittelpunkt ein lachender Mann stand, der seinen Arm um die Schultern einer Frau ...

Schon war Anne wieder bei Tante Ella und legte ihr wortlos den Ausschnitt auf die Wolldecke.

»Tando!« Tante Ella setzte ihre Brille auf und las, während Anne über ihre Schulter auf das Foto starrte, den Text, der darunter stand: »Der bekannte Bühnenautor Rudolf Loy, dessen neues Stück soeben Premiere hatte, auf der Premierenfeier zusammen mit seiner ständigen Begleiterin Dora ...«

»Tando, es ist wirklich Tando.« Einen Augenblick hatte Anne gezweifelt, denn sie hatte ihre Tante voller und überhaupt etwas anders in Erinnerung. Doch eine genauere Betrachtung bestätigte den allerersten Eindruck. Es mußte die neue Umgebung und vor allem dieser neue berühmte Mann sein, der Tando zwar noch immer vollschlank aber weniger üppig, als sie in Annes Vorstellung war, erscheinen ließ. Auch ihr Gesicht schien schmaler geworden, womöglich sogar gespannter.

»Merkwürdig, daß wir vorhin noch von ihr gesprochen haben«, meinte Tante Ella.
»Glaubst du, daß sie jetzt in Berlin wohnt«, fragte Anne.
»Sieht so aus, aber es kann natürlich auch sein, daß sie sich nur vorübergehend dort aufhält. Bei ihr ist alles möglich. Ich habe sie nur ein paarmal gesehen, wenn sie bei euch war. Aber immer, wenn sie kam, hatte sie einen ganzen Roman erlebt. Einmal war es ein Hund, der nicht abzuschütteln und ihr bis hierher gefolgt war. Ein andermal ein Maler, der sie unbedingt malen wollte, auf alle Fälle genügten zwei Stunden Bahnfahrt vollauf, um ihr eine fix und fertige Geschichte zu liefern. Ich habe niemals ähnliche Dinge erlebt. Mit mir ist höchstens etwas geschehen, und das ist ein großer Unterschied. Die Wahrheit ist, daß mir nie ein Mensch begegnet ist, der so lebendig ist wie Tando. So etwas ähnliches soll auch dieser Maler, der sie unbedingt malen wollte, geäußert haben.«
»Und jetzt ist sie berühmt, oder?«
»Sie ist die Gefährtin eines berühmten Mannes, und das wird deinen Eltern nicht gerade angenehm sein.«
»Du meinst, weil sie nicht verheiratet ist? Aber das war sie doch nie und hatte doch immer einen Mann.«
»Eben.« Auf einmal mußte Tante Ella gemerkt haben, in welche Richtung ihr Gespräch steuerte. »Versprich mir, Anne, daß du den Zeitungsausschnitt sofort wieder an seinen Platz legst und mit niemandem darüber sprichst.«
Das war viel verlangt. Mit gesenktem Kopf ging Anne

hinaus und überlegte, ob sie nicht wenigstens Ditha das Bild zeigen sollte.
Die Eltern und Ditha waren bereits beim Abendessen, das, da ihre Hauptmahlzeit das warme Mittagessen war, aus Brot, Aufschnitt und Käse, zu dem sie im Winter ziemlich schwachen Tee und im Sommer Milch oder verdünnten, selbstgemachten Johannisbeerwein tranken. Man muß zugeben, daß Anne fast platzte mit ihrer Sensation und enttäuscht war, daß ihr Kommen, noch dazu ihr Zuspätkommen, keine sonderliche Beachtung fand. Fast erlag sie der Versuchung, einfach den Zeitungsausschnitt auf den Abendbrottisch zu plazieren, um wenigstens für einen Augenblick die Aufmerksamkeit ihrer Familie zu erzwingen. Doch dann war es Ditha, wer sonst als Ditha, die für ihre eigene Sensation sorgte, als ob eine, wenn auch bisher verschwiegene, nicht völlig ausgereicht hätte.
»Ich fahre nach Italien«, erklärte sie schlicht und blickte nicht einmal hoch von ihrer Brotscheibe, die sie gerade mit Käse belegte.
Nein, es rastete nicht ein, bei keinem von ihnen, dazu war ihre Ankündigung einfach zu absurd. Die Wahrheit war, daß Anne keinen, aber auch keinen Menschen kannte, der jemals in Italien gewesen war. Ihre Vorstellung von diesem Land war daher nicht sehr ergiebig und erschöpfte sich eigentlich schon in der Assoziation von Sonne und Zitronen. Über diesbezügliche Geographiekenntnisse verfügte sie ebenfalls nicht, da sie in der vierten Grundschulklasse gerade bis an die Grenzen des eigenen Landes gekommen waren. Die Eltern, wenn

auch vermutlich mit besseren Landeskenntnissen ausgerüstet, nahmen Dithas spärliche Erklärung offenbar ebenfalls nicht ernst. Jedenfalls reagierte nur der Vater, indem er den Kopf hob – sozusagen lauschend, um sich zu vergewissern, ob er da richtig gehört habe. »Italien?« Doch selbst diese minimale Reaktion genügte Ditha vollauf, um den letzten Käsebissen entschlossen zu vertilgen und loszulegen. Wie immer, wenn sie mal in Fahrt kam, prasselten die Sätze wie ein Platzregen auf einen herab und man konnte sehen, wo man mit ihnen blieb. Von einer Sternfahrt faselte sie, die ein Automobilclub veranstaltete und an der Bernd mit seinem grünen Sportwagen teilnehmen wollte, zusammen mit Ditha als Beifahrerin. Auch ein befreundetes junges Ehepaar erwähnte sie, das sich ebenfalls an dieser Sternfahrt, was immer das sein mochte, beteiligen und das Ditha unter seinen Schutz nehmen würde, damit die Form gewahrt bliebe.
Hübsch war sie in ihrer Begeisterung, das mußte man schon sagen, aber doch auch ein bißchen töricht, sonst hätte sie merken müssen, was Anne – allerdings ziemlich geübt in der Beobachtung von Erwachsenen – längst erkannt hatte, daß nämlich keiner in ihrer kleinen Runde diese ihre Begeisterung zu teilen vermochte. Zum zweitenmal hob der Vater den Kopf und sagte: »Nein!« Sagte es nicht laut, sogar ohne jeden Nachdruck, ein ganz normales Nein, das genausogut ein Nein auf die Frage, ob er Spinat essen möchte, hätte sein können. Anne überlegte, woran es lag, daß dieses ganz und gar unauffällige Nein Ditha den Satz mittendrin

abschnitt. Auch ihre Mutter schien dieses Nein als endgültig und eine Art Gottesurteil zu akzeptieren. Immerhin fühlte diese sich zu einer Zusatzerklärung veranlaßt. »Wenn ihr wenigstens verlobt wäret«, murmelte sie.

Erstaunlich, wie schnell Ditha dieses Nein begriff, wenn man bedenkt, daß sie sich gewissermaßen mitten im Höhenflug und schon halb in jenem Zitronenland befunden hatte. Es schien ihr zwar die eben noch so sprudelnde Sprache verschlagen zu haben, dafür handelte sie jedoch außerordentlich prompt. Das heißt, sie erhob sich wortlos, verließ das Zimmer und kurz darauf das Haus.

Tags darauf parkte der grüne Sportwagen ihres Juniorchefs unmittelbar vor der Haustür. Exakt vor Wielands Haus – nicht wie gewöhnlich ein paar Meter davor oder dahinter. Nicht nur das: Bernd Fabian, der Juniorchef, entstieg dem Grünen und kam, nein man muß schon sagen betrat mit Ditha das Haus.

Anne bog bei ihrer Ankunft gerade um die Hausecke, erfaßte mit einem Blick die Situation, machte flugs auf dem Absatz kehrt, um Tante Ella, von der sie soeben kam, die Neuigkeit zu verkünden.

»Du wirst sehen, er wird um ihre Hand anhalten«, meinte diese in ihrer neuen verhaltenen Heiterkeit.

Als Anne die elterliche Wohnung betrat, mußten sie sich noch mitten im Handanhalten befinden, denn ihre Stimmen drangen aus dem großen Zimmer, das wintertags nur an Sonn- und Feiertagen oder zu besonderen Anlässen geheizt wurde. Der Anlaß schien gegeben, doch kam er gewissermaßen ohne Voranmeldung. Ein Glück jedenfalls, daß es ein milder Frühlingstag war, sonst würden die da drinnen ganz schön frieren. Jetzt vernahm Anne die Stimme ihres Vaters, was allein schon für die Wichtigkeit des Besuches sprach, kam seine Rede doch niemals leichtfüßig und von ungefähr sondern stets wohlbedacht. Überhaupt schien dies da drinnen vorwiegend eine Männerangelegenheit zu sein, da die weiblichen Stimmen überraschenderweise schwiegen.

Anne hielt den Atem an hinter der Tür. Sie hatte die Empfindung von wachsenden Hasenohren, so angestrengt war ihr Lauschen, während ihre Beine sprungbereit zur Flucht waren. Das dumpfe Wegrücken der schweren Polstersessel und das Chorsprechen aller Beteiligten waren das Startsignal für sie, aber dann reichte die Zeit doch nicht ganz zum Verschwinden. Immerhin stand sie wenigstens nicht mehr hinter der Tür. Vielmehr konnte man bei einigem guten Willen annehmen, daß sie im Augenblick die Diele betreten hatte, zu der sie soeben die Tür öffneten: die Mutter mit hochrotem Kopf und einem verdächtigen Tränenkickser in der Stimme, der Vater, im Vorbeigehen über Annes Haare streichelnd, wenn sie auch nicht sicher war, ob er sie überhaupt sah, und Ditha, Ditha stand in Flammen lichterloh wie weiland Paulinchen. Nur anders, ganz anders. Alles an ihr freute sich. So etwas gab es eben nur bei Ditha, daß nicht allein ihre Augen strahlten und ihr großer Mund mit den blitzweißen Zähnen, von dem sogar schon einmal ein Reklamefoto gemacht worden war,

lachte, sondern daß alles, aber auch alles, vom Haar bis zu den Fußspitzen, sich mitfreute. Nein, es ist nicht anzunehmen, daß sie ihre kleine Schwester bemerkte, daß sie überhaupt irgend etwas wahrnahm. Ein Kreis schien um sie gezogen, und sie stand mittendrin und leuchtete vor Begeisterung.
Der einzige, der Anne wirklich wahrnahm, war Bernd Fabian. Er, der bisherige Juniorchef ihrer Schwester, Gesprächsstoff seit vielen Wochen, verbeugte sich nicht etwa vor ihr wie bei ihrer ersten Begegnung, nein, er nahm ohne Umschweife ihren Kopf in seine Hände – ein verrücktes Gefühl, das sie sofort an ihre alte Puppe denken ließ. Eine von ihren großen Schwestern ererbte, ziemlich ungeliebte Puppe mit steifen Gliedern und groben Gelenken, die Anne so lange bewegt und gedreht hatte, bis sie eines Tages den Kopf allein in der Hand hielt. Einen heillosen Schrecken hatte sie damals bekommen, als der rotbekleidete Puppenrumpf sich vom Kopf löste und zu Boden ging. Der Kopf in ihren Händen, strohblonde Zöpfe, porzellanblaue Klageaugen und ein Gefühl zwischen Entsetzen und uneingestandener Genugtuung – damals.
Jetzt also Annes Kopf. Durchaus mit ihrem Körper verbunden, doch gleichzeitig als separat empfunden in den Händen dieses jungen Mannes, der als Dithas Juniorchef eine gewisse Bedeutung in ihrem Familiendasein gewonnen hatte und der sie jetzt unvermutet mitten auf den Mund küßte. Ohne Voranmeldung. Nun waren Zärtlichkeiten in ihrer Familie durchaus üblich, und Anne als Spätling profitierte am meisten davon. Doch

dieser Kuß, feucht und fremdschmeckend, war neu. Keineswegs unangenehm, aber neu. Daß es ihr erster richtiger Kuß war, wurde ihr allerdings erst viele Jahre später bewußt.

»Meine kleine Schwägerin«, lächelte er, wobei er ihr den Kopf wieder aufsetzte.

Schwägerin – also das war nun wirklich toll. Mit einem Schlag war aus einem neunjährigen Mädchen, einer kleinen Schwester, eine Schwägerin geworden, fast so etwas wie eine echte Erwachsene, auf alle Fälle ein erheblicher Schritt zur anderen Seite. Das mußte durchdacht und mit Tante Ella, die Zeit hatte, besprochen werden. Bevor Anne jedoch in dieser Richtung etwas unternehmen konnte, stand Ingrid plötzlich bei ihnen. Selbst der permanente Lysolduft, den sie wie immer aus der Klinik mitbrachte, Schirm und Schutz, konnte ihre Verlegenheit nicht abschwächen. Unsichere Blicke von einem zum anderen – sie standen immer noch in der Diele, weil Ditha und ihr soeben Verlobter aufbrechen wollten –, plötzliches Begreifen, noch bevor Ditha triumphierend ihre Fanfare blies: »Wir haben uns verlobt!«

Ingrid errötete leicht, oft völlig grundlos, doch was hier vor sich ging, sah geradezu beängstigend aus: dunkles Erröten wurde von jäher Blässe abgelöst. Das ging ein paarmal, als ob sie an- und ausgeknipst würde. Als sie die ausgestreckte Hand ihres soeben erworbenen Schwagers ergriff, war sie gerade wieder beim Dunkelrot angelangt. Sie absolvierte einen herzlichen Händedruck, der sich in dreimalig-heftigem Schütteln seiner dargebotenen Rechten äußerte, dann begann sie zu sprechen. Schickte eine Art Glückwunsch voraus, um dann übergangslos von ihrer Klinik, den Babys und, das war zu erwarten, einem gewissen Dr. Lenz zu erzählen. Ihre Rede wollte nicht so recht in diese Situation passen und war überdies ungewöhnlich für sie, die von ihrem Vater einen Hang zur Einsilbigkeit mitbekommen hatte. Anne, mitten in der Familiengruppe stehend und von einem zum anderen blickend, beobachtete aufmerksam ihre älteste große Schwester. Warum redete sie bloß so viel? Warum begnügte sie sich nicht mit einem Glückwunsch? Merkte sie denn gar nicht, daß ihr Bericht in diesem Augenblick auf keinerlei Interesse stieß? Auf einmal spürte Anne, kannte es ja selbst, wenn auch aus anderen Situationen: Ingrids Rede mußte so etwas wie Trotz bedeuten, eine Art von Rechtfertigung. Und obwohl sie etwas ganz anderes sagte, hörte Anne ganz deutlich: ich kann mich auch verloben, das kann ich auch, ich auch, auch, auch ...

15.

Es war ein paar Tage später und ein Samstag, da der Vater beim Nachmittagskaffee anwesend war, als Ingrid wiederum aus der Klinik heimkam. Anne hörte sie die Wohnungstür aufschließen. Daß sie nicht allein war, merkte sie erst, als Ingrid die Tür einladend weit aufstieß und mit Dr. Lenz ins Zimmer schritt. Doch, man muß da schon von Schreiten sprechen, vielleicht sogar von einem Auftritt, obschon ihrem Wesen im allgemeinen alles Theatralische fernlag. Da war Stolz, kein Triumph, das nicht, aber glücklicher Stolz, als sie zusammen mit dem jungen Assistenzarzt ins Zimmer kam. Zu spät für ihre Mutter, um die Kaffeerunde in das repräsentativere Feiertags-Besuchs-Zimmer zu verlegen. Offenbar war das auch von Ingrid eingeplant. Es war beinahe rührend, wie sie alles tat, um diesen Besuch als zwang- und absichtslosen Zufall darzustellen. Aber sie hatte wirklich kein Talent zum Schauspielern. Ihr Gesicht machte da nicht mit, zeigte unverhohlene Freude, wenn nicht gar Glück, wo wahrscheinlich freundlicher Gleichmut beabsichtigt war. Ganz und gar durchschaubar war sie, jedenfalls für Anne, die ständige Beobachterin der Szene. Allein die Tatsache, daß sie bei ihrem Eintritt nur ganz leicht, sozusagen normal errötet war, ließ Anne ahnen, daß sie diesen Besuch eingeübt hatte. Viele Male mußte sie ihn in Gedanken geprobt haben.

Natürlich waren beide ein wenig linkisch, doch das fiel kaum auf, ließ sie im Gegenteil um so sympathischer erscheinen. Die Art, wie Ingrid zwei Kaffeegedecke holte und den jungen Assistenzarzt mit Kaffee und Gebäck versorgte, wobei sie Hausfraulichkeit keineswegs mimte, sondern schon längst entwickelt hatte, verfehlte durchaus nicht ihre positive Wirkung auf den Gast. Zwar gelang die Unterhaltung anfangs nur ziemlich holprig, aber als man unvermeidlich auf die Klinik zu sprechen kam, hatten die beiden ihr Fahrwasser erreicht, in dem sie sich munter tummeln konnten. Für Anne, die sich niemals viel aus Puppen gemacht hatte, war es unfaßbar, daß Neugeborene offenbar einen schier unerschöpflichen Gesprächsstoff hergaben. Aber auch der Vater schien von dem rastlosen Baby-Disput nur mäßig gefesselt zu sein, hüstelte er doch mehrmals auf die ihm eigene Art, von der jeder in der Familie wußte, daß sie auf Unbehagen schließen ließ, bis ihm zu seiner offensichtlichen Erleichterung schließlich ein triftiger Grund zum Abgang einfiel. Die Mutter hingegen genoß das Gespräch, bei dem sie selbst aus dem Born ihrer Erfahrungen schöpfen konnte, zumal es durch den jungen Arzt immer wieder auf akademisches Niveau gehoben wurde. Alles in allem gepflegte Konversation, rotwangig eifrig von den Damen, sachlich gediegen von dem Mediziner dargeboten, auf jeden Fall so interessant, daß niemand das Öffnen der Wohnungstür hörte. Erst als Ditha im Zimmer stand, hoben sie die Köpfe. Lachend bot sie ihren Gruß. In diesen Verlobungstagen überschwemmte sie nahezu alles mit ihrer unbändigen

Freude. Großgebärdig, unbekümmert, selbstsicher, schien sie ganz und gar unverletzlich zu sein, eine Siegerin hier und immerda.
Schon saß sie auf Vaters leerem Stuhl, biß fröhlich in ein Hörnchen, winkte bei Kaffee ab, da sie nicht viel Zeit hatte und probte frischfromme Gesprächigkeit, streute immerparates Lachen dazwischen, war sich ihrer Wirkung keine Sekunde bewußt. Übersah Ingrids Erblassen, auch Mutters plötzliche Unruhe und nahm nicht einmal die Augen des jungen Arztes wahr, obwohl er ihr gegenüber saß und seine Brille keinerlei Tarnung bot. Vorbei die angeregte Kaffeeunterhaltung, weggeblasen sonnabendliches Wohlbehagen. Diffuses Dämmerlicht ließ Farben verblassen, doch keinen auf die Idee kommen, Licht anzuschalten.
Die Welt hatte sich verändert. Zum mindesten die Welt des Dr. Lenz, das war ganz unverhüllt. Jeder konnte es erkennen.
Wohlbekanntes Ziehen im Bauch und das Wissen, dieses alles schon einmal erlebt, nein miterlebt zu haben. Aber wo nur, wo? Als wäre dies das Wichtigste, häkelten sich Annes Gedanken daran fest, während ihre Hand verstohlen zum Bauch tastete. Onkel Edi – das war es! Jener Mann, der natürlich nicht ihr Onkel gewesen, aber zeitweise als solcher von ihr empfunden worden war, da er zu Tando gehört hatte, jener Onkel Edi hatte sich ganz ähnlich verhalten wie dieser junge Mann hier, den Ingrid mitgebracht hatte. Annes Gedanken liefen im Zickzack: Onkel Edi – Dr. Lenz, kreuzten vergessene Passagen und gegenwärtig hypnotisierte

Augen. Während Anne das Gefühl hatte, daß ihr jetzt wirklich schlecht wurde, kam gleichzeitig Panik hoch und die Zwangsvorstellung, einschreiten, etwas Schlimmes verhüten zu müssen.
In diesem Moment sprang Ditha plötzlich auf, haspelte etwas von Eile, schickte im Hinauswehen einen flüchtigen Gruß zurück und verschwand.
Für Dr. Lenz mußte es plötzlich finster geworden sein. Er blinzelte verwirrt, nahm die Brille ab und putzte sie umständlich, tupfte sich schließlich kleine Schweißperlen, die sich zwischen den Augenbrauen gebildet hatten, ab. Die Mutter stand auf und schaltete wortlos das Licht an, während Anne rasch das Zimmer verließ, um somit dem bereits in der Luft liegenden Abschied zu entgehen.

Am nächsten Tag hatte Ingrid Sonntagsdienst. Da sie es kaum erwarten konnte, in die Klinik zu kommen, nahm Anne an, daß Dr. Lenz ihren Dienstplan teilte. Anne sah sie erst Montag wieder, als sie gegen Abend nach Hause kam. Kein Wort brachte sie heraus, nicht einmal einen ›Guten Abend‹ und selbst das angedeutete Kopfnicken schien ihr noch Anstrengung zu bereiten. Müde, wie sie war, verzog sie sich sofort in ihr Zimmer. Anne wußte, daß sie das nur tat, um in Ruhe weinen zu können. Wußte das so genau, als wäre sie selbst an ihrer Stelle. Unlustig, irgend etwas zu tun, ging Anne ebenfalls früh ins Bett, konnte aber lange nicht einschlafen. Unerträglich, dieses Wissen um Ingrids Kummer und der bohrende Wunsch, ihr zu helfen, irgend etwas für sie zu tun. Ihre Eltern waren zu Fabians eingeladen, um Dithas zukünftige Schwiegereltern kennenzulernen. Möglich, daß dies ein wichtiges Ereignis war, wie Tante Ella heute nachmittag gesagt hatte, aber jetzt war es Ingrid, die offensichtlich eines Beistandes bedurfte. Inzwischen hellwach, erhob Anne sich schließlich und schlich an ihre Tür. Stille in der Wohnung, im ganzen Haus. Stille auch hinter der Tür. Kein Schluchzen oder was immer sie erwartet haben mochte, so angestrengt sie auch lauschte. Schließlich ein Laut, der einem Schnarcher ziemlich nahe kam und der Anne so ernüchterte, daß sie sich unverzüglich zurück in ihr Bett begab. Ein Mensch, der so reibungslos funktionierte, schien ihr noch nicht ganz am Ende zu sein. Auch die Möglichkeit, daß sie die Dinge womöglich schlimmer gesehen hatte, als sie in Wirklichkeit waren, war nicht auszuschließen. Doch die nächsten Tage boten wieder das gleiche Bild einer offensichtlich Leidenden. Wann immer Ingrid nach Hause kam, zeigte sie ein blasses Gesicht mit verstörten Blauaugen.

Dagegen Ditha. Sie sah, sie hörte und spürte nichts von dem, was um sie herum geschah, und wenn sie nicht so überaus hübsch in ihrer ständigen Glücksbeleuchtung gewesen wäre, hätte man ihr Verhalten schon beinahe als roh bezeichnen können. Trällernd traf sie ihre Reisevorbereitungen. Als Verlobte stand ihrer Teilnahme an der geplanten Rallye nichts mehr im Wege, wenn auch die eigentliche Verlobungsfeier aus zeitlichen Gründen erst nach dieser Italienreise stattfinden sollte. Das alles war in jener Zeit in einer kleinen Stadt etwas

Außerordentliches, nahezu eine Herausforderung, und Ditha schien keineswegs gewillt zu sein, sich diese Sensation beeinträchtigen zu lassen. Weder durch Ingrids zunehmende Traurigkeit, noch durch die Bedenken ihrer Eltern, die diese immer noch hegen mochten.
Dazwischen Anne, ein neunjähriges Mädchen unter lauter Erwachsenen. Schwankend zwischen Widerspruch und Anpassung, empfand sie diese als die andere Seite, vor denen man auf der Hut sein mußte, die man nachahmt oder ablehnt, die man vor allem beobachtete. Anne liebte sie beide, ihre großen Schwestern. In diesen verrückten Tagen wünschte sie sie allerdings oft genug zum Teufel, weil sie Anne durch ihr Verhalten in ständige Gemütsbewegung versetzten. Zorn auf Dithas Unbekümmertheit angesichts ihrer bekümmerten Schwester. Ablehnung gegen Ingrids Leidensmiene, Bewunderung für Ditha, Mitleid für Ingrid – Anne saß wie auf einer Schaukel, die bei jedem Pendel einen Schubs bekam, hier von Ingrid, dort von Ditha, immer höher, immer höher – schon spähte sie nach der Stange, ob sie noch hielt. Schließlich suchte sie Rat bei Tante Ella.
Tante Ella, die Zeit hatte, sie, die ihre Krankheit, fast könnte man sagen zu genießen verstand, weil diese ihr die Möglichkeit zum Nichtstun und zum Nachdenken, zum »Mit-sich-ins-Reine-kommen«, wie sie selbst es nannte, verschaffte und die selbst noch die Tage bejahte, an denen es ihr wirklich schlecht ging, weil gerade diese ihr die Rechtfertigung zum Nichtstun boten, sie also hob ihre weiße Hand, betrachtete sinnend den blutroten Granatring, den sie jetzt immer trug, und sagte:

»Tss, die arme Ingrid! Sie hat Liebeskummer, aber das trifft früher oder später jeden einmal.«
»Nicht Ditha«, widersprach Anne sofort, »die platzt vor Glück.«
»Ich sagte früher oder später, und ich möchte hinzufügen, besser früher als später.«
»Aber ich will ihr doch helfen – ich meine Ingrid – sie sieht so entsetzlich traurig aus.«
»Du kannst ihr nicht helfen, Anne. Keiner kann ihr helfen, da muß sie ganz allein durch wie jeder, den es getroffen hat.«
Tante Ella sprach von diesem sogenannten Liebeskummer wie von einer Verletzung, um nicht zu sagen, wie von einem Schuß. Das war eigentlich nicht das, was Anne hören wollte. Sie fühlte sich unverstanden, auch verunsichert und verabschiedete sich genauso schlau wie vorher.

Am nächsten Tag stieg Ditha, schlank, schmalschnittig, im Sportdress, in den Grünen. Während Bernd, der ehemalige Juniorchef und jetzige Verlobte, sich eine Zigarette ansteckte und kurz darauf den Motor aufjaulen ließ, winkte Ditha ihren etwas ratlosen Eltern zu und donnerte gen Süden.
Beinahe war es so etwas wie Erleichterung, die sich im Hause breitmachte. Was Anne betraf, hatte sie das Gefühl, endlich von dieser Schaukel zu steigen, da zum mindesten der Schubs von der einen Seite weggefallen war. Als abends Ingrid nach Hause kam und ihre rotentzündeten Augen einen absoluten Gemütstiefstand

erkennen ließen, wußte Anne auf einmal, was sie zu tun hatte. Ungeachtet eigener Vernunftsgründe und Tante Ellas Bedenken begab sie sich unter dem Vorwand von Schulaufgaben in ihr Zimmer, riß eine Seite aus ihrem Schreibheft und begann zu schreiben. Begann einen Brief zu schreiben an jenen Dr. Lenz, den sie zweimal gesehen hatte und der, so sympathisch er auch im übrigen sein mochte, der Anlaß zu Ingrids ständigem Kummer war.

Nein, nichts konnte Anne dazu bringen, den Inhalt dieses Briefes preiszugeben, weder ihren Eltern, noch Tante Ella. Doch nehmen wir einmal an, sie hätte die Vorzüge ihrer ältesten Schwester in den lebhaftesten Farben geschildert und gleichzeitig auf Dithas Verlobung, ihre heutige Abreise und die totale Unmöglichkeit, sie jemals zu erringen, hingewiesen, dann könnte diese Annahme der Wahrheit durchaus nahekommen. Jedenfalls trat Anne bereits am nächsten Tag, gleich nach der Schule, den Weg in die Klinik an. Diesen Weg, der ihr lebhaft in Erinnerung blieb, der wie ein Film an jede x-beliebige Wand projiziert werden konnte. Farbig und in Breitleinwand (die es damals allerdings noch nicht gab). Die Straße hinab mit sanftem Gefälle, das in der Ebene bereits als Berg bezeichnet wird, dann eine schon zu jener Zeit gefährliche Straßenkreuzung. Jetzt über die Brücke, die den Fluß oberhalb des Wehrs überspannte. Und die Leute alle mit Gesichtern wie ›Anne-laß-das-sein‹. Als Anne unterhalb des gelben Schlosses durch die Anlagen ging, ihrem Ziel nun schon beträchtlich näher, wurden ihre Schritte immer zögernder. Die

Schwäne auf dem Schloßgraben luden zum Stehenbleiben, und selbst der Duft von Flieder war jederzeit abrufbar. Mai war es und Mittagssonne verweigerte Schatten. Schon hockte sie am Weiherrand, bereit, ihren Brief den Schwänen anzubieten, aber sie zogen soeben in langhalsiger Arroganz davon. Statt dessen Ingrids Gesicht und dieses unbändige Verlangen, etwas für sie zu tun.

Da war auch schon der rote Klinkerbau. Annes Herz klopfte wie verrückt, doch nicht etwa, wie es sich gehört hätte, in der linken Rippengegend sondern beängstigenderweise im Halse. Sie blieb stehen. Sollte sie nicht doch besser umkehren? Aber sie konnte einfach nicht mehr zurück, hatte sich bereits festgebissen in ihren Hilfsplan, so gut oder schlecht er auch sein mochte. Ehe sie sich versah, stand sie vor der Pförtnerloge, hatte ein freundlicher Alter ihr den Brief bereits aus der Hand genommen. »An Herrn Dr. Lenz? Wird erledigt, Kleine.« So einfach ging das.

Dann kam das große Warten. Annes erster Gedanke beim Erwachen: heute wird es geschehen, heute wird eine ganz und gar veränderte Ingrid nach Hause kommen, eine, die strahlt und genauso glücklich ist wie Ditha. Vielleicht würde sie diesen Dr. Lenz wieder mit nach Hause bringen. Er würde sie anlächeln und nur sie beide würden wissen, daß Anne allein es war, die alles wieder in Ordnung gebracht hatte. Anne, die kleine Schwester.

Doch so sehr Anne auch in den Gesichtszügen ihrer

großen Schwester forschte und sogar versuchte, wenigstens eine winzige Aufhellung hineinzumogeln, es war einfach nicht zu leugnen, daß ihre Grundstimmung unverändert auf niedergeschlagen bis traurig stand. So verging ein Tag nach dem anderen. Nichts, aber auch gar nichts geschah. Zwar waren Ingrids Augen nicht mehr verweint und ihr ganzes Wesen deutete darauf hin, daß sie sich, fast könnte man sagen, in ihrem Kummer eingerichtet hatte, aber sonst schien jener Brief, Annes Brief, keinerlei Wirkung gezeigt zu haben. Gelegentliche Äußerungen ließen vermuten, daß sie Dr. Lenz kaum mehr zu Gesicht bekam, und Annes Phantasie verwandelte die Klinik bereits in einen Irrgarten, in dem zwei Menschen verlorengehen konnten.

Auch die Mutter, nun nicht mehr abgelenkt durch Ditha, die bereits eine erste Postkarte mit Alpenlandschaft geschickt hatte, machte sich offenbar Sorgen um ihre Älteste, doch wurden ihre vorsichtigen Fragen schroff abgewiesen. Mit einem Wort, sie waren allesamt festgefahren. Da die Geduld neunjähriger Mädchen indessen begrenzt ist und Anne darin durchaus keine Ausnahme bildete, ist es verständlich, daß sich ihr Interesse an der ganzen Angelegenheit allmählich abschwächte.

Dann geschah es.

Ohne Vorwarnung, wie eine Naturkatastrophe. Das Bild wie gestochen für alle Zeiten: Ingrid am Fenster, mit einem Primeltopf in den Händen, den ihre Mutter von einer Nachbarin geschenkt bekommen und den Ingrid soeben auftragsgemäß begossen hatte. Die Blume war ein besonders schönes Exemplar mit großen blauen

Blüten. In diesem Augenblick betrat ihre Mutter das Zimmer. Sie sah Ingrid gärtnerischfriedlich am Fenster, Anne stehend und im Begriff, sich ans Klavier zu setzen und fand diese Konstellation offenbar geeignet für ein vertrauliches Gespräch. Anne hörte ihre Frage nicht, die wohl den jungen Dr. Lenz betroffen haben mußte, sie sah nur Ingrids Wurfbewegung und die auf sie zukommende Primel.
Blitzschnell. Keine Zeit zum Denken, ihre Reaktion kam instinktiv: Anne ging zu Boden, riß die Hand abwehrend vor ihr Gesicht und fing somit den stärksten Anprall ab. Mit aufgerissenen Augen, unfähig zu fassen, was hier geschah, blütenübersät, hockte sie auf dem Fußboden inmitten von Scherben und frischgetränkter Erde, abgerissenen und zerfransten Blättern. Irgendeinen Nerv mußte die Mutter mit ihrer Frage punktiert haben, jedenfalls war Ingrid durch ihre Explosion nicht etwa ernüchtert oder entsetzt, sondern machte alle Anstalten sich auf Anne zu stürzen, wahrscheinlich geradezu erleichtert, endlich einen Anlaß gefunden zu haben, ihre aufgespeicherten Aggressionen loszuwerden, wobei sie etwas von »an allem Schuld« und »unseliger Brief« schrie. Wer weiß, was passiert wäre, hätte sich die Mutter nicht schützend vor das Häufchen Scherben-Blumen-Mädchen, das von Anne übriggeblieben war, gestellt. Wie Anne sich hinter dem schutzbietenden Rücken der Mutter endlich erhob und gewissermaßen die Reste ihres ramponierten Ichs wieder einsammelte, wußte sie später nicht zu sagen, Tatsache ist, daß sie sich schließlich in der dunkelsten Ecke

des Hauses wiederfand, jener Ecke, die als Butze bezeichnet wurde. Diese sogenannte Butze war der mit Holz verkleidete Treppenaufgang zur oberen, von Herrn Storch gemieteten Wohnung. Äußerlich nur als Vorsprung in der Diele erkennbar, diente das so entstandene Gelaß Abstellzwecken, beherbergte Nähmaschine, diverse Koffer, einen hohen Rohrbehälter, in dem Stoffreste und Flicken aufbewahrt wurden, eine für Gäste reservierte Federbettdecke, eben Abstellinventar. Und nun also auch Anne.

Aus drei Phasen bestand ihr düsteres Exil. Die erste war Dumpfheit, die an Betäubung grenzte. Dieser Ausbruch ihrer ältesten Schwester, der Anne so unerwartet getroffen hatte und der schon deswegen ungeheuerlich erschien, weil er so gar nicht ihrem Naturell entsprach, dieser Ausbruch war in Wirklichkeit überhaupt noch nicht bei ihr angekommen. In die hinterste Ecke hatte sie sich verkrochen. Über sich die untersten Treppenstufen, die zur Duckstellung zwangen, kauerte sie auf dem Boden, die Hände um die angezogenen Knie gefaltet, auf die sie ihr Gesicht legte. Die Stirn fest gegen die Knie gepreßt, so als könnte sie damit die Gedanken abwehren, mit zusammengekniffenen Augen, um sich herum und noch mehr in ihrem Innern pechschwarze Düsternis, hockte sie da eine unendlich lange Zeit. Unfähig zu irgendeiner Empfindung, schien sie sich kaum noch von den abgestellten Gegenständen zu unterscheiden, die sie umgaben und die sie überhaupt nicht wahrnahm.

Wie in einem Alptraum, aus dem man sich nicht zu befreien vermag, konnte sie den unverständlichen Zorn in den Augen ihrer Schwester nicht loswerden, nicht den hochgereckten Arm und die violetten Primelblüten, die auf sie zuschossen, langsamer jetzt als zum Zeitpunkt des Geschehens. Immer an diesem Punkt angelangt, bei dem rotierenden Violett, kniff sie die Augen noch fester zusammen und dachte: es ist nicht wahr ... es ist nicht wahr ... es ist nicht wahr.

Bis sich endlich ein weiterer Gedanke aus dieser betäubenden Dumpfheit löste: warum hat sie das getan, wo ich ihr doch helfen wollte. Dieser Gedanke glich einer Explosion, wirklich das war, als hätte es einen Knall gegeben, ein Feuerwerk berstender Farben, die zugleich Empfindungen waren, von denen vor allem kaum auszuhaltender Zorn vorherrschte. Zorn, nicht zum erstenmal, gegen die Erwachsenen, gegen diese Menschen, mit denen sie zusammenlebte, die sie liebte, doch nicht verstand und von denen sie sich ebenfalls nicht verstanden glaubte. Sie taten Dinge, die ihr unbegreiflich waren, sie verhielten sich anders, als sie erwarten konnte, und nun auch Ingrid, die gutmütige. Sie, die es Anne immer am leichtesten gemacht hatte, sie zu verstehen, weil sie unkompliziert und durchschaubarer als die übrige Familie war, hatte nun ihre Enttäuschung, ihren Kummer um eine verlorene Liebe, alles, was sich sonst noch angestaut haben mochte an Empfindungen bei ihrer kleinen Schwester entladen.

Dieser Brief – immer wenn Anne an diesen Punkt stieß, von dem sie wohl ahnte, daß es ein wunder Punkt war, rettete sie sich in den Satz: ich wollte ihr doch helfen.

Dieser Satz war ihre Rechtfertigung, sah sie doch ein, daß ihr guter Wille eben allein nicht ausgereicht hatte. Immerhin gelang es ihr mit Hilfe dieses Satzes, ihren Grimm von neuem anzustacheln, sich in ohnmächtige Wut zu steigern. Kaum konnte sie sich beherrschen, daß sie ihrem Zorn nicht lautstark Ausdruck verlieh und mit den Fäusten gegen die Holzwand trommelte. Doch dann würde man sie hören, ihr Versteck entdekken, aber das durfte nicht sein. Schon stellte sich Rache ein, Gedanken wie: Es soll ihr noch leid tun ... ich will sterben, damit alle um mich weinen, wobei der Begriff des Sterbens bei ihr natürlich nur sehr verschwommen war. Sogar an Brandstiftung dachte sie einen Augenblick, doch merkwürdigerweise wirkte der Gedanke, alles in Flammen aufgehen zu lassen, dieses düstere Gelaß, womöglich das ganze Haus, eher ernüchternd auf sie. Auch Struwwelpeters Paulinchen mit ihren feuerfangenden Zöpfen kam ins Spiel – immer wieder, immer wieder – aber letztlich war Anne durchaus nicht so sicher, ob sie selbst dabei ungebrannt davonkommen würde, abgesehen davon, daß keine Streichhölzer bei der Hand waren. Die anderen – vorwiegend ihre große Schwester Ingrid – waren es schließlich, die leiden sollten. Um sie, die zornige, traurige, enttäuschte und jetzt immer müder werdende Anne ... immer müder ... Anne.

Anne erwachte. Nicht plötzlich sondern in Etappen. Ihre Glieder waren steif und schmerzten, wenn sie sich bewegte. Warum ist mein Bett so hart, dachte sie und

wußte sogleich, daß irgend etwas nicht in Ordnung war. Immerhin war sie zugedeckt mit einem Federbett, das ihr schwer vorkam. Ihr Kopf lag auf einem seltsamen Kissen, das sich hart und weich zugleich anfühlte. Sie hatte geträumt, aber es war ein schlimmer Traum gewesen. Besser, wenn sie sich gar nicht an ihn erinnerte. Stockdunkel war es, also noch mitten in der Nacht. Sie wollte sich auf die Seite legen und stieß mit ihrem Knie gegen etwas Hartglattkaltes. Schnell zog sie ihr Knie zurück. Plötzlich wußte sie, daß sie gegen die Bettpfanne gestoßen war, ein Ding aus trübweißem Porzellan mit einer merkwürdigen Röhre. Ihr hatte man es auch einmal untergeschoben, als sie krank gewesen war. Mit einem Schlag wurde ihr klar, wo sich diese Bettpfanne, wo sie selbst sich befand: in diesem Gelaß unter der Treppe, das sie Butze nannten. Der Brief, das Primelgeschoß – alles war wieder da. Riesengroß und bestimmt nie wieder zu vergessen. Doch der Zorn war verraucht, hatte sich irgendwo auf ihrer Schlafstrecke verloren. Ganz elend fühlte sie sich ohne diesen Zorn, der sie bis zum Rand ausgefüllt hatte, auch verlassen.
Angst schlich sich ein. Bestimmt gab es Mäuse hier, womöglich sogar Ratten. Vorsichtig richtete sie sich hoch, tastete mit den Händen den Boden neben sich ab, spürte Stoffe zwischen ihren steifen Fingern. Als sie mit der Rechten gegen eine scharfe Kante stieß, wurde ihr bewußt, daß der Schmerz am Zeigefinger von der beschädigten Kante des Flickenkorbes herrührte und daß das vermeintliche Kopfkissen in Wahrheit Stoffreste und abgelegtes Zeug waren, die aus dem umgekippten

Korb herausgequollen waren. Namenloser Jammer überkam sie, als sie sich selbst inmitten der Flicken zu sehen glaubte.

– Willi, Willi! –

Sie ließ sich zurücksinken. Besser war es, flach auf dem Rücken zu liegen, das füllige Federbett bis unter das Kinn gezogen.

Tränen. Endlich kamen Tränen, brachten unheimliche Erleichterung, wollten gar nicht aufhören. Dann war Willi da, fand soeben noch Platz unter der Federdecke, als Anne zur Seite rückte. Kein Wort sagte er, sondern ließ sie einfach weiterweinen. Doch sie spürte ihre linke Hand von seiner Hand umschlossen, während sie das Gefühl hatte, sich in Tränen aufzulösen, bis sie sich auf rätselhafte Weise mit Willi vereinigen würde. In einer Art Flüssigkeit oder Luft, auf alle Fälle in sehr fremder Ferne.

– Ich wollte ihr doch helfen. – Noch einmal probierte sie diesen Satz, der ihr zu Zorn und damit zu Halt verholfen hatte. Jetzt aber war er bedeutungslos geworden.

– Aber du hast ihr nicht geholfen. Vielleicht hast du ihr sogar geschadet mit deinem Brief an ihren Assistenzarzt. –

– Ich habe doch nur die Wahrheit geschrieben. Daß Ingrid so gut ist und Ditha sich sowieso verlobt hat. –

– Vielleicht hat er diese Wahrheit gar nicht hören wollen. –

– Aber jeder möchte doch die Wahrheit wissen. –

– Das glaube ich nicht. Außerdem ist es ja nur die Wahrheit, wie du sie siehst. –

– Gibt es denn mehrere Wahrheiten? –
– Das halte ich für möglich, Anne. Warum denkst du überhaupt so viel über die Erwachsenen nach? –
– Ich möchte sie verstehen. –
– Du wirst sie erst verstehen, wenn du selbst erwachsen bist. Möchtest du denn unbedingt schon erwachsen sein, Anne? –
– Darüber denke ich nie nach. Bist du dann auch noch da, wenn ich erwachsen bin? Sag mir, Willi, bist du dann auch da? –
– Das weiß ich nicht. –
– Das weißt du nicht? Wieso weißt du das nicht? –
Während Anne noch auf Willis Antwort wartete, fing ein Rumoren im Hause an. Schritte, Stimmen, Aufgeregtsein. Selbst die Treppenstufen dröhnten bedrohlich über ihr, so daß Anne sich noch fester an den Boden preßte.
– Was ist los, Willi? –
– Sie suchen dich, Anne, sie machen sich Sorgen um dich. –
– Aber Ingrid, ist sie mir immer noch böse? –
– Nein, es tut ihr ja längst leid, das mit dem Blumentopf. Geh zu ihnen, Anne, geh wieder zu ihnen! –
Kreuzlahm und zerschlagen fühlte sie sich, als sie sich mühsam aus der Federfülle schälte und auf allen Vieren zu der Tür kroch. Sie stand um einen Spalt offen, und Anne wußte sofort, daß man sie auch hier gesucht hatte, aber in der hintersten Dunkelecke hatte man sie wohl nicht vermutet.
Licht, das überall angeschaltet war, blendete sie. Doch

bevor sie ihre Hand schützend vor die Augen legen konnte, war sie schon umfangen. Ingrid, die zögernde und manchmal etwas schwerfällige, schien ganz außer sich geraten zu sein. Sie lachte, weinte und schimpfte, während sie Anne auf den Arm nahm, sie küßte, immer wieder. Auf einmal waren sie alle da, die Eltern, Tante Ella und selbst Herr Storch – die Welt hatte sie wieder.

16.

Ingrid packte. Sie summte dabei eine Melodie. Oder auch keine Melodie sondern einfach ein paar zugefallene Summtöne, die so etwas wie eine Melodie ergaben. Auf alle Fälle klang es zufrieden, wenn nicht gar heiter. Offenbar hatte sie die Grenze ihrer Leidensfähigkeit erreicht, hatte aufgehört, in ihrem Liebeskummer herumzustochern, hatte sich wieder praktischen Dingen zugewandt. Jetzt packte sie ihren Koffer.
Anne musterte sie im Vorbeistreichen, fand aber in der Beschäftigung ihrer großen Schwester letzten Endes nichts Bemerkenswertes. Hatte sie nicht oft genug zugesehen, wie sie mit geübten Griffen Schuhe, Wäsche, Kleidungsstücke in einen Koffer schichtete? Jedesmal bevor sie zu einer neuen Pflege fuhr, wie sie das nannte. Ihre Tätigkeit in der Klinik hatte das Kofferpacken überflüssig gemacht. Jetzt packte sie wieder. Ihr Gesicht war gerötet, doch auch daran war, wie man inzwischen weiß, nichts ungewöhnliches.
Als Ingrid ihre kleine Schwester bemerkte, hielt sie einen Augenblick inne, aber ihr Lächeln mißlang und plötzlich drückte sie sie in hilfloser Heftigkeit an sich. Anne machte sich steif, war ganz Ablehnung, wollte neuerdings nicht mehr unbedingt einbezogen werden in das sowieso unverständliche Gefühlsleben ihrer Familie. Seit der Sache mit dem Primeltopf hatte sie sich abgesetzt, hatte ihren ständigen Beobachtungsposten auf-

gegeben und ihren Drang an einer Spielbeteiligung erfolgreich unterdrückt. Nicht nur weil sie Willis Ratschlag befolgen wollte, sondern und vor allem weil sie eine wunderbare Entdeckung gemacht hatte: das Lesen.

Nicht daß Anne vorher nie gelesen hätte, das nicht. Immerhin ging sie ins vierte Schuljahr, hatte alljährlich nach den Osterferien die zerfledderten Lesebücher getauscht, in ihnen Geschichten gelesen und manchmal einen Aufsatz darüber schreiben müssen. Selbstverständlich hatte sie Kinderbücher gelesen – Paulinchen, wieder mal Paulinchen – aber sie war nie ganz aufgegangen in diesen Geschichten. Immer war da ein Abstand geblieben. Hier sie, Anne, dort eine Erzählung mit fremden Figuren, die auch beim Lesen nicht näherkommen wollten, mit Ereignissen, denen man auch mit Buchstaben nur wie durch ein Fernglas zusah.

Nein, in dieser Hinsicht konnten ihr die Erwachsenen keinerlei Unterstützung bieten. Nicht die Erwachsenen ihrer Umgebung, nicht ihre Familie. Doch, ihr Vater las natürlich die Zeitung, die er mittags vorfand. Man durfte ihn nicht stören, wenn er sich nach dem Essen auf das Sofa streckte und die Überschriften – von Schlagzeilen konnte man bei dem Kreisblatt beim besten Willen nicht sprechen – las. Nach kurzer Zeit bedeckte er sein Gesicht mit der Zeitung, um unter ihrem Schutz sein Mittagsschläfchen zu halten. Abends las er sie dann mit der ihm eigenen gründlichen Korrektheit sozusagen im Volltext.

Anders Annes Mutter, die ebenfalls die Zeitung las,

wenn auch durchaus nicht von vorne bis hinten. Schon bevor sie die Zeitung auseinanderfaltete, schien sie genau zu wissen, wo das für sie Lesenswerte zu finden war. Selten auf der ersten Seite mit den spärlichen politischen Informationen, gelegentlich in den Nachrichten aus aller Welt, immer jedoch im lokalen Teil.
Auch ihre großen Schwestern boten Anne in dieser Hinsicht wenig Anregungen. Manchmal sah man sie in einer Illustrierten blättern, seltener in ein Buch vertieft, von dem sie dann behaupteten, daß es noch nichts für sie sei. Als ob Anne nicht genau gewußt hätte, daß es sich um Liebesgeschichten handelte, um Liebe und Hochzeit und Küssen und ähnlichem Klimbim.
Kein Bücherschrank zum Stöbern, auch keine, wenn auch unverständliche Debatten über Gelesenes reizte zur Neugier, nur ein spärlich bestücktes Regal in Ingrids Zimmer deutete darauf hin, daß sie, die älteste Schwester, ihre Nachtwachen in der Klinik gelegentlich mit einem Buch verkürzte.
Daß Anne dennoch das Lesen entdeckte, hing zunächst mit ihrem Wunsch nach Abschirmung zusammen. Zu ihrem letzten Geburtstag hatte sie zwei Bücher geschenkt bekommen mit Geschichten, die für ein Mädchen ihres Alters als geeignet empfohlen waren. Sie hatte sich durchaus nicht mit Feuereifer auf die Lektüre gestürzt, sondern die Bücher auf ihren Nachttisch gelegt, wo sie bereits ein wenig Staub angesetzt hatten. Als sie das erste Buch – es handelte sich um Tiergeschichten – aufschlug, war sie nicht etwa sofort gefangen, vielmehr las sie oberflächlich über die Buchstaben hinweg,

streunte mit ihren Gedanken zwischen den Sätzen, verhielt manchmal, wenn sie Bekanntes entdeckte, kam aber nicht weg von sich selber, blieb ein ziemlich weit entfernter Betrachter. Ganz anders beim zweiten Buch, das von einem Jungen in Annes Alter erzählte, der in den Wald ging, sich verirrte und die aufregendsten Abenteuer erlebte, bis sein Großvater ihn endlich wiederfand. Schon die Beschreibung des Dorfes, in dem der Junge lebte, des väterlichen Bauernhofes, der Schafe, wenn sie abends mit dem meistens betrunkenen Schäfer die Dorfstraße belebten, nahm Anne gefangen, noch bevor die eigentliche Geschichte mit dem Jungen begann. Mit angezogenen Knien und hochrotem Kopf kauerte sie in der Sofaecke, allein um diese Zeit, da ihr Vater noch im Dienst war. Sie sah und hörte nichts von den Reisevorbereitungen, von denen Ingrid und die Mutter vollauf in Anspruch genommen waren, sie hatte ihre Umgebung und schließlich sich selbst längst vergessen. Schon war sie in die Rolle des Jungen geschlüpft. Angst kroch in ihre Beine, als es dunkel und immer dunkler wurde in diesem großen, großen Wald. Unheimlich das Krächzen eines Nachtvogels, unheimlicher noch das Auftauchen des Wildschweines, das sie in wilder Furcht davonrennen ließ. Nicht sie sondern den Jungen natürlich – oder doch sie beide?
»Sie wird eine richtige Leseratte.« Ingrids Stimme erreichte sie nicht.
»Anne, so komm doch, Ingrid will dir Aufwiedersehen sagen!«
Anne rieb sich die Augen, sah die Eltern und Ingrid in

Überlebensgröße vor sich, konnte noch nicht so übergangslos zu sich selbst und ihrer Umgebung zurückfinden. »Der Koffer«, stammelte sie, »warum ist er denn so groß?«
»Gleich kommt Ottchen und bringt ihn zum Bahnhof.« Der Vater legte den Arm um ihre Schulter.
Natürlich wußte Anne, wer Ottchen oder Otto Lemke, wie er richtig hieß, war. Sie kannte ihn, wie nahezu jedermann in dieser kleinen Stadt ihn kannte. Sein geräumiger Rollwagen, von einem Braunen namens Max willig gezogen, gehörte gewissermaßen ins Stadtbild. Otto, oben auf dem Kutscherbock, manchmal mit Peitsche, die eigentlich überflüssig und daher mehr symbolisch zu verstehen war, nickte an guten Tagen unbestimmt in diese oder jene Richtung, denn wenn er alle Leute, die er kannte, gezielt hätte grüßen wollen, wäre er zum Dauernicker geworden. In seinem Personalausweis war sein Beruf als Dienstmann bezeichnet, und als solcher verstand er sich durchaus mit Stolz. Da war kaum jemand in dieser Stadt, der seine Dienste nicht irgendwann in Anspruch genommen hatte. Seine Tätigkeit beschränkte sich nämlich keineswegs darauf, Reisegepäck zum Bahnhof zu transportieren, sondern er beförderte alles, was sein Gaul zu ziehen und sein Wagen zu tragen vermochte. Nicht selten lieferten seine Fuhren gleich ein Stück Biographie mit, weniger seiner eigenen als die seiner Auftraggeber. Und wenn er sich mit leerem Wagen auf dem Heimweg befand, dann duldete er, breit über sein flächiges Gesicht grinsend, daß Kinder hinten aufsprangen und ein Stück mitfuhren.

Man wird schon darauf gekommen sein: Ottchen war ein Original. Ähnlich wie Anton, der Turmbläser, obwohl da ganz entscheidende Unterschiede bestanden. Wenn Anton seine frommen Choräle vom Kirchenturm blies, dann war er dem Himmel nicht nur räumlich sondern auch beruflich näher, fast schon so etwas wie ein Jenseitiger, was man von Ottchen wirklich nicht behaupten konnte. Der stand mit seinen kurzen stämmigen Beinen ganz fest auf der Erde und zur Verfügung. Anton – ja wer hatte Anton eigentlich schon zu Gesicht bekommen. Wer hätte mit Sicherheit zu sagen vermocht, ob er in Wahrheit Anton hieß oder ob er nicht womöglich mit seinem Amt zugleich den Namen mitgeliefert bekommen hat. Gewiß war er allen ein Begriff, dieser Anton, und wenn gelegentlich sein Vertreter vom Turm blies und dessen Töne bei weitem nicht so rein klangen, sondern immer ein bißchen kurzatmig waren und zuweilen regelrecht überkippten, dann fragten die Leute besorgt: Ist Anton etwa krank?
Ottchen dagegen bot sich zur Besorgnis weniger an. Seinem verschmitzten Gesicht mit den geschäftigen listiggrauen Augen traute man zu, daß er mit eigenen wie mit fremden Schwierigkeiten, in die er von Berufswegen manchmal hineingezogen wurde, durchaus fertig wurde.
Als redselig konnte man Otto eigentlich nicht bezeichnen, war er sich doch stets bewußt, daß die moralische Voraussetzung für seinen Beruf Verschwiegenheit war. Immerhin konnte es geschehen, daß irgendeines schönen Feierabends an irgendeinem blinkenden Tresen sa-

gen wir im ›Goldenen Stern‹ oder im ›Auerochsen‹ Ottchen ins Erzählen kam. Um ihn dazu zu bringen, mußten allerdings die Voraussetzungen stimmen: es mußten die richtige Menge Alkohol und vor allem die richtige Sorte Menschen im Lokal sein. Mit Gewalt oder Überredung war da nichts zu machen. Otto war nicht der Typ, der sich durch ein paar lüttje Lagen bestechen ließ. Übrigens hatte er das auch keineswegs nötig, denn war er auch kein reicher Mann, so war er noch weniger ein armer. Außerdem besaß er etwas Unschätzbares, dessen kaum einer seiner Mitzecher sich rühmen konnte: er war weitgehend unabhängig. Otto, der stets zu Diensten war, konnte seinen Tagesablauf weitgehend selbst bestimmen. Kein Chef, der ihm vorschrieb, was er zu tun oder zu unterlassen hatte. Ein Einmannbetrieb, der florierte. Und wenn er ins Erzählen kam, dann nicht weil man ihm Bier spendierte oder ihn darum gebeten hatte, sondern weil er just in diesem Moment an der richtigen Theke mit den richtigen Leuten dazu in der Stimmung war.

Es versteht sich von selbst, daß er keine Namen preisgab. Ja, er ging in seiner Diskretion manchmal so weit, daß er seine Geschichten sogar ein wenig verfremdete, handelte es sich doch um Menschen und Vorfälle aus dieser Stadt. Und wenn man es noch nicht gewußt hatte, dann erfuhr man es jetzt, daß dieser Beruf durchaus seine Risiken hatte. Oder war das etwa nichts, wenn er einen Mann mit seiner riesigen Dogge zum Tierarzt fuhr und dieses Tier, von Tollwut befallen, ihn um ein Haar zerfleischt hatte? Ein andermal wäre er sogar fast mit der Polizei in Konflikt geraten, als er nichtsahnend Diebesgut weiterbefördert hatte. Die absolute Krönung aber war zweifellos die Geschichte mit dem Zug, den Ottchen eines trüben Novemberabends hatte abfahren lassen. Nicht mit Absicht natürlich. Eigentlich hatte er nichts anderes getan als Reisegepäck in dem bereitstehenden Zug verstaut. Sein Auftraggeber war eingestiegen, hatte ihn aus dem offenen Abteilfenster großzügig entlohnt. Ottchen, selbstverständlich mit roter Mütze, die über dem Schirm die deutliche Aufschrift ›Dienstmann‹ trug, hatte höflich seine Hand zum Gruß erhoben. Genau das aber hatte der Lokomotivführer gesehen: die ziegelrote Dienstmütze und die erhobene Hand. Auf alle Fälle setzte der Zug sich daraufhin in Bewegung, zu Ottchens namenloser Überraschung und zum Entsetzen des aufgescheuchten Bahnpersonals. Nein, es war damals nichts passiert. Wahrscheinlich wäre der Zug ohnehin nur eine Geringfügigkeit später abgefahren. Doch die Neuigkeit ging wie ein Lauffeuer durch die Stadt: Ottchen hat den Zug abfahren lassen. Sie blieb auch in der Stadt, ging sozusagen in die Chronik ein. Jeder kannte die Geschichte, jeder hatte sie, meistens mit geringen Abweichungen schon selbst erzählt. Mit dieser Geschichte hatte Ottchen diesen uralten Knabenwunsch angerührt, einmal – nur ein einziges Mal – einen Zug zu führen oder ihn wenigstens abfahren zu lassen ...

Nun also bewegte sich diese stadtbekannte Mütze auf dem Rundschädel seines Trägers in Richtung Gartentor, das wiedermal entsetzlich quietschte. Anne sah

Ottchen gewichtig durch den Vorgarten auf das Haus zukommen, ein keinesfalls bedrohliches Bild. Woher kam nur das bekannte Grummeln im Bauch? Kündete sich ein Ereignis an? Geschah hier etwas, das sie jetzt in diesem Augenblick noch nicht übersehen konnte? Die Klingel, wie immer zu laut wenn auch durchaus zu erwarten, schreckte sie auf und ließ sie zur Tür laufen. Im Flur wäre sie fast über den riesigen Koffer gestürzt, den zu transportieren Otto Lemke soeben auftragsgemäß erschienen war. Jetzt wurde es Anne bewußt, daß dieser Koffer tatsächlich nicht derjenige war, den Ingrid früher zu verwenden pflegte. Dieser hier war aus Pettigrohr, das durch Lederecken und breiten Riemen verstärkt und zusammengehalten wurde. In diesem Fall schien es besonders vonnöten, denn das nachgiebige Material beulte sich zwischen den schon bis ins letzte Loch gestellten Riemen.
Anne schluckte. Dieser doppelbauchige Koffer sah nicht wie Reisegepäck für drei Wochen aus. Dieses Monstrum, wohlbekannt seit ihrem kürzlichen Exil in der Butze, sah aus, als enthielte er die gesamte Habe ihrer großen Schwester. Schon der Aufbau der Szene veranstaltete Panik in Annes Bauch. In der Mitte der Koffer, drumherum in momentaner Stummheit Vater, Mutter, Schwester und im Hintergrund der Dienstmann Otto Lemke, der seine rote Schirmmütze abwartend in den Händen drehte. Der Vater, sonst eher zurückhaltend in seinen Gefühlsäußerungen, umarmte plötzlich seine älteste Tochter und verließ abrupt die Szene, wobei er etwas zusammenhanglos das immer

noch oder schon wieder quietschende Gartentor erwähnte.
Tränen bei Mutter und Schwester, wenn auch weniger selten und mühelos fließend, verstärkten den Eindruck eines jetzt und hier stattfindenden Ereignisses.
»Wann kommst du wieder, Ingrid?«
»Nicht so bald, meine Kleine. Du weißt es doch, diesmal gehe ich in ein Kinderheim. Ich werde ein hübsches Zimmer haben und eines Tages wirst du mich besuchen.«
Anne, längst nicht mehr, aber in diesem Augenblick doch noch das kleine Mädchen, wurde hochgehoben, Ingrids Tränen schmeckten bittersalzig. Otto, der das Stichwort jetzt für gegeben hielt, setzte seine Mütze auf und nahm entschlossen den Koffer.
»Ottchen, kann ich mitfahren?«
Otto Lemke, an dem immer noch oder schon wieder quietschenden Gartentor: »Meinetwegen.«
Schon saß Ingrid neben Otto auf dem Kutscherbock, schon trabte Max zögernd an, lief die Mutter dem abfahrenden Gefährt winkend nach.
Anne allein in der weitoffenen Haustür mit dem Gefühl einer sich jetzt und hier auflösenden Familie. Etwas stülpte sich um im Bauch. Sie stürzte ins Haus, erreichte das Klosettbecken, würgte, aber da kam nichts, wollte nichts kommen, konnte nichts kommen.
Eine wohlbekannte Hand auf ihrer Schulter.
– Willi, sag warum sie weggegangen ist! –
– Jeder geht einmal weg von zu Hause. Sei ganz ruhig, Anne, es ist kein Unglück, es ist das Übliche. –

– Aber ich, muß ich auch weggehen? –
– Nein, du mußt nicht, aber du wirst es tun, du wirst es auch wollen, Anne. Aber es ist ja noch so lange bis dahin. –

Ditha war aus Italien zurückgekommen. Hatte zunächst den Geruch von Benzin und feuchtem Leder und regnerische Sommerschwüle mitgebracht. Stellte unzählige Begebenheiten und neue Lieder vor, mit denen sie das Haus belebte, die Lücken stopfte, alles wieder leicht, alles wieder sehr bewohnbar machte. Auch kleine Geschenke kramte sie aus dem Reisegepäck: einen breitkrempigen Gartenhut für den Vater, für die Mutter eine Vase aus Murano und für Anne eine Kette aus Venedig.
Eine Kette aus buntbemalten Glasperlen. Noch trug Anne keine Ketten, fand sie eher lästig in ihrer Verpflichtung, auf sie achtzugeben, nachdem sie ein Goldkettchen mit Herzanhänger verloren hatte. Aber diese Glasperlen, in der Mitte groß und zu den Enden dünner werdend, fühlten sich angenehm glatt an. Die Farben, ineinanderfließend, ja diese Farben fand sie wirklich schön. Rot und Blau flossen in Violett, Grün kam ins Spiel, Gelb setzte Tupfer – wo, ja wo hatte sie ähnliche Farben gesehen? Lange und immer wieder mußte sie darüber nachdenken, ehe sie darauf kam: Der Ball, jener sanftbunte Ball, hatte diese Farben gehabt, wenn er in die Regentonne gefallen und naß geworden war. Der Ball, den sie, damals noch ziemlich klein und ziemlich dumm, mit einer Stopfnadel zerstochen hatte.

»Warum hältst du die Kette immer in den Händen, Anne, du mußt sie umbinden.« Sie ließ es geschehen, daß Bernd ihr die Kette um den Hals legte und verschloß. Aber als er mit Ditha das Zimmer verließ, band sie die Kette sofort wieder ab und legte sie in die mit rosa Watte ausgelegte Pappschachtel zurück.
Nein, noch trug sie keine Ketten. Aber die Jahre würden das tun, was sie immer tun, sie würden vergehen, rasch vergehen, viel schneller als Anne jetzt noch glauben mochte. Und Anne würde die Kette tragen, oft und gerne tragen. Und eines Tages, nein eines seltsamen Abends, würde die Kette zerreißen und einer, der daran nicht unschuldig war, würde ihr helfen, die schönen, bunten Glasperlen zu suchen. Zusammen würden sie auf dem Boden knien und die Perlen einsammeln. Und es würde sich herausstellen, daß die, die sie fanden, nicht mehr ausreichten, um ihren Hals zu umschließen. Und Anne würde sie in alle Winde streuen. Sie würde das ein bißchen dramatisch, natürlich auch ein bißchen kitschig finden und sich keinesfalls eingestehen, daß sie diese Geste doch auch ein wenig genoß, insgeheim. Nur eine, die größte Glasperle, würde sie behalten. Lange behalten und mit sich herumtragen, bis sie eines Tages verschwinden würde, so als habe es sie nie gegeben. Aber jetzt, diesen Tag und dieses Jahr und die nächsten und übernächsten Jahre blieben die schillerndfarbigen Glasperlen in rosa Watte verpackt und warteten auf ihre Zeit.

17.

»Erzähl mir von Dithas Verlobung!«
Anne öffnete den Mund. Schon hatte sie auf der Zunge zu sagen, daß sie erst vorhin und gestern und auch die Tage davor ausführlich von dieser Verlobung berichtet hatte. Aber als sie Tante Ella so klein und hinfällig, wie eingeschrumpft, in ihrem Sessel sah, preßte sie die Lippen fest zusammen, damit sie kein ungeduldiges Wort durchließen. Mittags brachte Anne der Kranken das Essen. Wenn sie später, meistens erst nach den Hausaufgaben, das Geschirr holte, fand Anne sie noch immer oder schon wieder schlafend. Aber Anne wußte, daß sie jeden Moment aufwachen konnte, genauso wie sie ganz plötzlich einschlafen konnte. Manchmal mitten im Satz. Es mußte eine ganz andere Art von Schlaf sein, als Anne ihn kannte. Tief und schwarz oder auch von lebhaften Träumen bewegt, komischen Träumen oder angstvollen Träumen, so war Annes Schlaf, und da sie keinen anderen Schlaf kannte, hatte sie geglaubt, daß jeder Schlaf so war. Aber bei Tante Ella war es so, als würde sie mitten im Sprechen oder Zuhören in diesen Schlaf hinübergleiten. Trotzdem war es kein leichter Schlaf, bemerkte Anne doch deutlich, wieviel Anstrengung sie jeder Atemzug noch im Schlafen kostete. Manchmal schlug sie bei Annes Eintritt sofort die Augen auf, die ganz hell und verwaschen geworden waren. Sie blinzelte, schien nicht sogleich zu wissen, wo sie sich

befand. Anne wunderte sich längst nicht mehr über ihre seltsamen Fragen.
»Ist dies meine Stube, Anne?«
»Ja, Tante Ella.«
»Es ist aber hübsch hier. Es ist wirklich eine ganz besonders hübsche Stube, nicht?» »Und dieser Sessel, er ist so bequem. Viel angenehmer als mein Bett. Im Liegen bekomme ich keine Luft. Manchmal sitze ich die ganze Nacht hier im Sessel. Erzähl mir von Dithas Verlobung!«
Anfangs hatte Anne sich gefürchtet vor diesem Schlaf, der alles was vorher geschehen war auszulöschen schien. Nein, nicht alles. Das, was viel früher gewesen war, damals als Anne überhaupt noch nicht da gewesen war und Tante Ella noch gar nicht hier gewohnt hatte, aus jener Zeit hatte sie alle Einzelheiten behalten. Immer wieder erzählte sie die gleichen Begebenheiten aus ihrer Kindheit und den ersten Jahren aus ihrer Ehe mit jenem jungen Mann von der Fotografie. Auch von ihrem Sohn sprach sie hauptsächlich als von einem kleinen Jungen, so als wäre ihr Leben an irgendeinem Punkt in jener Zeit zu Ende gegangen.
Manchmal wunderte sich Anne, wie wenig von einem so langen Leben übriggeblieben war, denn es waren immer die gleichen Geschichten, von denen Tante Ella berichtete, immer die gleichen. Manchmal stellte Anne auch Fragen, denn es kam ihr vor, als hätte sie von einem Buch nur den Anfang gelesen und die meisten Seiten überschlagen. Doch ja, Tante Ella gab schon Antworten auf ihre Fragen, aber Anne spürte wohl, daß sie

diese nur widerwillig erteilte. Oft schüttelte sie auch ablehnend den Kopf oder flüchtete sich in immer bereite Müdigkeit.

Merkwürdige Dialoge waren das, die sie beide führten, die alte Frau und das fast zehnjährige Mädchen. Oft liefen die Worte nebeneinander her, auf verschiedenen Ebenen, in ganz verschiedenen Zeiten, um sich plötzlich an einem gemeinsamen Punkt zu treffen oder auch einfach mittendrin abzubrechen, weil Tante Ella eingeschlafen war.

»Erzähl doch von der Verlobung! Wie war Dithas Kleid?«

»Rot war es, und der Rock war aus vielen kleinen Falten. Man nennt das Plissee, hat Fräulein Lieschen gesagt.«

»Ah, Fräulein Lieschen, ja sie ist eine gute Schneiderin. Sicher hat Ditha hübsch ausgesehen.«

»Sie war die Schönste.«

Das war so ein Punkt, wo man sich treffen konnte. Jetzt war Tante Ella ganz gegenwärtig, jetzt machte ihr sogar das Atmen weniger Mühe.

Ihre Augen blickten lebhaft und man merkte ihr an, daß sie sich alles vorstellen konnte, was Anne beschrieb, schon wieder beschrieb, daß sie jetzt in diesem Augenblick Dithas Verlobung feierte, daß sie mitten unter den Gästen saß. Anne wußte jetzt, auf welche Einzelheiten Tante Ella aus war. Alles Dinge, die ihr so unbedeutend vorkamen, daß sie bei ihrem ersten Bericht nur eine mangelhafte Schilderung hatte abliefern können. Heute, nach so vielen Wiederholungen, gelang ihr schon der

Auftakt mühelos, der, wie bei jedem festlichen Ereignis, mit Fräulein Lieschens Erscheinen stattgefunden hatte. Das rote Plisseekleid fand gebührende Beachtung und auch die überaus gelungene Änderung des mütterlichen Spitzenkleides. Dann war Frau Lemke auf den Plan erschienen, ganz recht, die Frau von Otto Lemke, dem Dienstmann. Stets zu Diensten auch sie, die zu vielen Familienfeiern in der Stadt das Festmahl bereitete, denn sie war eine gesuchte Kochfrau. Im Gegensatz zu ihrem Mann, den alle Welt Ottchen nannte, war und blieb sie für jeden Frau Lemke.

»Eine tüchtige Person«, lobte Tante Ella an diesem Punkt, »ihre Pastete war köstlich und die Zunge sehr pikant. Deine Mutter hat sie herübergeschickt und sie hat mir serviert, so als wäre ich einer der Gäste. Freundliche Augen hat sie, und während sie mich bediente, hat sie mir berichtet. Von Ditha und natürlich auch von Bernd und seiner Familie, deinen neuen Verwandten.«

Hier hatte Anne bei ihrem ersten Bericht total versagt. Keine von Tante Ellas Fragen hatte sie befriedigend beantworten können. Heute wußte sie, daß sie zum Beispiel auf die Frage nach dem Mann von Bernds Schwester nur zu sagen brauchte: »Er ist Arzt und sieht sehr stattlich aus.« Bei jenem bemängelten ersten Bericht hatte Anne dagegen erzählt: »Er hört nicht eher auf zu lachen, bis jeder mitlacht, auch wenn er gar keine Lust dazu hat. Mein Vater und ich haben immer ganz schnell gelacht, damit es nicht zu lange dauerte.«

»Hat dein Vater das gesagt?«

»Nein, aber ich habe es trotzdem gemerkt.«

»Und die Frau des Arztes, ich meine Bernds Schwester?«
»Sie heißt Ruth und hat riesige schwarze Augen. Sie lacht auch ganz schnell und ganz kurz, das klingt wie Husten.«
»Ach!« Tante Ella hatte ein bißchen betroffen ausgesehen.
»Und ein Freund von Bernd war auch noch da, was macht der?«
Natürlich hätte Anne nur zu sagen brauchen: Seinen Eltern gehört das Bekleidungsgeschäft am Markt, aber bei diesem bewußten ersten Bericht war wieder etwas ganz anderes daraus geworden:
»Ditha sagt, er heißt Robert, aber sie nennen ihn alle Robby. Eigentlich sollte er Ingrids Tischherr sein, aber sie konnte nicht kommen.«
»Wie schade! Warum konnte sie denn nicht kommen?«
Natürlich kannte Tante Ella den Grund genau, wie sie inzwischen nahezu alle Einzelheiten dieser Verlobung kannte. Nicht nur Anne, sondern auch die Mutter und Ditha als Hauptperson hatten Tante Ella mit lebhaften, wenn auch vermutlich unterschiedlichen Schilderungen versorgt, so daß sie eine durchaus komplette Vorstellung besaß. Das wußten beide, die alte Frau und das Mädchen, doch wollte Tante Ella auf diesen Zwischendialog absolut nicht verzichten.
»Warum also konnte Ingrid nicht kommen?«
»In dem Kinderheim waren die Masern ausgebrochen.« Das war nun nicht nett von Anne, denn es waren nicht die Masern und sie hatte sich keinesfalls verspro-

chen, sondern wollte nur wissen, ob Tante Ella wirklich alles vergaß.
»Es waren nicht die Masern sondern die Windpocken, doch die sind genauso ansteckend.« Tante Ellas Stimme war sanft und mühselig und Anne schämte sich sehr.
»Hoffentlich kann sie zur Hochzeit kommen!« Ende des Zwischendialoges war immer dieser Satz, so war es bestimmt bei diesem Verlobungsspiel. Aber dann wollte Tante Ella doch noch diese komische Sache von dem Freund wissen. Nicht alle Geschichten von Anne gefielen ihr, aber diese hatte ihre Neugier geweckt, zumal keiner der übrigen Berichterstatter sie erwähnt und auf ihre vorsichtige Frage nur mit Erstaunen und Achselzucken reagiert hatte.
»Wen hat Ditha als Ersatz für Ingrid eingeladen?«
Anne, die bei diesem so oft wiederholten Spiel die Geduld verlor, bekämpfte die Versuchung, einen falschen Namen zu nennen und sagte: »Jutta Ertel.«
Tante Ella nickte befriedigt: »Ein schönes Mädchen.«
»Aber er hat sie gar nicht angesehen, dieser Robby. Hat immer nur mit Bernds Schwester gesprochen. Ich habe es genau gesehen, weil ich neben der Schwester saß und Robby uns gegenüber. Einmal, als Ruths Mann wiedermal nicht aufhörte zu lachen, hat er ihr zugenickt. Dann hat er so laut losgewiehert, daß alle vor Schreck sofort aufhörten mit Lachen. Auch ihr Mann, der Arzt. Nachher, als Bernd das Grammophon anstellte und die Türen von beiden Zimmern zum Flur öffnete, damit mehr Platz zum Tanzen war, hat Robby mit Ruth getanzt.«

»Die beiden allein?«
»Nein, Ditha und Bernd haben den Tanz eröffnet, so hat Bernd das genannt, und dann haben alle getanzt. Mein Vater mit Bernds Mutter und Bernds Vater mit meiner Mutter, na ja und Robby mit Ruth.«
»Aber Jutta Ertel, mit wem hat sie getanzt?«
»Mit Ruths Mann. Aber der konnte nicht richtig tanzen und Jutta sah wütend aus. Doch das hat keiner gemerkt. Nur ich, weil ich auf dem Flur in der Ecke saß. Dann haben alle aufgehört zu tanzen, bloß Ruth und Robby nicht.«
»Haben sie Walzer getanzt?«
»Nein, Tango.«
»Das ist einer dieser neumodischen Tänze, nicht?«
»Ja, mit enorm schwierigen Figuren, hat Ditha gesagt, und daß die beiden diesen Tango ganz fabelhaft tanzen, hat sie auch gesagt. Ruths Augen waren noch größer und noch schwärzer und alle haben sie angeschaut. Dann hat ihr Mann sein Glas kaputtgemacht. Aus Versehen, hat er gesagt, aber das glaube ich nicht, denn ich habe gesehen, wie seine Finger richtig zugedrückt haben, bis aufeinmal lauter Scherben aus seiner Hand fielen und der Wein auf das Tischtuch floß. Zum Glück war aber nicht mehr viel im Glas. Dann ist Bernd in den Flur gekommen, wo sie immer noch tanzten und hat zu seiner Schwester gesagt, sie solle sich um ihren Mann kümmern und zu Robby hat er auch etwas gesagt.«
»Woher willst du das denn wissen?«
»Ich war immer noch auf dem Flur, weil es drinnen so rauchig war. Keiner hat mich beachtet, obwohl ich

dicht hinter ihnen stand. Bernd hat zu seinem Freund gesagt: ›Nimm dich gefälligst zusammen, Robby, es muß ja nicht gleich jeder merken.‹«
»Ach, wirklich?« Tante Ella blickte auf ihre Hände, die noch weißer und noch dünner geworden waren, so daß der rote Granatring, den sie jetzt immer trug, oft verrutschte, »und dann?«
»Danach hat Robby mit Jutta Ertel getanzt. Aber anders als vorher, weißt du, eben so wie alle tanzen. Dann fand ich es langweilig. Ich war auch müde und bin ins Bett gegangen.«
An dieser Stelle schlief Tante Ella meistens ein. Einmal, nach dem dritten oder vierten Verlobungsspiel, blieb Anne noch bei Tante Ella sitzen und wunderte sich im nachhinein über ihren eigenen Bericht. Über die vielen Einzelheiten, die ihr eingefallen waren und die sie, angefeuert durch Tante Ellas lebhafte Aufmerksamkeit, noch ausgeschmückt hatte. Über die Beschreibung des Essens, das ihr in Wirklichkeit doch ganz egal gewesen war, über die Schilderung der Kleider, des Lachens, des Tanzens, der vielen kleinen Begebenheiten, die ein solches Fest beleben und die ihr, als diese Verlobung stattgefunden hatte, überhaupt nicht bewußt geworden waren. Jetzt konnte sie das alles herunterspielen wie die Grammophonplatten, die Bernd aufgelegt hatte. Aber die Wirklichkeit – war sie nicht ganz anders gewesen? War sie nicht vielmehr enttäuscht gewesen, daß eine Verlobung mit keiner Zeremonie verbunden war. So wie eine Konfirmation oder eine Hochzeit. Ihr Vater hatte während des Essens eine Rede gehalten. Eine

kurze Rede, wie man sich vorstellen kann, und dann hatten alle ihr Glas und sich selbst erhoben und mit den Verlobten angestoßen. Irgendwann hatte Anne den breiten Goldreif an Dithas linker Hand bemerkt, aber sie hatte nicht mitbekommen, von welchem Zeitpunkt an Ditha diesen Ring trug. Sie nahm sich vor, Ditha danach zu fragen. Aber danach – hatte sie sich danach nicht im Grunde genommen gelangweilt? Hatte sie sich nicht sogar entsetzlich gelangweilt, so gelangweilt, daß sie am liebsten gleich ins Bett gegangen wäre.

Später hatte sie sich ganz hinten in die Ecke neben die Standuhr gesetzt. Sie hatte ihr Ohr gegen das dunkle Holz gepreßt und auf das laute Ticken gelauscht. Das hatte sie abgelenkt, das hatte sie gefangengenommen, das hatte sie einfach ganz wunderbar gefunden. Und auf einmal hatte sie gemerkt, daß in das fabelhafte Bing-bong zwei Silben hineinpaßten: Wil - li, Wil - li! Lange hatte sie dieses Spiel gespielt, ein ganz und gar herrliches Spiel: Bing-bong, Wil-li . . . Bing-bong, Willi, und während sie Fragen gestellt hatte, um Willi zum Kommen zu bewegen, während sie ganz brennend ihn herbeigewünscht hatte, hatte die Standuhr zu schlagen begonnen. Das klang jedesmal wie der Anfang vom Glockenläuten, wenn es erst aus zwei zögernden Tönen besteht. Ihr Kopf hatte gedröhnt, war gänzlich ausgefüllt gewesen mit diesen Volltönen. Aber Willi war nicht gekommen, und Anne hatte ihn im Grunde genommen auch nicht erwartet, denn er kam niemals, wenn andere anwesend waren.

Aber wo hatte sie jetzt nur ihre Geschichten her, mit de-

nen sie Tante Ella unterhielt? Tante Ella, die jetzt eingeschlafen war und die mit halb geöffnetem Mund um jeden Atemzug rang. Bedrückt blickte Anne sich in der kleinen Stube um, in die Dämmerung gesickert war. Alles sah ein bißchen verschwommen aus, ein bißchen rauchig, so als wäre jemand mit einer Zigarre hier gewesen. Auch der Vorgarten hinter der Fensterscheibe sah unwirklich aus, fast wie ein Bild. Jetzt merkte Anne, wie still es geworden war. Der Regen hatte aufgehört, aber keine Erfrischung gebracht. Vielleicht würde es ein Gewitter geben. Keine Bewegung in den Sträuchern da draußen im Vorgarten, auch keine Menschen auf der sonst so belebten Straße. Die Luft in dem kleinen Raum war dicht und stickig, aber Anne traute sich nicht, das Fenster zu öffnen, um Tante Ella nicht zu wecken, deren Kopf jetzt auf die Schulter gesunken war. Ihre Hände lagen ruhig und weiß auf der bunten Häkeldecke, die jetzt ebenfalls dunkel aussah. Alles war verdunkelt in diesem Halbdämmer. Die Gegenstände schienen weggerückt, verwischt die Farben der Sofakissen, die Streifen der Tapete, nur diese dünngewordenen Hände waren deutlich erkennbar.
Beklommen legte Anne ihre Hand auf die Decke, aber sie wagte nicht, Tante Ellas Hand zu berühren. Sie wünschte sich, diese Hand zu berühren, irgend etwas zu berühren, denn sie fühlte sich sehr allein in der sich ausbreitenden Dunkelheit.
– Ich glaube, ich habe Angst. –
– Du brauchst keine Angst zu haben. Nichts ist passiert. Immer glaubst du, es passiert etwas, dabei ist es nur

Abend geworden. Wenn du das Licht anschaltest, ist alles wie sonst. –
Aber wo war ihre Hand? Ihre Hand war verschwunden, weil Willi sie mit seiner Hand bedeckt hatte. Obwohl seine Hand nicht so weiß wie Tante Ellas Hände war, sah Anne sie ganz deutlich, fühlte sie vor allem, kannte sie ja, erkannte sie wieder.
– Willi, Tante Ella schrumpft richtig zusammen. –
– Ja, sie wird immer weniger. –
– Das hat meine Mutter auch zu meinem Vater gesagt, heute morgen erst. Willi, wird sie sterben? Ich habe Angst davor, daß man sie in einen Sarg legt und hinausträgt wie damals Frau Storch. Und dann wird sie nicht mehr da sein, nie mehr da sein. Willi, warum sagst du denn nichts? –
– Weil du es doch schon weißt. Aber du mußt nicht schon heute daran denken. Du mußt es nicht schon vorher einüben, vielleicht wird es ganz anders sein und du wirst nicht sehen, wie man den Sarg aus dem Hause trägt. Es ist nicht gut, wenn du schon darüber nachdenkst, bevor es passiert. Anne, du solltest eine Freundin haben. –
– Aber ich habe Freundinnen. –
– Ich meine nicht viele Freundinnen sondern eine, mit der du nicht nur spielen, mit der du auch richtig reden kannst. –
– Aber ich habe doch dich. Du gehst doch nicht fort, Willi, sag, daß du nicht weggehst! –
– Nein, ich werde nicht weggehen. Noch nicht. Aber daß ich nicht immer da sein werde, das weißt du, Anne,

das weißt du doch ganz genau. Du solltest wirklich ...
»Anne, du solltest eine Freundin haben.« Tante Ella war aufgewacht. Vielleicht hatte sie erst ein bißchen verwundert geblinzelt, hatte sich erst wieder zurechtfinden müssen. Jetzt nahm sie Annes Hand. »Ich bin froh, daß du bei mir bist, aber es ist nicht richtig, ich meine, es ist nicht gut, wenn du nur mit Erwachsenen zusammen bist, du solltest wirklich eine Freundin haben. Schalte das Licht an, Anne!«

18.

Wieder fuhr Anne mit der Eisenbahn, wieder mal fuhr sie zu Tando, wieder fuhr sie allein. Aber diesmal nicht bloß ein paar Stationen weiter, von ihrer Stadt, die eine kleine Stadt war, in Tandos Stadt, die eine noch kleinere Stadt war und die Tando längst zurückgelassen hatte. Das war so lange her. War sie damals überhaupt schon zur Schule gegangen? Bilder von der kleinen Wohnung, von jenem Onkel Edi, von ihrer Reise an die See, blieben unscharf und erwiesen sich als gänzlich ungeeignet, um die Verbindung zu Tando wiederherzustellen. Die Wahrheit war, daß sie Tando so gut wie vergessen hatte. Vielleicht lag das daran, daß keiner in ihrer Familie ihre Erinnerung aufgefrischt hatte. Kaum, daß man Tando je erwähnt hatte. Jedenfalls nicht vor ihr, dem jüngsten Mitglied der Familie. Erwachsene erschienen Anne oft dumm in ihrer offensichtlichen Vereinbarung, Kinder von vorneherein für noch dümmer zu halten. Als ob sie nicht genau gewußt hätte, weswegen man so wenig wie möglich von Tando sprach. Wenn sie auch nur das bürgerliche Milieu einer Provinzstadt kannte und über keinerlei Vergleichsmöglichkeiten verfügte, so ahnte sie doch seit langem, daß Tando nicht dazugehörte. Nicht mehr. Daß sie ausgebrochen war, irgendwann. Das schwarze Schaf. Natürlich war Anne durchaus nicht verborgen geblieben, daß diese Bezeichnung in irgendeiner, wenn auch noch nicht ganz durchschauten

Weise mit Männern zusammenhing. Nicht mit einem Mann, was normal gewesen wäre, sondern mit mehreren, was offenbar als bedenklich galt. Anne hatte nur einen kennengelernt. Einen, den sie damals Onkel Edi genannt hatte.

Der Tag hinter dem Abteilfenster war noch neu und unentschieden. Wahrscheinlich würde er sich zu einem Regentag eintröpfeln. Es hatte viel geregnet in der letzten Zeit. Die kleinen Bahnhöfe, die der Zug ohne zu halten, durchfuhr, sahen verdrossen aus. Noch boten die Bilder da draußen keine Reize, noch vermischten sie sich mit eben hinter sich gelassenen Eindrücken: Abschied von Tante Ella, der es gestern abend auffallend gut gegangen war – vielleicht würde sie bei Annes Rückkehr wieder ganz gesund sein –, der frühe Aufbruch heute morgen, der sie mit Unbehagen erfüllt hatte, und das Bild ihres Vaters auf dem Bahnsteig. Als der Zug sich in Bewegung gesetzt hatte, war er plötzlich ein paar Schritte nebenher gelaufen und hatte gerufen: Paß gut auf dich auf, Anne! Dann war er stehengeblieben. Während sie sich zugewinkt hatten, so lange sie einander sehen konnten, hatte sie sich brennend gewünscht, ihm ihre Zärtlichkeit zeigen zu können. Sie war sich dumm und hilflos vorgekommen, da ihr nichts anderes einfiel als zu winken, wie alle Reisenden es tun.

Der Zug hielt. Ein Bahnhof, der aussah wie alle Bahnhöfe. Anne fragte sich, woher die Reisenden so genau wußten, wann sie aussteigen mußten, da doch die Bahnhöfe einander so ähnlich waren mit ihren langen Bahnsteigen, den dürftigen Holzbänken, den tristen

Gebäuden, die alle grau aussahen. Auch die Häuser, die entlang der Schienen standen, waren grau. Die Menschen, die in diesen Häusern wohnten, taten Anne leid. Sie stellte es sich traurig vor, von so viel Grau umgeben zu sein.

Halb acht auf der Bahnhofsuhr, die genauso aussah wie die Uhr auf dem letzten oder vorletzten Bahnhof. Nur die Zeiger hatten auf andere Ziffern gedeutet. Und das Ortsschild – ahja, es war das Ortsschild, das den Reisenden ihr Ziel wies. Das Ortsschild und die Zeit. Anne, eben noch besorgt, wie sie ihr Reiseziel erkennen sollte in der Gleichförmigkeit aller Bahnhöfe, lehnte sich mit einem erleichterten Seufzer in ihre Fensterecke zurück. Menschen drängten sich in das Abteil. Frauen, Männer, ein Kind. Anne mußte sich ganz in die Ecke quetschen, damit alle Platz fanden. Stimmen in unterschiedlicher Höhe und Lautstärke, die hellen waren durchdringender. Einer sprach von seinem schwierigen Vorgesetzten, eine von einer kranken Nachbarin. Einer von einer großen Ungerechtigkeit, eine von einer großen Schande. Keiner von einer kleinen Freude. Von einem unnennbaren Alter ab mußte es vorbei sein mit den kleinen Freuden und den großen sowieso. Anne hoffte inständig, dieses Alter niemals zu erreichen.

Lebhafter wurden die Stimmen. Schon schien man ein wenig vertrauter, schon breitete man seine Familienverhältnisse voreinander aus, schon war man bereit, die Sorgen miteinander zu teilen für die Dauer der gemeinsamen Fahrt. Das Kind begann zu plärren. Kein kummervolles Weinen, sondern kundgebende Unlust. Einer

packte sein Brot aus, es roch nach Leberwurst. Eine stopfte dem Kind einen giftgrünen Bonbon in den überraschten Mund.
Ein neuer Bahnhof. Klein, mit kurzem Bahnsteig, ohne Überdachung, ohne Uhr. Auch das Ortsschild war mickrig, da der Ortsname nur wenige Buchstaben benötigte. Ein Wunder, daß der Zug hier überhaupt hielt. Ein alter Mann stieg schwerfällig ein. Der Zug mußte überfüllt sein, da er in das bereits besetzte Abteil kam. Anne stand auf, denn ihr Vater hatte sie beim Abschied ermahnt, ihren Platz Erwachsenen anzubieten, wenn es sich als notwendig erweisen sollte.
Erleichtert, den Stimmen, den Gerüchen, der Enge entronnen zu sein, stand Anne im Gang und preßte ihre Stirn gegen die kühle Fensterscheibe. Inzwischen bot der Tag schon Bilder an, hatte sich zu zögernder Freundlichkeit entschlossen. Noch stoben Wolkennachzügler vorbei, verdunkelten vorübergehend die Sicht, wollten womöglich den Tag verderben, doch ließ der Wind ihnen keine Zeit, trieb sie unerbittlich weiter nach Süden. Anne meinte, sie greifen zu können, wenn sie das Fenster öffnete, so tief zogen sie vorbei. Als sie noch kleiner gewesen war, hatte sie sich oft vorgestellt, wie sich Wolken anfühlten und manchmal war sie ganz nahe daran gewesen, diesen Stoff, aus dem sie gemacht zu sein schienen, wirklich zwischen ihren Fingern zu spüren. Einmal hatte sie geträumt, mit Willi auf einer Wolke über die Erde zu segeln. Das heißt, weit waren sie eigentlich nicht gekommen, aber über ihr Haus und den Garten waren sie geglitten, über Häuser und Straßen,

hatten eine Schleife um das Schloß und sogar um die Kirchturmspitze gezogen und waren dann dem Fluß in die Ebene gefolgt. Im Traum, aber nur in diesem Traum, hatte sie die Wolke gefühlt, richtig gefühlt, genauso deutlich wie Willis Hand. Sie behielt selbst aus lebhaften Träumen beim Erwachen meistens nur einzelne Bilder, die sie rasch vergaß. Aber dieser Traum war jederzeit wieder abrufbar in ihrer Vorstellung. Lange Zeit hindurch hatte sie angestrengt versucht, ihn zu wiederholen, indem sie sich vor dem Einschlafen vorstellte, ihr Kopfkissen wäre die Wolke, auf der sie sogleich in den Traum segeln würde. Aber er ließ sich nicht wieder, nie wieder, herbeilisten, nur die Erinnerung an ihn bewahrte sie. Später begriff sie, daß diese Erinnerung sogar schöner als der eigentliche Traum war, weil sie sein Ende unterschlug: Das Entsetzen als sie merkte, wie sich ihre Wolke auflöste, der Sturz in die Tiefe, die Panik, als sie von Willi getrennt wurde und der Aufprall, der verstörtes Erwachen bedeutete. Nein, ihre Erinnerung behielt nur Willi, viel näher und viel vertrauter als im Wachsein, und dieses über alle Maßen wundersame, lautlose Segeln über die Erde.
Vorbei das letzte Wolkengeschwader aus irgendeinem Wettertief. Schon warb der Himmel mit blauen Plakaten, schon wurden die Bilder farbig da draußen. In den schmalen Streifen der Schrebergärten herrschte reges Werkeln. Eine Stadt würde kommen. Immer kündeten Schrebergärten eine Stadt an, das hatte Anne schon herausgefunden. Niemals ein Dorf. Dörfer sind von Wiesen und Feldern umgeben. Anne wunderte sich,

warum Schrebergärten sich so oft neben Bahngleisen befanden.
Jetzt wurde es lebendig im Zug. Reisende quollen aus den Abteilen und drängten sich mit ihrem Gepäck an Anne vorbei auf die Tür zu. Sie hatte nicht aufgepaßt, hatte den richtigen Augenblick versäumt, um in ihr Abteil zurückzukehren, jetzt war der Eingang versperrt durch die herausdrängenden Mitreisenden. Lautes Reden, Abschiedsrufe, man war sich nähergekommen auf der Reise. Immer noch oder schon wieder plärrte das Kind. Ein Ellenbogen stieß ihr in den Rücken, ein Koffer in die Knie, so daß sie einen Moment richtig zusammenknickte, aber hinfallen konnte sie nicht, so eingeklemmt klebte sie an dem Zuggang. Ihre Füße taten weh vom langen Stehen, sie hatte Hunger, sie mußte mal, sie fühlte sich plötzlich erbärmlich.
Der Blick für das Draußen war getrübt. Die Häuser schienen ihr noch grauer als sonstwo, es wurden mehr und mehr, eine dichte Kette von hohen Häusern, von überallher kamen plötzlich Bahngleise, Signalmasten schossen in die Höhe, lauter Linien, waagerechte, senkrechte, alles ein bißchen schmutzig, alles ein bißchen häßlich, vielleicht sogar ein bißchen aufregend – aber jetzt mußte sie wirklich. Ihr fiel ein, daß ihr Vater gesagt hatte, sie dürfe nur im Fahren. Drei Abteile weiter, gleich an der Tür, war das Klosett. Sie mußte es erreichen, bevor der Zug hielt. Jetzt versuchte sie, sich vorzuschieben, irgendwo eine Lücke zwischen den Reisenden und ihren Gepäckstücken zu ergattern, aber die Menschen verteidigten verbissen ihren Platz wie eine

Festung. Dämmerung da draußen. Ein Bahnsteig, noch und noch einer, die Bahnhofshalle.

Wenn Anne nicht so ausschließlich mit der Kontrolle ihrer Blase beschäftigt gewesen wäre, hätte das Bild sie sicher interessiert, so dachte sie bloß: Lieber Gott, laß' mich nicht in die Hose machen!

Mit einem Ruck hielt der Zug. Die Tür wurde aufgestoßen und die Menschen stürzten hinaus, als befände sich der Zug in Explosionsgefahr. Noch ein Knie, noch ein Ellenbogen, noch ein verdammter Koffer – da bekam Anne plötzlich Luft. Schon lichteten sich die Reihen, schon konnte sie sich bewegen, sozusagen automatisch in Richtung Tür. Doch nicht nach rechts, wohin die letzten Reisenden samt ihren Koffern aus dem Zug strebten, sondern nach links, wo sich die begehrte schmale Tür befand.

Die ungeheure Erleichterung, mit der sie sich leerlaufen ließ, überdeckte das Verbot, dies während eines Aufenthalts zu tun, total. Eigentlich stellte sich das Gefühl des Verbotenen erst ein, als sie den Riegel umdrehte und sich heimlich zurückstahl.

Nur der alte Mann war noch in ihrem Abteil verblieben, alle übrigen Mitreisenden waren ausgestiegen. Diese Stadt schien das Ziel vieler Reisenden gewesen zu sein, denn die Abteile waren nur noch spärlich besetzt, wie Anne eben festgestellt hatte. Der alte Mann beendete sein Mittagsmahl. Er kaute an den letzten Bissen und sah sie dabei an. Sie blickte auf den Bahnsteig und hoffte, daß noch jemand in das Abteil kam. Einer, mit dem sich der alte Mann unterhalten konnte. Käsegeruch er-

innerte sie plötzlich an ihren eigenen Hunger. Sie kniete auf die harte Bank und fischte ihren Proviantkorb aus dem Gepäcknetz. Im Nacken piekten die Blicke des Mannes. Warum sah er sie dauernd an?
Während sie ein Wurstbrot aus dem Papier wickelte, faltete der alte Mann sein Butterbrotpapier sorgfältig wieder zusammen und steckte es in die Rocktasche. »Iß nur tüchtig«, ermunterte er sie, »du kannst es vertragen.« Das erinnerte sie an Tante Ella, die ihr gestern beim Abschied auch tüchtiges Essen und vor allem Milchtrinken empfohlen hatte. Sie nickte und kaute und wünschte sich, daß der Zug endlich wieder abfuhr, da doch keiner mehr einstieg.
Der alte Mann kratzte sich am Kopf oberhalb des linken Ohrs. Er hatte kurzgeschnittene graue Haare. Vielleicht war es auch gar kein so alter Mann und sie ließ sich nur durch die grauen Haare täuschen.
Ein Ruck ließ Anne zusammenfahren, obwohl sie darauf gewartet hatte. Bockige Stöße verhießen die ersehnte Abfahrt. Schwerfällig setzte der Zug sich endlich in Bewegung.
Anne war froh, daß ihr der alte Mann nicht direkt gegenüber auf dem Fensterplatz saß. Vielleicht zog es ihm dort, oder er konnte mit ihr als Gegenüber die Beine nicht so weit ausstrecken. Sicher würde er gleich schlafen. Erwachsene schliefen gerne nach dem Essen, besonders in der Eisenbahn. Anne war auch müde, aber nur in Armen und Beinen. Immer wenn sie mit der Eisenbahn fuhr, blieb ihr Kopf ganz wach. Eigentlich hätte sie ganz gerne eine Weile ausgesetzt mit Denken,

um in der Ecke ein bißchen zu dösen, aber nein, sie mußte immerzu denken beim Fahren. Zum Beispiel an den Mann, der sich wahrhaftig schon wieder kratzte, immer an der gleichen Stelle kratzte. Sie mußte hinsehen, obgleich sie es gar nicht wollte. Obwohl er die Beine immer noch bequem von sich gestreckt hatte, schien er an Schlafen nicht zu denken. Seine Augen waren behende und alles andere als schläfrig. Auch nicht unfreundlich. Seine Nase war knollig und leicht gerötet. Auf seinem vorgewölbten Bauch hing eine goldene Uhrkette. Ein Anhänger war daran, aber Anne konnte nicht erkennen, was er darstellte.
Unter ihren prüfenden Blicken zog er die Beine zurück. Schon hob er die Hand an das Ohr, aber gerade als Anne dachte, jetzt kratzt er schon wieder, ließ er sie sinken, kramte unruhig in seiner Rocktasche und beförderte schließlich einen eingewickelten Bonon zutage. »Hier«, sagte er und reichte ihn Anne herüber, »als Nachtisch.«
Anne nahm ihn zögernd. Sie traute sich nicht zu sagen, daß sie keine Bonbons mochte, sondern nur Schokolade. »Später«, murmelte sie, »jetzt esse ich erst einen Apfel.« Natürlich mußte sie nun einen Apfel aus dem neben sich stehenden Korb holen, obwohl sie keinen Appetit mehr hatte. Auf nichts. Weder auf Brot, noch auf einen Apfel und schon gar nicht auf den himbeerroten Bonbon. Ob sie das Buch nehmen und einfach so tun sollte, als wolle sie lesen? Anne las viel zu Hause, aber wenn sie mit der Eisenbahn fuhr, dann hatte sie keine Lust dazu. Sie wollte nichts versäumen, nicht die Felder

und die Wolken, nicht die Städte und Dörfer, nicht die Menschen. Es wäre ihr vorgekommen, als würde sie Seiten beim Lesen überschlagen, wenn sie die Bilder da draußen nicht mitnahm. Nein, sie wollte nicht lesen.
Anne blickte aus dem Fenster. Auf ganz grünen Wiesen Kühe, die bewegungslos unter der Mittagssonne schliefen. Das Land war noch flacher geworden, der Himmel noch höher. Wolken wie Wattetupfer. Anne wollte an die Ferien denken, die vor ihr lagen, aber sie konnte nicht verhindern, daß sie auf den Mann, auf die Geräusche des Mannes, lauschte. Auf sein Kopfkratzen, ein leises trockenes Geräusch, auf sein unruhiges Füßescharren. Das klang, als träte er von einem Bein aufs andere, obwohl Anne wußte, daß er bequem ausgestreckt auf seiner Bank saß. Vielleicht mußte er austreten. Natürlich, das war es. Genauso verhielt Anne sich, wenn sie es eilig hatte. Ob er den Weg nicht wußte? Konnte sie anbieten, ihm den Weg zu weisen und wenn ja, mit welchen Worten?
Unsicher blickte sie zu ihm. Jetzt war sein ganzes Gesicht rot, nicht nur die Nase. Nervös nestelte er an seiner Uhrkette, nun erkannte sie auch den Anhänger, es war ein Anker. Anne starrte darauf, irgend etwas ließ sie den Atem anhalten. Ihr Blick glitt vom Anker abwärts, erfaßte nicht sogleich, daß der Hosenschlitz offen war, verweigerte den Tatbestand und konnte doch nicht wegkommen davon. Unter ihrem entsetzten Blick wuchs etwas aus dem Schlitz, steilte sich bräunlich hoch. Einen Augenblick war sie unfähig, sich zu rühren, überhaupt irgend etwas zu denken, bis sie endlich be-

griff. Panik schüttelte sie, ließ sie aufspringen. Sie stolperte über seine ausgestreckten Beine. Ihre Hand wurde gepackt und gegen den Ständer gedrückt. Während sie sich losreißen konnte, spürte sie Weiches zwischen den Fingern. Übelkeit würgte sie. Irgendwie kam sie raus aus dem Abteil. Sie stürzte den Gang hinunter, blindlings, ohne etwas anderes zu denken als weg, weg, weg!
Der Zug hielt. Hereindrängende hinderten Anne am Weiterlaufen, drückten Gepäckstücke gegen sie, waren damit beschäftigt, einen guten Platz zu suchen, achteten nicht auf das Mädchen, dem die Beine wegrutschten, das da langsam zu Boden ging.

Kühle auf Nacken und Stirn. Eine unbekannte Stimme befahl: Tief einatmen! Der Geruch von Kölnisch Wasser, den sie von ihrer Mutter kannte. Sie atmete tief, spürte Belebung, doch die Augen, nein, die Augen wollte sie nicht öffnen. Später vielleicht, aber jetzt noch nicht.
»Sie kommt wieder zu sich.« Eine andere Stimme, unbekannt auch sie. Eine Männerstimme.
Anne riß die Augen auf, wußte sofort, daß sie im Zug saß, immer noch im Zug saß, erkannte augenblicklich, daß dies hier nicht ihr Abteil war. Graue Polster, weiße Spitzendecken. Eine andere Klasse. Erste Klasse. Polsterklasse. Wie kam sie hierher?
»Nimm erstmal einen Schluck heißen Tee, das wird dir guttun!«
Gehorsam trank sie und sah dabei die Frau an, die ihr

den Becher an den Mund setzte. Ein besorgtes Gesicht, freundliche Augen. »Dir ist schlecht geworden, das kann passieren. Nicht jeder verträgt Bahnfahrten. Der Zugschaffner fand dich bewußtlos auf dem Gang. Da niemand in den Abteilen dich kannte, hat er dich zu uns gebracht. Mein Mann ist Arzt, weißt du ...«
Anne folgte mechanisch ihrem Blick. Aufmunterndes Kopfnicken. Neben dem Mann eine große schwarze Tasche. »Dr. Horn hat auch solch eine Tasche.«
Sein Lachen dröhnte richtig, wirkte ansteckend. Fast hätte Anne mitgelacht, aber es gelang noch nicht richtig. »Die meisten Ärzte haben solch eine Tasche. Sie ist handlich, und es paßt alles hinein, was ein Arzt benötigt. Warst du denn schon oft krank?«
»Ich hatte Masern, aber da war ich noch klein.«
»Wohin fährst du denn jetzt?«
»Nach Rostock. Dort werde ich abgeholt von Tando – das ist meine Tante.«
»Dann haben wir das gleiche Reiseziel, das ist gut. Wenn du alleine reist, dann bleibst du bei uns, damit wir dich betreuen können – nimm noch einen Schluck!«
Wieder wollte die Frau ihr den Becher an den Mund setzen, aber Anne nahm ihn ihr aus der Hand.
»Ich kann schon allein trinken, danke schön!« Das heiße Getränk verströmte wohltuende Wärme im Bauch, belebte sie. »Du reist doch allein?«
Anne nickte und reichte den leeren Becher zurück. Ganz mechanisch reagierte sie, widerstandslos, dumpf. Diese beiden Menschen fragten nicht aus Neugier sondern wollten ihr helfen, das spürte sie.

»Wir müssen dein Gepäck herschaffen. Der Schaffner fand dich vor fremden Abteilen, ich nehme an, daß du den Gang entlanggelaufen bist, aber wir werden dein Abteil schon finden. Sicher erkennst du deine Mitreisenden wieder ...«
Was war das für ein Geräusch? So als kratze sich jemand am Kopf ... ein Mann, grauhaarig, sicher ein alter Mann ... »Nein!« Anne schrie. Etwas schüttelte sie. Sie geriet außer sich.
Jemand gab ihr eine Ohrfeige, dann noch eine, rechts und links. Keine Strafe. Sie hatte ja auch nichts getan. Oder doch?
»Was ist geschehen – los, sprich!« Es war der Doktor, der jetzt ihre beiden Hände festhielt. Seine Augen hinter den Brillengläsern ließen sie an Herrn Gudehus denken, an ihren geliebten Lehrer Gudehus. Weinen, endlich Weinen.
»Ein Mann ... er kratzte sich immerzu am Kopf ... er gab mir einen roten Bonbon ... ich mag keine Bonbons ... ein Anker ... der Schlitz war offen ... Er hat meine Hand gepackt ... eine Stange, ganz hart, und etwas Weiches wie ein Schwamm ...« Sie riß ihre Hand aus dem Griff des Arztes, preßte sie gegen den Mund. Niemals hatte sie mit Erwachsenen über geschlechtliche Dinge gesprochen – das gehörte in ihrer Familie zu den Tabus. »Ich glaube, ich muß mich übergeben.«
Die Frau legte ihren Arm um Annes Schulter, führte sie vorsichtig zur Toilette, hielt ihren Kopf, während sie erbrach, sprach auf sie ein mit leisen Worten, von denen Anne nicht den Sinn sondern nur den Klang wahr-

nahm, der beruhigend wie Streicheln war. Jetzt kam nur noch Schaum, grünschleimig, ekelhaft – es war das erstemal, daß sie sich übergab. Ganz ausgehöhlt kam sie sich vor, unheimlich schlapp ... meine Beine sind wie Gummi ... Sie hielt die Hand der nun schon Fastvertrauten ganz fest, während sie die wenigen Schritte bis zum Abteil zurückgingen. Salzgeschmack mischte sich in gallige Bitterkeit – die Tränen erschöpften sich allmählich.

»Wie heißt du?«

»Anne. Anne Wieland.«

»Ist dein Namensschild am Koffer, wieviele Gepäckstücke hast du, Anne?«

»Einen Koffer und einen kleinen Korb mit Butterbroten, Äpfeln und einem Buch. Und einen roten Mantel, den ich aufgehängt habe. Am Koffer ist das Schild – mein Vater hat es drangehängt.« Noch einmal stieg Schluchzen hoch, als sie an ihren Vater dachte.

»Heul dich ruhig aus, Anne, das erleichtert. Es war ja auch schlimm, was dir da widerfahren ist. Solche Menschen gelten als Verbrecher und kommen ins Gefängnis, obwohl sie wahrscheinlich eher krank sind. Aber jetzt brauchst du keine Angst mehr zu haben. Mein Mann sucht gerade den Schaffner; er wird sich auch um dein Gepäck kümmern. Jetzt nimmst du diese Tablette mit einem großen Schluck Tee und dann schläfst du ein wenig. Du brauchst dir keine Sorgen zu machen, wir werden dich schon rechtzeitig wecken und dich wohlbehalten bei deiner Tante abliefern. Wirst du die Ferien bei ihr verbringen?«

Anne bejahte mit einem Kopfnicken. Kein Entsetzen mehr, keine Scham, nicht einmal Traurigkeit – ganz leer war sie und unheimlich leicht. Und immer noch Kühe auf grüngrünen Weiden. Ein Bahnwärterhäuschen. Ein See. Ihre Lider senkten sich. Ein Elfenreigen – wo kam bloß dieser Reigen her? Ein Bild, ja ein Bild über einem Doppelbett. Und der nackte Rücken eines Mannes, der Tando ganz verdeckt hatte. Onkel Edi hatte sie diesen Mann genannt, damals, obwohl er gar nicht ihr Onkel gewesen war. Eine Riesenhand auf ihrem nackten Rücken, nein, das war ein anderer Mann, das war der Mann von Tante Ella gewesen. Der mit dem blaßen Gesicht und den düsteren Augen, der die meiste Zeit in einem Sanatorium zugebracht hatte, als er noch lebte. Nun war er tot. Wo kamen bloß diese Bilder her, die sie längst vergessen hatte, die sie vergessen wollte. Sie hingen zusammen, in irgendeiner Weise mußten sie etwas Gemeinsames haben. Sie wollte darüber nachdenken, aber etwas in ihr schirmte erneut aufkommendes Entsetzen ab. Mit äußerster Mühe gelang es ihr, die Augen um einen Spalt offenzuhalten. Kornfelder. Wind strich über silbrige Wellen. Ein leichter Händedruck der Fastvertrauten. Ein Kissen oder eine Decke wurde ihr hinter den Nacken geschoben. Wie müde sie war ...

– Ach Willi, du fährst auch mit? –

– Natürlich, Anne, wir fahren in die Ferien. Wir werden uns wieder einen großen Stein suchen im flachen Wasser; dort werden wir uns immer treffen. Und wir werden jeden Tag zusammen schwimmen. –

– Ich kann doch nicht schwimmen, Willi. –
– Diesen Sommer wirst du es lernen. –
– Ich will aber nicht Onkel sagen zu dem Mann, der bei Tando ist. –
– Nein, Anne. Wenn er mit Tando am Bahnhof ist, dann wirst du sagen: Guten Tag, Herr Loy! –

»Guten Tag, Herr Loy!« Anne machte einen Knicks, war ein wohlerzogenes Mädchen, das einen fremden Herrn begrüßt, während ihre Tante nach einer kurzen Umarmung jetzt mit dem Arztehepaar sprach.
»Das also ist Anne – Tando hat mir viel von dir erzählt. Ein bißchen blaß schaust du aus, aber das wird sich bald ändern.« Ein braungebranntes Gesicht mit sehr hoher Stirn, hellen Augen und einer scharfen Nase. Es kam Anne so vor, als hätte sie es schon immer gekannt, längst bevor sie es in jenem Zeitungsausschnitt entdeckt hatte.
». . . wahrscheinlich ist sie noch ein wenig benommen von der Tablette; sie sollte am besten gleich ins Bett gehen . . .« Die Stimme des Arztes.
». . . Schöne Ferien, Anne!« Die Arztfrau nahm sie in die Arme. Wie schnell das alles ging. Abgekürzte Bahnhofsszenen. Schon ging sie zwischen Tando und Rudolf Loy über den Bahnsteig, schon winkte sie zurück – tatsächlich würde Anne später nicht mehr wissen, war es so oder anders gewesen. Alles war fließend wie in einem Aquarium, auch die Bilder waren unscharf, wie durch beschlagene Glaswände gesehen.
Schon saßen sie im Auto. Häuser, fremde Straßen, spä-

ter Kornfelder. Tando war nicht mehr dick, Tando sah überhaupt anders aus als früher. Oder kam das daher, weil Anne sie ziemlich vergessen hatte? Tando sagte: »Ich glaube, sie schläft« und Rudolf Loy nickte. Dann sprachen sie miteinander, aber Anne hatte keine Lust zuzuhören. Manchmal glaubte sie ihren Namen aus der Unterhaltung fallen zu hören, aber es klang so weit weg. Auch die Bilder hinter der Autoscheibe schwammen weg. Das war komisch: sie schlief nicht und war doch nicht wach. Sie träumte auch nicht, obwohl die Eindrücke etwas Traumhaftes hatten. Wie gut, daß Willi neben ihr auf dem Rücksitz saß, wie gut, daß sie seine Hand spürte, daß sie seine Nähe immer zuerst an seinem Händedruck erkannte.

– Es ist wie damals, als wir auf der Wolke saßen, Willi, nur daß wir jetzt schwimmen, obwohl ich doch gar nicht schwimmen kann. –

– Nein, Anne, das mit der Wolke war ein Traum. Ich habe ihn auch geträumt; es war ein sehr schöner Traum. Aber jetzt, dieses Schwimmen und die fließenden Bilder, das kommt von der Tablette. Die Arztfrau hat es dir doch erklärt. Mach die Augen auf, da rechts ist die See, Anne!« –

»Da rechts ist die See, Anne!« Tando drehte sich zu ihr herum. »Du hast schönes Wetter mitgebracht. Morgen können wir zum Strand gehen.«

19.

Tak-tak-tak-tak – da war es wieder, dieses neue Geräusch, das schon eine ganze Weile da sein mußte, aber der Schlaf hatte es immer wieder weggenommen. Jetzt wurde die Tür aufgestoßen. Tando erschien mit dem Frühstückstablett – eine wiedererkannte Szene von früher, eine vertraute Szene. »Guten Morgen, kleine Schlafratze, ich biete dir heißen Kakao, frische Brötchen, Honig, Marmelade und ein Ei, dazu den ersten richtigen Sommertag seit langem. Ist das vielleicht nichts?« Sie stellte das Tablett auf das Nachtschränkchen und zog die grünen Vorhänge auf.

Anne blinzelte in das plötzlich einfallende Licht. »Ich habe einen Riesenhunger.«

»Kein Wunder, es ist fast Mittag. Ich werde dir Gesellschaft leisten, während du frühstückst. Später werden wir zum Strand gehen.«

Anne setzte sich hoch und rieb sich den Schlaf aus den Augen. »Grün«, staunte sie, »alles ist grün.« Während sie einen langen Schluck aus der großen Henkeltasse nahm, erkundeten ihre Blicke das Zimmer, das sie in den nächsten Wochen beherbergen würde. Ein kleiner Raum, der sich in seiner sparsamen Möblierung von ihrer Schlafkammer zu Hause kaum unterschied, nur daß eben alles grün war: hellgrün getünchte Wände, dunkler, aber durch bunte Blumenmotive belebt, Schrank und Kommode. Selbst das Gesicht der Frau auf einem der Bilder war grün. Ein grünes Gesicht, als ob es so etwas gab. Oder etwa doch? Sie würde es genauer betrachten und darüber nachdenken oder vielleicht Tando danach fragen. Aber erstmal mußte sie das Riesenloch in ihrem Bauch stopfen. Ihre Augen wurden ganz leer vor Sättigung, während sie sich Brötchen, Ei und Kakao einverleibte. Bei den letzten Bissen wurde ihr bewußt, daß draußen das Tacken wieder eingesetzt hatte. »Was ist das?«

Tando, die ihr auf der Bettkante beim Frühstück zugesehen hatte, stand auf und öffnete das Fenster. »Das ist Rudolf. Hat dich sein Schreibmaschinengeklapper geweckt? Er arbeitet schon seit mehreren Stunden – morgens ist seine beste Zeit.«

Grün auch der Garten, so als sei diese Farbe eigens für diesen ersten Ferienmorgen bestimmt. Keine außergewöhnliche Farbe für einen Garten, aber dieser schien wirklich grüner als andere Gärten, weil eine riesige Kastanie ihn, da er nicht groß war, nahezu vollständig beschattete und den Blick auf den heute vermutlich wolkenlosen Himmel verwehrte. Ihr Stamm war von einer Bank umrundet, auf der Rudolf Loy saß, inmitten von Büchern, Heftern und Schreibblöcken, die rechts und links von ihm auf der Bank griffbereit waren. Vor ihm, auf einem Steintisch, seine Schreibmaschine und Papier, links die noch unschuldsvollen weißen Bogen, rechts die beschriebenen. Sein Gesicht konnte Anne nicht genau erkennen, da sie es nur im Profil sah, zudem jedesmal wenn er einen Zug aus seiner Pfeife nahm, von blauem Dunst verschleiert wurde.

»Er arbeitet ...« Anne dachte über dieses Wort nach, zum erstenmal. Wenn sie las, kam es oft vor, daß ein Wort bei ihr ankam, das sie anhalten ließ im Fluß der Geschichte. Manchmal war es ein ganz alltägliches, durchaus geläufiges Wort, das jetzt in einem anderen Zusammenhang plötzlich Bedeutung gewann. Arbeit ... schon sammelte sie die Bilder ein, die ihr zu diesem Begriff zur Verfügung standen: Hammer, Amboß, Maschinen mit schwitzenden Menschen, die Maschinen größer und bedrohlicher als die Menschen – aber das kannte sie nur aus den Lesebüchern der Schule. Männer, die ein Haus mauerten, die Schuhe besohlten oder Brote backten, Handwerker. Auch Bauern, die ihre Äcker bestellten und das Vieh versorgten. Dann Männer, die wie ihr Vater morgens mit einer Aktentasche das Haus verließen und in einem großen Gebäude verschwanden, das man Amt nannte. Was immer sie in diesen Ämtern machten, blieb für Anne jedoch verschwommen.
Arbeit und Männer, immer nur Männer. Aber wo blieben die Frauen? Waren sie in diesem Begriff nicht eingeschlossen? Frauen in der Fabrik – auch dieses Bild kannte sie nur aus dem Lesebuch. Frauen als Verkäuferinnen, als Schneiderinnen, manchmal als Lehrerinnen, aber vor allem als Hausfrau, die die Böden putzte, das Essen kochte, Mann und Kinder betreute. Frausein war gleichbedeutend mit Mutter-Hausfrau. Immerhin standen Anne zu dem Begriff Arbeit mehr Bilder zur Verfügung als zu manchen anderen Wörtern, die bei ihr einrasteten. Nur ein Mann, der an einem hellen Som-

mermorgen unter einer Kastanie vor seiner Schreibmaschine saß, ließ sich nicht in ihrer Vorstellung von Arbeit einordnen.

»Er schreibt ein Buch. Einen Roman. Deshalb bleiben wir bis zum Herbst hier. Weißt du, Anne, für uns sind diese Monate hier oben an der See keine Ferien, sondern eine Zeit zum Arbeiten, ungestörter als in Berlin, wo Rudolf Verpflichtungen, Freunde, Verabredungen, Theater und somit viele Ablenkungen hat.« Tando, schon im Hinausgehen: »Laß dir Zeit, Anne, ob wir eine Stunde früher oder später zum Strand kommen, ist nicht so wichtig. Die ganzen Ferien liegen ja noch vor dir.«

Annes Blicke blieben noch eine Weile an der geschlossenen Tür hängen. Eben, als Tando noch einen Augenblick an der halboffenen Tür verharrt hatte, war ihr plötzlich bewußt geworden, daß die bisherige Tando-Vorstellung mit der jetzigen leibhaftigen Tando nicht mehr übereinstimmte. Gestern bei ihrer Ankunft hatte sie das nicht wahrgenommen. Befangenheit bei der Begrüßung, das ja, auch eine gewisse Fremdheit nach so langer Zeit – und dann war da auch dieser neue Mann von Tando gewesen. Einer, zu dem man nicht einfach Onkel Edi oder Onkel Sowieso sagen konnte. Eine verdöste Autofahrt. Das Knirschen von Kies, als sie durch den Garten gegangen waren. Irgend etwas hatte sie gegessen – war es nicht Milchreis gewesen? Oder hatte sie das geträumt? Ja, und Flammen, die richtig zu tanzen schienen, wenn sie aufloderten – aber das war natürlich ein Traum gewesen. »Es ist kühl geworden, wir wollen

Feuer machen.« Aber das hatte Tando doch wirklich gesagt gestern abend. Das war bestimmt kein Traum. Am Kamin hatten sie gesessen, Anne in einem Schaukelstuhl. Noch nie hatte Anne einen Kamin gesehen. Während sie mit immer kleiner werdenden Augen sacht auf- und abgewiegt und in das Feuer geblinzelt hatte, war es ihr vorgekommen, noch nie etwas so Wunderbares gesehen zu haben. Aber dann waren die Flammen immer wilder geworden, während die Stimmen von Tando und Herrn Loy sich immer weiter entfernt hatten.

»Ich bringe sie ins Bett, sonst schläft sie uns noch ein.« Tandos Hand, die sie aus dem Schaukelstuhl zog. Dann Rudolfs Hand. »Gib acht, was du träumst in der ersten Nacht, es soll in Erfüllung gehen. Übrigens kannst du Rudolf zu mir sagen, wenn du magst.« Nein, nein, das hatte sie nicht geträumt, das hatte er wirklich zu ihr gesagt.

Aber dann war sie richtig hineingeplumpst in den Schlaf, einen ganz schwarzen Schlaf, der überhaupt keinen Traum zurückließ.

Und jetzt saß er da draußen vor seiner Schreibmaschine, inmitten von Büchern, Papieren und sonstigen Utensilien. Kein Rauch kam mehr aus seiner Pfeife, obwohl er angestrengt an ihr sog oder kaute – so genau konnte sie das nicht erkennen. Seine Blicke schweiften ziellos durch den Garten, an der Hauswand entlang und trafen durch das geöffnete Fenster direkt auf Anne. Sie erschrak, fühlte sich ertappt, weil sie ihn beobachtet hatte. Es war ihr auch peinlich, daß er sie im Bett sah.

Zaghaft hob sie ihre Hand zum Gruß, aber er reagierte nicht. Auf einmal wurde ihr klar, daß er sie überhaupt nicht sah, daß seine Blicke den Garten, das Haus und sie selbst gar nicht wahrnahmen, sondern ganz andere Dinge oder Menschen oder Ereignisse erblickten. Sie begriff es augenblicklich. Sie wagte nicht, sich zu rühren, obwohl er durch sie wie durch Glas schaute. Und sie wunderte sich nicht, wunderte sich ja niemals, daß Willi plötzlich neben ihr saß, bewegungslos wie sie selbst.

– Die Geschichten, die du in Büchern liest, Anne, hat jemand erdacht und dann aufgeschrieben. So wie Rudolf Loy. –

– Ich weiß es, Willi. Er sieht mich nicht. Auch nicht das Haus und nicht den Garten. Er ist ganz weit weg, da, wo seine Geschichte sich abspielt. Aber dich, Willi, vielleicht kann er dich sehen. –

– Warum glaubst du das, Anne? –

– Ich weiß es nicht. Ich kann es nicht richtig erklären. Aber wenn er eine Geschichte erdenkt und es wird ein Buch daraus, das die Leute lesen, dann wird doch alles wahr. Wenn ich lese und es ist eine spannende Geschichte, dann merke ich nicht, was ringsherum passiert, dann bin ich das Mädchen in der Geschichte oder der Junge oder sogar das Tier, wenn es eine Tiergeschichte ist. Dann erlebe ich doch alles, was in dem Buch steht, dann ist es doch wirklich wahr. –

– Aber wenn du das Buch zuklappst, dann ist die Geschichte zu Ende. Dann merkst du auch wieder, was um dich herum geschieht, dann bist du wieder Anne. Genauso, als ob du aus einem Traum erwachst. Du mußt nur unterscheiden, was eine Geschichte und was ein Traum oder Wirklichkeit ist. –

– Ich kann es aber nicht immer so genau unterscheiden, Willi. –

– Du wirst es lernen. Immer besser lernen, je älter du wirst, Anne. –

– Rudolf schaut immer noch her. –

– Aber er sieht uns nicht, das hast du selbst erkannt, als du ihm zuwinken wolltest. –

– Er sieht mich nicht, nein. Aber dich, Willi, dich sieht er. Geh weg, Willi, bitte, bitte, geh! –

»Du kannst ja schon schwimmen, Anne, du traust dich bloß nicht. Na, komm, versuchen wir es noch einmal! Dir kann überhaupt nichts passieren. Du mußt nur ganz ruhig atmen. Beine weit zur Seite spreizen – ja, so ist es besser, nicht so hastig die Bewegungen und keine Angst, hier hast du überall Grund.« Doch sobald sie Rudolfs Arm nicht mehr unter ihrem Bauch wußte, sackten ihre Beine ab.

Eine Niederlage. Sie fühlte sich erbärmlich und hätte gerne geheult, statt dessen patschte sie mit gesenktem Kopf durch das seichte Wasser zum Strand.

»Na, das geht ja schon fabelhaft«, empfing Tando sie. Anne schüttelte wortlos den Kopf.

»Ja, was erwartest du denn? Daß du dich einfach auf die Wellen legst und losschwimmst? Hab doch etwas mehr Geduld mit dir!«

Am nächsten Tag legte Rudolf ihr einen breiten

Schwimmgürtel aus Korkplatten um. »Damit kannst du gar nicht untergehen, selbst wenn du es wolltest. Probier es mal!« Bevor sie überlegen konnte, hat er sie auf den Rücken gelegt. Noch stützte er sie mit beiden Händen. »Bleib ganz flach und ruhig liegen, dann wirst du sehen, wie schön das ist.« Sie dachte nicht nach, spürte immer noch seine Hände unter ihren Schultern und den Schwimmgürtel, der sie trug. Widerstandslos ließ sie sich hineingleiten in das träge Wiegen mittäglicher Ostseewellen. Keine Bewegung war nötig, um sie oben zu halten. Rudolf war neben ihr, das Wasser reichte ihm bis zur Hüfte. Er hob seine Arme, und sie begriff, daß jetzt nur noch die Wellen und der Korkgürtel sie trugen.

»Na, habe ich dir zuviel versprochen? Und jetzt wirst du das tun, was du eigentlich schon lange kannst, du wirst schwimmen. Du hast dich überzeugt, daß der Korkgürtel dich trägt, aber ich werde dich am Anfang noch zusätzlich an der Leine halten.«

Und Anne schwamm. Arme und Beine, längst eingeübt in den Schwimmbewegungen, gehorchten mühelos. Sie merkte nicht, daß Rudolf schon bald den Gürtel losgelassen hat. Er blieb neben ihr, jetzt auch schwimmend. Kräftiger wurden ihre Schwimmstöße, gleichmäßiger auch das Ein- und Ausatmen, immer sicherer wurde sie und von diesem verrückten Gefühl erfaßt, nicht auf den Wellen sondern nach oben zu schwimmen. In die Höhe sozusagen, obwohl das natürlich Unsinn war.

Tando winkte ihr schon entgegen. »Was habe ich dir gesagt, Anne! Ich sehe schon den Tag kommen, wo ich

Angst um dich haben muß, weil du zu weit hinausschwimmst. Mein Gott, du schlotterst ja am ganzen Körper – du hättest sie nicht so lange im Wasser lassen sollen, Rudolf!«

Aber Anne war nicht mehr zu halten. Sie blieb gerade so lange in der Sonne, um sich aufzuwärmen, dann wollte sie unbedingt wieder ins Wasser. Diesmal raffte Tando sich als Wächter auf. Unübersehbar schritt sie zwischen den Strandkörben auf die Ostsee zu, peilte gegen den verschwommenen Mittagshorizont und sah aus wie jemand, der sich zu einer größeren Unternehmung aufmacht. Vorsichtig stippte sie ihre Zehen in das Wasser, um die Temperatur zu prüfen, spielte dann erstmal zur Probe das Hinein- und Hinausgehen, bis sie den trägen Wellen endlich die Kniegrenze erlaubte. Jetzt besann sie sich offenbar ihrer Aufsichtspflicht. Sie näherte sich ihrer schwimmenden Nichte, wobei sich nicht vermeiden ließ, daß sie unversehens bis zum Bauch ins Meer geriet. »Sehr gut«, japste sie, »und schon ohne Schwimmgürtel!«

Ein Versehen. Anne hatte ihn umzulegen vergessen. Schon wollten die Beine wieder absacken, aber irgendwie gelang es Anne, sie zum Weiterschwimmen zu zwingen. Erschreckte Stöße, hastiges Prusten, dann bekam sie ihren Körper unter Kontrolle, dann begriff sie erst, daß sie wirklich schwimmen konnte.

Sie hatte einen Sieg errungen, einen Sieg über Angst und Zaghaftigkeit. Sie war König. So jung sie noch war, das hatte sie schon begriffen, daß man immer nur auf Zeit König sein konnte. Auf sehr kurze Zeit sogar, meistens nur für wenige Augenblicke. Neuerdings fiel ihr jedesmal, wenn sie sich als König fühlte, die Geschichte mit dem Blumentopf ein. Dann war sie wieder das elende Bündel, das in der äußersten Ecke der dunklen Butze kauerte, dann winkte ihr der König Adieu zu. Aber an diesem unvergleichlichen Feriennachmittag, nach errungenem Sieg und gestärktem Selbstvertrauen, trug sie die Krone auf ihren triefenden Haaren, während sie neben Tando schwamm, die sich nun gleichfalls den Ostseewellen überlassen hatte, wenn auch unschwer zu erkennen war, daß Wasser nicht ihr bevorzugtes Element war.

Anne fühlte sich wohl. Sie merkte es daran, daß sie sich viel leichter als sonst vorkam. Immer wenn Wohlsein sich ausbreitete, war ihr, als sei sie nur mit Luft gefüllt. Kein Grummeln im Bauch, das Ängste signalisierte, keine Gedanken, die sie belasteten, nichts als Luft und flüchtige Wahrnehmungen. Sie denkt zuviel nach, hatte Tando gestern abend gesagt. »Besser zuviel als zuwenig.« Rudolfs Antwort hatte fast wie Lob geklungen. Die beiden sprachen manchmal über sie. Das wunderte Anne, die daran gewohnt war, ihre großen Schwestern im Mittelpunkt allgemeiner Aufmerksamkeit zu sehen. Solche Gespräche fanden meistens am abendlichen Kamin statt. Wenn er bei anhaltendem Sommerwetter auch kalt blieb, war die Kaminecke die behaglichste im Haus. Anne im Schaukelstuhl, den sie in schweigender Übereinstimmung als Stammplatz vereinnahmt hatte. An den ersten Abenden schlief sie schon nach kurzer

Zeit ein und fand sich zu ihrer eigenen Überraschung am nächsten Morgen in ihrem Bett wieder, ohne zu wissen, wie sie da hineingekommen war.

»Das macht die Luftveränderung und das viele Schwimmen. Fürchtest du immer noch, du könntest es wieder verlernen?« Rudolf spielte auf die ersten Tage an, als sie ungeduldig zum Strand gedrängt hatte. Natürlich hatte er durchschaut, daß sie unsicher war, ob sie es über Nacht nicht wieder verlernt hatte.

»Nein, jetzt weiß ich, daß ich es kann. Man verlernt es nicht, wenn man es richtig beherrscht, auch nicht, wenn man lange Zeit nicht schwimmt, hat Rudolf gesagt. Er hat mir auch erlaubt, allein an den Strand und ins Wasser zu gehen.«

»Ich sehe schon, das ist ein richtiges Komplott – ich werde wohl überhaupt nicht mehr gefragt.« Tando legte ihr Buch auf den Tisch und versuchte erfolglos, wie eine strenge Tante auszusehen. »Du weißt, wir sind für dich verantwortlich, Anne.«

»Ja, das hat Rudolf mir heute morgen erklärt. Aber ich bin alt genug, auf mich selbst aufzupassen. Er hat gesagt, je früher man das lernt, um so besser.«

Nicht nur, daß die beiden Anne in ihre Gespräche mit einbezogen, manchmal gelang sie selbst unversehens in die Rolle der Berichtenden. So zum Beispiel als Tando nach Dithas Verlobung fragte. Schon wollte Anne ihren Bericht herunterspulen, aber die oft geprobten Worte gerieten schnell ins Stocken, als die Zwischenfragen durchaus nicht die gleichen wie die ihrer alten, kranken Tante Ella, sondern ganz unerwartet neue Fragen waren. So mußten ihre Antworten neu überdacht werden, wenn sich Rudolf erstaunlicherweise für diesen Arzt, der bei der Verlobung so oft und so seltsam gelacht hatte, interessierte. Anne merkte selbst, daß dieser Bericht einer bis zum Überdruß besprochenen Familienfeier ganz anders als die früheren ausfiel, zumal Rudolf ihm gewissermaßen den letzten Schliff gab. Vornübergebeugt in seinem Sessel, die Arme auf den Knien und in der rechten Hand die kalte Pfeife, verfolgte er aufmerksam Annes Worte. Wie auf dem Sprung sah er aus. Immer wenn irgend etwas sein Interesse weckte, sah er so aus. Manchmal sprang er tatsächlich auf, verschwand mit langen Schritten in seinem Arbeitszimmer und kam nach einer halben Stunde oder überhaupt nicht wieder. Aber bei Annes Verlobungsbericht blieb er sitzen. Half ihr mit Worten aus, lenkte ihn durch eine kurzgezielte Zwischenfrage in die gewünschte Richtung, wiederholte, wenn sie den Faden verloren hatte, ihren letzten Satz – kurzum er polierte ihn zu einer Erzählung mit dem Titel ›Die Verlobungsfeier‹ auf. Es machte ihm Spaß, das war ihm anzusehen, wie er mit seiner Pfeife Figuren in die Luft malte oder Tangorhythmus markierte, als Anne bei jenem Tanz angelangt war, als besagter Arzt sein Weinglas zerbrochen hatte.

»Schmarotzer seid ihr alle, die ihr euch fremde Geschichten aneignet und sie als eure eigenen ausgebt«, schalt Tando.

»Das ist durchaus legitim – schließlich kann man nicht alles selbst erleben. Übrigens hast du genau das richtige Wort gebraucht, nämlich aneignen, das heißt, man

macht die fremde Geschichte dank seiner Vorstellungskraft zu seiner eigenen, so daß sie zum Schluß meistens völlig von der Ursprungsgeschichte abweicht, die immer nur Rohstoff ist.«
»Aber Annes Geschichte – die Beobachtungen eines Kindes ...«
»... sind viel interessanter als die eines Erwachsenen, die schon von eigenen Meinungen verfärbt sind. Anne ist daran gewöhnt, ihre Umgebung zu beobachten, weil sie nicht mit Geschwistern in einer eigenen Kinderwelt aufwächst, sondern mit Erwachsenen, die sie oft nicht versteht. Ich wette, daß sie die einzige war, die bei dieser Verlobungsfeier die Hand des Arztes betrachtet hat, als er sein Weinglas zerdrückte. Ihre Eindrücke sind unmittelbar, zumal sie sie ganz unbewußt aufnimmt.«
Anne schaukelte still vor sich hin. Sie kannte das schon, daß ein gemeinsames Gespräch plötzlich wegglitt und in einer Nebenstraße endete, die Anne fremd war. Sie hörte gerne zu, wenn die beiden miteinander sprachen, auch wenn sie den Sinn der Worte nicht verstand oder sie den Eindruck hatte, daß sie miteinander stritten. Diskutieren nannte man das, hatte ihr Rudolf erklärt, und das habe nichts mit einem Streit, sondern vielmehr mit dem Austausch unterschiedlicher Meinungen zu tun.
»Aber es war gar nicht schön«, sagte sie plötzlich in eine Pause hinein. »Richtig doof war es, und ich habe mich schrecklich gelangweilt. Keiner hat mit mir gesprochen, nur mein Vater und einmal Bernd. Aber später haben mich alle vergessen, und ich habe in der Ecke gesessen

und mein Ohr gegen die Standuhr gehalten. Bing-bong, Wil-li, Bing-bong, Wil-li. Oh, wie das klang!«
»Willi war auch da?« Rudolf neigte sich zu ihr. Sein gespannter Blick stoppte Anne mitten im Schaukeln. Ihre Worte hatten sich ganz ungewollt aus schon beginnender Müdigkeit gelöst, jetzt schwieg sie betroffen. Woher wußte er, wer Willi war? Hatte er ihn vielleicht doch gesehen? Sie fühlte sich eingekreist. Etwas wehrte sich in ihr. Hellwach war sie geworden und bereit, etwas, das ihr allein gehörte, zu verteidigen. »Ich bin müde – Gute Nacht!« Sie spürte selbst, wie steif sie sich bewegte, als sie aufstand und zur Tür stakte.
»Das lasse ich nicht zu«, hörte sie Tandos Stimme hinter der geschlossenen Tür.
Anne tappte durch den dunklen Flur in ihr Zimmer, zog sich aus und legte mechanisch ihre Kleider auf den Stuhl.
»Nein«, sagte sie laut, als sie im Bett lag, »nein, nein!«

20.

Von jetzt an war Anne auf der Hut. Sie achtete darauf, daß ihr kein unbedachtes Wort entschlüpfte, daß sie Willi nicht mehr erwähnte. Um die Wahrheit zu sagen: es fiel ihr nicht einmal schwer, dachte sie doch kaum an ihn. Sie, die als Kleinkind unter Heimweh gelitten hatte, sobald sie von zu Hause entfernt gewesen war, hatte selbst ihre Familie vergessen, so lebhaft waren die neuen Eindrücke ihrer Ferien.

Nein, es war nicht das Strandleben, das sie so beeindruckte, und auch die Tatsache, daß sie jetzt schwimmen konnte, wurde ihr bald zur Selbstverständlichkeit. Was sie beschäftigte, was sie ganz und gar ausfüllte, war das Haus inmitten des von vielem Grün beschatteten Gartens und das Leben, das die beiden Bewohner in ihm führten. Keine Ferien für diese beiden Menschen, sondern der Alltag, den sie nur deshalb hier verlebten, um ungestörter arbeiten zu können. Aber dieser All- und Arbeitstag war für das Ferienkind Anne außergewöhnlich, unterschied er sich doch völlig von jedem Alltag, den sie bisher kennengelernt hatte. Selbst die Sprache schien ihr eine andere als die ihr von zu Hause vertraute Sprache, die sich hauptsächlich um Familiendinge drehte. Sie dachte darüber nach. Selbst wenn sie jetzt oft allein zum Strand ging, dachte sie darüber nach. Nur wenn sie den für den ganzen Sommer gemieteten Strandkorb bezog und mit den Nachbarburgkindern Ball spielte und sich im flachen Wasser oder beim Schwimmen austobte, war sie ein richtiges Ferienkind. Ein zehnjähriges Mädchen, das Anne hieß. Braungebrannt, mit Haaren, die vom Meerwasser und der Sonne fast weißgebleicht waren. Ilse, Jutta, Jürgen, Helmut – aber ja, sie kannte alle Namen ihrer Strandgefährten. Aber es waren nur Freunde auf Zeit. Strandfreunde. Sobald Rudolf, meistens am späten Nachmittag, am Strand erschien, forschte sie in seinem Gesicht, wußte schon bald, ob er einen guten oder schlechten Tag gehabt hatte. War er vorangekommen mit seiner Arbeit, dann zeigte er sich unbekümmert, tobte mit ihr am Strand beim Ballspielen und schwamm mit ihr ein Stückchen weiter hinaus, als ihr sonst erlaubt war. An schlechten Tagen dagegen blieb er im Strandkorb sitzen, wortkarg und zerstreut.

Es dauerte nicht lange, und sie erkannte schon morgens, in welcher Verfassung Rudolf sich befand. An guten Tagen merkte er überhaupt nicht, was um ihn herum geschah. Nichts konnte ihn stören, nicht einmal Tandos Lachen, das wirklich nicht zu überhören war, wenn sie in der Grotte zusammen frühstückten. Diese Grotte, eine hufeisenförmige Mauer aus übereinandergefugten Feldsteinen, deren Verwitterung von Efeu bereitwillig verdeckt wurde, bot Schutz gegen den Seewind. Zwei über Eck gestellte, weißgestrichene Bänke mit einem Steintisch in der Mitte machten die Grotte zum bevorzugten Eßplatz. Zum Garten hin geöffnet und nur einen Steinwurf von dem von Rudolf vereinnahmten Kastanienplatz entfernt, war sie der ideale Beobachtungsposten. Tage mit emsigen Anschlägen, Tage mit wütendem Hacken – das lernte sie schnell zu unterscheiden. Kam sie dann in den Garten, bestätigte ein einziger Blick ihre Vermutung. Wie erleichtert sie war, wenn kein zerknülltes Papier Mißlingen verriet. Wie sie sich freute, wenn sie zu seiner Rechten beschriebene Seiten entdeckte.

Und die Pausen. Nie hätte sie geglaubt, wie viele Arten von Pausen es gab, wie unterschiedlich plötzlich einsetzende Stille sein konnte. An guten Tagen bedeutete das Innehalten des Maschineschreibens nur eine schweigende Fortsetzung seiner Geschichte. Sein Gesichtsausdruck war gesammelt, nichts konnte ihn ablenken. Es machte ihm nicht einmal etwas aus, wenn Anne sich neben ihn setzte, ja, manchmal sprach er sogar mit ihr. Aber es war nur sein Mund, der sprach. In Wirklichkeit war er nicht richtig hier, und Anne hätte genauso gut die Nachbarkatze oder das Eichhörnchen oder auch nur ein Stein sein können.

Die schlechten Tage bestanden vorwiegend aus Pausen. Aber was für Pausen. Da konnte von Schweigen nicht die Rede sein. Da ratschte die aus der Maschine gerissene Seite seinen Zorn in die morgendliche Stille. Eine neue Seite und abermaliges Hämmern von Buchstaben, welche die Sätze verweigerten, Sätze, die sich nicht fügen wollten in sein Konzept. Das Ritual des Pfeifeanzündens mit hinausgezögerter Umständlichkeit. Freudlos gepaffte Rauchstöße und schließlich das achtlose Weglegen einer nichtgenossenen Pfeife. Ein weiteres Papierknäuel folgte seinen Vorgängern auf betautes

Gras. Jetzt sprang er auf und absolvierte verbissene Runden um die Kastanie, die ihm auch nicht helfen konnten, genausowenig wie Anne, die sich in der schützenden Grotte unsichtbar machte. In diesem Zustand durfte ihn niemand ansprechen. Selbst schweigend servierter Kaffee ließ ihn unwillig abwinken, obwohl er ihn dann doch trank. Vögel hatten zu verstummen, was sie natürlich nicht taten. Dann beschimpfte er sie, was sie hingegen durchaus nicht störte. Eine Wespe konnte ihn zur Hysterie oder zum endgültigen Davonlaufen treiben.

Letzteres bedeutete ein Aufatmen für die Zurückgebliebenen. Tando trat aus der Haustür, Anne tauchte aus der Grotte empor, Blanche, die Nachbarkatze, kam durch die Hecke, um ihre morgendliche Aufwartung zu machen und die Vögel ließen sich selbst durch ihr Erscheinen nicht daran hindern, aus ungefährdeter Höhe ihre Matinée zu jubeln.

»Da capo«, rief Tando, »das Frühstück findet noch einmal statt und später gehen wir zum Strand.« Sie räumte Papiere und Bücher zusammen und trug sie in Rudolfs Arbeitszimmer. Auch die Schreibmaschine trug sie hinein. Anne durfte den großen Aschenbecher mit den Rauchutensilien nachbringen.

Als sie zum erstenmal diesen Raum betrat, zu dem nur Tando Zutritt hatte, blieb sie befangen an der Tür stehen. Ein riesiger Schreibtisch, vollbedeckt mit Büchern, Schreibpapier, Zettelkästen und Mappen, die niemand anrühren durfte. An den Wänden Regale mit Büchern, in einer Nische eine Schlafcouch mit Tisch und Leselampe. Ein spartanischer Raum, der gerade so viel Mobiliar enthielt, wie zum Arbeiten und Schlafen benötigt wurde. Irgendwann an solch einem Tag, der ihn hinausgetrieben hatte zu einem einsamen Strandlauf oder ins Hinterland durch Felder und Waldstücke zum See, würde Rudolf in dieses Zimmer zurückkehren, um seine Arbeit wieder aufzunehmen oder es für heute aufzugeben ...

»Man kann es nicht immer erzwingen«, erklärte Tando auf dem Weg zum Strand, »solch eine Geschichte steht ja nicht von vornherein fest und braucht nur nacherzählt zu werden. Du kannst die Figuren nicht einfach nach deinem Willen hin- und herschieben, irgendwann im Ablauf der Handlung machen sie sich selbständig und sprechen ihre eigene Sprache. Sie passen nicht mehr in dein Konzept. Plötzlich ist alles festgefahren, muß neu überdacht und gestaltet werden ...«

»Konzept – was heißt das?« Anne, durch Rudolf ermutigt, fragte sofort, wenn sie ein Wort nicht verstand.

»Konzept ist die Vorstellung, der Entwurf für dein Buch oder auch für irgend etwas anderes. Stell dir vor, du solltest einen Aufsatz über deine Ferien schreiben. Wie würdest du das machen?«

»Vom Strand würde ich schreiben und wie ich Schwimmen gelernt habe. Vom Haus und dem Garten mit der Grotte. Aber hauptsächlich von Rudolf und natürlich auch von dir.«

»Na, ich komme aber reichlich spät«, lachte Tando. »Siehst du, da hast du also schon ein Konzept für deinen Aufsatz. Und Rudolf wäre deine Hauptperson.«

»Tante Ella hat gesagt, daß Rudolf berühmt ist. Ich habe dein Bild in der Illustrierten entdeckt, zusammen mit Rudolf, und es Tante Ella gezeigt.«
»Ach ja, und was haben deine Eltern dazu gemeint?«
Anne schwieg. Sie dachte daran, daß ihre Mutter das Bild aus der Seite gerissen und in ihrem Nähfach versteckt hatte, damit niemand es sah.
Tando legte den Arm um ihre Schulter. »Laß nur, Anne, du brauchst mir nicht zu antworten, ich kann es mir auch so vorstellen. Bestimmt hat deine Mutter die Zeitung verschwinden lassen, damit niemand sieht, daß ihre Schwester als Geliebte eines berühmten Mannes auch noch abgebildet ist. Ich verübele es ihr nicht einmal, denn in der Umgebung, in der sie lebt, in dieser wirklich hübschen Provinzstadt wäre das bestimmt keine Empfehlung. Gut lebt man dort bei euch in eurem Beamtenstädtchen, so sicher und geborgen – sofern man die Spielregeln beachtet und die Tabus respektiert.«
»Tabus?«
»Das sind Dinge, die man nicht tut, und wenn man sie doch tut, auf keinen Fall darüber spricht. Ich sollte übrigens auch nicht so zu dir sprechen, aber immer vergesse ich, daß du nicht einmal 10 Jahre alt bist. Ich bin so ungeübt mit Kindern. Ich fürchte, es muß manchmal recht langweilig für dich sein mit uns.«
»Nein, überhaupt nicht. Es ist nur alles ganz anders als bei uns zu Hause. Ihr sprecht von Büchern, vom Theater – meine Eltern gehen auch manchmal ins Theater, aber sie sprechen ganz anders darüber. Sicher sind es

ganz andere Stücke ... aber Ditha, wenn die hier wäre, würde sie bestimmt sagen: das ist ja fabelhaft, das sagt sie immer, wenn ihr etwas gefällt. Aber ich muß so viel fragen, und manchmal verstehe ich gar nichts – dann glaube ich, daß ich sehr dumm bin ...»

»Aber Anne, so etwas darfst du nie denken, hörst du? Du hast noch so viel Zeit, fängst ja gerade erst an zu lernen. Aber nütze die Zeit, lese und frage und lerne, das ist das Beste, was du für dich tun kannst. Ich habe viel zu spät damit angefangen.«

»Aber jetzt kannst du Maschineschreiben, sogar schneller als Rudolf. Hast du das richtig gelernt?«

»Natürlich. In einem Abendkurs, damit ich Rudolfs Arbeiten ins Reine tippen kann.«

»Manchmal schreibst du den ganzen Nachmittag, dabei hast du früher gesagt, daß Arbeit etwas Schlimmes wäre.«

»Das soll ich gesagt haben?«

»Ja, du hast gesagt, das schlimmste an der Arbeit wäre, daß man morgens das Haus verlassen muß und daß du am liebsten eine Schnecke sein möchtest, die sich jederzeit in ihr Haus verkriechen kann.«

»Daran kannst du dich noch erinnern? Aber du hast ganz recht – nur daß ich damals eine ganz andere Art von Arbeit meinte. Zum Beispiel die Arbeit in einer Fabrik oder als Verkäuferin – es gibt viele Arbeiten, die nicht mehr viel von einem Menschen übriglassen, wenn er am Abend nach Hause kommt. Das kannst du dir nicht vorstellen, meine Kleine, und wirst es hoffentlich auch nie am eigenen Leibe erfahren. Deshalb ist es so wichtig, daß du viel lernst und dir später einen Beruf auswählst, der dich interessiert.«

»Aber meine Mutter sagt, ein Mädchen heiratet ja doch, und das wichtigste ist, daß es einen Mann bekommt. Einen guten Ehemann. Sonst wird man eine schrullige, alte Jungfer, so wie Fräulein Lieschen, die unsere Kleider näht. Oder Fräulein Uhlmann – das ist meine Klavierlehrerin. Sie hat einen Vogel, den sie Hansipüppchen nennt und der überall hinkackt. Manchmal auch auf meine Hand, wenn ich übe. Einmal habe ich das Fenster aufgemacht, damit er hinausfliegt.«

»Und ist er geflogen?«

»Nein, er wollte gar nicht hinaus.«

»Und was hat Fräulein Uhlmann dazu gesagt?«

»Sie hat einen Herzanfall bekommen. Seitdem gehe ich nicht mehr hin.«

»Was für ein Leben! So etwas dürfte es einfach nicht geben. Von der Abhängigkeit des Elternhauses in die Abhängigkeit der Ehe, und wenn das eine oder das andere nicht klappt, ist das ganze Leben verpfuscht. Das ist Frauenschicksal und das haben die Frauen hingenommen. Jahrtausendelang. Aber es wird nicht so bleiben, das sage ich dir. Eines Tages werden die Frauen aufwachen und für sich die gleichen Berufschancen wie die Männer beanspruchen. Ob ich das noch erlebe, ist fraglich. Aber du, Anne, du wirst bestimmt schon ganz andere Möglichkeiten haben, etwas aus deinem Leben zu machen. Deine Eltern – auch wenn sie in vielen Dingen vielleicht altmodisch denken – haben immerhin deinen

Schwestern eine vernünftige Ausbildung ermöglicht, und so wirst auch du einen ganz anderen Start bekommen als die meisten Mädchen heute. Aber du mußt auch starten, hörst du! Vielleicht langweile ich dich jetzt, meine Kleine, womöglich hörst du auch gar nicht richtig zu und bestimmt wirst du nicht alles verstehen. Aber später, irgendeines Tages, fällt dir unser Gespräch wieder ein, so hoffe ich wenigstens . . .«

So hatte Anne ihre Tante noch nie sprechen hören. Sie gehörte nicht zu den Erwachsenen, die mit ständig erhobenem Zeigefinger Ermahnungen erteilen, deshalb war Anne von der Dringlichkeit ihrer Worte auch stark beeindruckt. Scheu blickte sie zu ihrer Tante hoch, wie sie mit langflatterndem Strandanzug, die dauergewellte Frisur mit einem blauen Stirnband zusammengehalten, neben ihr herschritt. Nicht mehr die behaglich schnurrende Tando, die einen Regentag träge im Bett vergammelte. Keine Korsettstangen, die in die Fettpolster kniffen und Melancholie verursachten – heute trug sie einen ›Hautana‹, das war eine Art Gummianzug, heute ging sie unerwünschten Fettpölsterchen mit einem Punktroller zuleibe. Der sah ein bißchen wie eine Kuchenrolle aus, nur daß er aus Gummisaugnäpfchen bestand. Anne war einmal dazugekommen, wie Tando nach absolvierter Morgengymnastik ihre immer noch starken Oberschenkel mit diesem Punktroller abzuschwächen oder wenigstens zu straffen versuchte. Und sie ahnte wohl, daß Tando erhebliche Energie dazu benötigte, um ihre angeborene Trägheit zu überwinden.

»Du hattest einen roten Morgenrock an, mit riesigen

grünen Drachen drauf an dem Morgen, als du Onkel Edi weggeschickt hast.«

»Woher weißt du denn das?«

»Ich stand neben dir am Fenster auf der Fußbank und du hast ihm nicht mehr wie sonst nachgewinkt, als er mit seinen großen Koffern auf der Straße stand und hochschaute.«

»Daß du dich noch daran erinnerst. Du warst doch noch so klein, und ich habe dich überhaupt nicht bemerkt.«

»Es ist mir gerade wieder eingefallen.«

»Mir kommt es so vor, als sprächest du von einer ganz anderen Person und von einem ganz anderen Leben ... Mein Gott, wenn ich mir überlege, wohin ich hätte geraten können! Lieber nicht dran denken. Im Laufe der Jahre sammelt sich allerlei an, das man besser vergißt, scheint mir. Übrigens bald nach jenem Morgen, an dem ich Edi weggeschickt habe und an dem auch Ditha und du wieder nach Hause fuhrt, reiste ich nach Berlin.«

»Nach Berlin – einfach so?«

»Aber nein. Ich hatte dort eine Freundin. Sie lebte allein und hatte einen Beruf. Diese Frauen waren ganz anders als die, die ich aus meinem Provinznest kannte. Sie kamen mir wie Fabelwesen vor. Schon wie sie sich kleideten, ihr flottes Auftreten, diese für mich ganz neue Art von Selbstbewußtsein, das was meine Freundin moderner Lebensstil nannte, beeindruckte mich ungeheuer. Hier und genauso wollte ich leben. Meine Freundin bestätigte mich in meinem Entschluß und bot mir an, wenigstens für den Anfang bei ihr zu wohnen. Sie bestand darauf, daß ich von dem Erlös meiner Wohnung und meiner allerdings ziemlich mageren Ersparnisse Kurse absolvierte, um meine Berufschancen zu verbessern. Klein, lebhaft und energiegeladen, wie sie war, kann man sich kaum einen größeren Unterschied zu mir vorstellen, aber wir verstanden uns prima. Immer schien sie auf dem Sprung zu sein, ständig hatte sie irgend etwas vor. Und sie kannte viele Menschen. Durch sie lernte ich eines Tages Rudolf kennen, dessen Bücher in dem Verlag, in dem sie arbeitete, erschienen. Was glaubst du wohl, was seine erste Frage an mich war, Anne?« Anne, noch ganz vertieft in den Bildern, die ihre Tante ihr soeben vorgestellt hatte, von dieser Riesenstadt Berlin mit Menschen, die ganz anders sein mußten als die Leute, die sie kannte: »Ich weiß nicht.«

»Können Sie Maschineschreiben? Ich muß sagen, daß ich diese Frage am wenigsten erwartet hatte, schon gar nicht auf dem turbulenten Atelierfest eines Malers, zu dem meine Freundin mich mitgenommen hatte. Ich war so verblüfft, daß ich ›Ja‹ sagte.«

»Und du konntest überhaupt noch nicht Maschineschreiben?«

»Doch, ich hatte meinen Kursus fast beendet und beherrschte das Zehnfingersystem durchaus, aber es fehlte mir natürlich an Übung. Das macht nichts, meinte Rudolf, als ich dann tatsächlich bei ihm erschien, nach den ersten 200 Seiten Manuskriptschreiben kommt die Übung von selbst. Was ich aber konnte, war Zuhören.«

»Zuhören? Das kann doch jeder, oder ist das etwas Besonderes?«

»Und ob. Du wirst schon noch dahinterkommen, meine Kleine, daß die meisten Menschen lieber reden als zuhören. Ein Dichter oder Schriftsteller schreibt, weil er etwas mitteilen will, er braucht also jemanden, der ihm zuhört, der sein Manuskript liest und ihn in seiner Arbeit bestätigt, ihn auch kritisiert. Manche schaffen es auch im Alleingang, aber Rudolf gehört zu denen, die schon beim Schreiben sozusagen den Leser brauchen.«
»Hast du dich denn getraut – ich meine . . .«
»Du meinst zur Kritik, nicht wahr? Nicht am Anfang, nein. Da war ich noch zu unsicher in meinem Urteil. Aber immerhin hatte ich viel gelesen in meinen Trödeljahren, und nicht nur Unterhaltungsromane, sondern Klassiker, Bücher der Weltliteratur, wie man das nennt . . . Aber was rede ich da immer nur von mir – siehst du, Anne, du bist selbst eine gute Zuhörerin, das verleitet zum Reden und man vergißt dabei, daß du eigentlich viel zu jung für diese Geschichten bist. Ich fürchte, du wirst noch viele Lebensbeichten zu hören bekommen, doch du mußt dich zur Wehr setzen, wenn es dich langweilt oder belastet, ganz gleich ob es sich um mich oder sonstwen handelt, hörst du?«
Inzwischen hatten sie den Landungssteg erreicht, der weit in die offene See hinauslief. Hier legten die Ausflugsdampfer an, Bootseigner hatten ihre Jollen an seinem Rande festgemacht, vor allem aber fand auf dem Steg der abendliche Korso der Feriengäste statt. Hier lernte man sich kennen. Anfang und Ende von Ferienfreundschaften – hier war die Bühne, Holzbretter allzumal, die so angenehm schwankten und einem von

vornherein das Gefühl gaben, daß die hier stattfindenden Ereignisse in ständiger Bewegung und keineswegs von Dauer waren. Und wer allein war oder es sein wollte, lehnte über das weißgestrichene Geländer und schaute den ankommenden Booten oder den Möwen zu, die laut kreischend Schleifen über das Wasser zogen und ihre Tagesnachrichten auf den Geländersprossen austauschten. Wollte man länger verweilen, lud ein kleines Restaurant am Ende des Steges zum Tee, vorzugsweise mit Rum, ein.
Noch war früher Nachmittag, eine Zeit, zu der normalerweise der Landungssteg nur mäßig belaufen wurde. Doch kein Badewetter beherrschte die Szene, heute nicht und auch nicht an den vergangenen Tagen. Vielmehr machte der Strand einen grämlichen Eindruck mit seinen verlassenen Burgen und den umgestülpten Körben, die von den Strandwärtern zurückgeschoben worden waren, denn ein scharfer Nordost hatte die See aufgebracht und in der Nacht die Wellen bis an die Promenade gehetzt. Jetzt noch tobten sie dunkelgrün unter tiefen Düsterwolken, lappten nicht träge auf weißen Sand, sondern prahlten mit flotter Brandung, geradeso als hießen sie Nord- und nicht Ostsee.
Die Urlauber, wenn sie nicht in wetterfester Kleidung die kiefernumsäumte Promenade womöglich bis zur Steilküste wanderten oder es vorzogen, in ihren Pensionszimmern auf bessere Tage zu warten, fanden sich heute früh ein zum Treff auf dem Steg.
»Wir werden keinen Platz mehr bekommen.« Tando verlängerte ihre Schritte in Richtung Restaurant und

merkte nicht, daß Annes Beine stolpernd aus dem Takt gerieten.
»Was habe ich gesagt: knallvoll!« Trotz dieser Feststellung spähte Tando angestrengt durch das dichtbesetzte Lokal, während Anne sich hinter ihrer wie immer unübersehbaren Statur verdrückte. Aber es half nichts, sie trug keine Tarnkappe, so sehr sie sich das auch wünschte. Sie war hier und sichtbar und sich den piekenden Fremdblicken voller Unbehagen bewußt.
»Hallo!« Tando hißte ihre Rechte, und schon kam Bewegung in die Szene. Umarmungen, Stimmengewirr, Lachen – auf einmal fand Anne sich in einem Kreis unbekannter Menschen wieder. Zwei Stühle wurden herangeholt, man rückte zusammen, fand dichtgedrängt aber immerhin Platz um den bevorzugten Ecktisch am Fenster, direkt über der See. Namen stürzten auf sie ein, niegehörte: Charly, Ferdi, Bobby – Rita, Sonja, Lara. Wieso endeten die Männernamen alle auf i und die Frauennamen auf a? Berliner Freunde, hatte Tando gesagt. War es möglich, daß die Menschen in Berlin andere Namen hatten als anderswo? In dieser Stadt, der Hauptstadt des Landes, wie sie längst aus der Schule wußte, mußte überhaupt alles viel größer, wunderbarer sein, der Tag hatte dort mehr Stunden und ging trotzdem schneller hin, so ähnlich hatte Tando sich kürzlich geäußert, warum also sollten die Leute dort nicht auch anders heißen? Sie mußte Rudolf fragen, der würde es ihr schon erklären.
Tando jetzt also mitten unter ihnen, nach allen Seiten sprechend. Überhaupt, hier sprach jeder mit jedem,

ohne die geringste Neigung, auch nur ein paar Takte zuzuhören. Man hatte so Wichtiges zu sagen, wer wollte da schon eine Antwort wissen – die Zeit war ja so kurz. Sollte Zuhören wirklich eine so seltene Gabe sein, wie Tando vorhin behauptet hatte?
Aber lustig sah das schon aus, diese Oberkörper oberhalb der mit Tassen-Gläsern-Aschenbechern bedeckten Tischplatte. So als wären sie alle halbiert wie die Frau ohne Unterleib auf dem Jahrmarkt.
Ein verstohlener Blick unter den Tisch.
»Na, zählste unsere Beene, Kleene? Mensch, det reimt sich sojar.« Mit glühenden Ohren fuhr Anne hoch. Doch vor diesem Gesicht mit erstaunlich großen Nasenlöchern über grienendem Pferdegebiß wollte Verlegenheit sich nicht einstellen. Gleich wiehert er – gebannt blickte sie in sein Gesicht, das sie fabelhaft fand. Ferdi – jemand redete ihn so an, und noch nie war ihr ein Name so passend erschienen. »Willste n' Stück Himbeertorte, die is knorke.«
Sie nickte eifrig, hätte in jedem Fall genickt, selbst wenn er ihr Hundekuchen angeboten hätte. Schon war er ihr vertraut, schon glaubte sie, ihn lange und nicht erst seit eben zu kennen. Auch als er sich zu den anderen wandte und plötzlich niegehörte Worte gebrauchte, diese überdeutlich, manchmal wie mit dem Messer geschnitten aussprach, rückte er nicht, wie sie das sonst von Erwachsenen kannte, ab von ihr. Sprachkultur ... unerhörte Ausstrahlung ... differenzierte Gestik ... einen Augenblick hörten sogar die anderen zu. Dann, übergangslos, wechselte die Sprache ins Berlinische – doch,

manche Ausdrücke waren ihr bereits geläufig. Von Rudolf und Tando, aber auch von ihren Berliner Strandfreunden. Halb Berlin trifft sich im Sommer hier oben an der Ostsee, hatte Tando erst gestern festgestellt. Ja doch, ›dufte‹ und ›hast 'ne Meise‹, sogar ›atze‹ und ›meschugge‹ gebrauchte sie selbst mit kindlichem Nachahmungseifer, obwohl sie jetzt schon ihre Eltern hörte: »Sprich nicht so gewöhnlich ... Was sollen diese burschikosen Ausdrücke.« Aber diese anderen Wörter, bestimmt ganz bedeutsame Worte, Fremdwörter zumeist, die wurden zu Hause erst recht nicht gesprochen und wahrscheinlich überhaupt nicht verstanden.
»Rezensent, was ist das?« Sie zupfte Ferdi am Ärmel. Er präsentierte sein prachtvolles, obgleich gegilbtes Pferdegebiß und drückte die Zigarette aus. »Ich. Du kannst auch Theaterkritiker sagen. Das ist die einfachste Sache der Welt: ich gehe ins Theater und schreibe, wie es mir gefallen hat – das kannst du dann am nächsten Tag in der Zeitung lesen.«
»Und eines Tages wird er umgebracht von einem, den er so richtig fertig gemacht hat.«
»Ist das wahr?«
»Durchaus möglich. Berufsrisiko sozusagen. Aber du darfst unser Gequatsche nicht so wörtlich nehmen. Weißt du, die hier sind alle ein bißchen übergeschnappt. Lauter Irre – mich eingeschlossen. Hier, trink mal deinen Tee!«
Gehorsam nahm Anne einen Schluck aus dem hergeschobenen Glas. Einen großen Schluck, der glühendbitter durch ihren Körper schoß. Einen Augenblick dachte

sie, ihn wieder ausspeien zu müssen, aber da hatte er schon den Bauch erreicht. Wohlige Wärme unterhalb des Nabels, da wo sich bei ihr alle Gefühle sammelten, da wo Angst pochte, Zorn rumorte, Glück hüpfte.
»So ist es brav!« Ferdi bedeckte ihre Hand mit seiner Hand. Ulkig sah das aus, so als wäre ihre eigene Hand plötzlich weggezaubert. Zauber, Verwandlungen – diese Ideen stellten sich rasch bei ihr ein, korrigierten die Wirklichkeit, machten alles geheimnisvoller. Ein gutes Gefühl, diese Wärme rund um ihre Hand. Nichts wünschte sie sich mehr in diesem Augenblick, als daß er seine Hand so beließe, und als er dies auch tat, kam sie sich plötzlich überstark vor, geradeso als hätten ihre Wünsche Macht bekommen. Und diese Wärme im Bauch, eine ganz unbekannte Schwebeempfindung, die übertriebene Bedeutsamkeit dieser immer lauter werdenden Tischrunde – woher kam das, was war das bloß? Die Leute an den Nachbartischen konnten mit ihren Tadelblicken und spitzigen Bemerkungen nicht das geringste ausrichten gegen Rita, Charly und wie sie alle hießen, die sich überhaupt nicht beeinträchtigen ließen, ja vorhandene Mißbilligung überhaupt nicht zur Kenntnis nahmen. Anne dagegen nahm alles wahr, überdeutlich und, wie in diesen Zerrspiegeln auf dem Jahrmarkt, auf unheimliche Weise vergrößert. Seltsam auch, daß sie schon zum zweitenmal an Jahrmarkt erinnert wurde.
Erst waren es viele Gesichter, die da auf sie eingestürzt waren, auf einmal blieb nur noch eines. Lara. Die sie so nannten, trug einen richtigen Herrenanzug, grau mit

breiten Weißstreifen, darunter einen schwarzen Pullover. Tiefdunkle Haare, die glatt auf die Schultern fielen – schon das unterschied sie von den anderen Frauen, die modische Dauerwellen trugen. Doch, Anne, durch ihre erwachsenen Schwestern geschult, war in solchen Dingen durchaus auf dem laufenden.
Diese Augen. Hatte sie jemals solche Augen gesehen? Keine dunklen, wie man vielleicht hätte erwarten können, sondern ganz helle Augen. Wie Schnee, wie blauer Schnee, nein, das gab es gar nicht. Bestimmt hatten Feen diese Art von Augen, dieses unglaubliche Schneeblau. Vielleicht war sie sogar eine Fee, die sich aus Versehen in diese lärmende Runde verirrt hatte. Sah sie nicht aus, als gehöre sie eigentlich nicht hierher, sondern ganz woanders hin. Aber so sehr Anne sich auch bemühte, sie konnte sich keinen Ort, keine Umgebung vorstellen, wo Lara lebte. Möglicherweise in einem Märchen, in einer ganz und gar unwahrscheinlichen Geschichte oder in einem Bild mit lauter Fabelwesen, auch in einem Traum – ja, da paßte sie hinein.
Lara. Das war kein Name. Laralaralara – das konnte man summen, auch richtig singen.
»Gefällt dir mein Name?«
Anne schreckte hoch. »Ja . . . ja, ich habe ihn noch nie gehört.« Sie mußte diesen Namen wirklich gesungen haben, jetzt kam sie sich ertappt und ziemlich dumm vor.
Lara lachte. Ein rauhes Lachen. Keinesfalls das Lachen einer Fee, falls Feen überhaupt lachten. Annes Feen schwebten und hatten eine Stimme wie ein Hauch. Au-

ßerdem, hatte man je eine Fee in einem Herrenanzug gesehen? Na also. Aber wie sie sprach. Diese tiefe Stimme, die manche Wörter in ganz fremder Betonung ausdrückte und das R hinten aus dem Rachen hervorkratzte. Übrigens redete sie am wenigsten von allen in dieser lebhaften Runde. Und sie nahm ihre Hände zur Hilfe, so als genügten Worte allein nicht zur Verständigung. Zeichnete Figuren mit den Händen, formte einen Kreis mit Daumen und Mittelfinger, spreizte den Kleinfinger.
»Du ...«, Anne tippte auf Ferdis Hand, die jetzt leider nicht mehr ihre eigene bedeckte, »sie spricht mit den Händen.«
Er folgte ihrem Blick, wußte augenblicklich, was sie meinte. »Nicht nur mit den Händen sondern mit ihrem ganzen Körper. Du solltest sie erst auf der Bühne sehen.«
»Ist sie eine richtige Tänzerin mit Ballettschuhen und Spitzentanz? Das habe ich einmal im Theater gesehen beim Wintermärchen. Die Schneeflocken wurden von Ballettänzerinnen getanzt. Sie trugen kurze, weiße Tüllröckchen und tippten nur mit den Fußspitzen auf den Boden, wirklich, sie sahen genau wie Schneeflocken aus.«
Ferdi lachte. »Lara als Schneeflöckchen, also diese Vorstellung fällt mir nicht ganz leicht.«
»Wieso, ich kann alles tanzen, hörst du, einfach alles, wenn's sein muß auch eine Schneeflocke.«
»Aber natürlich, Chérie, ich wollte auch nur sagen, daß Elfen, Schneeflocken und alles, was Anne sonst noch in ihrem Wintermärchen gesehen hat, nicht unbedingt

deine Domäne ist.« Ferdi hatte Lara über den Tisch Feuer gereicht, jetzt wandte er sich wieder an Anne. »Weißt du, das, was Lara groß und berühmt gemacht hat, nennt man Ausdruckstanz.«

Anne dachte nach. Täglich war sie in diesen Ferien mit neuen Begriffen, ganz fremden Wörtern bekanntgeworden. Sie saugt alles wie ein Schwamm auf, hatte Rudolf gestern Tando gegenüber geäußert. Er war aus der Stadt gekommen und hatte ihr einen Duden und ein Oktavheft mitgebracht. »Da kannst du alle Wörter, die du noch nicht gehört hast oder die du nicht richtig begreifst, hineinschreiben und später dann im Duden nachschlagen.« Jetzt aber hatte sie weder den Duden, noch das Oktavheft bei sich, hoffentlich vergaß sie ... Wie hatte Ferdi doch gerade gesagt ... Ihre Gedanken verwirrten sich.

»Ausdruckstanz. Wenn du Zorn hättest und dein Mund wäre dir zugeklebt, so daß du nicht sprechen könntest, wie würdest du das ausdrücken?«

»Ich würde mit den Füßen aufstampfen und mit den Fäusten drohen ...«

»Siehst du, und genau das macht Lara.«

»Auf der Bühne?«

»Natürlich, wo denn sonst. Ganz allein steht sie im Lichtkegel und tanzt Verzweiflung und Hoffnung, Liebe und Trauer. Alles was ein Dichter mit Worten und ein Maler mit Farben auszudrücken versucht, setzt sie in Bewegung um. Und das Publikum schaut ihr zu, mäuschenstill, bewegt, beeindruckt, und wenn es wieder hell wird im Theater und sie einen Augenblick un-

beweglich dasteht, bevor sie sich verneigt, brechen die Zuschauer in Begeisterungsstürme aus.«
Das kann sie sich vorstellen. Diese Szene glaubt sie einen Augenblick zu sehen, während sie den letzten Rest Tee austrinkt. Lara auf einer riesigen Bühne. Wie sie die Arme, ihren ganzen Körper hochstreckt, um etwas, was sie haben will, aus dem Himmel zu reißen, das Gesicht erhoben und von Licht umstrahlt ... jetzt heben sich ihre nackten Füße vom Boden ... und die Tischrunde ist immer noch da, aber ganz stillgeworden und nun ist Lara wieder mitten unter diesen Köpfen, die ganz lose auf dem Hals sitzen wie damals bei ihrer Puppe, bevor sich der Kopf löste und zu Boden polterte. Noch aber hängen sie dran, diese Köpfe, die Rita und Charly, Ferdi und vor allem Lara heißen. Und ganz hinten, am äußersten Ende, überhaupt nicht erreichbar, auch Tando. Dann, erst etwas verschwommen, dann deutlicher, eine wohlbekannte Hand ... Nein, Willi, geh weg, wir sind verrückt, alle miteinander, nein, nein, Willi, geh nicht zu Lara, sie hat schneeblaue Augen und kann hexen. Zu spät, schon sieht Anne seinen Kopf neben Lara, schon hat diese ihn entdeckt, hebt ihre Hand, um ihn zu streicheln. Eine Explosion im Bauch, Aufruhr, etwas, für das sie erst viele Jahre später das Wort Eifersucht lernt ...
Und Anne steht auf, drückt gewaltsam ihre seltsamweichen Knie durch, hält sich an ihren geballten Fäusten fest, gelangt mit erheblicher Anstrengung durch immer noch vollbesetzte Tische an die Tür.
Und rennt und rennt. Über den Landungssteg, der kein

Ende nehmen will aber sie schließlich doch entläßt, ein Stückchen Promenade entlang und dann die Stufen hinunter zum Strand. Wege, die ihre Füße auswendig kennen und mühelos finden. Vorbei an den immer noch umgestülpten Strandkörben bis hin zu den zahmgewordenen Wellen. Abend ist es geworden. Heller Augustabend, denn die Düsterwolken sind nach Westen vertrieben, haben sich zu violettumrandeten Alpen aufgetürmt. Die See ist ruhig geworden, der Himmel bietet makellose Bläue.

Frisch ist die Luft nach längeren Regentagen, kühl und prickelnd, und die Strandläufer, froh über das Schlechtwetterende, tragen dicke Wolljacken. Sie wundern sich über das Kind, ein Mädchen von vielleicht zehn Jahren. Warum rennt sie bloß so? Und wie komisch sie läuft, so als würde sie jeden Augenblick hinfallen. Und sie spricht mit jemandem und nennt ihn beim Namen. Und ruft Willi, Willi, obwohl doch niemand bei ihr ist. Sie muß verrückt sein, die Kleine. Soll man ihr helfen? Aber schon ist sie weiter ...

Und rennt und rennt, das Mädchen, das Anne heißt. Bis einer kommt, ihr von ganz weitem entgegenkommt. Einer, den es mal wieder vom Schreibtisch weggetrieben hat, einer, dem die besten Eingebungen kommen, wenn er sich am einsamen Strand gegen den Wind stemmt. So laufen sie aufeinander zu, der Mann, der wieder System in das Chaos seiner Ideen gebracht hat, und das Mädchen, das in Aufruhr geriet, ohne zu wissen, was ihm da widerfahren ist. Noch sind sie nicht viel mehr als Punkte in weiter Entfernung, nehmen aber bei dem beiderseitigen Tempo, mit dem sie sich aufeinander zubewegen, rasch Gestalt an. Achten nicht aufeinander, bemerken sich kaum, bis sie aufeinanderstoßen, sich plötzlich erkennen. Und der Mann fängt das Mädchen auf, das über seinen ausgestreckten Arm kippt, dem sich plötzlich der Magen umstülpt und das alles, was der Körper hergibt, ausspuckt, bis nur noch grüne Galle kommt.

»Menschenskind, Anne, du bist ja stockbesoffen!« Rudolf, von weither kommend mit seinen Gedanken und keinesfalls gefaßt auf irgendeine, geschweige denn diese Begegnung hier, streichelt unbeholfen ihren Rücken. Im Umgang mit Kindern zwar nicht besonders erfahren, ist ihm Trunkenheit immerhin bekannt genug, um zu wissen, daß er hier im Augenblick nichts anderes tun kann als abzuwarten, bis sie sich völlig entleert hat und sie ein bißchen zu trösten in diesem ihrem ersten und reichlich verfrühten Rausch ihres Lebens. »Arme Anne ... wie konnte denn das nur passieren ...«

Endlich will und kann nichts mehr kommen. Würgen geht über in kraftloses Jammern. Als er sie hochhebt, keucht sie »Lara ... Ferdi ...«

»Das hätte ich mir denken können: die Clique ist da ... mitten in der Arbeit, das hat mir gerade noch gefehlt.« Während Rudolf seinen Feriengast nach Hause trägt, zwischendurch auf einer einsamen Promenadenbank seine Last absetzt, weil ein zehnjähriges Mädchen schließlich sein Gewicht hat, werden sie immer lauter und ausgelassener unten im Strandlokal. Bis auf Ferdi, der steif und fest behauptete, noch niemals einen derart

labbrigen Tee getrunken zu haben. Lara will ihm nicht glauben, nimmt schließlich sein Glas, nippt daran und sagt: »Kein Wunder, der ist ja auch trocken.«
Sie blickten sich an und rufen gleichzeitig: »Anne!«
Ferdi schlägt sich mit der flachen Hand gegen die Stirn. »Sie hat die Gläser verwechselt ... um Himmelswillen, die muß ja volltrunken sein. Wo ist sie überhaupt?«
Sie war weg und keiner wußte, wie lange schon, denn die Zeit war irgendwo auf der Strecke geblieben. Bewegung kam in die Runde. Noch mehr Bewegung oder richtiger eine neue Art von Bewegung. Überdreht, wie sie schon von Natur aus und jetzt vom Alkohol verstärkt waren, stellten sie sich ein betrunkenes Kind am Strand vor. Sahen die Wellen, von denen sie nicht wußten, daß sie inzwischen zahm geworden waren, immer noch als Brecher und befürchteten das Schlimmste.
Bühnenreif war es dann, wie sie fortstürmten aus dem Strandlokal, über den endlosen Landungssteg schwankten, hinunter zum Strand. Nur Tando, mit einem Schlag nüchtern geworden, begab sich vom Landungssteg aus auf verkürzter Diagonale direkt nach Haus. Jeder, der sie kannte und wußte, daß sie kein Freund von schneller Gangart ist, wunderte sich über ihren langausholenden Laufschritt, der sie nur wenig später als Rudolf samt seinem Bündel nach Hause brachte.
»Was habt ihr bloß mit ihr angestellt«, empfing er sie, »sie liegt wie tot im Bett.«
»Ein Versehen. Sie hat aus dem falschen Glas getrunken ...«

21.

Annes Sommerferien neigten sich ihrem Ende zu. Später, wenn sie an diese Ferien zurückdachte, waren es besonders die letzten Tage, an die sie sich erinnerte. Hundstage, ohne einen Hauch.

Feuerrote Sonnenabgangspracht und eine laue Abendbrise, die kaum Abkühlung brachte. Tage von unglaublicher Helligkeit. Tage, wie aus Licht gemacht. Der Himmel, die See, der Strand. Wo war die Grenze zwischen Wirklichkeit und Phantasie, diese dünne Linie, die Anne so oft nicht erkannte. Ereignisse waren nicht festzuhalten, Dinge schienen sich ineinander aufzulösen.

Zum Arbeiten war es natürlich keine gute Zeit, wie man sich vorstellen kann. Eine Stunde am frühen Morgen, höchstens zwei, dann wurde das Tacken auf der Schreibmaschine stockender, die Pausen dehnten sich. Die Seite wurde aus der Maschine geratscht, aber schon bei der nächsten murmelte Rudolf »lassen wir's für heute«, trug seine guten Absichten mitsamt der Schreibmaschine zurück in sein Arbeitszimmer und begab sich mit Anne zum Strand. Tando kam meistens erst später, weil sie noch durch Besorgungen oder den Haushalt aufgehalten war.

Wie ein Schwarm exotischer Vögel waren die Freunde in die Sommeridylle eingebrochen, bestaunt von den übrigen Urlaubern. Hatte ihr furioser Auftritt im

Strandlokal noch Befremden, um nicht zu sagen Mißbilligung ausgelöst, so sprach es sich rasch herum, daß es sich um Theaterleute handelte, von denen einige sogar berühmt waren, wie Berliner Sommergäste zu berichten wußten. Das erklärte alles, war es doch hinreichend bekannt, daß Künstler nun einmal nicht mit normalen Maßstäben zu messen waren.
Lara formulierte es allerdings so: »Fallt bloß nicht auf ihr Wohlwollen herein, es sind und bleiben verdammte Spießer. Nehmt die Wäsche von der Leine, die Komödianten kommen – das ist es, was sie in Wirklichkeit denken.« So heftig konnte Lara sein. Ihre Ausbrüche kamen stets unvermutet, sozusagen aus heiterstem Sommerhimmel. Prompt blickte Anne auch in die Höhe, weil sie glaubte, eine Wolke habe sich vor die Sonne geschoben. Doch das erwies sich jedesmal als Irrtum. Wolken gab es nämlich nicht an diesen Tagen. Selbst die Sonne war nicht wie sonst eine genau auszumachende Scheibe, sondern ein Bündel Licht, das die Luft flimmern ließ und Silber auf die spiegelglatte See streute.
In der Ferne ein Schiff. Vielleicht ein großer Dampfer, aber in diesem zittrigen Mittagsglimmer, das den Horizont verwischte, sah er wie ein Traumschiff aus. Wenn ich tot bin, möchte ich mit solch einem Schiff in den Himmel segeln. Plötzlich mußte sie an Tante Ella denken, die zu Hause in ihrem Sessel immer kleiner wurde, immer kleiner. Grummeln im Bauch. Doch bevor es sich verstärken konnte, wurde sie von Lara abgelenkt. Lara. Immer war es Lara, die ihre Gedanken bean-

spruchte. Aufgesprungen war sie und wie sie jetzt auf das Wasser zulief, wobei sie großgebärdig die Arme in die Luft warf, sah es ganz wie der Beginn eines Bühnenauftritts aus.
»Vermählung mit den Wellen«, sagte Sonja, die von ihrem Buch aufgeblickt und Lara zugeschaut hatte.
»Muß sie denn immer so weit hinausschwimmen«, jammerte Charly nach einer Weile, »ich kann sie überhaupt nicht mehr erkennen.«
Anne überlegte nicht zum ersten Mal, warum er bloß so komisch sprach. Anfangs hatte sie ihn für Laras Mann gehalten, weil die beiden oft abgesondert von den anderen im Sand lagen und sich am besten von allen zu verstehen schienen, aber nachdem sie zufällig bemerkt hatte, wie Lara und Ferdi sich im Strandkorb geküßt hatten, hielt sie Charly eher für Laras Bruder.
»Nur wenn Rudolf am Strand ist. Sie möchte gerne von ihm gerettet werden.« Klang Sonjas Lachen nicht ein bißchen böse?
Wenn sie so redeten, sich mit Halbsätzen untereinander verständigten, dann rückten sie auf einmal weit weg, waren nicht mehr ihre Freunde, mit denen sie eben noch unten am Wasser, wo der Sand feucht und fest war, sich den Ball zugeworfen hatten, sondern doch nur Erwachsene wie alle anderen.
Halt, das stimmte nicht, sie waren anders, ganz anders als alle Erwachsenen, die sie kannte. Wie hatte sich Rudolf doch ausgedrückt? Sie nehmen immer auch ein Stück ihrer Bühnenrolle mit ins Leben, egal ob sie Schauspieler, Tänzer oder Musiker sind. Für sie gibt es

keine scharfe Trennung zwischen Phantasie und Wirklichkeit. Da hatte Anne verstanden, warum sie sich von den anderen Erwachsenen eben doch unterschieden und auch warum sie ihr so viel vertrauter waren. Dabei hatte sie zuerst geglaubt, daß es an dieser riesigen Stadt Berlin lag, aus der sie kamen. »Nein, das hat damit nichts zu tun«, hatte Rudolf erst gelacht, aber dann ernsthaft weitergesprochen: Diese Stadt ist eine interessante, aufregende Weltstadt, aber ich bezweifle, ob sie auch nur halb so schön ist wie die Vorstellung, die du von ihr hast. Im Grunde genommen besteht sie aus vielen kleinen Städten, von denen jede ein anderes Gesicht hat. Und die Menschen – ach nein, Anne, die sind beileibe nicht so wie die unbekümmerten Urlauber hier am Strand und schon gar nicht wie unsere verrückten Künstlerfreunde. Die arbeiten wie überall auf der Welt und sind zufrieden, wenn sie überhaupt Arbeit haben. Aber das liegt nicht so sehr an dieser oder auch einer anderen Stadt sondern an der Zeit, in der wir leben. Irgendwann, wenn genügend Jahre dazwischen liegen, wird man diesen zwanziger Jahren ein Adjektiv – ich meine einen Namen – geben. Vielleicht wird man vergessen, wieviele Menschen hungerten und Sorgen hatten, vielleicht wird man dann nur von dem Aufbruch ins neue Zeitalter, oder wie immer man es nennen mag, sprechen. Das Tempo dieser Jahre, die Modernität der heutigen Großstädterin zwischen Büroarbeit, Weekend und Kintopp – das alles wird man wahrscheinlich belächeln, nicht aber das fabelhafte Kunstklima dieser Stadt Berlin, von dem ganz neue Impulse ausgehen ...

Nun ja, es kommt darauf an, wie die Zeit sein wird, die vor uns liegt... Kann sein, daß von dem technischen Fortschritt eines fernen Tages alle Menschen profitieren... Es kann aber auch sein, daß es ganz anders kommt... Schon kehren die Frauen aus ihren Jobs wieder an den Kochtopf zurück, weil sie die ersten sind, die entlassen werden, wenn Arbeitskräfte eingespart werden... Vielleicht wird auch ein neuer Krieg kommen – jeder Generation ihren Krieg, alles wie gehabt...«
»Schreibst du darüber ein Buch?« Sie zündete ein Streichholz an und hielt es über seine kaltgewordene Pfeife. Er blickte sie an, als sähe er sie zum ersten Mal. Aber Anne hatte auch schon vorher gewußt, daß er ihre Anwesenheit total vergessen hatte und daß seine Worte nicht für sie bestimmt, sondern laute Gedanken waren.
Einmal hatte er Lara am Strand geküßt oder vielmehr sie ihn. Anne wollte gerade den Ball wieder in den Strandkorb zurückbringen, als sie kurz vor ihrer Sandburg Laras erregte Stimme vernahm. Ein paar unschlüssige Schritte, dann sah sie die beiden dicht voreinanderstehen. Von Rudolf konnte sie nur die Rückseite erkennen. Seine hohe Gestalt, braungebrannt, mit vorgeneigten Schultern und herabhängenden Armen. Vor ihm Lara. »Du machst mich wahnsinnig mit deiner ewigen Gelassenheit.« Sie trommelte mit den Fäusten gegen seine Brust.
Er legte seine Hand auf ihre Schulter. »So sei doch vernünftig, Lara, was sollen diese Szenen.«
Sie warf die Arme um seinen Hals, küßte ihn, das heißt, soweit kam es eigentlich nicht mehr, denn da kam ein

Ball auf sie zugeschossen. Anne, mit ihrem unheilvollen Drang, drohendes Unheil zu verhindern und lieber Gott zu spielen, mißachtete ihre schmerzliche Primeltopferfahrung, hörte nicht einmal auf Willis überlautes »bist du verrückt geworden«, das in ihrem Kopf dröhnte und schleuderte den Ball auf Lara.

»Bist du verrückt geworden!« Einen Augenblick sah es aus, als wolle Lara sich auf sie stürzen, aber Rudolf hielt sie zurück. »Laß sie doch – sie hat es ja nicht bös gemeint.« Er hob den Ball auf und warf ihn wie im Spiel an Anne zurück, einen leichten, aufgeblasenen Wasserball, der keinem wehtat.

Anne schien es, als sei Rudolf erleichtert über die Unterbrechung. Als sie später alle zusammen in die abendliche See hinausschwammen, wurde sie plötzlich am rechten Bein in die Tiefe gezogen. So blitzschnell, daß sie gar nicht dazukam, Angst oder Entsetzen zu empfinden. Im Nu war sie wieder an der Oberfläche, längst sicher im Schwimmen, vertraut mit dem Wasser.

»Ich hab es ja nicht bös gemeint.« Neben ihr tauchte Laras Kopf hoch. Als einzige trug sie keine Badekappe. Im Schein der untergehenden Sonne sah ihr gebräuntes Gesicht noch dunkler aus und ihre Augen, von triefenden Haarfransen umrahmt, wirkten fast unheimlich hell.

Sie ist doch eine Hexe. Anne war erleichtert, daß Rudolf jetzt kehrtmachte und dicht neben ihr blieb. »Wir gehen nach Hause, Tando wird schon mit dem Abendessen auf uns warten.« Er rubbelte ihr den Rücken trocken. Während sie sich unter dem großen Badelaken anzog, packte er die Strandsachen in die Segeltuchtasche. »Bis auf Morgen!« Er winkte in die Runde, ohne mit Lara oder einem anderen zu sprechen.

Stumm gingen sie nebeneinander, aber Anne fand darin nichts Außergewöhnliches, außerdem war sie selbst müde. Als sie über die Promenade gekommen waren, nahm er ihre Hand und sie überlegte, ob er ihr vielleicht etwas Wichtiges sagen wollte. Jetzt räusperte er sich, und Anne dachte an ihren Vater, der auch immer hinter seinem Hüsteln Unwillen, auch Verlegenheit oder Unbehagen versteckte.

»Schau, Anne, im Grunde genommen ist Lara der gutmütigste Mensch, den man sich denken kann. Sie mag dich sehr, und wenn sie dich vorhin am Bein in die Tiefe gezogen hat, war das weil ...«

»Weil ich ihr den Ball an den Kopf geknallt habe, als sie dich küssen wollte«, fiel Anne aufgebracht ein – dann leiser: »Es war doch nur wegen Tando.«

»Ich weiß. Du möchtest, daß die Menschen, die du liebst, glücklich sind, und wenn du Gefahr für sie witterst, glaubst du, du müßtest irgend etwas tun. Aber du kannst die Zusammenhänge noch nicht erkennen. Das Leben ist nun einmal nicht glatt und rund, auch wenn du es noch so sehr wünschst. Kümmere dich nicht um die Erwachsenen, glaub mir, du kannst wirklich nichts für sie tun und handelst dir bloß Ärger ein ... Übrigens dachte ich immer, du bewundertest Lara.«

»Das tue ich auch. Manchmal muß ich sie immerzu ansehen, dann bin ich gespannt, was sie gleich machen wird, weil man das nie vorher weiß.«

»Wem sagst du das!« Rudolfs Auflachen klang nicht besonders lustig. »Ich war nämlich fünf Jahre mit ihr verheiratet.«

»Ach so.« Das mußte Anne natürlich erst einmal verdauen.

»Seid ihr geschieden?« Sie wunderte sich selbst, wieso ihr dieses Wort augenblicklich zur Verfügung stand, kannte sie doch niemanden, auf den es zugetroffen hätte. Heirat – Familie, war das nicht etwas, was zwar gut oder schlecht sein konnte, aber auf alle Fälle feststand fürs ganze Leben? Geschieden sein, das konnte nur etwas Schlimmes bedeuten, etwa so wie Kommunist sein. Jedenfalls fiel ihr ein, wie ihre großen Schwestern sich einmal über eine geschiedene Frau unterhalten hatten. Hatte da nicht auch Verachtung aus ihren Worten geklungen? Verachtung und Bedauern, wenn nicht sogar Mitleid? »Habt ihr euch nicht vertragen?«

»Oh doch, in manchen Augenblicken haben wir uns wunderbar verstanden. Aber wir waren beide noch sehr jung und natürlich auch sehr verliebt. Und was Lara liebt, das muß sie auch besitzen, und zwar mit Haut und Haaren besitzen. Du hast ganz richtig gesagt, man weiß nie, was sie im nächsten Augenblick tun wird. Sie hält einen ständig in Atem. Unser Zusammenleben war herrlich und schrecklich zugleich – ein Inferno. Wären wir zusammengeblieben, hätte ich nie mehr eine Zeile schreiben können. Aber es hat lange gedauert, bis wir uns eingestanden haben, daß wir einfach nicht zueinander paßten. Doch das ist lange her, und wir sind gute Freunde geblieben.«

»Aber warum wollte sie dich dann küssen? Bestimmt wollte sie dich Tando wieder wegnehmen.«
»Also wirklich, Anne, du bringst einen dauernd dazu, mit dir über Dinge zu sprechen, die dich überhaupt noch nicht interessieren sollten. Denk doch nicht so viel über uns alle nach. Auch nicht über Lara.«
»Manchmal glaube ich, daß sie eine Hexe ist, ich meine, daß sie richtig zaubern kann.« Hatte sie anfangs eine gewisse Scheu vor Rudolf gehabt, weil er auf so merkwürdige Weise durch einen hindurchblickte und mit seinen Gedanken oft ganz weit weg war, so hätte sie jetzt sogar mit ihm über Willi reden können, so groß war ihr Vertrauen. »Ich habe noch nie jemanden mit so hellen Augen gesehen. Wie blauer Schnee...«, sie vergewisserte sich durch einen raschen Seitenblick, ob Rudolf sie auch nicht auslachen würde. Blauer Schnee – sie wußte selbst, daß es das nicht gab.
Aber Rudolf lächelte nur ein wenig und gab ihr durch seinen Händedruck zu verstehen, daß er verstand, was sie meinte. Immer noch gingen sie Hand in Hand. Anne merkte sehr wohl, daß es ihn Mühe kostete, sich mit seinen langen Beinen ihrem Gang anzupassen, obwohl sie sich gewaltig anstrengte, so weit wie möglich ihre Schritte auszuholen. »Die gute Fee – die böse Hexe, so einfach ist das nur im Märchen, damit die Kinder das auch verstehen. Lara ist aber weder eine Fee, noch eine Hexe, sondern ein Mensch. Und wenn du schon immer über die Menschen, mit denen du zusammenlebst oder die dir begegnen, nachdenken mußt, dann will ich dir etwas sagen, das du dir heute abend in dein Heft schrei-

ben solltest, damit du es nicht wieder vergißt: Die Menschen sind weder gut, noch böse, sondern immer beides zusammen. Ein Mensch, der dir als böse erscheint, hat bestimmt auch gute Eigenschaften, die vielleicht nur verschüttet sind. Umgekehrt kann dich ein Mensch, den du für gut gehalten hast, enttäuschen, weil er plötzlich etwas Unbegreifliches tut. Sieh dich doch selbst an, Anne, hast du noch niemals etwas Unrechtes getan? Und bist doch deswegen ganz gewiß nicht böse. Was aber Lara anbelangt: Sie ist Russin und lebt nur aus ihrem Gefühl heraus. Wenn sie mich küssen wollte, dann geschah das aus einer plötzlichen Regung heraus oder auch, weil sie ein bißchen ihre Macht ausprobieren wollte.«

Inzwischen hatten sie den Weg erreicht, an dem ihr Haus lag. Nur das tiefgezogene Reetdach konnte man erkennen, das übrige Haus wurde von der hohen Ligusterhecke, die das Grundstück begrenzte, verdeckt. An der Pforte stand Tando und winkte ihnen entgegen.

Rudolf ließ Annes Hand los und winkte zurück, aber er beschleunigte seine Schritte nicht. »Ich will es mir einprägen, dieses Bild«, sagte er so leise, daß Anne es kaum verstand, »vielleicht brauche ich es eines Tages, um mich daran festzuhalten: Diese Frau da an der Hecke, die auf mich wartet, die meine Sicherheit und mein Zuhause ist, die mein Leben mit mir teilt und mich versteht, auch wenn ich unerträglich bin – deine Tando.«

Im Näherkommen schob sich einen Augenblick ein anderes Bild dazwischen. Ein Bild von einer ganz anderen Frau, einer Frau, die ungeduldig war und die im grellroten, drachenbestickten Morgenrock soeben ihren Liebhaber weggeschickt hat. Einer Frau, die sie auch Tando genannt hatte. Und Anne wunderte sich sehr.

Rita und Bobby waren die ersten, die abreisten. Bobby war Saxophonist und hatte zusammen mit Rita als Sängerin und seinem bekannten Tanzorchester für den Rest des Sommers ein Engagement in Zoppot angenommen. Zwischen dem letzten gemeinsamen Bad und ihrer Abreise, noch in halbnasser Badehose brachte er plötzlich aus schon gepackter Reisetasche sein Instrument zutage und streute ein paar einzelne Töne in das mittägliche Flimmerlicht. Ganz und gar nicht als Auftritt gedacht, fanden sich die Einzeltöne wie von selbst zu Klangfolgen, inspirierten die musikgewohnten Finger automatisch zu Melodien, die auf einmal Bewegung in das Strandleben brachten. Waren sie erst verstummt in ihren Sandburgen, so als trauten sie ihren eigenen Ohren nicht recht, kamen sie jetzt alle nacheinander heran, die bunte Schar der Sommergäste. Und Bobby, der Vollblutmusiker, der Applaus so nötig wie das liebe Brot brauchte, drehte auf.
Morgen würde er in weißem Smoking sein Publikum mit seinen berühmten »Soli mit dem samtenen Sound« begeistern, heute – eher ein bißchen komisch mit Bauchansatz über angeklatschter Badehose und durchaus nicht vorbildlich gewachsenen Schwarzhaarbeinen – riß er die Ostseeurlauber so mit, daß es gar nicht lange dauerte, bis sie bekannte Schlager mitsummten und den Rhythmus durch Händeklatschen markierten. Einige

Paare tanzten bereits am Wasser, und als plötzlich »Valencia« erklang, gerieten alle miteinander in Ekstase. Da wurde der improvisierte Auftritt zum Festival, da bekam die Platte sozusagen einen Sprung und es wollte und wollte nichts anderes mehr kommen als »Valencia«.

Dann war Anne an der Reihe.
Es war noch früh am Morgen.
Keine Schreibmaschine mischte sich heute in den Chor der Vögel. Der Tisch unter der Kastanie wirkte übergroß und kahl ohne das gewohnte Schreibmaterial und die Rauchutensilien. Tando und Rudolf trafen die letzten Reisevorbereitungen. Annes Koffer war bereits gepackt. Ihre Sommerferien waren zu Ende.
Ein Ferienkind, das auf seine Abfahrt wartet. Braungebrannt, mit Haaren, die vom Salzwasser und der Sonne fast weißgebleicht sind, mit Beinen, die länger unter dem kurzgewordenen Röckchen hervorschauen, mit blitzblanken Augen. Ein Ferienkind, das glaubt, nur dazusitzen unter breitfächrigen Kastanienblättern und auf seine Abreise zu warten und noch nicht weiß, daß dieses kaum merkbare, aber unaufhörliche Ziehen im Bauch Abschiednehmen bedeutet.
»Nächstes Jahr wirst du wiederkommen, und eines Tages, wenn du größer geworden bist, wirst du uns in Berlin besuchen«, hatte ihr Rudolf gestern versprochen. Aber ein Jahr war so lang und eine Reise nach Berlin konnte sie sich schon gar nicht vorstellen. Zukunftspläne, ach nein, die bedeuteten überhaupt nichts, die be-

trafen nicht die Anne, die sie jetzt war, sondern jemanden, den es noch nicht gab.
Schön, daß Willi zum Abschied gekommen war und jetzt neben ihr saß. Nein, sehen konnte sie ihn nicht. Sie bemühte sich auch nicht darum, ließ vielmehr ihre Blicke durch das engbegrenzte Gartenquadrat schweifen, brauchte ihn auch gar nicht zu sehen, weil sie seine Nähe spürte, weil sie immer ganz genau wußte, wenn er da war. Selten nur noch sah sie ihn. Manchmal, für einen Augenblick, seine Hand und damals, als sie geglaubt hatte, daß Lara sie alle verhext hatte, hatte sie deutlich sein Gesicht erkannt. Dicht neben Lara sein Gesicht. Aber da war sie leider betrunken gewesen.
Lara. Gestern abend hatte sie getanzt – einen Abschiedstanz ganz allein für Anne. Ferdi hatte ihr manchmal leise Erklärungen zugeflüstert, doch sie hätte auch so verstanden, was ihre Bewegungen ausdrücken sollten: Sonne und Freude, Strandspiele und Ausgelassenheit. Dann wurden die Tanzschritte zögernder, deuteten ihre Hände Abschied an, fielen die Arme herab, bis der Körper in sich zusammensank. Da hatte bei Anne das Ziehen im Bauch angefangen.
Vorbei. Schon schloß Rudolf die noch offenstehenden Fenster im Haus. Kurz darauf Tandos Stimme aus der Küche, wo sie vermutlich den Reiseproviant einpackte. Die beiden würden Anne mit dem Auto nach Hamburg bringen, dort würden ihre Eltern sie erwarten und gemeinsam mit ihr nach Hause reisen. Nach Hause. Ihr kam es vor, als wäre sie schrecklich lange, auf alle Fälle viel länger als vier Wochen weggewesen.

Ich muß dir etwas sagen, Willi, aber ich schäme mich, und es tut mir auch leid: Ich habe sie manchmal ganz vergessen, ich meine, ich weiß gar nicht mehr so richtig, wie alles zu Hause ist und wie sie alle aussehen. –

– Du brauchst dich deshalb nicht zu schämen, es ist ganz natürlich. Du hast so viel Neues erlebt, weißt du noch, wie du auf einmal schwimmen konntest? –

– Oh ja, fabelhaft war das, richtig schön! Ich dachte immer, ich würde in die Höhe schwimmen. Ein ganz verrücktes Gefühl. Und heute nacht habe ich geträumt, die See wäre der Himmel. Ich schwamm zwischen den Sternen hindurch hoch und immer höher und ich hatte überhaupt keine Angst. Ich habe geglaubt, gleich kommt Willi, aber du bist nicht gekommen. –

– Nein. –

– Aber damals, du weißt schon, bei dem früheren Traum, da sind wir zusammen auf der Wolke davongesegelt. –

– Da warst du noch klein, Anne, und da war ich oft bei dir. –

– Willi! –

– Ja? –

– Gestern abend, als Lara so schön getanzt hat und ich so lange aufbleiben durfte, bis alle weggegangen waren, habe ich mit Rudolf über dich gesprochen, bist du mir jetzt böse? –

– Aber wieso denn? –

– Ich meine, weil ich am Anfang doch etwas Angst vor ihm hatte. Ich dachte, er könnte Gedanken lesen und er würde mir dich wegnehmen. Es war auch nur, weil Laras Tanz so wunderbar war und ich sagte plötzlich zu Rudolf: Hoffentlich hat Willi den Tanz auch gesehen – ich weiß es nämlich nicht, aber als ich klein war, habe ich es immer ganz genau gewußt. Da hat Rudolf meine Hand genommen. Zuerst war er ganz still, und ich hab gemerkt, daß er nachgedacht hat, dann hat er gesagt: wir beide, Anne, du und ich, wir wissen ganz genau, daß Willi eines Tages nicht mehr da sein wird. Du wirst in eine neue Schule kommen und viel lernen. Bestimmt wirst du Freundinnen haben und dich mit vielen Dingen beschäftigen, und du wirst Willi vergessen, ganz allmählich, so daß du es gar nicht richtig bemerkst. Aber manchmal, wenn du überläufst vor Enttäuschung oder Zorn oder auch vor Glück, dann wirst du ihn vermissen, dann wirst du dir nichts sehnlicher wünschen, als ihn bei dir zu haben, so wie früher, als du noch klein warst. Weißt du, was du dann tun kannst, um zu sagen, wie dir zumute ist? Du kannst an ihn schreiben. Ja wirklich, du solltest ihm manchmal schreiben, wenn du etwas Schönes oder auch etwas Trauriges erlebt hast. –

– Oh ja, Anne, das wäre gut, ich würde mich sehr darüber freuen. –

– Aber ich weiß nicht, wo ich den Brief hinschicken soll. Ich meine, ich weiß nicht, wo du wohnst. Früher glaubte ich, du wohntest bei uns gegenüber im Offiziershaus, aber das stimmt nicht, das hatte ich mir bloß ausgedacht. Rudolf sagte, ich solle meine Briefe an dich in Hefte schreiben, du würdest sie schon lesen. –

– Bestimmt würde ich sie lesen, ganz bestimmt, Anne. –

– Dann werde ich dir Briefe schreiben, später, wenn du

nicht mehr kommen kannst... Willi, ich muß dir noch etwas sagen. –

– Ich weiß, Anne, es ist wegen Tante Ella. Sie ist gestorben. –

– Ja, Tando hat es mir gestern gesagt, als sie nochmal an mein Bett kam. Sei nicht traurig, hat sie gesagt, Tante Ella ist ganz sanft eingeschlafen. Ihr Leben war gewiß nicht leicht, aber ihre letzten Jahre waren ohne Sorgen, und sie hatte bei euch ein schönes Zuhause. Das hat sie deinen Eltern zu verdanken, vor allem deiner Mutter, Anne. Immer tut sie das Naheliegende, das Richtige. Sie ist immer für andere da, nicht nur für ihre Familie, sondern auch für Menschen, die sie brauchen. Oft habe ich mich gewundert, daß sie dich überhaupt zu mir läßt, weil ich weiß, daß sie vieles mißbilligt, was ich tue, aber dann wieder denke ich, daß sie mich vielleicht manchmal beneidet – aber nein, das ist natürlich Unsinn... Im Traum, Willi, als ich in die Luft geschwommen bin, habe ich Tante Ella gesucht, jetzt weiß ich es. Ich war nämlich gar nicht traurig und deswegen hatte ich ein schlechtes Gewissen – gestorben, ich kann mir überhaupt nicht vorstellen, wie das ist. Ist sie vielleicht immer kleiner geworden, bis sie zum Schluß ganz verschwunden ist? Sag mir, Willi, wie das ist, tot sein. –

– Ich weiß es nicht, Anne. Und auch du wirst es nicht wissen, auch nicht, wenn du erwachsen bist. Vielleicht ist es so, als wenn man schläft. Für immer schläft und träumt. –

– Und träumt? –

– Ja, vielleicht aus seinem Leben und von den Menschen, die bei einem waren, aber ich weiß es wirklich nicht. Niemand weiß es, weil doch keiner zurückkommt. –
– Ich kann es mir auch nicht vorstellen, daß nun keiner mehr nebenan in der Wohnung ist. Bestimmt ist alles ganz anders geworden, wenn ich nach Hause komme, vielleicht kenne ich nichts mehr wieder. Ich habe Angst, Willi! –
– Immer hast du Angst, wenn du dir vorher etwas vorstellst, was kommen könnte. Du darfst es dir einfach nicht vorher ausmalen, nachher ist es doch ganz anders und längst nicht so schlimm. Hab doch keine Angst! Gleich fahren wir los. Bestimmt wird es eine schöne Autofahrt! –
»Gleich fahren wir los, Anne!« Tando durchquerte mit der Provianttasche den Garten. In der morgendlichen Stille hörte man jeden ihrer Schritte auf dem Kiesweg. Jetzt kam auch Blanche, die Nachbarkatze, durch die Hecke. Blanche, so hatte Rudolf ihr erklärt, ist französisch und bedeutet weiß. Und weiß war sie auch, nur ihr Schwanz war schwarz und über der Nase hatte sie ein schwarzes Dreieck, das sah wie draufgemalt und sehr lustig aus. Wie jeden Morgen, absolvierte sie ihren Rundgang durch den Garten. Zuerst über die verwitterten Steine der Grotte, wo sie erst einmal verweilte. Unentwegt starrte sie in die Baumzweige über ihr, wo die Vögel ihren Morgenchor probten. Der Gesang, obschon wohlklingend, regte sie auf – man sah es daran, wie sie ihren schwarzen Schwanz hin- und herwedelte und

plötzlich ihre Pfote vergeblich in die Luft schoß. Wie zum Hohn, verstärkten die Vögel in sicherer Höhe ihr Jubilate.

Nun hatte sie es satt. Sie glitt von den Steinen und kam langsam über den Rasen auf die Kastanie zu. Lautlos sprang sie auf die Rundbank und bettete sich behaglich in Annes Schoß. Als diese sich nicht rührte, stupste sie mit dem Kopf gegen die Knie und erinnerte Anne daran, daß sie gekrault werden wollte.

Die Haustür wurde geschlossen. Als Rudolf den Schlüssel herumdrehte, hatte Anne plötzlich das Gefühl, er würde in ihrem Bauch herumgedreht.

Salzgeschmack auf ihren Lippen beim Kuß auf das schwarze Dreieck zwischen den weitgeöffneten Katzenaugen, bevor sie Blanche vorsichtig auf die Bank setzte. Sie lief auf Rudolf zu, der sie auffing.

»Weine nicht, meine Kleine, du kommst doch wieder, nächstes Jahr ... ich weiß ja, es tut verdammt weh ...«

22.

Ein Mensch war verschwunden. Ein Mensch kann verschwinden. Mitsamt seiner Wohnung und den geringfügigen Besitztümern, die er in einem eher ärmlichen Leben angesammelt hat und die ihm doch viel bedeutet haben, da sie Umrahmung und seinen Hintergrund darstellten, als er noch da war.
Nein, es wurde Anne nicht sofort bewußt, daß es keine Tante Ella mehr gab. Nicht als sie vor der Gartenpforte stand und mit großer Erleichterung feststellte, daß das Haus – ihr Elternhaus – noch dastand. Hatte sie es nicht beinahe vergessen in diesen langlangen Ferien. Selbst an ihre Eltern und die großen Schwestern hatte sie kaum gedacht. Aber als Anne sie entdeckt hatte, heute mittag auf der Terrasse an der Alster, da war das wie ein Gongschlag in ihrem Bauch gewesen. Sie waren schon ein wenig früher an dem verabredeten Treffpunkt erschienen, und in der gespannten Erwartung, mit der sie den Eingang zum Terrassencafé bewachten, hatten sie die Ankömmlinge sofort entdeckt. Ihre Mutter in einem neuen Kleid, mit einem Hut aus feinweißem Stroh, dessen geschwungener Rand ihr Gesicht sanft beschattete. Daneben Annes Vater. Für den Stellvertreter vom lieben Gott hatte sie ihn gehalten, als sie noch klein gewesen war: so groß und stattlich, mit Haaren, von denen man nicht sofort sagen konnte, ob sie noch blond oder schon grau waren und tintenblauen Augen.

Mit einem Schrei war sie auf ihn zugeflogen. Das sagt sich so einfach, doch als sie ihn da vor dem Caféhaustisch stehen sah, so unübersehbar und auf sie, seine jüngste Tochter, wartend, da ertönte der Gong im Bauch, und es war ganz bestimmt so, daß ihre Füße den Boden kaum noch berührten, als sie auf ihn zuflog. Momentaufnahme – später würde sie davon träumen. Oft. Mit dieser Glücksempfindung des Fliegens. Und der wartenden Vatergestalt auf der sommerlichen Terrasse.

Die Stadt, diese große Stadt Hamburg, hatte Anne nicht wiedererkannt. Und war doch schon einmal hiergewesen mit Tando, als diese noch eine ganz andere gewesen war und einem gewissen Mann, den sie Onkel Edi oder so ähnlich genannt hatte. Auch auf dieser Terrasse hatten sie gesessen, damals. Und war da nicht irgendein Hund mit im Spiel gewesen?

Während ihre Mutter und Tando, diese beiden ungleichen Schwestern, die sich so lange nicht gesehen hatten, sich lebhaft unterhielten und auch ihr Vater und Rudolf ein zögerndes Gespräch begonnen hatten, war sie ein wenig müde geworden. Sie hatte ihre Arme auf die Holzbrüstung gelegt und auf die sanftgekräuselte Wasserfläche der Binnenalster geblinzelt, und auf einmal hatte sie das Bild wiedererkannt: die Ausflugsdampfer, die Barkassen und die Segelboote. »Aber damals waren es rote Segel.«

»Rote Segel?« Tando hatte aufgeblickt. »Ach ja, ich erinnere mich – es war ein prachtvoller Sonnenuntergang.«

Eine Stunde nur hatten sie beieinander gesessen, dann waren sie zum Bahnhof gefahren. Geraffte Zeit, ein schneller Aufbruch. Kein Abschied – der hatte bereits in der Morgenfrühe unter der Kastanie stattgefunden. Wie weit das weg war, schon jetzt. Ein letztes Winken und natürlich auch ein paar stets parate Tränen bei Tando und ihrer Mutter. Dann war der Bahnsteig zurückgeblieben und die beiden Gestalten auf seltsame Weise entrückt, bis der Zug mit einer Biegung das Bild weggenommen hatte.

Die Bahnfahrt war kurzweilig gewesen, weil Anne wieder munter geworden war und ihre ersten Ferieneindrücke erzählt hatte. Nicht nach der Reihe, sondern so wie sie ihr gerade in den Sinn gekommen waren. Und die Mutter hatte ein um das andere Mal gerufen: »Wie groß sie geworden ist – ein richtiges Mädchen!« Ihr Vater aber hatte den Arm um ihre Schulter gelegt und »Meine Kleine« gemurmelt.

Dann der Weg nach Hause. Komisch war das: die Straßen und Häuser wie neu, wie noch nie gesehen und doch auf geheimnisvolle Weise ihr zugehörig. Die Brücke über den Fluß, ja, auch das winzige Häuschen am Wehr, das aussah, als schwämme es mitten im Wasser. Dann den Berg hinauf, der in Wirklichkeit nur eine leichte Erhöhung der Straße war, und schon kam ihre Schule in Sicht. Jetzt hielt es sie nicht länger, jetzt wollte sie plötzlich nach Hause, wollte die Angst vor einer Veränderung verdrängen, wollte sich vergewissern, daß sie alles so wiederfand, wie es gewesen war.

Die Pforte quietschte nicht, auch nicht als Anne sie ein

paarmal hin- und herpendeln ließ. Ihr Vater mußte das Schloß frisch geölt haben. Der Vorgarten mit kurzgeschorenem Rasen und späten Rosen im Rabattenrund. Und die Blautanne, links von den saubergefegten Steinplatten – war sie nicht höher geworden? Gewachsen wie Anne in den langlangen Sommerferien.
Das Haus, ihr Elternhaus, eher niedrig mit nur einem Obergeschoß, hatte es sich nicht auch auf geheimnisvolle Weise vergrößert? Oder kam es ihr bloß so vor, weil sie es heute nach so langer Abwesenheit mit neuen Augen sah? Bestimmt war es heller ... ja natürlich: die Holzverschalung war frischgestrichen, hellbeige und braun. Wie schön das aussah. Zwei Kübel, üppig bepflanzt mit Pantoffelblumen, Petunien und Geranien, flankierten die schwere Eichentür. Auch sie frisch gefirnißt. Anne schnupperte, denn sie mochte den Geruch von Farbe und Firniß. Dann ging sie hinein. So schwer und abweisend die Tür auf Fremde auch wirken mochte, sie ließ sich tagsüber mühelos öffnen und wurde erst beim Abendrundgang von ihrem Vater zugeriegelt. Der kleine, rotbraungeflieste Vorplatz, von dem aus die Treppe in die obere Wohnung führte.
Eine helle Frauenstimme, von einer Männerstimme abgelöst, unbekannt auch sie. Hatte Herr Storch Besuch? Bevor Anne sich nach dem Schlüssel bückte, der wie stets unter der Fußmatte vor der Wohnungstür lag, lauschte sie nochmals in die Höhe, doch jetzt schwiegen die beiden Stimmen.
Anne stellte den Reisekorb ab und hing den zu kurz gewordenen Mantel an den Garderobehaken.

»Hallo, Anne, da bist du ja wieder! Laß dich anschauen, na, fabelhaft siehst du aus: braungebrannt, ja, deine Haare sind ja fast weiß geworden und einen mächtigen Schuß hast du auch gemacht. Bald kann ich nicht mehr sagen: Meine kleine Schwester. Weißt du schon, daß Ingrid auch in den nächsten Tagen kommt? Sie hat Urlaub, und verloben wird sie sich auch demnächst.« Ditha. Ja, so war sie. Sie füllte den Raum restlos, ließ alles ringsherum – ob Menschen oder Dinge – ein wenig verblassen, hatte immer Neues parat und bestimmt hatte sie bei dem ominösen ersten Klaps auf den Po nicht zu schreien, sondern zu lachen begonnen.
Jetzt waren die Eltern hereingekommen. »Halt«, die Mutter hielt Ditha am Arm zurück, »nicht vorgehen, wir wollen dabei sein, wenn Anne die Wohnung sieht.« Sie warteten, bis die Eltern ihre Mäntel und Taschen abgelegt hatten, dann machten sie ihren Rundgang durch das kleinere Wohnzimmer in die Küche, hinüber in das große, sogenannte Eßzimmer, das mehr den Sonn- und Feiertagen vorbehalten war. Dahlien- und Asternsträuße waren zu ihrem Empfang überall aufgestellt, aber noch stimmte alles mit ihrer Erinnerung überein.
»Warte ab, gleich kommt die Überraschung«, raunte Ditha ihr zu.
Sie befanden sich wieder auf der Diele. Jetzt öffnete die Mutter die Tür zum elterlichen Schlafzimmer. Anne, neugierig geworden, hielt sich dicht an ihren Fersen. »Oh!« Ein blitzneuer Raum, groß und licht. Da bestand auch nicht die geringste Ähnlichkeit zu dem früheren

Schlafzimmer, das mit den zu großen Möbeln eng und gedrückt gewesen war.
»Und jetzt kommt der Clou!« Ditha konnte nicht mehr an sich halten und stieß die Tür, die gleich links in Annes Zimmer führte, auf.
Plötzlich hatte Anne Angst weiterzugehen. Ein unerklärlicher Widerstand hielt sie fest, bis Ditha ihr einen Schubs gab und sie sich unversehens mitten in ihrem Zimmer befand. Aber war das überhaupt ihr Zimmer? Nichts mehr erinnerte an die schmale Schlafkammer, die ihr bisher gehört hatte und die sich auf unerklärliche Weise zu einem fast quadratischen hellen Raum ausgedehnt hatte. Schaffelle auf den Holzbohlen vermittelten Wärme, und die beiden mit bedrucktem Leinen überzogenen Sessel nebst einem Rundtisch, sowie das Bücherbord gaben ihm eine wohnliche Note.
»Ist es nicht hübsch geworden – solch ein Zimmer hätte ich auch haben wollen!« Wie immer, war es Ditha, die ihrer Begeisterung sogleich Ausdruck verleihen konnte, während Annes Blicke sich noch ungläubig zu orientieren versuchten. Sie war fast erleichtert, daß sie wenigstens ihr Messingbett und den Kleiderschrank wiedererkannte. Aber die Kommode, diese blumenbemalte Kommode – wo kam die her – und im Bauch lange nicht vernommenes Ticken.
»Weißt du, Anne, wenn du bald in die neue Schule kommst, brauchst du ein richtiges eigenes Zimmer, in dem du ungestört lernen und auch mal eine Freundin mitbringen kannst. Gefällt es dir denn?« Ihre Mutter blickte sie erwartungsvoll an. Ihr Gesicht war vor

Freude über die gelungene Überraschung gerötet. Bestimmt hatte sie die Veränderungen nicht nur durchgesetzt, sondern auch den Hauptteil der Arbeit daran gehabt. War sie es nicht, die das Leben ihrer Familie weitgehend bestimmte? Natürlich, der Vater bedeutete Sicherheit und Autorität, aber die Mutter war aktiver, sie war es, die sich den Problemen stellte, die zupackte und Veränderungen in Angriff nahm. Ohne auch nur eine Sekunde zu zögern, würde sie für ihre Familie wohin auch immer gehen.

»Dankeschön, Mutti!« Anne umarmte ihre Mutter, spürte die Wärme ihres Körpers. Durch ihre lange Abwesenheit war die Fürsorge ihrer Mutter aus der selbstverständlichen Gewohnheit in ihr Bewußtsein gehoben.

Später, im Halbdunkel der rotbeschirmten Nachttischlampe, als ihre Blicke, schon an der Schwelle des Schlafes, ihr neues, gleichsam gewachsenes Zimmer durchwanderten und schließlich an der Kommode, dieser buntbemalten Kommode hängenblieben, war das wie ein Blitzschlag: das Haus, nicht etwa durch einen Anbau vergrößert, sondern unverändert in seinen Ausmaßen, hatte eine andere Aufteilung erfahren. Die elterliche Wohnung hatte sich eine kleine, leergewordene Wohnung einverleibt. Aus einer nicht mehr benötigten Küche war ein Badezimmer geworden, das Elternzimmer und ihre ehemalige schmale Schlafkammer waren zu vollwertigen Räumen umgebaut – kein Zweifel, alles war größer und schöner geworden. Aber Tante Ella war verschwunden, samt ihrer Wohnung.

– Willi, weißt du noch, wie wir an ihrem Stuhl saßen und ich Angst davor hatte, daß man sie im Sarg hinaustragen könnte, wie damals Frau Storch ... –
Aber Willi gab keine Antwort.
Anne knipste die Nachttischlampe aus. Nein, es kamen keine Tränen, nicht einmal Traurigkeit, ihre Müdigkeit nahm diesen Tag mit seinen vielfältigen Eindrücken einfach weg, legte auch dieses letzte Bild einer verschwundenen Person und aufgelösten Wohnung in das Fach der Erinnerungen.

Anderntags stand sie mit ihrer Mutter vor einem Hügel mit verwelkten Kränzen. Trostlos sah das aus an diesem vorherbstlichen Regentag. Windböen zerrten bräunlich ausgefranste Blüten aus ihren Gebinden. Regen verstärkte den Geruch von Fäulnis. Ihre Mutter sammelte Verwelktes in eine mitgebrachte Papiertüte und zupfte an den zerfledderten ehemals weißen Seidenbändern. Anne setzte die hartschwarzen Lettern zusammen und entzifferte auf schmuddeligen Schleifen die Worte: Liebe und Dankbarkeit und schließlich auch den Namen ihrer Familie. Das beanspruchte ihre ganze Aufmerksamkeit, da viele Buchstaben nicht mehr vorhanden oder nicht mehr lesbar waren.
Ihre Mutter richtete sich hoch. »Das Grab muß bald in Ordnung gebracht werden, aber so geht es erstmal.«
Tatsächlich war der Anblick nicht mehr gar so trostlos, nachdem Verwelktes entfernt, und wenn auch verblichenes Grün aus blumenlosen Kränzen übriggeblieben waren. Nur das fast weiße Band mit dem unversehrten

Wort Liebe hatte die Mutter belassen und erstaunlicherweise einen Kranz aus verwelkter Anhäufung hervorgezogen, der wie neu aussah mit haltbarem Lorbeer und einer schmückenden Rosette aus weißen Lilien und tiefroten Nelken. Nein, Anne glaubte wirklich nicht mehr unbesehen an überall vorhandene Wunder, sie begab sich zu dem Kranz, der so unglaubwürdig mit seiner Frische über Vergängliches triumphierte und berührte mit forderndem Zeigefinger das Purpur der Nelken.

»Künstlich«, sagte sie und ging. Sie achtete auf die Regenpfützen und wunderte sich über die alten Frauen, die an den Gräbern mit der Harke hantierten oder Unkraut zupften. Auf dem von Zypressen flankierten Hauptweg, kurz vor der Kapelle, holte ihre Mutter sie ein.

»So warte doch, Anne!« Sie warf die Papiertüte in einen dafür vorgesehenen Behälter aus Draht. Daneben eine Pumpe, aus der eine schwarzgekleidete Frau Wasser in eine Gießkanne pumpte.

»Warum gibt es nur alte Frauen auf dem Friedhof?«

»Es sind auch Männer hier . . . Nun ja, vielleicht sind wirklich mehr Frauen auf Friedhöfen. Meistens überleben sie ihre Männer, weil diese älter oder weil Frauen eben zäher sind. Ich glaube, Männer fürchten sich auch mehr vor dem Sterben und meiden Krankenhäuser, Friedhöfe und alles, was mit Tod zusammenhängt . . .«

»Warum ziehen sie dann aber in den Krieg?«

Die Mutter murmelte etwas von Vaterlandsliebe, aber es klang nicht sehr überzeugend. Sie war wohl auch überrascht über die Wende, die dieses Gespräch nahm, hatte sich diesen Friedhofsbesuch wahrscheinlich überhaupt ganz anders vorgestellt. Anne spürte deutlich, daß ihre Mutter befremdet über ihr Verhalten war. Tränen hatte sie erwartet oder irgendein Anzeichen von Traurigkeit. Aber für Anne bestand überhaupt keine Verbindung zwischen dem Haufen verwelkter Kränze und ihrer Tante Ella, die ihr die schönsten Geschichten erzählt hatte, und die es nun nicht mehr gab.

Mehr noch hatte sich ereignet, während sie weggewesen war in ihren langen Ferien. Nicht nur Tante Ella war gestorben, sondern mit ihr die Ulme. Dieser große Baum, der im Sommer nahezu den ganzen Hof beschattet hatte. Grün von so vielem Grün, in das sie sich geflüchtet hatte, wenn die Erwachsenen einmal wieder unverständlich für sie waren oder unliebsame Forderungen an sie stellten. Verschwiegene Langgespräche mit Willi, dessen mageren Jungenbeine sie von den Ästen hatte baumeln sehen. Äste von haltbarer Stärke und so gewachsen, daß sie schon, als sie noch ganz klein gewesen war, mühelos und mit den Jahren immer höher im grünen Versteck verschwinden konnte.
Und am untersten Ast ihre Schaukel. Für sie war sie ein Bestandteil des Baumes, immer schon dagewesen, denn sie war erst ein paar Jahre alt gewesen, als ihr Vater die Schaukel mit dicken Seilen an dem stärksten Ast befestigt hatte. Er war es auch, der sie zum ersten Male auf das glattpolierte Brett gehoben und sie ganz sacht hin- und hergeschaukelt hatte, aber sie wußte später nie ge-

nau, ob diese Erinnerung ihre eigene oder eine aus zweiter Hand war, da ihre Mutter ihr dieses Ereignis lebhaft geschildert hatte. Doch Dithas Schübse, oft von ihr gefordert in ihren wilden Jungenjahren, wie Ditha es ausdrückte, die hatten natürlich Schwung, die ließen sie hoch hinauffliegen, daß der Bauch wie Sprudelwasser blubberte, und dann diese kaum spürbare Verlangsamung und zum Schluß sanftes Auspendeln.

Selbstverständlich hatte auch Willi neben ihr gesessen, manchmal. Platz für ihn auch auf dem schmalen Brett. Gejubelt hatten sie, wenn sie hinaufflogen, denn nun kannte sie schon die Technik, wie man durch eigene Körperbewegung die Schaukel in Schwung brachte.

– Willi, möchtest du auch immer höher hinauf, immer höher, bis in den Himmel? –

– Ja, Anne, bis in den Himmel. Aber die Schaukel müßte ein wenig anhalten am höchsten Punkt, damit wir alles betrachten könnten. Das Haus, den Garten und Tante Ella, die den Gartenweg entlanggeht und die Mutter, die aus dem Haus kommt und uns ermahnt, nicht so unvorsichtig zu sein. Und Herrn Storch, der aus dem Fenster schaut und »Prost« ruft. Und Ingrid, die mit ihrem Koffer gerade von einem Baby aus Dessau kommt. Und Ditha, die nur darauf wartet, daß wir wieder herunterkommen, damit sie auch schaukeln kann, obwohl sie doch immer so erwachsen sein möchte. Alle von oben. –

– Ja, Willi, alle von oben, und wir kommen erst wieder herunter, wenn es uns gefällt. –

Nun war sie aus dem Anbau hinter der Küche gekom-

men und blieb auf der Steinstufe stehen, traute ihren Augen nicht, so fremd war dieser Hof, zwar in irgendeiner Weise bekannt, gleichzeitig aber unwirklich wie in einem Traum. Groß war er geworden in seiner entblößten Kahlheit, die offenbarte, daß die Rückseite des Hauses auch eines Anstriches bedurft hätte und daß die Laube verfallen und nur mühsam durch betagten Jasmin gestützt wurde. Hier, nur wenige Schritte von der Küche entfernt, nahm die Familie im Sommer Frühstück und Abendbrot ein.
»Er hatte die Ulmenkrankheit und mußte gefällt werden.« Die Mutter legte den Arm um ihre Schulter. »Mehrere Männer von der Stadtgärtnerei mußten kommen, so schwierig war es, den riesigen Baum zu fällen und mit Seilen so zu leiten, daß unser Haus nicht beschädigt wurde.«
Anne glaubte das Bild zu sehen: die blattlose Ulme, dieser kranke Baumriese, der so lange durch Sägen und Beilhiebe bearbeitet wurde, bis er endlich abknickte und, durch Seile gelenkt, in entsetzlicher Langsamkeit zu Boden ging. Warum geschah so etwas, warum war vieles so schlimm, so scheußlich, so traurig. Sie warf sich zur Seite, umklammerte ihre Mutter und weinte fassungslos.
Ihre Mutter streichelte wortlos ihren Rücken, bis sie sich allmählich beruhigte. »Komm, Anne, jetzt zeige ich dir etwas Schönes!« Sie nahm Anne an die Hand und ging über den entblößten Hof den buchsbaumumrandeten Gartenweg entlang. Anne hatte sehr wohl bemerkt, daß ihre Mutter sich über die Augen gewischt

hatte. Bei dieser hastigen Gebärde wurde ihr plötzlich bewußt, daß es nicht ihre Ulme allein gewesen war, sondern daß dieser Baum ihnen allen Schutz bedeutet hatte, auf alle Fälle so etwas wie das Kennzeichen ihres Anwesens gewesen war, schon von weitem erkennbar an seiner ausladenden Krone, die alle Häuser der Straße überragt hatte. Am Ende des langen Gartenweges etwas Grünes, das sich im Näherkommen als niegelnagelneue Laube erwies.

»Bernd hat sie gebaut, zusammen mit einem Tischler aus seinem Geschäft. Er hat sich viel Mühe damit gegeben.«

»Ach, die ist aber hübsch!«

Grüngestrichenes Holz, auch der Boden aus Holzbohlen, das leichte Schrägdach mit Teerpappe abgedeckt, die Rückseite geschlossen, an den Seiten grünrotgestreifte Markisen als Schutz gegen oft gegenwärtigen Flachlandwind. An beiden Seiten des Eingangs waren Blumenkästen mit Geranien angebracht, Ziersträucher umrahmten die Laube und ein Rasenquadrat lud dazu ein, an heißen Tagen die zusammengeklappten Liegestühle herauszuholen. Zwei über Eck gestellte Bänke und ein stabiler Tisch sowie jederzeit aufklappbare Stühle boten genügend Platz für mehrere Personen.

»Vor einer Woche haben wir die Laube eingeweiht. Es war ein richtiges Gartenfest mit Pfirsichbowle und Lampionbeleuchtung. Schade, daß Ingrid noch nicht hier war, die jungen Leute haben bis zum frühen Morgen gefeiert.«

Ja, der Garten. Hier war alles unverändert. Zier- und

Nutzgarten zugleich, groß genug, um die Familie mit Gemüse und Obst zu versorgen. Spätsommerlich jetzt mit ersten Äpfeln und Birnen, die unter den Bäumen lagen und die sie nun einsammelten. Anne biß in einen Augustapfel, wußte genau, welche Sorten schon frühherbstlich und welche erst zu Ostern am besten schmecken würden. Viel älter waren die Bäume als Anne, der Birnbaum zum Beispiel, der komischerweise »Gute Luise« hieß oder der Apfelbaum mit den knallroten Äpfeln, die wie lackiert aussahen und sich besonders hübsch auf den bunten Weihnachtstellern ausnahmen. Nur der Kirschbaum mit den fleischigen Lederkirschen war erst ein paar Jahre alt. Aber er hatte sich beeilt mit dem Wachsen, und diesen Sommer hatte Anne bereits Mühe gehabt, die untersten Zweige zu erreichen, um an den noch nicht gereiften halbroten Früchten zu naschen.

Schon begann das Laub der Bäume zu vergilben, Astern kündeten den Herbst an. Bunt war er, der Garten, um diese Jahreszeit, noch nickten die Dahlienköpfe in allen Farben bereitwillig in die Runde. Letzten Sommer – oder war es der vorletzte gewesen –, als Anne sich in ihrer Theaterphase befunden hatte, waren sie unentbehrliche Statisten gewesen, die Dahlien. Hofdamen oder sich hassende Schwestern, sorgende Mütter und lebensfrohe Tanten, je nach den Szenen, in denen sie ihre Rollen bekamen. Aber das war lange her – heute an diesem Tag, als sie zum erstenmal die neue Gartenlaube bewunderte, gedachte sie nur flüchtig der kindlichen Spiele von ehedem.

Diese Laube, die neue, in die der lange Buchsbaumweg direkt mündete, würde dem Wielandschen Anwesen einen neuen Akzent verleihen, nicht so sichtbar wie die gestorbene Ulme, die so viel Kahlheit hinterlassen hatte, vielmehr eine interne Bereicherung. Sie würde der Lieblingsplatz im Sommer werden, das war vorauszusehen, und die Mutter würde den viel längeren Weg vom Haus gerne in Kauf nehmen, um hier ihren so sehr geschätzten Nachmittagskaffee einzunehmen.
Ingrid war am Vorabend gekommen. Ohne ihren Verlobten zunächst, der in wenigen Tagen mit seiner Familie nachkommen würde. Nicht mit seiner gesamten Familie, denn die war, da er sieben Geschwister hatte, groß, aber doch mit seinen Eltern und wahrscheinlich einem Bruder. Neue Verwandte für Anne. Auch komisch, daß ihre Familie, obgleich ihre beiden großen Schwestern bald für immer das Elternhaus verlassen würden, immer größer wurde. Wie hatte ihre Mutter heute morgen gesagt: keine Blutsverwandte sondern angeheiratete Verwandte waren diese neuen Leute, die aus dem Harz kommen würden. Wenn das Wetter weiterhin so schön blieb, würde man die Verlobung vorwiegend im Garten feiern. Bis auf das Essen natürlich, für das die Kochfrau schon bestellt war.
Anne, auf der Suche nach Ingrid, die sie zu einem Eis bei Talamini in der Stadt eingeladen hatte, schlenderte über den Hof, dessen Nacktheit ein wenig durch Bernds giftgrünes Auto, das er Laubfrosch nannte, belebt wurde. Ihr fiel ein, daß Bernd die Laubenbänke weiß streichen wollte. Da Ditha noch im Büro des schwiegervä-

terlichen Geschäfts arbeitete, würde Ingrid ihm vielleicht dabei helfen.
Anne lief den Gartenweg entlang, doch irgendein Signal ließ sie plötzlich stehenbleiben. Mitten auf dem Weg, vielleicht zehn Meter von der Laube entfernt. Nein, von Malerarbeiten konnte da keine Rede sein. Denn die Bänke, die sie zu streichen gedachten, waren von ihnen besetzt. Falsch. Wenn jeder auf einer Bank gesessen hätte, wäre es keine seltsame Begebenheit gewesen. Sie benötigten nur eine Bank, und selbst diese hätte noch genügend Platz für zwei weitere Personen gehabt, so eng umschlungen saßen sie dort, vertieft in einem Kuß, der kein Ende nehmen wollte. Ingrids Rock war hochgerutscht, und auf ihrem prallen Oberschenkel ruhte oder vielmehr irrte Bernds Hand herum. Da sie selbst nahezu von Bernd verdeckt war, war es dieses nackte Bein, stämmiger als Dithas eher dünne Beine, das sie verriet. Die da waren kein Brautpaar, vielmehr probierte die Schwägerin stellvertretend den Verwendungszweck einer neuen Laube aus.
Und im Bauch bekanntes Grummeln – was denn sonst – und der Spontanentschluß, sofort einzugreifen, was immer das Ganze zu bedeuten hatte.
– Halt! Du kehrst um, gehst den Weg zurück. Denk an den Primeltopf, Anne! –
– Aber wenn Ditha kommt! Laß mich, Willi, ich muß in die Laube! –
Spürte sie nicht einen Druck am Arm, wurde sie nicht gewaltsam zurückgehalten?
Widerwillig drehte sie sich um, stakte unschlüssig den

Weg zurück. Sah mit Entsetzen, wie jetzt Ditha aus dem Haus kam, einen Augenblick am Laubfrosch zögerte und dann ihrerseits Kurs auf den Gartenweg nahm, der nicht nur buchsbaumumrandet sondern zum Glück, wie man inzwischen weiß, ein langer Weg war. Und Anne fiel in ihrem Schrecken nichts anderes ein, als die Arme in die Luft zu werfen und »Willi, Willi« zu schreien, so laut, daß es jedermann und hoffentlich auch die beiden Verrückten in der Laube hören konnten.
»Spinnerin!« Ditha schubste sie unsanft beiseite und war nicht mehr aufzuhalten auf dem Weg in ihr womögliches Unglück.
Wiederum machte Anne kehrt – wahrhaftig, dieser wunderschöne, buchsbaumumrahmte, ach so lange Gartenweg entwickelte sich allmählich zur Promenade der drei ungleichen Schwestern. Sie ließ sich Zeit, fürchtete wenn nicht Mord und Totschlag, so doch auf jeden Fall irgend etwas Schlimmes. Warum sie nicht einfach ins Haus gegangen war und unbedingt auf der Szene erscheinen mußte, wußte sie selbst nicht, jedenfalls hatte sie trotz langsamster Gangart die Laube schließlich doch erreicht.
Und sie traute ihren Augen nicht. Was immer sie erwartet haben mochte, wurde restlos widerlegt durch das Bild sommerlicher, fast möchte man sagen Poesie, das die beiden großen Schwestern mit dem schönen jungen Mann auf Bänken, die aus ungeklärten Gründen noch nicht gestrichen waren, in vertrautem Gespräch zeigte.
»Komm, Anne, setz dich zu uns!« Bernd rutschte zur Seite, um seiner jüngsten Schwägerin Platz zu machen.

Kein Zweifel, er sah gerne Weiblichkeit um sich, wünschte sich womöglich noch ein paar Schwägerinnen dazu ... Und Anne ließ sich auf die Bank fallen, bedeppert und zum erstenmal von nagenden Zweifeln an ihrer eigenen Beobachtungsfähigkeit befallen. Hatte sie womöglich alles nur geträumt? Hatte es dieses Bild einer vorwitzigen Männerhand auf dem falschen Oberschenkel überhaupt nicht gegeben? Wie fröhlich sich die Drei unterhielten. Natürlich hatte Ingrid ein gerötetes Gesicht, aber jeder wußte, daß das nichts, aber auch gar nichts zu bedeuten brauchte. Schon setzte die Phantasie, stets abrufbereit, ein: war es möglich, daß diese Laube, die wunderschöne, neue, verzaubert war? Daß irgend etwas die Bilder vertauschte, daß ...

»Hallo, Anne, träum nicht, Bernd hat dich etwas gefragt!«

Sie fuhr hoch und blickte Bernd an, versuchte in seinen etwas melancholischen Hundeaugen irgendeine Antwort zu finden. Eine gewisse Zärtlichkeit glaubte sie darin zu erkennen, doch das konnte schon wieder Einbildung sein. »Ich wollte nur wissen, wie dir die Laube gefällt, die ich für euch gebaut habe.«

»Eine Wunderlaube, ich meine ...« sie biß sich auf die Lippen. Was sollte sie sagen, was konnte sie überhaupt noch sagen, wenn sie nicht einmal ihren eigenen Augen trauen konnte. Das war wie Glatteis, auf dem sie unsicher hin- und herglitt. Und die Gesichter, ihr zugewandt, waren ganz arglos und erwarteten ihre Antwort ... »ich meine, eine wunderschöne Laube.«

23.

Ein Mädchen ging durch die Stadt. Kam den Berg herunter, der kein richtiger Berg sondern höchstens eine abschüssige Straße war, die nur deshalb Berg genannt wurde, weil im Flachland eine sanfte Erhöhung eben schon als Berg bezeichnet wird. Ging jetzt über die Brücke, nicht ohne einen Blick auf das ziegelrote Häuschen am Wehr, das nur über einen Eisensteg erreicht werden konnte, zu werfen. Als kleines Kind hatte sie sich insgeheim gewünscht, in diesem Häuschen, sozusagen mitten im Wasser, zu leben. Viele Kinder in dieser Stadt hatten irgendwann einmal diesen Wunsch gehabt. Am anderen Ende der Brücke begann die Stadt, das heißt das, was man Stadt nannte, wenn man sagte: Ich gehe in die Stadt.

Schmale Straßen zwischen Fachwerkhäusern. Linkerhand zweigte die Straße ab, in der sich das Möbelgeschäft, das erste am Platz, befand, in dem ihr Schwager Bernd als Juniorchef und späterer Erbe wirkte. Das Haus war, wie alle Häuser der Innenstadt, ein Fachwerkgebäude, jedoch nicht schmalbrüstig, sondern mit breiter Straßenfront. Unten die Schaufenster, die den Blick auf gediegene Möbel lenkten, in der ersten Etage wohnten Bernds Eltern und in der zweiten lebte seit vorigem Herbst Ditha.

»Eine schöne Braut«, hatten die Zuschauer am Kirchenportal geäußert, und Anne war so stolz gewesen, als sei sie selbst gemeint. Zugleich war ihr aber merkwürdigerweise eingefallen, daß sie noch niemals von einer häßlichen Braut vernommen hatte, obwohl doch wirklich nicht alle Mädchen hübsch zu nennen waren. Dieser Gedanke kam unerwünscht, war er doch eine Schmälerung der ihrer großen Schwester gewiß zustehenden Bewunderung.

Auch die Formierung des Hochzeitszuges hatte ihr zunächst Unbehagen verursacht, denn sie befand sich in dem Stadium, in dem viele Dinge unerwartete Peinlichkeit verursachen. Voran ein vierjähriges Mädchen und ein etwas älterer Junge streuten aus mit zartfarbigen Bändern geschmückten Körben Blumen vor das Brautpaar.

Anne, in blaßblauem Voile, trug die Schleppe des Brautkleides, gefolgt von Ingrid mit ihrem Verlobten und einer Freundin mit dazugehörigem Herrn als sogenannte Brautjungfern, dann erst kamen die beiden Elternpaare und die übrigen Hochzeitsgäste.

Die Kirchenbänke zu beiden Seiten des Hauptganges der großen Kirche waren fast zur Hälfte besetzt von Freunden und Bekannten der beiden Familien.

Aufrauschen der Orgel. Natürlich, zu jedem Gottesdienst gehörte Orgelspiel, aber in diesem Augenblick bei dem feierlichen Einzug des Hochzeitszuges war Anne nicht darauf gefaßt gewesen. Die mächtigen Vollakkorde nahmen Besitz von der Kirche, schienen die Schaulustigen mit ihren dem Brautzug zugewandten Gesichtern auf seltsame Weise zu verkleinern, verwandelten selbst die Hauptfiguren zu Schauspielern eines

Stückes, das in angemessenem Abstand auf einer Bühne gespielt wurde.

– Willi, wir können richtig darauf gehen, sie läßt uns nicht fallen, diese Orgelmusik, sie trägt uns wie damals die Wolke in unserem Traum. –

– Aber es ist schöner als im Traum, weil die Orgelmusik Wirklichkeit ist, Anne. Der sie erdachte, hat sie vielleicht zuerst geträumt, aber dann hat er sie in Noten aufgeschrieben, und jetzt kann sie jeder hören – alles ist Wirklichkeit: die Orgel, der Brautzug, die ganze Hochzeit. –

– Willi, können Kinder auch heiraten? –

– In früheren Zeiten waren Königskinder nicht viel älter als wir, wenn sie von ihren Eltern vermählt wurden, das weißt du doch aus deinen Büchern, und in sehr fernen Ländern sind Brautpaare nur wenige Jahre älter als wir. Aber hier bei uns sind die Mädchen mindestens 20 Jahre alt, wenn sie sich verheiraten und die Männer sogar noch älter, weil sie doch erst einen Beruf haben müssen, um ihre Familie ernähren zu können – genauso wie bei Ditha und Bernd. –

– Ach so. Aber es ist so schön, daß du gekommen bist – ich meine, es ist genauso, als wäre es unsere Hochzeit, Willi. Ich trage einen Brautschleier, der ist wie eine Wolke aus lauter Spinnweben und keiner kann mein Gesicht erkennen. Wir halten uns an den Händen, aber es sollen keine Kinder Blumen streuen, weil wir sie dann gleich kaputtreten, und wir gehen ja auch nicht über diesen roten Teppich sondern auf Orgeltönen. –

– Ja, Anne, wenn du es dir so deutlich vorstellst, dann

ist es eben unsere Hochzeit. Ich halte deine Hand ... –
– ... aber mit der anderen Hand mußt du den Zipfel von Dithas Schleppe halten. –
Jetzt hatten sie das Kirchenschiff durchschritten und die Stufe erreicht, die zur Empore führte. Die Braut stolperte, doch Bernd hatte ihren Arm so festgehalten, daß sie nicht fallen konnte. »So paß doch auf!«
Erschrocken nahm Anne die beiden Enden der Schleppe wieder hoch. Und hinter ihr Ingrids Stimme, nicht laut, doch deutlich vernehmbar. »Manchmal ist sie wirklich zu ungeschickt, aber die Braut ist Gottseidank die Stufe hinaufgestolpert, das bringt Glück.«
Vor dem mit Blumen und Kerzen geschmückten Altar erwartete der Pfarrer das Brautpaar. Eine Girlande aus Buchsbaum, gestern von den Brautjungfern gewunden, lag vor den Altarstufen. Ingrid schloß die beiden Enden, so daß die rundgebundene Grüngirlande die wenn auch nicht exakte Form eines Herzes bildete. Die Paare hatten sich getrennt, links die Männer, rechts die Frauen. Die Blumenstreukinder hockten verlegen mit ihren leeren Körbchen auf den Altarstufen.
Nun war es wieder Dithas Hochzeit, natürlich Dithas Hochzeit. Und unter der ihr gegenüberstehenden Männerreihe einige vertraute und manche unbekannte Gesichter, aber kein Willi, ach nein, kein Willi.
Der Pfarrer begann zu reden. Seine Stimme war klangvoll und tragend. Vom heiligen Bund der Ehe sprach er und von Treue. Von ehelicher Treue besonders viel ... und plötzlich »wie ungeschickt sie doch ist ... wie ungeschickt sie doch ist ... aber es bringt Glück, wenn

man die Stufen hinaufstolpert ... doch sie ist so ungeschickt, ungeschickt ...« Wie das die Kirche ausfüllte, wie das dröhnte.
Überraschende Stille. Einen Augenblick meinte Anne schon, nun sei alles vorbei. Doch dann wurde das Schweigen in Stücke geschnitten durch ein zweifach gesprochenes Ja. Ein volltönendes und ein zittrigbewegtes Ja. Die Männer verharrten in feierlicher Unbeweglichkeit, Ingrid schneuzte sich, und aus mütterlichen Augen glitzerten Tränen, die von der Zunge unauffällig eingefangen wurden.
Orgelmusik, aber diesmal nicht unerwartet. Auch nicht mehr so feierlich, sondern eher fröhlich. Die Melodie glaubte Anne schon gehört zu haben, sie wirkte liedhaft, beinahe wie anspornende Marschmusik. Doch diese Töne vermochten sie nicht hochzutragen, sondern hielten sie fest auf dem Boden. Nein, nichts brachte sie in die Verlegenheit, womöglich einen Zipfel der Schleppe fallenzulassen oder sonst etwas Unpassendes zu tun. Sie wußte wohl, daß sie jetzt ihren Staksgang hatte, wie Ingrid es ausdrückte. Die Gesichter zu beiden Seiten des Hauptganges waren aufdringlich nah und überdeutlich. Dennoch erschien es Anne, als ähnelten sie sich auf unerklärliche Weise. Leise Bemerkungen über Aussehen und Kleidung der Hochzeiter wurden ausgetauscht. Eine Stimme fiel heraus aus geraunten Halbsätzen: Das ist die kleine Schwester der Braut ..., die kleine Schwester ..., kleine Schwester.
Endlich war man draußen. Milde Oktobersonne spielte mit und verhalf dem Fotografen zu später sehr bewun-

derten Aufnahmen einer überaus gelungenen Hochzeit. Die Zuschauer hatten sich ebenfalls beeilt, aus der Kirche herauszukommen. Auf keinen Fall wollten sie das Ende der Veranstaltung versäumen. Noch einmal formierte sich der Zug, um die wenigen Schritte über den Platz in das Hotel zu gehen, wo der geschmückte Festsaal und die Kellner bereits auf die Hochzeitsgäste warteten.

»Wie ein Pinguin«, bemerkte Anne, als der Ober sich mit leiser Stimme an ihren Vater wandte.

»Sei nicht so naseweis«, wies Ingrid sie zurecht. Aber es war ohnehin so ziemlich das letzte, was Anne auf dieser grandiosen Feier von sich gab. Nicht im Traum hätte sie daran gedacht, daß ein Festmenü etwas war, das einer Tortur gleichkam. Die Gaumenfreuden von Kindern pflegen sich im allgemeinen auf den Genuß von Schokolade oder Zuckerwatte zu beschränken. Ein Mittagessen war für Anne eben ein Mittagessen, das ihr mal gut und mal weniger gut schmeckte. Manchmal, vorwiegend an Sonn- und Feiertagen, bestand es aus Suppe, einem Hauptgericht und einer Nachspeise. Daß ein Hochzeitsmahl sich selbst von einem Festtagsessen abheben mußte, hätte sie sich eigentlich denken können. Außerdem lag vor ihrem, wie vor jedem Gedeck die auf Bütten gedruckte Speisekarte, die ihr, wenn ihr auch die französischen Bezeichnungen der einzelnen Gerichte unbekannt waren, zum mindesten hätte verraten können, was auf sie zukam. Ihre Augen waren indessen vollauf in Anspruch genommen von den neuen Bildern, die sich da anboten: die hufeisenförmig, mit Kerzen und

Blumenarrangements geschmückte Festtafel, an der Schmalseite und sehr weit entfernt das Brautpaar. Anne betrachtete es ausgiebig, weil sie einen Augenblick geglaubt hatte, es befände sich in einem Kreis, einem sichtbaren Kreis, der es von allen übrigen Festteilnehmern trennte. Doch es waren nur die beiden Gedecke, die durch eine Girlande umrahmt und somit als Brautpaar-Gedecke ausgewiesen waren. Vielleicht lag es auch nur an dem Brautschleier, der Ditha wie eine Wolke umhüllte und sie auf geheimnisvolle Weise zu entrücken schien. Bernd dagegen schien nicht einbezogen in diese Entrücktheit, sondern war durchaus anwesend. Zu beiden Seiten des Brautpaares die Eltern, dann die Brautjungfern mit ihren Herren – es mußte da eine rituelle Rangfolge geben, auf alle Fälle saß Anne als Kind am untersten Ende der Tafel, ja wo denn sonst? Neben sich die ihr fast fremden Blumenkinder, die sie betreuen sollte.

Die Festteilnehmer sahen aus, als hätten sie sich soeben auf dem Klosett aus bedrängender Feierlichkeit erleichtert – Anne preßte die Lippen aufeinander, da ihr neuerdings derartige Vergleiche zuflogen und sie befürchtete, es könne ihr ein unbedachtes Wort entschlüpfen.

Die Unterhaltung war lebhaft, wenn auch noch gebremst. Jetzt traten die Kellner in Aktion, dirigiert von dem Oberkellner, der im Hintergrund den reibungslosen Ablauf des Festes überwachte. Einen Augenblick stellte Anne sich diesen Oberkellner an der Decke schwebend vor, in den Händen lauter Fäden haltend, mit denen die Kellner gelenkt wurden. Sie kicherte, konnte nicht aufhören, obwohl sie sich albern dabei vorkam.

Der kleine Junge neben ihr zupfte an ihrem Ärmel. »Warum lachst du?«

»Sie sehen wie Marionetten aus.«

Das kleine Mädchen an ihrer rechten Seite: »Was ist das?«

»Puppen, die an Fäden befestigt sind, mit denen man sie bewegen kann – ich meine die Kellner. Die mit den Servietten über dem Arm schenken den Wein ein. Sie machen immer die gleichen Bewegungen und sagen bestimmt auch immer das gleiche. Bitte sehr ... Was wünschen Sie ... Selbstverständlich, mein Herr ...«

Der Junge prustete, wenn auch nicht übermäßig fröhlich, los und das Mädchen, sichtlich ratlos, stimmte schließlich in das Lachen ein. Eigentlich hätte Anne genauso gut heulen können, denn sie fühlte sich scheußlich. Wie jemand, der irgendwo hingeraten war, wo er sich nicht zurechtfand. Fast kam es ihr so vor, als wäre sie es jetzt, die in einem Kreis eingeschlossen war, so allein fühlte sie sich zwischen den Erwachsenen, zu denen sie noch nicht gehörte, und den beiden kleinen Kindern, mit denen sie nichts Rechtes anzufangen wußte. Einen Moment lang sah sie sich wirklich allein an dieser riesigen Tafel, rechts und links leere Stühle, die Kellner servierten Speisen und Getränke nur für sie, und sie geriet in Panik bei der Vorstellung, alles verzehren zu müssen. Dennoch aß sie mit plötzlichem Heißhunger. Sie spürte, wie die Flauheit nachließ und fühlte sich wesentlich besser. Sie feierte die Hochzeit ihrer Schwester Ditha,

und alle befanden sich wieder an den angemessenen Plätzen. Das Menü war vorzüglich – irgend jemand an dieser Tafel drückte es so aus –, die Stimmung steigerte sich, und Anne entschloß sich zum Kindsein. Späße fielen ihr ein, mit denen sie die beiden Blumenkinder so gut unterhielt, daß ihre laute Heiterkeit Ingrid veranlaßte, in die Kinderecke zu kommen und wortlos an Annes Glas zu nippen.
»Limonade«, stellte sie befriedigt fest.
Anne wollte sich schier ausschütten, und die beiden Kinder stimmten bereitwillig in ihr unbändiges Lachen ein.
»Ach so, du bist in das Kicheralter geraten – ich muß schon sagen, du läßt aber auch nichts aus.« Das sollte wohl ärgerlich klingen, aber Anne vernahm den gutmütigen Unterton deutlich. Sie stoppte ihr Lachen und blickte zu ihrer großen Schwester auf. Hübsch sah sie in Bleu aus, das ihre Blondheit unterstrich und die Wangenröte milderte. Sie beugte sich zu ihrer jüngsten Schwester: »Sag mal, du langweilst dich wohl?«
»Entsetzlich«, gab Anne ohne Umschweife zu.
»Kann ich verstehen. Für Kinder gibt es nichts Langweiligeres als ausgedehnte Feten. Weißt du was, Anne, wenn du es nicht mehr aushältst, dann verschwindest du einfach. Kein Mensch wird dich vermissen.« Ihr Kuß verrutschte irgendwo in Ohrnähe, und Anne fühlte sich verstanden und gar nicht mehr allein.
Als feines Glaspinkern die Rede des Brautvaters ankündigte – natürlich, auch Festreden gehörten zum Ritual, das hätte sie sich denken können – und sich später

alle mit ihren vollgeschenkten Gläsern erhoben, um mit dem Brautpaar anzustoßen, erhob sich auch Anne. Doch begab sie sich mit ihrem Limonadenglas nicht etwa zu dem Brautpaar, sondern stellte es irgendwo ab und befand sich zu ihrer eigenen Überraschung plötzlich auf der Straße.

Steif fühlte sie sich vom Sitzen und vollgestopft von zu vielen, wenn auch angeblich köstlichen Speisen. Wie angenehm, seine Glieder wieder in Bewegung zu spüren. Sie achtete nicht darauf, wohin ihre Füße sie trugen, erst zögernd, dann immer schneller. Durch unbekannte Straßen und Anlagen, in denen letzte Sonnenstrahlen zärtliche Spiele mit Herbstblumen und buntem Laub trieben. Bis sie sich plötzlich vor dem Schalter in der Bahnhofshalle wiederfand.

Ein Beamter zog die Glasscheibe hoch und blickte sie abwartend an.

»Wann, bitte, geht der nächste Zug nach Berlin?«

Die dünnen Seiten des Buches waren schmuddelig und zerfleddert. »Neunzehn-Uhr-zehn. Lehrte umsteigen. Möchtest du eine Fahrkarte?«

Sie hob die Hände, bemerkte, daß sie leer und seltsam nackt waren. »Nein, danke, heute nicht.«

Draußen lehnte sie sich gegen die rauhe Mauer des Bahnhofgebäudes. Wie kam sie hierher, was wollte sie hier? Eine Fahrkarte nach Berlin – sie hatte doch gar kein Geld. Warum war eigentlich Tando nicht auf der Hochzeit? Tando und Rudolf. Ach nein, sie gehörten wohl nicht dazu – sie waren auch zu weit weg.

Abend war es geworden, und sie fror in ihrem dünnen

Kleid, als sie sich auf den langen Heimweg machte ... Und jetzt befand sie sich auf dem Schulweg, den sie zeitlich noch nicht abzuschätzen wußte, denn sie war ihn erst zweimal zu den Aufnahmeprüfungen gegangen. Heute war ihr erster Unterrichtstag im Lyzeum. Zwanzig vor Acht, gab die Uhr am Juweliergeschäft Auskunft. Vorsichtshalber beschloß sie, ein wenig schneller zu gehen, denn ihr neuer Schulweg führte sie durch die halbe Stadt. Als sie aus den Schloßanlagen kam und die Hauptstraße überquerte, war sie außer Atem und froh, daß endlich das rote Backsteingebäude in Sicht war. Da es nicht an der Häuserzeile, sondern zurückversetzt lag und zudem von zwei riesigen Kastanien bewacht wurde, sah man es erst, wenn man es schon fast erreicht hatte. Als sie sich in Höhe des breiten Mittelportals befand, durch das nur die Lehrer ein- und ausgehen durften, bemerkte sie das auffallend große, schwarze Auto, das am Bordstein hielt.
»Hallo!« Ein Mädchen sprang aus der geöffneten Tor. »So warte doch!«
Anne blieb stehen.
Jetzt winkte das Mädchen dem abfahrenden Auto zu. »Mein Vater und unser Chauffeur, er fährt meinen Vater in die Fabrik.«
»Wirst du jeden Morgen in die Schule gefahren?«
»Ach nein, mein Vater fährt meistens viel später in die Fabrik. Ich habe dich gleich wiedererkannt von der Aufnahmeprüfung, und bei der Schulfeier hast du vor mir gesessen. Wie heißt du?«
»Anne.«

»Und mit Nachnamen?«
»Wieland.«
»Dann gehörst du in die Parallelklasse, schade. Ich bin Renate Hiller und komme in die A-Klasse, das geht nämlich nach dem Alphabet.«
»Woher weißt du das alles?«
»Von meinen beiden Schwestern. Sie gehen auch ins Lyzeum, aber sie sind schon in der Oberstufe. Karin macht nächstes Jahr ihr Abitur.« Sie gingen jetzt über den Schulhof, der Anne im Gegensatz zu ihrem bisherigen Schulhof riesig erschien. Ein paar Gruppen von älteren Mädchen lösten sich auf, und alle strebten den beiden Schülereingängen zu.
»Unsere beiden Klassen sind in der ersten Etage neben der Aula. Bestimmt haben wir heute noch keinen richtigen Unterricht. Wir bekommen den Stundenplan und müssen uns die Bücher aufschreiben, die wir brauchen. Wartest du auf mich? Wir können dann zusammen nach Hause gehen.« Zielstrebig steuerte Renate zwei Klassenräume mit weitoffenen Türen an. »Du mußt in die rechte – also bis nachher!«
Anne, tief beeindruckt von soviel Sicherheit, betrat den Klassenraum und ließ sich auf einem der hinteren freien Plätze nieder. Ihre magere Schultasche legte sie unter das Schreibpult, dann blickte sie in die Runde. Die meisten Gesichter kannte sie von den Prüfungstagen wieder, aber manche waren ihr auch fremd.
Die letzten Schülerinnen kamen herein, manche zögernd, bis sie an der geöffneten Tür das Schild entdeckten, auf dem in großen Buchstaben »Sexta, N–Z«

stand. Anne hatte es beim Eintritt nicht bemerkt, jetzt war sie erleichtert, daß sie sich wirklich in der richtigen Klasse befand.

Es stellte sich heraus, daß Renate Hiller mit ihrer Vermutung, daß heute noch kein Unterricht stattfinden würde, recht hatte. Sie lernten Fräulein Lange, ihre Klassenlehrerin, kennen, die im Gegensatz zu den meisten Lehrern, die an der Schule unterrichteten, noch jung war und ein freundliches Gesicht hatte. Der Stundenplan war bereits auf die Tafel geschrieben, und eine Weile waren sie damit beschäftigt, ihn abzuschreiben. Dann wurden ihnen die Bücher bekanntgegeben, die sie für die verschiedenen Fächer gebrauchen würden, wobei Fräulein Lange darauf hinwies, daß sie diese auch bei ihren Vorgängerinnen zu einem günstigeren Preis erwerben konnten. Schon hatten sie ihre anfängliche Scheu verloren, Bemerkungen wurden leise ausgetauscht, ein erstes Abtasten der neuen Umgebung. Fräulein Lange ging durch die Bankreihen, stand für etwaige Fragen zur Verfügung und richtete ihrerseits ein paar Worte an die eine oder andere Schülerin.

»So, jetzt brauche ich noch einige Angaben von euch. Anhand meiner alphabetischen Liste werden wir vergleichen, ob Namen und Adressen stimmen und die Frage nach dem Beruf eures Vaters ergänzen.« Die Klassenlehrerin hatte sich an das Lehrerpult gesetzt und eine Liste vor sich aufgeschlagen. »Nielsen, Annemarie?«

Ein Mädchen mit dunkelblonden Zöpfen erhob sich aus der dritten Reihe, nannte auf Befragen ihre Anschrift,

Geburtsdatum und -ort. Auf die Frage nach dem Beruf ihres Vaters antwortete sie zögernd. »Beamter.«
Fräulein Lange blickte von ihrer Liste hoch. »Was für ein Beamter, ich meine unterer, mittlerer oder höherer Beamter.«
»Mein Vater ist Lehrer«, antwortete Annemarie Nielsen jetzt sicherer, »Dorfschullehrer.«
»Also mittlerer Beamter. Als Studienrat wäre er Akademiker, also höherer Beamter.« Fräulein Lange kam jetzt von ihrem Katheder herunter und stellte sich vor die Klasse. »Ich sehe in manchen Gesichtern Unsicherheit, und mir scheint, ich sollte einige Erklärungen abgeben. Wir leben, wie ihr sicher wißt, in einer typischen Beamtenstadt, so daß wahrscheinlich viele von euch Töchter von Beamten sind. Zwischen Beamten gibt es nun einmal Unterschiede in der Ausbildung und der erreichten Position, das bedeutet auch eine gewisse Rangfolge. Außer in Englisch werde ich euch noch in Geschichte unterrichten. Historie aber heißt nicht allein Wissen über geführte Kriege, deren Siege oder Niederlagen. In der sozialen Entwicklung unseres Volkes, die wahrscheinlich eines Tages in einem Extrafach gelehrt wird, hat sich im Laufe von Jahrhunderten eine Ständeordnung herausgebildet, die auch heute noch Gültigkeit hat. Zuerst kommt der Adel, dann die Militärs, danach die Beamten des Staates, dann die freien Berufe, gefolgt von Kaufleuten, Landwirten, Bauern und Arbeitern.
So, das war eine Abschweifung, die schon fast eine kleine Unterrichtsvorwegnahme war. Aber vielleicht fällt es euch jetzt leichter, den Beruf eures Vaters ein-

zuordnen. Im übrigen möchte ich betonen, daß in unserem Lyzeum der Beruf des Vaters keine Rolle spielt, sondern allein die Leistungen der Schülerin zählen.« Tatsächlich kamen die Antworten der Schülerinnen jetzt bestimmter. Anne, die am Schluß des Alphabets an die Reihe kommen würde, hatte Zeit, dieses ganz neue Problem zu bedenken. Sie beobachtete ihre Mitschülerinnen, wie sie aufstanden und die an sie gerichteten Fragen beantworteten. Wunderte sich zum Beispiel über Edelgard von Papenhorst, der als einzige Adelige die Frage nach dem Beruf ihres Vaters erlassen war, wie unbeholfen sie sich erhob und die vorgelesenen Eintragungen nur durch karges Kopfnicken bestätigte. Doch als sie ihr Geburtsdatum korrigieren mußte, wurde hörbar, daß sie einen Sprachfehler hatte. Mußte wie die anderen ein bißchen grinsen, als Ilse Jäger ihre kräftigen Arme auf das Schreibpult stemmte und die Berufsfrage mit einem massigklingenden »Bauer« beantwortete. Ein Drittel der Klasse war Fahrschüler, sie kamen aus den Dörfern und Kleinstädten des Landkreises, aber die anderen Mädchen hatten bei den bäuerlichen Berufen die Bezeichnung Landwirt vorgezogen. Es klang abgeschwächter, irgendwie feiner. Aber Anne hätte zu gerne den Unterschied gewußt. Was war mehr, was war weniger? Vor allem wer war mehr und wer weniger? Zum erstenmal dachte sie darüber nach, daß es offenbar verschiedene Klassen von Menschen gab. Natürlich hatte sie gewußt, daß jeder Mensch einen Beruf, eine Arbeit hatte. Tante Ella hatte ihr sogar mal erklärt, daß es ein Unglück war, keine Arbeit zu haben.

Vermutlich hätte sie geglaubt, daß jeder die Tätigkeit ausübt, die er am besten kann und die ihm am meisten Spaß macht, hätte sie überhaupt darüber nachgedacht. Doch diese Fragen hatten sich ihr noch nie gestellt, und zu Hause wurden solche Dinge nicht erörtert, wenigstens nicht in ihrer Anwesenheit.

Am meisten beeindruckte sie Elsa Warnecke, ein hochgeschossenes Mädchen mit blassem Gesicht und graublauen Augen. Auf die Frage nach dem Beruf ihres Vaters antwortete sie mit fester Stimme: »Arbeiter.«

Fräulein Lange blickte kurz von ihrer Liste hoch. Elsa blieb stehen, womöglich erwartete sie eine weitere Frage, doch die Lehrerin sagte nur: »Ist gut, setz dich wieder!« Merkwürdigerweise blickten jetzt alle auf Elsa, vielleicht, weil sie die einzige Arbeitertochter war, aber es schien ihr nichts auszumachen. Anne kam es so vor, als sei sie klüger als die anderen, zum mindesten als sie selbst. Wohl hatte sie früh zu lesen angefangen, aber ihr wurde plötzlich bewußt, daß ihre Kenntnisse über ihre Umwelt, über Dinge, die anderen Mädchen längst geläufig schienen, höchst lückenhaft waren.

Als sie aus der Klasse kam, winkte ihr Renate Hiller bereits entgegen. »Wo wohnst du überhaupt?«

»Auf dem Berg.«

»Dann haben wir bis zur Brücke sowieso den gleichen Weg. Wir wohnen am Fluß – du kommst doch mit?«

Anne konnte nur das Dach des Hauses erkennen, da das Grundstück tiefer als die Straße lag und von einer hohen Ligusterhecke begrenzt war. Das kunstvoll geschmie-

dete Gitter auf weißem Steinsockel betonte eine zweite Abgrenzung zum Bürgersteig. Das Tor war schwer und quietschte widerwillig, als Renate es mit Schwung aufstieß. Ein Geräusch, das Anne vertraut war und ihre Befangenheit minderte. Zögernd folgte sie Renate über den von Ziersträuchern gesäumten Plattenweg, die Marmorstufen hoch bis vor die breite Eingangstür, die sich gerade in diesem Augenblick vor ihnen öffnete.
Ein Mädchen mit weißgestärktem Häubchen stand vor ihnen. »Ach, du bist es! Warum kommst du denn nicht wie sonst durch den Garten?«
Renate überhörte die Frage und wies auf Anne. »Das ist meine Freundin. Sie heißt Anne. Ich will ihr alles zeigen, weil sie jetzt immer kommen wird.« Sie zog Anne an dem Hausmädchen vorbei in einen mit Teppichen und schweren Schränken ausgestatteten Eingangsraum, von dem eine breite, mit rotem Läufer belegte Treppe nach oben führte. Am Treppenaufgang stand die Bronzefigur eines nackten Mannes in der Halbdrehung des Diskuswerfers.
Renate öffnete eine Tür: »Das Eßzimmer.« Der gedeckte Tisch, von hochlehnigen Stühlen umstellt, erinnerte Anne daran, daß sie selbst zum Mittagessen erwartet wurde. Renate nahm zwei Bananen aus einer Obstschale und reichte Anne eine. »Hast du auch solch einen Hunger?« Sie schob eine Wandtür auf und rief in einen holzverkleideten Schacht: »Irene, was gibt's heute zu essen?«
Eine dumpfklingende Stimme gab Antwort.
»Hackbraten.« Renate schnitt eine Grimasse. »Den

mag ich nicht.« Sie standen an dem riesigen Büfett, das nahezu die ganze Wandbreite einnahm, und aßen die Bananen. Danach warf Renate die Schalen einfach in das Holzfach.
»Was ist das?«
»Ein Speiseaufzug zur Küche. Wenn die Köchin nachher das Mittagessen hineinstellen will, holt sie ihn herunter. Dann wirft sie die Schalen schon weg. Als wir noch klein waren, hat Willi mich einmal in den Aufzug gesetzt. Ich mußte mich zusammenducken und habe ganz schön Angst gehabt. Natürlich hat Irene uns verpetzt und meine Mutter hat sich mächtig aufgeregt.«
»Willi?« Das war wie ein Fauststoß direkt in den Bauch. Renate lachte. »Das ist mein Bruder. Er heißt Wilfried, aber wenn ich ihn ärgern will, nenne ich ihn Willi, dann wird er fuchsteufelswild, weil Willi doch so ordinär klingt. – Was ist denn, du bist auf einmal käseblaß geworden.«
»Ach nichts, wirklich nicht.« Sie schluckte es hinunter, was immer da hinauswollte, drängte es weg, nahm sich zusammen, wenn ihr auch die Knie zitterten, als sie jetzt ihrer neuen Freundin durch das Haus folgte.
Eine Flucht von Wohnräumen, die Renate Damenzimmer, Herrenzimmer und Bibliothek nannte. In der oberen Etage die Schlafzimmer, auch Renates Reich, das wie ein kleines Wohnzimmer mit einem ovalen Tisch und gestreiften Sesseln, das Bett in einer Schlafnische versteckt, ausgestattet war. Die Zimmer ihrer Schwestern dagegen waren mit modernen Stahlmöbeln eingerichtet. Das bis zur Decke gekachelte Badezimmer

bot Raum genug für eine große Familie mit zwei breiten Waschbecken, einer Badewanne sowie einer Extra-Dusche und Wandschrank.

Wieder in der Diele, deutete Renate auf die höherführende Treppe. »Da oben sind Gästezimmer; außerdem hat Wilfried seine Bude dort, weißt du, mit vielen Fellen und einem Zelt, das er seinen Wigwam nennt. Ich zeige es dir ein andermal, jetzt gehen wir in den Garten. Komm, Anne!« Sie sprang die Treppenstufen, immer zwei auf einmal, hinunter, dann waren sie wieder im Eßzimmer. Daran schloß sich ein Gartenzimmer an, eine Art Glasveranda, das im Gegensatz zu dem etwas düsteren Eßraum, lichtdurchflutet und heiter wirkte mit seinen zwanglos hingestellten Korbmöbeln und vielen Gewächsen auf breiten Fenstersimsen. In der Mitte eine Tischtennisplatte, auf der Schläger und in einem Korb die leichten Zelluloidbälle auf ein Match warteten. »Kannst du spielen?«

Anne schüttelte verneinend den Kopf.

»Macht nichts, dann bringe ich es dir bei. Wir fangen gleich heute nachmittag an. Du kommst doch wieder, ja? Ich zeige dir den Weg durch den Garten, dann brauchst du nicht an der Haustür zu schellen. Diese Tür hier zum Gartenzimmer ist immer offen, nur wenn überhaupt niemand im Haus ist, wird sie abgeschlossen.«

Sie waren jetzt hinausgetreten und gingen eine breite Steintreppe in den Garten hinunter, Renate immer ein paar Stufen voraus.

Die Treppe, die fast weiße Treppe mit den breiten Stufen, den vielen Stufen – diese Treppe erkannte Anne. Die war sie hinauf- und hinabgelaufen. Aber wann, aber wo? Sie war doch noch niemals hiergewesen in diesem Haus, in diesem Garten. Sie zählte die Stufen und wußte, es würden achtzehn sein und unten würde auf einem Sockel eine Frauenfigur halbabgewandt in den Garten blicken.

»Achtzehn Stufen.«

»Ja? Ich habe sie noch nie gezählt.«

»Aber die Frau, wo ist sie geblieben?«

»Welche Frau – ach so, die griechische Göttin auf diesem Sockel, die ist doch schon lange weg. Der Sturm hat sie heruntergerissen. Wilfried und ich haben sie wieder eingesammelt, Arme, Beine, Nase, aber sie war nicht mehr zu reparieren. Dann wollte mein Vater eine Nymphe und meine Mutter einen jungen Gott, aber mein Vater sagte, man müsse mit der Zeit gehen und etwas Modernes aufstellen. Solange sie sich nicht einigen können, steht jedenfalls die Gewächsschale dort. Wieso weißt du überhaupt, daß dort diese Statue gestanden hat?«

»Ich weiß nicht, ich glaube, ich verwechsele das wohl. Wann kommt Wil ... ich meine dein Bruder aus der Schule?«

»Wilfried? Aber der ist doch in einem Schweizer Internat. Er kommt nur in den Sommerferien. Komm, wir gehen durch den Garten!«

Ach nein, das war kein Nutzgarten mit Gemüse und Obstbäumen, sondern eher ein kleiner Park. Ein Walnußbaum mit ausladender Krone auf weiter Rasenflä-

che, Buchen, Ahorn, eine Birkengruppe, Ziersträucher und Blumenrabatten würden dem Park im Sommer Schatten und Farbe geben, jetzt verschenkten nur die Nadelbäume ihr feierliches Grün. Doch schon winkten die Birkenmädchen mit ihren Kätzchenzweigen, und auf dem Rasen verrieten die gelben und lila Farbtupfer der Krokusse, daß der Frühling nicht mehr fern war.
»Dort hinten ist unsere Spielecke mit Turnreck, Schaukel und Rundlauf. Im Sommer spielen wir oft Krockett. Siehst du die kleine Pforte ganz am äußersten Ende? Sie führt auf einen schmalen Pfad zum Fluß. An der Biegung ist feiner, gelber Sand angeschwemmt, ein richtiger kleiner Strand, da schwimmen wir immer. Aber seitdem Wilfried nicht mehr hier ist, macht es keinen Spaß mehr. Allein macht nichts so richtigen Spaß. Wir müssen zurück, damit ich den Gong hören kann.« Sie liefen über den feuchten Rasen an der Hausseite entlang in den Vorgarten. »Du kommst doch wieder«, fragte Renate, als sie das Tor erreicht hatten.
»Ja – morgen.«
Sie standen voreinander. Anne fiel auf, daß sie die einzigen Mädchen in den beiden Parallelklassen mit Pagenköpfen waren, die anderen trugen Zöpfe, Affenschaukeln oder halblange, mit Hornspangen zur Seite gekämmte Haare. Sie waren etwa gleich groß, waren einander ähnlich, sofern man noch von Ähnlichkeit sprechen kann, wenn eine hellblond und die andere schwarzhaarig war.
Volltöne, gewichtig wie von einem Kirchturm, fielen in ihr Schweigen. Renate machte auf dem Absatz kehrt.

»Der Gong zum Mittagessen – ich muß ins Haus.«
»Du, ich komme doch schon heute nachmittag«, rief Anne ihr nach.
Renate drehte sich um. »Fein, dann warte ich im Gartenzimmer auf dich.«
Anne zog die Pforte hinter sich zu. Sie wäre lieber morgen erst wiedergekommen, doch sie hatte die Enttäuschung in den Augen ihrer neuen Freundin wohl bemerkt. War es möglich, daß das Mädchen Renate mit ihren Eltern, die oft abwesend waren, und den halberwachsenen Schwestern in dieser prächtigen Villa inmitten des weitläufigen Parks sich oft verloren vorkam? Bemerkungen von vorhin fielen ihr ein, kleine Gesten – kannte sie das nicht aus ähnlichen Erfahrungen? Aber Renate hatte noch ihren Bruder, den sie jetzt vermißte, sie hatte also einen Gefährten in ihrer Kindheit gehabt. Und ich habe Willi gehabt, dachte sie in plötzlich aufsteigendem Trotz, er war immer da. Immer. Wenn ich krank war oder Kummer hatte oder die Erwachsenen nicht verstehen konnte. Aber das war etwas anderes, etwas ganz anderes ... nein, sie wollte nicht darüber nachdenken.
Lange brauchte sie für ihren Heimweg, obwohl er so weit nicht war, denn der Berg, der in Wirklichkeit nur eine unbedeutsame Erhebung war, hätte die Zeit nicht wesentlich verlängert. Aber die vielen neuen Eindrücke dieses Vormittages beschäftigten sie und verzögerten ihre Schritte. Eine Freundin hatte sie gefunden, die erste, wenn man es genau betrachtete. Und der erste Schultag in ihrer neuen Schule. Gesichter, die ihr noch

fremd waren, die sie begleiten würden die vielen Klassen, die noch vor ihr lagen. Aber es gab nicht nur Schulklassen, sondern man hatte ihr beigebracht an diesem bemerkenswerten Tag, daß auch Menschen in Klassen eingeteilt waren. Diese Frage nahm die meisten Schritte ihres Heimweges ein. Warum waren die Unterschiede so wichtig, und wieso hatte man sie zu Hause nicht darauf vorbereitet? Sie überlegte, ob sie ihren Vater danach fragen sollte, verwarf diesen Gedanken aber schließlich wieder. Natürlich liebten ihre Eltern sie, wollten ihr Geborgenheit geben und hielten darum alles, was sie bedrücken konnte, von ihr fern. Hatte sie nicht sofort gespürt, daß ihre Mitschülerin zum Beispiel, die Tochter eines Arbeiters, viel mehr von der Wirklichkeit wußte als sie. Armut und Reichtum kannte sie nur aus Büchern, im Grunde genommen war ihr das eine so fremd wie das andere. Heute, eben gerade war ihr zum erstenmal Reichtum begegnet. Der Park, die Zimmerflucht in der weißen Villa am Fluß, doch, das hatte sie schon beeindruckt, aber sie hatte sich keinen Augenblick gewünscht, dort zu leben. Sie versuchte, es sich vorzustellen, jetzt auf ihrem verzögerten Nachhauseweg, versuchte auch angestrengt, sich ein Leben in Armut vorzustellen, und es verunsicherte sie, daß ihr weder das eine noch das andere gelingen wollte. Warum fiel ihr auf einmal Tante Ella ein, sie, die manchmal mit ihr über Dinge gesprochen hatte, die sie zu Hause nicht erfuhr? Armut, das ist, wenn man kein Geld, keine Arbeit und nichts zu essen hat. Und ein andermal, anläßlich Dithas Verlobung, hatte sie geäußert, daß ihre

Schwester eine gute Partie mache, was wohl soviel hieß, daß sie in eine Familie hineinheirate, die mehr Geld, als ihre eigene besaß . . .

»Um Himmelswillen, Anne, wo bleibst du denn nur? Vater und ich haben uns schon Sorgen um dich gemacht. Wie war denn der erste Tag in der neuen Schule?«

»Ich habe eine Freundin, Mutti, sie heißt Renate und ich habe soviel zu erzählen, ich wollte auch etwas fragen, aber jetzt habe ich es vergessen, weil ich einen Riesenhunger habe . . .«

24.

Ein hübsches Foto, im Garten vor blühendem Flieder aufgenommen: Anne in flottem, kniefreiem Schottenrock, mit weißer Bluse und Schülermütze auf glattem Blondhaar, den königsblauen Samt verwegen über das rechte Ohr gezogen, mit scharfem Knick am oberen Rand. Sonst sieht es doof aus, hatte Renate gesagt, und die wußte es von ihren Schwestern, die natürlich auf ihre Schülermützen längst verzichteten. Nur die unteren Schulklassen tragen sie mit gewissem Stolz, hatten sie behauptet.
Auf alle Fälle ein ganz anderes Foto als das von dem kleinen Mädchen mit den grüblerischen Augen über viel zu großer Zuckertüte vor ihrem ersten Schulanfang. Diese neue, inzwischen immerhin vier Jahre ältere Anne blickte eher selbstbewußt, sogar ein wenig keck in eine offenbar nicht mehr so bedrohliche Welt.
Das war wie ein gelungener Drehsprung im »Hinkepaß«, diesem Hüpfspiel, das sie manchmal in den Pausen noch spielten. Früher hatte Anne es oft allein geübt, hatte mit einem Stock das Muster auf die Erde gemalt und immer neue Varianten erfunden. Genau wie bei ihren Solo-Ballproben an der Hauswand. Aber zu mehreren machte es natürlich weit größeren Spaß. Ein Ausscheidungsspiel. Wer einen Fehler machte, vielleicht auf Ränder sprang oder einen Kasten überschlug, mußte aufhören, bis zum Schluß eine Art Stechen der

Fehlerfreien stattfand. Eigentlich waren sie schon zu alt für »Hinkepaß«, es war sozusagen ein Rückfall. Sie spielten es auch eher aus Verlegenheit, weil sie noch nicht recht wußten, womit sie die Pausen ausfüllen sollten, während die älteren Schülerinnen sie etwas herablassend belächelten. Diese standen zumeist in Gruppen beieinander und hatten unendlich viel zu besprechen. Wie gesagt, ein gelungener Sprung mitten in ein neues Quadrat. Vom ersten Tag an fühlte sie sich wohl in der neuen Schule. Der Unterricht bereitete ihr keine Schwierigkeiten, und sie hatte ihre eigene geheime Klasseneinteilung erfunden: Mitschülerinnen, die sie leiden mochte und solche, die ihr nicht lagen, doch die letztere Gruppe war die weitaus kleinere. Mit beiden Beinen stand sie fest auf dem Boden der Wirklichkeit, die sie gänzlich ausfüllte. Ein neuer, viel schnellerer Rhythmus hatte sie erfaßt, die Tage waren länger und kürzer, weil kurzweiliger, zugleich.

Das fing damit an, daß sie, da sie einen weiten Schulweg hatte, früher das Haus verließ. Den Berg lief sie meistens hinab, teils um Zeit zu gewinnen, vielleicht aber auch nur, weil es sich hinab fast von selbst lief. Oft traf sie an der Brücke Renate oder eine andere Mitschülerin, manchmal ging sie auch allein weiter. Nein, sie trug den Kopf nicht mehr in den Wolken, vielmehr wollten ihre Augen sich nichts entgehen lassen von den Dingen, die auf einem frühmorgendlichen Schulweg passieren konnten. Auch nicht die Menschen, die ihr allmorgentlich begegneten und denen man ansah, in welcher Stimmung sie sich befanden.

Auch Schüler, die zu den beiden Jungengymnasien strebten, kreuzten ihren Weg. Sie benahmen sie recht unterschiedlich. Waren sie zu mehreren, wurden ihre Stimmen unweigerlich lauter, wenn ein Mädchen in Sichtweite kam, einzeln blickten sie dagegen entweder ostentativ zur Seite oder sie voll an. Die Verwegenen murmelten sogar einen Gruß oder tippten gegen ihre Schülermützen. Einen Favoriten hatte Anne noch nicht, wohl aber vermißte sie den einen oder anderen, wenn er ihr länger nicht begegnet war. Alles deutete daraufhin, daß im Herbst, wenn die Tage sich verkürzten, auch sie zum abendlichen Bummel erscheinen würde. Wie damals Ditha, wie viele Schülergenerationen vor und nach ihr.
Jetzt beherrschte allerdings der Frühling noch das Bild. Ein paar sommerliche Vorläufer hatte er bereits geschickt und prompt hatte Talamini seine Flotte von Eisverkäufern losgelassen. In adrettem Weiß radelten sie sicher durch lebhaften Morgenverkehr. Sie wußten genau, wo sie am günstigsten ihre gleichfalls weißlakkierten Anhänger mit den Eisbehältern postieren konnten. Keinesfalls unmittelbar vor der Schule, weil sie dort von den Lehrern weggescheucht wurden, die ihre Schülerinnen vor Naschhaftigkeit und unnötigen Geldausgaben bewahren wollten, denn die Zeiten waren die rosigsten nicht. Also plazierten sie sich hundert Meter von der Schule entfernt und machten dort ihr Morgengeschäft, die kleinste Eiswaffel zu einem Groschen. Es dauerte auch nicht lange, da beherrschte Anne wie ihre Mitschülerinnen den etwas schnoddrigen Schul-

jargon bestens. Ungeachtet der Tageszeit, begrüßte man sich grundsätzlich mit »Moin«, verabschiedete sich mit »Tschüs« und fand das richtig schick. Kein Zweifel, ihr neuer Schulalltag brachte mehr Abwechslung, ließ Überraschungen zu, gab neue Denkanstöße. Ihr Zug war in Fahrt gekommen und beeilte sich, sie aus der Kindheit hinauszufahren in eine Übergangsphase, für die es verschiedene Bezeichnungen gibt. Anne kannte sie nicht, dachte auch nicht darüber nach, doch diese seltsame und durchaus nicht unangenehme Empfindung, in einem fahrenden Zug zu sitzen, hatte sie häufig in dieser Zeit.

Abgesehen von den beiden Sportnachmittagen, die nur bei schlechtem Wetter in der Turnhalle, sonst aber auf dem hinteren Schulhof stattfanden und bei denen Ballspiele, besonders Völkerball, bevorzugt wurden, ging sie nach Beendigung der bis jetzt noch recht mäßigen Schulaufgaben zu ihrer neuen Freundin.

Manchmal stand Renate bereits an dem schmiedeeisernen Portal und hielt ungeduldig nach ihr Ausschau, meistens aber wartete sie im Park oder bei kühlerem Wetter im Gartenzimmer auf sie. Wurde das Zimmer nicht gerade von den Schwestern vereinnahmt, spielten sie erst einmal eine Partie Tischtennis.

»Wenn du so weitermachst, dann wirst du sogar Wilfried schlagen, wenn er in den großen Ferien kommt«, prophezeite Renate ihr.

Wurden sie verscheucht, trollten sie sich die breite Treppe hinunter in den Garten. Doch diese eher unheimliche Erinnerung an einen Ort, an dem sie schon gewesen war, stellte sich nicht mehr ein. Die Treppe, breit, mit ornamentaler Balustrade, an deren Ende der Steinsockel mit der Blumenschale stand, war eine zwar schöne, aber durchaus normale Treppe, die in ihren Alltag integriert war, sozusagen.

Zur wärmeren Jahreszeit waren mehrere Sitzecken mit bequemen Gartenmöbeln eingerichtet. Eine Hollywoodschaukel, etwas ganz Neues und der Inbegriff von Luxus, lud vor der noch nicht vollerblühten Magnolie zu absolutem Lebensgenuß ein. Sie war denn auch selten zu haben, sondern abwechselnd von den beiden Schwestern frequentiert. Sie unterhielten sich dort mit ihrem jeweiligen Freund, welcher Art auch immer diese Unterhaltung sein mochte.

Die beiden Schwestern waren die ersten Familienmitglieder, die Anne kennenlernte. Flüchtig kennenlernte, muß man schon sagen, befanden sie sich doch im ständigen Kommen und Gehen. Ihre Auf- und Abtritte waren indessen Anne noch durchaus vertraut von ihren eigenen Schwestern. Aber auch die Eltern sah man selten und meistens im eiligen Aufbruch begriffen. »Sie haben viele gesellschaftliche Verpflichtungen«, erklärte Renate und das hörte sich irgendwie nach Schwerarbeit an, wenn Anne auch nur verschwommene Vorstellungen von diesen Verpflichtungen hatte. Von dem Vater, einem großkräftigen Mann, war sie bisher nur einmal begrüßt worden. Es war ihr dabei nicht entgangen, daß er sie aufmerksam begutachtete, aber die Freundlichkeit in seiner Stimme ließ vermuten, daß er die neue Freundin seiner jüngsten Tochter akzeptierte.

Renates Mutter war eine schöne Frau. Stattlich, wie man zu sagen pflegte, die schwarzen Haare zu einem Nackenknoten geschlungen – übrigens hatten alle Familienmitglieder im Gegensatz zu Annes Familie dunkle Haare. Sie trug eine Art Kimono, und wie sie in der mit Orientteppichen und antiken Möbeln ausgestatteten Halle stand, sah sie wie auf einer Bühne aus. Langsam drehte sie sich um, bemerkte die beiden Mädchen.

»Du bist also Renates neue Freundin.«

Anne machte, wie es sich gehörte, einen tiefen Knicks. »Guten Tag.«

»Darf ich dir einen Keks anbieten?« Renates Mutter schloß einen Schrank auf, entnahm ihm eine schwarzlackierte Japandose, von der sie den Deckel entfernte, und hielt sie Anne hin, die wahllos eine Waffel herausfischte. Dieser Keks gewann für sie eine besondere Bedeutung. Nicht der Park, nicht die Villa mit ihren Bewohnern vermittelten ihr den Begriff von Reichtum, vielmehr dieser lächerliche Keks, so zeremoniell offeriert. Natürlich hatte sie schon Kekse gegessen. Auch zu Hause wurden sie zu einem Glas Wein angeboten, aber dann handelte es sich um eine Einladung und sie wurden eigens zu diesem Zweck gekauft. Daß man einen Schrank aufschloß und dort – denn sie hatte die diversen Behälter, auch Flaschen wohl bemerkt – Naschereien und Getränke stets parat hielt, erschien ihr als der Inbegriff von Wohlstand. Später, wenn sie einmal geheiratet und einen eigenen Hausstand haben sollte, würde sie immer eine Keksdose zum Anbieten haben,

das stand fest. Übrigens machte sie sich nicht das geringste aus Keksen.
Manchmal verreisten die Eltern für ein paar Tage. Sofort machte sich Hektik bemerkbar. Freunde kamen und gingen, und alle Vorbereitungen deuteten darauf hin, daß eine Fete geplant war. Eine unangenehme Zeit für die beiden Freundinnen, die keineswegs miteinbezogen, vielmehr überall im Wege und somit total überflüssig waren.
Diesmal war das Fest verregnet und mußte daher im Hause stattfinden. Das Gartenzimmer war bereits zum Tanzen ausgeräumt und die übrigen Wohnräume wurden in Abwesenheit der Eltern ebenfalls zum Feiern beschlagnahmt. Im Eßzimmer warteten eine schon am frühen Nachmittag angesetzte Ananasbowle und Gebäck auf die Gäste. Später würde die Köchin Platten mit Schnittchen und Salaten per Aufzug hinaufbefördern.
Als die Freundinnen vom Schulsport nach Hause kamen, wurden gerade Papiergirlanden und Lampions aufgehängt, Grammophonplatten wurden aussortiert und ein Pärchen, das eigentlich zum Helfen gekommen war, probte nach »Jalousie« noch schnell eine schwierige Tangofigur, bevor die ersten Gäste kamen. Einen Augenblick blieben sie unschlüssig stehen, doch als niemand von ihrer Anwesenheit Notiz nahm, trotteten sie nach oben. Ihre tropfnassen Regenmäntel hingen sie über die Badewanne, dann richteten sie sich im behaglichen Biedermeier für ein paar Regenstunden ein. Auf dem Tisch ein aufgeschlagenes Fotoalbum.

»Ich habe gestern Bilder eingeklebt und die Seiten aufgedeckt, damit sie nicht zusammenpappen, aber jetzt ist der Klebstoff trocken.« Renate klappte das Album zu.
»Laß doch mal sehen.«
Sie setzten sich nebeneinander auf das Sofa und schlugen die Seiten auf. Renate als Baby bäuchlings auf obligatorischem Eisbärfell. Auf dem Arm ihrer Mutter. Strampelnd in der Badewanne, von ihrer Kinderschwester gestützt. An der Hand ihres Vaters, nun schon auf, wenn auch noch unsicheren Beinen. Mit Puppe zwischen ihren damals bezopften Schwestern. Eine postkartengroße Aufnahme eines Jungen im Matrosenanzug ... Matrosenanzug.
»Das ist Wilfried.«
»Im Matrosenanzug.«
»Ja. Als Sechsjährige tragen Jungens meistens Matrosenanzüge. Er hat ihn übrigens gehaßt und sich immer gesträubt, ihn anzuziehen.«
Fotos der Eltern im Tennisdress und dann eine Großaufnahme ihrer Mutter mit einem riesigen Hut, von dem eine Feder herabrieselte. Das leicht geneigte Gesicht halb verdeckt von der breitfächernden Feder. Kinn, ein lächelnder Mund – Einzelteile.
»Der Hut mit dieser Feder ...«
»Ach ja, das war damals modern. Ulkig, nicht?«
Anne starrte in das nieselnde Grau vor dem Fenster, suchte ein Bild, das sie einmal gesehen hatte, überlegte und wußte nicht, war es Erinnerung oder Traum, wo sie suchen mußte.
Ein Bahnsteig, ein Zug und vorher eine Feier. Tando

und ein Mann, der damals bestimmt noch nicht Rudolf hieß. Ein fremder Mann, der Ohrfeigen bekam. Wieso Ohrfeigen und warum? Wegen Ditha, sicher wegen Ditha, die auch im Zug saß. Später. Aber da war doch ein fremdes Abteil. Sie stand auf dem dämmrigen Gang, aber das Abteil war hellerleuchtet. Eine Familie mit Mutter, Vater und zwei Kindern. Von der Mutter war immer nur ein Auge, ein Ohr, eine seitliche Nase aber nie das Gesicht zu sehen, weil diese fächernde Feder es einfach nicht freigab. »Bist du schon mal mit der Eisenbahn gefahren?«
Renate hielt mit dem Umblättern inne. »Mit der Eisenbahn – wie kommst du darauf? Ich glaube nicht, weil wir doch immer mit dem Auto fahren. Doch, ich glaube einmal, als wir meine Großmutter besucht hatten und das Auto kaputt war. Ach ja, meine Schwestern blieben bei meiner Großmutter. Meine Eltern, Wilfried und ich waren im Abteil. Es war schon spät und weil ich so müde war, wurde ich schrecklich albern und habe immer Willi zu meinem Bruder gesagt. Er hätte mich am liebsten verhauen, so wütend war er, aber er saß mir gegenüber und kam nicht an mich heran.«
»Aber du hattest Zöpfe, damals.«
»Zöpfe? Nein, ich hatte niemals Zöpfe . . ., das heißt, als ich ungefähr vier Jahre alt war, hatte ich tatsächlich Zöpfe – das hatte ich glatt vergessen, weil ich noch so klein war. Aber woher weißt du das?«
»Ich . . . ich glaube, ich habe euch damals gesehen . . . Ich meine, wir sind mit demselben Zug gefahren.«
»Klar, dann ist es möglich, daß du uns gesehen hast, wir

sind ja auf dem gleichen Bahnhof ausgestiegen.« Klick. Das Bild war da. Sogar eine Reihe von Bildern und alle scharf gestochen. Nicht erfunden. Nicht erträumt. Erinnerung. Ein Vater und eine Mutter, letztere mit Federhut. Ein Mädchen, das jetzt ihre Freundin war, ihre erste wirkliche Freundin, das damals Zöpfe trug und weil es müde und ein bißchen albern war, ihren Bruder Wilfried immer Willi nannte ...

Willi. Und sie hatte den Namen mit sich fortgetragen und, da sie den Jungen nicht richtig gesehen hatte, sich eine eigene Vorstellung gemacht. Wie hatte Rudolf doch einmal zu Tando gesagt: ein Kind mit außergewöhnlicher Vorstellungskraft. Eidetiker oder so ähnlich hieß das Wort, das sie in ihrem Oktavheft mit den Fremdwörtern eingetragen hatte ... Ja, der Zug war in Fahrt gekommen, hatte die Phase der reinen Gefühls- und Vorstellungswelt verlassen und in einen Bahnhof gefahren, der gut beleuchtet war, wo man die Dinge schon besser erkennen konnte und wo nicht, nach Erklärungen suchte, die mit dem Verstand zu erfassen waren.

Warum also noch das Grummeln im Bauch, dieses dumme Bedürfnis loszuheulen und ein jäher Haß auf ihre Freundin und dieses Album. Und irgendwo, tief versteckt, kaum eingestanden ein unsinniger Wunsch: Geh noch nicht weg, Willi. Komm nochmal wieder. Wenigstens einmal!

Renate war krank, Verdacht auf Scharlach. Das bedeutete, daß niemand sie besuchen durfte. Dennoch machte

Anne sich jeden Nachmittag auf den Weg zu der weißen Villa am Fluß. Ging den gewohnten Weg durch den Park, dann die Treppe hinauf durch das Gartenzimmer ins Haus, bis sie jemanden von der Familie oder das Hausmädchen traf, dem sie ihr Geschenk abgeben konnte. Früchte oder ein Buch und immer einen Brief mit Neuigkeiten aus der Schule oder irgend etwas, was ihr gerade in den Sinn kam. Da der Hausarzt äußerst vorsichtig war und die Eltern wohl auch nicht die Verantwortung einer möglichen Ansteckung übernehmen wollten, durfte Anne nicht einmal bis zur Zimmertür der Patientin, sondern ging zurück und postierte sich im Vorgarten unter das meistens geöffnete Fenster des Krankenzimmers und rief ihre Botschaft hinauf. Schon auf dem Weg hierher hatte sie sich überlegt, womit sie ihre Freundin unterhalten könnte, irgend etwas Spaßiges oder eine Begebenheit, die sie notfalls ausschmückte, um ihren Unterhaltungswert zu steigern.
Die durch Renates Krankheit erheblich verkürzten Besuche brachten es mit sich, daß Anne sich mehr zu Hause aufhielt. Seit kurzem nahm sie wieder Klavierunterricht. Nicht mehr bei Fräulein Uhlmann, die nach dem Hinscheiden ihres Vogels immer wunderlicher geworden und schließlich in ein Altersheim gezogen war, sondern bei einer Lehrerin, die gegenüber ihrer Schule wohnte. Anne fand sie wunderschön und verehrte sie insgeheim. Um ihre Anerkennung zu erringen, übte sie fleißig Tonleitern, Etuden und erreichte schließlich den »Fröhlichen Landmann«. Spielte ihn geradezu mit Bravour und merkte kaum, daß es ihr längst nicht mehr

allein um das Lob ihrer bewunderten Lehrerin, vielmehr um die Freude am Musizieren ging.
»Fabelhafte Fortschritte machst du«, lobte Ditha ihre kleine Schwester anläßlich ihrer regelmäßigen Nachmittagsbesuche. Sie hatten sich lange nicht gesehen, da Anne sonst um diese Zeit schon immer bei ihrer Freundin war. Während sie sich an den Kaffeetisch setzten, stellte Anne nach einem verstohlenen Seitenblick fest, daß man trotz des lockeren Kleides jetzt deutlich erkennen konnte, daß Ditha ein Baby erwartete.
Natürlich glaubte Anne nicht mehr an den Klapperstorch, doch von einer hinreichenden Aufklärung war sie weit entfernt. Daß Kinder neun Monate im Bauch ihrer Mutter wuchsen, war ihr immerhin bekannt, auch daß sie da irgendwie herauskamen, wenn sie es sich auch nur schwer vorzustellen vermochte. Doch wie sie überhaupt hineinkamen, war ihr ziemlich schleierhaft. Schließlich hatte sie Renate zu Rate gezogen in der Hoffnung, daß diese mehr darüber wußte. Ihre Eltern waren wesentlich jünger als ihre eigenen, auch herrschte in der Familie Hiller ein freierer Ton, doch stellte sich heraus, daß Renates Vorstellungen über diesen Punkt genauso verschwommen waren.
An einem der Nachmittage, an denen die beiden Freundinnen allein in dem großen Haus waren, waren sie endlich in die Bibliothek geschlichen, hatten die Buchtitel flüchtig geprüft, bis ihnen in der äußersten, am wenigsten sichtbaren Ecke der »Van de Velde« in die Hände fiel. Ihn mit in Renates Zimmer zu nehmen, um sich dort ungestört aufzuklären, getrauten sie sich nicht, so

hockten sie auf dem Teppich, blätterten hastig, mit hochroten Köpfen und immer in der Furcht, ertappt zu werden, die Seiten um. Hielten inne, besahen sich Abbildungen, fanden das meiste abstoßend, wenn nicht scheußlich, verstanden manches zum Teil, vieles überhaupt nicht und gelangten schließlich zum »Geschlechtsakt«. Und Anne immer mit einer blassen Vision von Elfen. Woher um Himmelswillen tauchte denn dieses Bild auf: Elfen, die in zartfarbigen Schleiergewändern um einen Waldweiher schwebten und von denen die rechte im Bild eine fatale Ähnlichkeit mit Ditha hatte. Plötzlich die blitzartige Erkenntnis: Ein Bild über einem Doppelbett. Milchiges Morgenlicht, das durch Vorhangspalten in ein tristes Hotelzimmer sickerte. Und der breite Rücken eines Mannes, den sie möglicherweise Onkel genannt hatte. Stöhnen, das sie erschreckt und irgendwie in Zusammenhang mit Kampf, ja sogar Tod gebracht hatte. Jetzt wußte sie es: Dies und so war ein Geschlechtsakt.

Schritte im Hause?

Zugeklappt das Buch und zurück an seinen Platz. Nun waren sie also aufgeklärt – übrigens die einzige Art von Aufklärung, die sie je erfuhren. Alles andere kam in Bruchstücken mal von da, mal von dort, und ihre Vorstellungen blieben wie die der meisten Mädchen ihrer Generation ziemlich abenteuerlich – bis sie früher oder später mit der Wirklichkeit konfrontiert wurden ...

»Ich fürchte, es wird ein Mädchen«, äußerte die Mutter.

»Woher willst du das denn wissen«, fragte Ditha.
»Wegen der Schwangerschaftsflecken – die hat man nur, wenn man ein Mädchen erwartet.«
»Aber Mama, ist das denn so schlimm? Wir sind doch auch nur Mädchen.«
»Wir haben auch kein Geschäft.«
»Ein Geschäft? Was hat das mit Kinderkriegen zu tun?«
»Das kannst du noch nicht verstehen, Anne. Uns hat es nicht viel ausgemacht, ob unsere Kinder Jungen oder Mädchen waren. Aber wenn man ein so großes Geschäft besitzt wie Bernds Vater, dann möchte man einen Stammhalter, das heißt einen Nachfolger für dieses Geschäft haben.«
»Bernd hat gemeint, ihm wäre es egal. Beim ersten Halbdutzend würde schon ein Junge dabeisein.« Es sollte wohl ein Scherz sein, aber niemand lachte darüber.
»Gestern habe ich Bernd . . .« gesehen, hatte sie sagen wollen, aber dann blieb ihr das Wort im Halse stecken. Auf der Brücke war er in seinem Laubfrosch an ihr vorbeigefahren. Langsam, weil vor ihm Ottchen Lemke mit seinem Braunen dahertrottete. Anne hatte sich aus irgendeinem Grund umgedreht, ihn erkannt und wohl bemerkt, daß er sie gleichfalls gesehen hatte. Doch als sie den Arm heben und ihm zuwinken wollte, war sie mitten in der Bewegung hängengeblieben, weil nicht Ditha, sondern eine unbekannte Frau an seiner Seite saß. Er hatte stur geradeaus geblickt und so getan, als hätte er sie nicht gesehen.
»Was war mit Bernd?«

»Ich ... Ich weiß nicht mehr, was ich sagen wollte.«
Später begleitete Anne ihre Schwester bis kurz vor die Straßenkreuzung am Fuß des Berges. Da sie keine Lust hatte, denselben Weg zurückzugehen, stieg sie die Stufen hinauf, die zu dem alten Friedhof führten, der oberhalb der Straße und nur durch eine mit Steinen gestützte Böschung von dieser getrennt, bis zu ihrer früheren Schule reichte. Längst hatte die Stadt eine neue großräumige Ruhestätte für ihre Toten mit einer schönen Kapelle eingerichtet, so hatte dieser stillgelegte Friedhof mit seinen hohen Bäumen und den übergrünten Gräbern allmählich einen parkähnlichen Charakter angenommen. Die Zeit hatte steinernen Engeln die Flügel gestutzt, Kreuze verwittert, Inschriften zerbröckelt, nur der schwarzglänzende Marmor der beiden imposanten Familiengrabstätten hatte der Vergänglichkeit widerstanden. Keine Kränze, wenige, meist wildwachsende Blumen, im Frühling auch Goldregen und Flieder, malten Farbtupfer in das übermäßige Grün. Ein Ort der Vergessenheit. Hin und wieder ein altes Weiblein, das gefräßiges Efeu von einem halbverfallenen Grabstein entfernte. Und neuerdings Spaziergänger, die dem stillen Weg oberhalb der immer lauter werdenden Straße, der Hauptstraße zum Norden, den Vorzug gaben.
Kein Mensch, der ihr begegnete um diese Abendzeit, aber Anne hatte keine Furcht. Ihre Gedanken waren in Anspruch genommen von der Tatsache, daß Ditha einen Jungen – einen Stammhalter, wie die Mutter es ausgedrückt hatte – bekommen mußte. Wenn nicht

jetzt, dann beim nächsten oder übernächsten Mal. Etwas war falsch an dieser Ordnung, ungeheuerlich, aber so sehr sie sich auch anstrengte, kam sie nicht darauf, was es war. Hatte sie vor kurzem noch die Schuld in ihrem Unverstand gesucht, wenn sie die Erwachsenen durchaus nicht verstehen konnte, so forderten sie heute bereits ihren Widerspruch heraus. Sie fragte sich manchmal, ob Gesetze nicht zu ändern wären. Natürlich nicht von ihr allein, sondern von vielen, die diese ebenso unbegreiflich fanden.
Übrigens hatte sie herausgefunden, daß es sich im Gehen gut denken ließ. Besser noch als vor dem Einschlafen, wo sie meistens mittendrin unterbrochen wurde, denn ihr Schlaf war ein eiliger Patron, der sie unversehens auf seine gesattelte Wolke setzte und in das Reich fremder Bilder trug. Zwar wurden ihre Gedanken oft abgelenkt durch Ereignisse, die am Wege geschahen oder Wahrnehmungen, die ihnen neue Nahrung gaben. Aber sie wurden wenigstens nicht ausgeschaltet, wanderten vielmehr als zwar unerklärliches, aber ureigenstes Teil von ihr, wohin sie auch ging. Wenn sie sich auch noch nicht allein aus der Stadt hinaustraute, so hatte sich ihr Aktionsradius allein schon durch den weiteren Schulweg beträchtlich erweitert. Und so klein war ihre Stadt wiederum nicht, daß es nicht noch viele Straßen und Gassen gab, die ihre Füße noch nie betreten hatten und die ganz neue Betrachtungen anboten.
Auch von der Villa am Fluß gab es mehrere Möglichkeiten des Heimweges, denn die Straße war lang und es führten viele Nebenstraßen den Berg, naja die sanfte

Erhöhung hinan. Einige Tage nach Dithas Besuch, von ihrer nachmittäglichen Krankenvisite kommend, bei der Renate sich erstmals, wenn auch verbotenerweise am Fenster gezeigt und damit eine Unterhaltung ermöglicht hatte, entdeckte Anne eine Gasse mit niedrigen Häusern und Vorgärten, die sich in ihrem Frühlingsangebot gegenseitig übertrumpften. Klein, überschaubar, wie von einem Kind gemalt. Selbst die Menschen erschienen ihr in irgendeiner Weise kleinwüchsiger zu sein als in den Hauptstraßen der Stadt. Ein bißchen verzaubert, aber überaus hübsch kam ihr das alles vor. Gemächlich schlenderte sie auf nicht eben bequemen Katzenköpfen den Weg bergan, als vollerblühte, dunkelviolette Fliederdolden ihren Geruchsinn lockten. Während sie ihre Nase in die Blüten steckte, bemerkte sie in der Fensterumrandung des zurückliegenden, weißgetünchten Hauses eine Frau. Ein rundes, rotwangiges Gesicht, von kurzen Schwarzlocken umrahmt über einem großzügigen Kleidausschnitt, der deutlich die Ansätze ihres Busens erkennen ließ. In diesem Miniaturgäßchen sprang er einem in seiner Üppigkeit geradezu in die Augen.

Kies knirschte unter Schritten. Anne beobachtete, wie die Frau am Fenster den Arm zum Gruß hob. Kurz darauf wurde die Holzpforte geöffnet und ein Mann ..., ein Mann ..., irgendein Mann ..., nein, nein, nicht ihr Vater, wie sollte ihr Vater hierherkommen? Sie spürte ihre Knie weich werden und drückte sich instinktiv hinter das dichte, weit über den niedrigen Zaun ragende herzblättrige Laubwerk. Mitten im betäubenden Flieder-

duft sah sie, wie die Frau eine Kußhand hinauswehte, sah, daß der Mann, dieser bestimmt fremde Mann, einen Augenblick an der geöffneten Pforte zögerte, wobei er ihr das Gesicht zuwandte, erkannte, mußte einfach erkennen, ob sie wollte oder nicht, daß es wahr- und wahrhaftig ihr Vater war.
Und hatte auch gleich die passende Bezeichnung für diese Situation parat. Obwohl noch ein Kind, hatte sie längst erkannt, daß es für bestimmte Geschehnisse offenbar festgelegte Erklärungen gab, die jeder kannte und jeder benutzte. Verständigungen unter Erwachsenen, auf einfachste Formeln gebracht und durch häufige Wiederholungen, wenn auch mit wechselnden Personen, schließlich selbst für sie verständlich und durchsichtig.
Zu dieser Begebenheit, die hier und jetzt vor ihren Augen geschah, würde jedermann sagen: Er hat eine Andere. Und es würde niemanden geben, der nicht augenblicklich wußte, was das bedeutete.
Während sie sich von dem plötzlich nicht mehr köstlichen Fliederduft löste und ihrem Vater folgte, hatte sie das Gefühl, als würde der Boden unter ihren Füßen weggezogen. Aufruhr im Bauch. Eindrücke der letzten Zeit wurden gegenwärtig, denen sie keine besondere Beachtung geschenkt hatte, weil sie durch den Schulwechsel und ihre neue Freundschaft von ihrer Familie abgelenkt und auch entfernt gewesen war. Jetzt fielen ihr nächtliche Stimmen im Elternschlafzimmer ein, etwas ganz und gar Außergewöhnliches, doch gleichwohl am Morgen wieder vergessen. Und wo waren die Lieder

ihrer Mutter geblieben, wo ihr morgendliches Winken, wenn ihr Vater das Haus verließ?
»Leg doch deine Hand auf meine Stirn, sie ist so angenehm kühl«, bat die Mutter mit blassem Gesicht und verweinten Augen. Aber Anne hatte vermutet, daß ihre Traurigkeit vielleicht daherrühre, daß ihre beiden erwachsenen Töchter so kurz hintereinander das Elternhaus verlassen hatten. Wenn Anne an Ingrids Hochzeit im Vorfrühling dachte, dann vermischten sich die so ähnlichen Bilder der beiden schwesterlichen Hochzeiten auf wunderliche Weise. Dieselben Festteilnehmer bis auf den jeweiligen Bräutigam samt seiner Sippe, die Köpfe der Zuschauer, der Brautzug durch das Kirchenschiff. Doch das Orgelspiel war schon erwartet, und die Wiederholung der Riten hatte den Glanz des Neuen erheblich gemindert. Der Pastor hatte diesmal übrigens weniger von Treue als von Pflicht gesprochen. Die blumenstreuenden Kinder, die Köpfe neugieriger Zuschauer auf den Kirchenbänken, auch die eckigen Bewegungen der Männer und Tränen aus gerührten Mutteraugen – die Bilder unterschieden sich kaum voneinander, vermengten sich vielmehr zu ein und demselben Ereignis, gewissermaßen einer Doppelhochzeit.
Nur flüchtig dachte sie daran, jetzt in diesem Augenblick, als sie ihren Vater auf fremden Spuren entdeckte. Nicht damals bei der Hochzeit, sondern heute erst wurde ihr bewußt, daß ihre Schwestern das Elternhaus endgültig verlassen hatten. Kein üblicher Abschied für ein paar Wochen, wenn Ingrid eine neue Pflege antrat, sondern ein Abschied für immer. Natürlich würde sie

irgendwann wiederkommen, aber dann würde es ein Besuch und sie selbst ein Gast sein. Genau wie Ditha, wenn sie nachmittags zum Kaffee kam.

Der Abstand zwischen ihrem Vater, der es jetzt offenbar eilig hatte, nach Hause zu kommen, hatte sich vergrößert. Anne rannte los, Panik im Bauch und die Vorstellung einer hier und jetzt sich auflösenden Familie. Ihrer Familie. Der Boden wackelte beträchtlich. Fast wäre sie gestolpert, als sie endlich ihren Vater erreicht und seine Hand umklammert hatte.

»Um Himmelswillen, wie kommst denn du in diese Gasse?« Eine rote Welle, dann jähe Blässe.

Anne schämte sich, schluckte, bekam kein Wort heraus. Schließlich: »Ich komme von Renate.«

»Aber da müßtest du doch ganz anders gehen, dies hier ist ein Umweg.«

»Manchmal mache ich Umwege. Ich . . . Ich habe dich auch gesehen, als du aus dem Haus kamst.«

Er räusperte sich, tat es ja immer, wenn ihm etwas Unbehagen bereitete. »Aus welchem Haus?« Als ob er aus vielen Häusern gekommen wäre, als ob er nicht ganz genau wußte, daß sie nur ein ganz bestimmtes Haus, Goldregen und blühender Flieder im Vorgarten und im Fenster eine Frau mit einem großen Busen, meinen konnte.

»Das Haus mit der Frau, die dir nachgewinkt hat.« Nachgewinkt – mit einer Kußhand, ja.

»Ach so. Die Dame arbeitet seit kurzem bei uns im Amt. Sie ist zur Zeit krank und ich habe ihr etwas gebracht.« Anne ließ seine Hand fallen wie eine heiße Kartoffel.

Schon mußte sie an Henkelkorb – Krankenbesuch, Rotkäppchen – Wolf denken, obwohl ihr durchaus klar war, daß dieser Vergleich auf Krücken ging. Aber ein Wolf wäre schon gut gewesen, einer der ihrem Vater Angst gemacht hätte, wenigstens ein bißchen. Denn sie selbst konnte ihm nichts mehr entgegensetzen. So waren die Erwachsenen: immer wußten sie eine Erklärung. Eine, die sogar stimmte und auf keinen Fall zu widerlegen war, obwohl sie nicht die Wahrheit oder höchstens eine halbe Wahrheit war. Sie hatte Mühe, Schritt zu halten mit diesem großen, schlanken Mann, den sie früher manchmal für den Stellvertreter vom lieben Gott gehalten hatte und der sich jetzt als ertappter Mann zu rechtfertigen versuchte.
Doch, ein Wolf wäre wirklich nicht schlecht oder wenigstens ein großer Hund, der ihn anspringen und zuschnappen, naja aber wenigstens schrecklich bellen müßte. Hin- und hergerissen zwischen Wut und Verzweiflung, Angst und dem Wunsch loszuheulen, brachte ihr die Vorstellung eines beißenden, auf alle Fälle drohenden Wolfshundes so etwas wie Erleichterung. Schließlich erreichten sie die heimatliche Gartentür. Anne, noch atemlos nach ihrem Halblauf, hielt sie fest, stellte sich direkt in den Eingang, so daß ihr Vater nicht an ihr vorbei ins Haus konnte und blickte ihn voll an. »Ich will nicht, daß meine Mutter traurig ist.« Sie ließ die Tür los, und es war ihr egal, ob diese gegen seine Knie oder sonstwohin schlug.

25.

»Liebe Anne,
wenn Du diesen Brief erhältst, werden wir bereits auf hoher See sein. Eigentlich hatte Tando Dir schreiben wollen, und es waren nicht nur die Reisevorbereitungen, die sie davon abhielten, sondern die Besorgnis, sie könnte weinen und die Buchstaben mit ihren Tränen unleserlich machen. Denn dies hier ist keine Vergnügungsreise für ein paar Wochen, sondern ein Abschied für länger. Jeder Abschied tut auch ein bißchen weh, das weißt Du, und Tando liebt Dich wie ein eigenes Kind. So laß mich für uns beide schreiben, unseren letzten Brief, den wir in einen deutschen Briefkasten werfen, kurz bevor die Schiffssirene zum erstenmal tutet. Erinnerst Du Dich noch an jenen Nachmittag im Hamburger Hafen, ungefähr fünf Jahre mußt Du damals gewesen sein. Nein, ich war nicht dabei, aber Tando hat es mir so anschaulich geschildert, daß ich das Bild direkt vor mir habe: Ihr beiden mit anderen Touristen in einer kleinen Barkasse. Und der Kaptain erklärt Euch die Hafenanlagen und steuert sicher an den großen Pötten vorbei. Manchmal macht er auch einen Scherz. Er trägt eine Seemannsmütze und spricht Hamburger Platt, das Du nicht verstehst. ›Spricht er chinesisch, Tando?‹ Du hast eine ganz klare und glockenhelle Kinderstimme, und alle haben es gehört, natürlich auch der Kapitän. Sie lachten unbändig, aber nicht weil sie Dich für dumm

halten, sondern es einfach komisch finden. Auf einmal kommt Schwung in den Kahn, der Kapitän läßt seine Barkasse sacht schaukeln, und als er das Lied von den Nordseewellen anstimmt, das alle kennen, singen sie alle mit.

Dann das weiße, wunderbare Schiff, so groß, daß Eure Augen aus der Froschperspektive es gar nicht richtig abmessen können: ein Überseedampfer. ›Auf solch einem Schiff werde ich eines Tages nach Amerika reisen.‹ Das hat Tando gesagt, erinnerst Du Dich noch daran? Sie sagt, es wäre damals eine geradezu absurde Idee gewesen, doch für sie gleichwohl absolute Gewißheit. Später hat sie nicht mehr daran gedacht, aber als unsere Reise endgültig feststand, erschien ihr das Bild wieder ganz klar vor Augen.

Wir werden für mindestens ein Jahr, wahrscheinlich sogar zwei Jahre in Amerika bleiben. Eines meiner Bücher soll verfilmt werden, und ich werde zusammen mit einem Drehbuchautor das Drehbuch schreiben und wahrscheinlich noch andere Aufgaben übernehmen. Freunde von uns leben drüben und erwarten uns, so ganz fremd werden wir uns also nicht fühlen. Mit unseren Berliner Freunden haben wir Abschied gefeiert, es waren fast alle dabei, die Du vom letzten Sommer her kennst. Wir haben von Dir gesprochen und alle lassen Dich grüßen. Ferdi fühlt sich immer noch schuldig, daß er Dir – wenn auch gänzlich unbeabsichtigt – zu Deinem ersten, ziemlich verfrühten Rausch verholfen hat, und Lara fragt, ob Du sie immer noch für eine verkappte Zauberin hältst. Wenn Du ihre letzten Tänze, mit denen sie ihr Publikum begeistert hat, gesehen hättest, würdest Du keinen Augenblick daran zweifeln. Unsere Musikerfreunde waren allerdings nicht dabei, sie sind auf großer Tournee, und vielleicht sehen wir sie in Amerika wieder.

Ich schreibe diesen Brief bereits im D-Zug, der schuld daran hat, wenn mir manchmal ein Buchstabe ein bißchen verrutscht. Tando sitzt mir gegenüber, aber sie ist eingenickt, müde, wie sie nach den letzten aufregenden Wochen mit den Reisevorbereitungen sein muß. Doch ich hoffe auf eine angenehme Überfahrt, so daß sie sich wieder erholen kann.

Weißt Du, Anne, während unser Zug an Fahrt gewinnt und die Telegrafenmasten an unserem Abteilfenster vorbeischeucht, sehe ich Dich deutlich neben mir unter der Kastanie sitzen. Seltsam, Du hast mich nie beim Arbeiten gestört, und Du weißt, wie empfindlich, ja unleidig ich in dieser Hinsicht sein kann.

Sicher habe ich Dich anfangs manchmal mit meinem Verhalten erschreckt. Schreiben ist ein schwieriger, oft qualvoller Prozeß, der längst schon beginnt, bevor die erste Zeile auf dem Papier steht. Wenn Du so voller Aufmerksamkeit zu mir hochschautest, kam ich immer in Versuchung, Dein Alter – vielmehr Dein Kindsein – zu vergessen und mit Dir über das, was mich gerade beschäftigte, zu sprechen. Doch ich nehme nicht an, daß ich Dich überfordert habe, hast Du doch immer und immer Fragen gestellt und den Wunsch geäußert, selbst eines Tages zu schreiben. Deshalb schicke ich Dir als Abschiedsgeschenk ein Tagebuch. Nein, nein, dieser

Ausdruck ist irreführend und bedeutet keinesfalls, daß Du von nun an jeden Abend notieren sollst, wie dein Tag verlaufen ist. Es gibt gewissermaßen unwichtige Tage, die man glatt überschlagen könnte und die keine ausführliche Beschreibung verdienen. Dann aber kommen Ereignisse, die Dich bewegen, etwas Schönes, das Du beschreiben möchtest, etwas Trauriges, das Dir widerfährt oder sogar eine Scheußlichkeit, die Du nicht begreifen kannst. Versuche, Deine Erlebnisse in Worte zu fassen und sei nicht enttäuscht, wenn diese Versuche am Anfang mißlingen, weil Dir die richtigen Worte nicht einfallen wollen. Du wirst sehen, daß Dir vieles klarer wird, wenn Du versuchst, Dich schriftlich mit einem Problem oder einem Gegenstand auseinanderzusetzen. Lege das Buch also ruhig in eine Schublade – Du wirst es schon herausholen, eines Tages, in einem Monat oder einem Jahr.

Jetzt, nach einem Aufenthalt auf irgendeinem bedeutungslosen grauen Bahnhof, bummelt der Zug durch grüne Heide. Wacholdergruppen stehen wie feierliche Abordnungen herum, dagegen wirken die Birken geradezu frivol. Eine einsame Kiefer, auf angedeuteter Höhe allen möglichen Anfechtungen ausgesetzt, verknorpelt und verwachsen – ich möchte sie erzählen hören aus ihrem Baumdasein. Und diesen Weg da, über den wenig vertrauenerweckenden Steg, der aussieht, als würde er von dem wilden Bach jeden Augenblick weggerissen, den möchte ich gehen, jetzt sofort, weil er durch betautes Gras direkt in den Kiefernwald führt. Hoch und durchsichtig ist der Himmel, und ich meine,

diesen Geruch nach Frühling und Nadelwald in der Nase zu haben.
Es ist Deine Landschaft, Anne. Unser Zug brauchte statt nach Norden nur wieder etwas südlicher zu fahren, dann könnten wir bald bei Dir sein. Aber der Zug hat seine Gleise und seinen Fahrplan, den einzuhalten seine höchste Pflicht ist, so wird diese Fahrt in der Nähe des Hafens enden, in dem ein Ozeanriese auf uns wartet. Doch wenn wir Dich schon zurücklassen müssen, dann ist es gut, Dich in dieser Landschaft zu wissen. In einem kleinen bezaubernden Provinzstädtchen – ich kenne es nicht, aber Tando hat es mir beschrieben. Nicht im Zentrum des Geschehens, wo der Stein ins Wasser fällt, sondern an einem entfernten Punkt, wo die Kreise schon fast auseinanderfließen. Denn wir werden unruhige, womöglich schlimme Zeiten bekommen, das scheint fast gewiß, und für uns ist es eine Beruhigung, Dich vorerst weitab allen politischen Geschehens zu wissen. Ich habe Dich doch nicht erschreckt, Anne, nein? Hör nicht auf mich, einen Pessimisten, der die Dinge wahrscheinlich viel zu schwarz sieht. Wahrscheinlich werden wir nächsten oder übernächsten Sommer wieder zusammen an der Ostsee sein, oder wir werden Dir Berlin zeigen – wäre das nichts?
Glück für Dich, meine Kleine! Plötzlich meine ich, diesen Brief noch einmal von vorne beginnen zu müssen, weil ich Dir so viel noch zu sagen, zu raten hätte . . . und weiß doch ganz genau, daß jeder Mensch sein Leben von Null beginnt und ihm die Erfahrungen der anderen nichts nützen, daß er auch das Recht auf seine eige-

nen hat. Tando blinzelt ein bißchen. »Schreibst du etwa immer noch . . .«

»Liebe Anne, ich werde oft an Dich denken, das weiß ich schon jetzt, auch wenn mich viele neue Eindrücke bestürmen werden. Aber wir kommen ja wieder, bald, vielleicht schon in einem Jahr. Bis dahin umarmen und küssen Dich Deine Tando und Rudolf.«

Dreimal las Anne diesen Brief. Beim ersten Mal noch schnell, weil er so viele Überraschungen enthielt, von denen vor allem das Bild von einem großen weißen Schiff hervorragte. Jene längst vergessene Hafenszene, von ihr selbst erlebt und von Rudolf beschrieben, wurde plötzlich wieder lebendig: das Schaukeln der kleinen Barkasse und Tandos Stimme: Auf solch einem Dampfer werde ich eines Tages nach Amerika reisen. Es gab so viele Länder, warum hatte sie gerade Amerika gesagt? Bestimmt, weil sie es sich gewünscht hatte. Ob Wünsche, wenn sie nur stark genug waren, so viel Kraft hatten, daß sie sich einfach erfüllen mußten?

Im Bauch begann es zu ticken, längst bekannte Signale. Auch damals hatte ihr Bauch rumort, aber davon hatte Rudolf nichts geschrieben, weil er nichts davon wissen konnte.

Und wieder Tandos Stimme, als sie endlich festen Boden unter den Füßen hatten: Bist eben doch eine richtige Landratte.

Sie versuchte, es sich vorzustellen: dieser riesige Ozeandampfer und oben an der Reling zwei Gestalten, die ihr zuwinkten. Aber so sehr sie sich auch bemühte, es blieb ein Bild, das die Wirklichkeit verweigert, weil diese schon vorbei war. Eine Erinnerung, die nicht ihr gehörte. Wenn auch das Pochen im Bauch sich verstärkte.

Beim zweiten Mal las sie Zeile für Zeile, hielt inne, wenn sie an etwas erinnert wurde, versuchte sich die Gesichter der Freunde vorzustellen, als sie bei der Abschiedsfeier angelangt war. Lara auf der Bühne. Ihre eigenen ersten Schwimmversuche und das ungeheure Glücksgefühl, als sie es endlich konnte.

Der flimmernde Strand in der Sonne und die tiefjagenden Wolken über der See, als Rudolf sie betrunken nach Hause trug.

Aber dies hier, was sollte das bedeuten, daß er froh war, sie hier in einer Provinzstadt zu wissen, weil unruhige Zeiten für alle kommen könnten? Es mußte etwas mit Politik zu tun haben, und sie wußte nichts darüber, weil dies ein Thema war, das weder in ihrem Elternhaus noch in der Schule besprochen wurde. So als hätte es mit dem Leben überhaupt nichts zu tun. Was wollten die Aufmärsche in den letzten Wochen, selbst in ihrem bezaubernden Städtchen, wie Rudolf es nannte? Keine blitzblanke Militärparaden mit Marschmusik und festlich geschmückten Zuschauern, sondern Männer und Frauen, die Plakate trugen, die nach Arbeit und Brot verlangten. In diesem Landstrich pflegen die Temperamente gemäßigt zu sein, um so mehr hatten Anne die Sprechchöre beeindruckt: »Arbeit und Brot für alle!« und ein Lied: »Brüder, hört die Signale!« Ach nein, es hatte keinen Aufruhr gegeben. Die Bürger hatten, wenn sie nicht rasch vorbeigeeilt waren, eher verlegen am Rande des Bürgersteiges den ausgemergelten Gestalten mit ihren hochgehaltenen Plakaten zugeschaut. Anders als bei dem Umzug, der vor einigen Tagen stattgefunden hatte. Auch keine Soldatenformation, sondern Männer in schwarzen Knobelbechern und Braunhemden. Dieses noch nie bemerkte Braun hatte sie stehenbleiben lassen, ein überaus häßlich-kackiges Braun. Ehe sie es recht versah, fand sie sich eingekeilt in einer Menschenmenge. Diesmal keine unbeteiligten Zuschauer, sondern Bürger, die sich Luft machten angesichts der marschierenden Männer in Braun: Wird Zeit, daß endlich Ordnung einkehrt... Das führt zur Revolution... Hitler wird die Arbeitslosigkeit beseitigen... Proletarier aller Länder vereinigt Euch. Das kann nur zum Krieg führen... Und auch ein Lied: Heute hört uns Deutschland und morgen die ganze Welt.

Furchtbares Erschrecken, war es doch das erste Mal, daß sie Menschen in Erregung, in einem Aufruhr, der nicht einem privaten Erlebnis oder der eigenen Person, sondern einer Sache galt. Hier prallten die Meinungen aufeinander. Anne hatte das Gefühl, als würde sie an den Armen hin- und hergezerrt. Rechts von ihr Leute, die sagten, nun würde alles besser, denn die da vorbeimarschierten in ihrem Braun würden schon dafür sorgen. Die Gruppe links von ihr dagegen prophezeite Schreckensherrschaft, Krieg und Ende. Dazwischen sie mit dem Metronom im Bauch und ihrer ersten Begegnung mit der Politik, die eine vermutlich unerläßliche, aber doch wohl eher unerfreuliche Angelegenheit zu sein schien und ihrem Vater mit ihrer Verbannung aus seinem Familienleben offenbar recht gab.

Vor dem Einschlafen las sie den bedeutungsvollen Brief zum dritten Mal. Manche Stellen kannte sie bereits auswendig, und so kam es, daß sie weniger den Inhalt als das, was zwischen den Zeilen stand, die Stimmung, seine unbestimmte Traurigkeit empfand. War es denn keine wunderbare Reise, keine erfolgversprechende Arbeit, nichts, was man sich gewünscht hatte? Die verwischten Buchstaben von Tandos Hand hatten nicht so viel zu bedeuten, wußte sie doch, daß Tränen bei Tando alles Mögliche verursacht haben konnte ... Auf einmal wußte sie es, und auch Rudolf hatte es gewußt, als er diesen Brief geschrieben hatte, sie würden weder im nächsten noch im übernächsten Jahr gemeinsame Ferien verleben. Während sie noch mit der ihr jetzt schon zur Verfügung stehenden Vernunft dagegen ankämpfte, wurde es ihr immer unerbittlicher zur Gewißheit: Dies hier war ein Abschied für lange. Und sie weinte fassungslos, ohne Erleichterung zu finden. Als die Tränen endlich versiegten, sagte sie: Ich schreibe ihnen einen Brief, jetzt gleich, doch dann fiel ihr ein, daß sie keine Anschrift hatte. Da zog sie die Schublade ihres Nachtschränkchens auf, entnahm ihr das grünlederne, mit einem Goldrand verzierte Tagebuch und einen Drehstift. Sie würde ihren Brief in das Tagebuch schreiben. Oh, sie wußte genau, was sie schreiben wollte, Gedanken bestürmten sie, nur den Anfang mußte sie erst finden. Aber die Seite wuchs und wuchs, ihr Weiß wurde zu einer unüberwindlichen Mauer, der Stift wehrte sich in ihren klammen Fingern, und sie brachte kein einziges Wort hervor.

Pfingsten. Ein Tag, wie aus einem Bilderbuch mit kaum glaubhaftem Himmelsblau und einer Sonne, die morgens schon ahnen läßt, daß sie für heute einen Sommertag vorgesehen hat. Der Garten präsentiert sich in festlicher Pracht mit geharkten Wegen, blühenden Sträuchern, Blumenrabatten. Da es bereits Anfang Juni ist, hatten selbst die Pfingstrosen in diesem Jahr keine Terminschwierigkeiten. Ihre üppigen Stauden mit blutroten und schneeigen Blüten malen neue Farbtöne in das pfingstliche Bild.
Nicht wie sonst lief Anne den Berg hinab, vielmehr setzte sie ihre Schritte fast behutsam, denn die schwarzen Lackschuhe umspannten ungewohnt ihre Füße, und ihr Hut wäre beim Laufen womöglich vom Kopf geweht. Der erste Hut ihres Lebens, aus fast weißem, feinem Stroh, mit rosa Band, das von drei täuschend nachgebildeten Seidenerdbeeren gekrönt war. Ein bißchen überrascht war sie schon gewesen, als ihre Mutter ihn ihr als Pfingstgeschenk aufgesetzt hatte, und ihr Blick in den Spiegel hatte zunächst Unsicherheit wiedergegeben. Erst als sie im neuen Tupfenkleid mit dreistufigem Volantrock, nun also im kompletten Festornat mit schon sieghafterem Lächeln ein zweites Mal den hohen Spiegel im Elternschlafzimmer befragte, konnte sie nicht anders, als sich hübsch finden.
So ging, oder sollte man sagen schritt sie die wohlbekannte Straße hinab. Federleicht, in Erwartung eines

schönen Tages. Zum erstenmal seit ihrer Hochzeit würde der Zug Ingrid samt Ehemann herbringen, pünktlich zur pfingstlichen Kaffeestunde, zu der auch Ditha und Bernd erscheinen würden. Nein, sie hatte auch keine streitenden Stimmen mehr im elterlichen Schlafzimmer nächtens gehört. Und diese schmale Gasse mit dem kleinen Haus, aus dem eine fremde Frau ihrem Vater nachgewinkt hatte, diese Gasse, nie wieder gesucht und gefunden, die gab es doch gar nicht, war nichts als ein Traum, ein böser Traum, den man ganz schnell vergaß. Ihre Familie: eine Familie, die sich auflöste, welch ein Unsinn! Heute würden sie alle wieder beisammen sein: eine Familie, die größer geworden war und bald noch größer, eine richtige Großfamilie werden würde.

Jetzt bog sie rechts ab, erreichte bald die Villa am Fluß, drückte das schwere Portal auf, ging den vertrauten Weg durch den Park und nun schon ungeduldiger die Treppe hinauf durch das Gartenzimmer, bis sie im Eßzimmer die gesamte Familie Hiller noch beim Frühstück vorfand. Den Vater in blauem Samtjackett, die Mutter in spitzenbesetztem Negligé, die älteren Schwestern bereits im Tennisdreß, während sie Renate nicht sofort entdeckte.

Noch ein wenig außer Atem, blieb sie einen Augenblick stehen, bevor sie, wie es sich gehörte, zunächst die Mutter, den Vater und dann die Geschwister begrüßen wollte. Doch soweit kam es gar nicht. Während sie noch dastand, vor dem bereits abgegessenen Frühstückstisch mit den ihr zugewandten Gesichtern – bis auf den

Vater, dessen Kopf hinter einer Zeitschrift verborgen war –, kam Lachen auf. Kichern zunächst aus Schwesternrichtung, der Vater senkte die Zeitung, die Mutter bemühte sich, Belustigung in den Mundwinkeln zu unterdrücken, doch dann riß es sie alle mit.
Unbändiges Gelächter.
Anne begriff nicht sofort, glaubte an irgendeinen Spaß, dessen Sinn ihr noch verborgen war, versuchte ein unsicheres Lächeln, bis ihr schlagartig klar wurde, daß sie selbst Gegenstand dieses Gelächters war, das erbarmungslos auf sie niederprasselte. Wortfetzen: irrsinnig komisch ... Wie ein Pfingstochse ... Erdbeeren am Hut ... Die Schwestern schlugen sich vor Vergnügen auf weißbedreßte Schenkel, der Vater hißte die Zeitung wieder hoch, um sein Lachen zu verbergen ... Die erhitzten Gesichter verschwammen vor ihren Augen – sie stand splitternackt im Regen und alle Leute wiesen mit Fingern auf sie – nein, das war ja nicht Wirklichkeit, sondern eine ihrer kindischen Ängste. Bis einer ihre Hand faßte und eine Jungenstimme sagte: »Ich finde den Hut eigentlich recht hübsch.«
Endlich bekam sie ihre Füße los von diesem entsetzlichen Stückchen Fußboden, der sie angeleimt hatte, erreichte irgendwie die Tür zur Halle, auch die Haustür und die Pforte und rannte, rannte. Nur weg von hier, nur weg! Was kümmerten sie die erstaunten Gesichter der Passanten, was die Laufschritte, die ihr folgten. An der Straßenkreuzung lief sie nicht den Berg hinan, sondern rechts auf die Brücke, riß den zwar schiefsitzenden, aber immer noch vorhandenen Hut vom

Kopf und schleuderte ihn über das Brückengeländer. Nichts, überhaupt nichts mehr, dachte Anne, als sie blinden Auges auf den Fluß starrte, ganz und gar ausgefüllt mit Wut. Nicht mehr Scham, sondern brennende, hilflose Wut. Wieder nahm jemand ihre Hand.

»Du, ich fand ihn wirklich nicht so unmöglich. Ein bißchen ulkig war er ja schon, aber eigentlich auch ganz hübsch.«

Sie blickte zur Seite in ein Jungengesicht, dasselbe von vorhin. Renates Bruder, das war nicht schwer zu erraten. Ihre erste Begegnung, denn bisher kannte sie ihn nur von Fotografien. Wilfried hieß er, aber wenn Renate ihn ärgern wollte, nannte sie ihn Willi, weil der Name so ordinär war, wie sie sagte.

Willi. Heißes schoß hoch, wollte Tränen auslösen, doch was hatte dieser fremde Junge mit Willi zu tun? Sie starrte in sein Gesicht mit Pickeln auf Stirn und um die Nase herum, in seine Augen, die braun waren . . . hatte Willi nicht auch braune Augen gehabt, damals, als es ihn noch gab? Noch war sie in Aufruhr, stand vor diesem fremden, freundlichen, pickligen Jungen in sprachloser Wut und schlug ihm plötzlich mitten ins Gesicht. Ganz automatisch zuckte seine Hand zum Gegenschlag hoch. Ein vierzehnjähriger Junge läßt sich nicht schlagen, ohne sich zu wehren, schon gar nicht von einem Mädchen. Doch bevor der Schlag sie erreichte, fiel seine Hand herunter. Heftig drehte er sich um und ließ sie allein auf der Brücke. Nahm große Schritte, hatte es eilig, nach Hause zu kommen, hatte endgültig genug von ihr. Sie folgte ihm langsam und bemerkte, wie auch seine Schritte sich verlangsamten, als er jetzt links abbog. Sie überquerte die Straße, stieg die Stufen zum alten Friedhof hinauf, um nicht so vielen Leuten zu begegnen, dachte an nichts mehr, ihre Wut hatte sich verzehrt und sie war gänzlich leer.

Schritte. Da waren doch Schritte hinter ihr. Nein, sie drehte sich nicht um, ging unbeirrt, höchstens ein bißchen zögernder weiter. Erst als er sie erreicht hatte, blieb sie stehen. »Komm doch wieder mit zurück! Sie haben es bestimmt nicht bös gemeint. Nur ein bißchen komisch haben sie deinen Hut gefunden und mußten eben darüber lachen, und Renate hat überhaupt nicht gelacht, sondern mich dir nachgeschickt, damit ich dich zurückhole. Bist du noch niemals ausgelacht worden, kannst du denn überhaupt gar keinen Spaß mehr vertragen?«

»Natürlich bin ich schon mal ausgelacht worden von Kindern beim Spielen, und manchmal habe ich sogar mitgelacht. Aber nicht so ... es war, weil ich zuerst gar nicht wußte, warum und es war ...« Sie brachte keinen Ton mehr heraus, sondern schlug ihre Hand vor ihr Gesicht. Endlich: »Nein, ich komme nie wieder zu euch, nie!«

Er mußte schon ein besonders geduldiger und gutmütiger Junge sein, sonst hätte er bestimmt keinen neuen Versuch unternommen, auf Anne einzureden, die ihm den Rücken zugedreht und ausgerechnet Halt an einem der verfallensten Grabsteine mit einem eher bescheidenen und schon ein wenig geneigten Engel gesucht hatte, hinter dessen porösem Flügel sie ihren Kopf verbarg. »Komm doch, Anne, es tut ihnen doch längst leid, sie haben dich nicht beleidigen wollen, glaub mir!« Er versuchte, sie zu sich umzudrehen, doch da sie sich immer noch an den Stein klammerte, geschah es: Der altersschwache Mörtel gab nach, senkte sich samt Anne und dem Jungen, da er sie so fest am Arm hielt, daß auch er das Gleichgewicht verlor. Und inmitten üppiger Grünheit, in mittäglicher Abgeschiedenheit, umgeben von Tod und Verwesung, von Efeu umrankt, geschah es fast von selbst und eher aus Versehen, daß der Mund des Jungen plötzlich ihre Lippen berührte. Sie lag ganz still, dachte an rein gar nichts mehr, und der gefallene Engel konnte am wenigsten verhindern, daß ein elfjähriges Mädchen ihren ersten, zugegebenermaßen reichlich verfrühten Kuß erhielt.

Und neben ihr der Bruder ihrer Freundin, der inzwischen ebenfalls wieder auf seinen Beinen stand und versuchte, den Grabstein aufzurichten. Er vermied es, sie anzusehen, doch sie bemerkte es gar nicht. Gemeinsam war es ein Leichtes, den keinesfalls großen Stein in die noch vorhandene Mulde zu setzen, ihm unter Anhäufung von Erde mehr Halt zu verschaffen und mit reichlich zur Verfügung stehendem Efeu den alten Zustand wiederherzustellen. Selbst der Engel hatte den Sturz überstanden, hatte seine Basis nicht eingebüßt, stand vielmehr aufrechter als zuvor auf dem nun nicht mehr schiefen Stein. Ein wenig Mörtel war von seinem rechten Flügel, dort wo Anne Halt gesucht hatte, gebröckelt, doch auf diesem alten Friedhof fielen Engel mit gestutzten Flügeln nicht weiter auf.

Ohne ein Wort gingen sie auseinander, Anne leicht bergan auf grasbewachsenem Pfad, Wilfried zurück zu den Stufen, die auf die Straße führten. Nach wenigen Schritten rief er ihr nach: »Morgen hole ich dich wieder ab!« Ob er ihr mechanisches Kopfnicken bemerkte, sei dahingestellt, er würde sowieso kommen, morgen, übermorgen, denn Geduld und Hartnäckigkeit schienen zu seinen hervorstechenden Eigenschaften zu gehören.

Die Sonne hatte ihr Rad bereits zur Hälfte gedreht an diesem Pfingsttag, der durchaus nicht mehr aus dem Bilderbuch stammte. Und als sie den Friedhof, an ihrer alten Schule vorbei, verlassen und auf die Straße zurückgekommen war, brannte sie erbarmungslos auf ihren ungeschützten Kopf, während der Hut mit den drei Erdbeeren seine eigene Pfingststory erlebte. Schmutzig waren ihre Hände, Erde und Efeufetzen auch an den Volants ihres Festkleides. Keine Spur mehr von Federleichtigkeit: ihre Schuhe, diese kleidsamen schwarzen Lackschuhe drückten erbärmlich, und ihr Kopf war ausgefüllt mit einer Grammophonplatte, die einen Sprung hatte: Willi ist gegangen ... Willi ist gegangen ... Willi ist ... Willi ...

Epilog

Der Bus ist nur zur Hälfte besetzt, jetzt um die Mittagszeit. Ich komme mir vor, als schwänzte ich die Schule, während ich mich auf einen rechten Fensterplatz setze und daraufwarte, daß mich der Bus – mitten in der Woche – zum Stadtwald bringen wird. Habe ich eigentlich jemals die Schule geschwänzt? Ich erinnere mich auf jeden Fall nicht mehr daran, kann es mir auch nicht vorstellen, bin ich doch gerne zur Schule gegangen. Nicht weil ich eine besonders eifrige Schülerin gewesen wäre, sondern einfach darum, weil ich mich immer wohl gefühlt habe in der Schule. Mit der Grundschule verbinden mich wenig Erinnerungen. Mein Lehrer Gudehus, ja. Seine rechte – oder war es die linke – Hand trug einen glatten, braunen Lederhandschuh, um zu verbergen, daß sie aus Holz war (heute würde man Kunststoff verwenden). Es war ein Schock für mich, als ich dahinterkam. Und Heinz mit seinen blauen Augen. Hatte er mir nicht an einem Winternachmittag beim Rodeln einen Heiratsantrag gemacht? Irgend etwas war damals noch geschehen, etwas, das nichts mit ihm zu tun hatte, aber es will mir nicht einfallen. Später, als wir längst in verschiedene Schulen gingen, war er meine Tanzstundenliebe, meine erste Liebe überhaupt, die sogar noch die Schulzeit überdauerte. Und noch später, als er in den Krieg fuhr, bin ich zum Bahndamm gegangen und habe ihm zugewinkt, bis der Zug nicht mehr zu sehen war, dann habe ich mit den Fäusten meinen Abschiedsschmerz gegen einen Baumstamm getrommelt. Feldpostbriefe und eines Tages ein Gerücht, daß auch er gefallen war wie die meisten der Tanzstundenfreunde. Doch er war nicht gefallen, sondern in russische Gefangenschaft geraten. Als er nach Jahren zurück und zu mir kam, war ich schon verheiratet. Beamter ist er geworden und lebt, glaube ich, irgendwo in Norddeutschland. Seltsam, daß ich jetzt an ihn denke, ausgerechnet heute. Der Bus fährt jetzt etwas langsamer über die Brücke. Ein Frachter gleitet rasch flußabwärts, ein paar Motorbootfans nehmen mit Getöse Abschied von dieser Saison. Am Flußufer Spaziergänger, die Bänke sind alle besetzt. Die erhobenen Gesichter der Sonnenanbeter. Nach den letzten kalten Regentagen ist dieser Oktobertag ein unverhofftes Geschenk.

Die Straßen sind ruhig, jetzt in der Mittagszeit hält die ganze Stadt den Atem an, bevor das Gejaule von neuem beginnt und sich zur rush-hour bis zur Unerträglichkeit steigert.

Die Ampel läßt uns grünäugig die Kreuzung ohne Stop passieren. In diesem Stadtteil hat der Krieg viele Häuser verschont, und obwohl nur durch Brücken von der City getrennt, wirkt er wie eine Stadt für sich. Manche Passagen erinnern mich mit Fachwerk und kopfsteingepflasterten Gassen an zu Hause. Gleich wird linkerhand die Schule kommen, die meine Schule sein könnte. Nicht die Grundschule, sondern das Lyzeum – heute Oberschule für Mädchen – mit seinem breiten Hauptteil aus rotem Klinker, weinlaubbewachsen. Im Sommer Talaminis Eisverkäufer. Gegenüber der Schule das Haus meiner Klavierlehrerin. Nicht der ersten, die den schwarzfetten Vogel hatte, sondern der zweiten, die mich viele Jahre unterrichtet hat. Ich schelle. Bevor mir geöffnet wird, höre ich ihre volltönende Stimme. Opernsängerin hatte sie werden wollen, doch jetzt lebt sie mit ihrem alten Vater zusammen und gibt Klavierstunden. Man munkelt, daß sie eine Liaison – Verhältnis klingt zu direkt – mit einem unserer Studienräte haben soll. Jetzt öffnet sie die Tür. Sieht sie nicht aus wie die oft gemalte Nana von Feuerbach, als Iphigenie, die an der rechten Aulawand hängt? Wenn ich das nächste Mal nach Hause fahre, muß ich mich erkundigen, ob sie noch lebt . . .

Endstation. Ich steige als letzte von nur noch wenigen Passagieren aus. Für heute habe ich mir Gelassenheit verordnet und ein genau festgesetztes Programm. Als ich am Forsthaus vorbei bin, fällt mir ein, daß ich wieder nicht daran gedacht habe mich zu vergewissern, ob es irgendeinen Hinweis gibt, daß dieses Haus am Waldrand wirklich ein Forsthaus ist. Der Weg knickt jetzt rechts ab. Die Baumkronen sind hier so hoch, daß man, wenn man den Kopf geradehält, nur die Strukturen der Stämme sieht, umspielt von rauchigem Herbstdunst. Danach wird die kleine Kiefernschonung kommen und dann die schnurgerade Wegstrecke, die ich nicht so mag.

Kein Mensch weit und breit. Im Sommer spazieren sonntags auf den Hauptwegen mehr Leute als in der leergefegten Innenstadt. Alltags genießen vorwiegend

Rentner, auch hin und wieder Radfahrer den Wald. Wind und Regen haben viele Blätter von den Bäumen getrieben, jetzt wate ich durch buntes Laub.
Vorsichtig, um auf glitschigen Blättern nicht auszurutschen. Vor mehreren Tagen bin ich im Treppenhaus meines Büros fünf oder sechs Stufen hinuntergefallen. Eine Muskelzerrung, nicht weiter schlimm, wenn auch schmerzhaft. Seither neigt das linke Fußgelenk zum Umknicken.
Schritte hinter mir. Ich drehe mich um, entdecke aber niemanden. Natürlich, ich habe mich narren lassen von meinem eigenen Schlurfen durch das Laub. Nein, ich bin nicht sehr furchtsam, es macht mir nichts aus, bei Dunkelheit durch den nahen Park an meiner Wohnung zu gehen, obwohl man mich immer davor warnt. Manchmal unbestimmte Ängste, das ja, aber man kennt seinen Freud und weiß, daß sie Reste aus Träumen oder Kindheitsverdrängungen sind, um es mal auf eine kurze Formel zu bringen. Als Kind spielte sich mein Gefühlsleben vorwiegend im Bauch ab, heute nur noch gelegentliches Ticken, je nach Ursache im Ober- oder Unterbauch – kurze Morsezeichen.
Heute ist totale Funkstille in Kopf und Bauch, äußerst wohltuend, wenn auch mit einer Pille vorprogrammiert. Ein Tranquilizer, der erste meines Lebens und daher vermutlich besonders wirksam. Meine Kollegin meinte, die Hälfte würde ausreichen, aber ich habe sie dann doch ganz geschluckt: nur kein Risiko! Ich brauche die absolute Distanz zu mir selbst, und bisher ist alles programmgemäß verlaufen. Jetzt fällt mir plötzlich der

Treppentraum wieder ein. Seit jeher haben mich Treppen, aus welchem Grunde auch immer, fasziniert, daher ist es nicht verwunderlich, wenn ich manchmal Treppenträume habe. Ihre Wirkung beim Erwachen hängt davon ab, das habe ich inzwischen herausgefunden, ob ich im Traum die Stufen hinauf- oder hinabgegangen war. Treppen aus meiner Wirklichkeit zumeist, denn ich erkenne sie auch in ihrer Traumverwandlung, in dieser verzerrten Bildersprache, sofort wieder. Aber die Treppe aus meinem letztnächtlichen Traum, die kannte ich nicht, die war ich niemals weder hinauf- noch hinabgegangen. Im Traum war ich sie hinaufgestiegen, allein. Ein düsteres Gebäude hatte ich betreten und stand übergangslos, ohne Einzelheiten wahrzunehmen, vor einer Doppeltreppe oder sollte ich sagen zwei Treppen, die in elegantem Schwung aufwärts führten. Ich wählte die rechte Treppe. Während ich die breiten Stufen hochstieg, bewunderte ich das Geländer aus kunstvoller Schmiedearbeit, das den Schwung der Treppenkonstruktion noch betonte. Je höher ich kam, um so heller wurde es. Ich wünschte mir, höher zu steigen, immer höher, direkt in das Licht hinein. Auch für Licht muß es eine letztdenkbare Steigerung geben, und ich hätte alles darum gegeben zu erfahren, was danach kommt. Das Erwachen holte mich ein mitten im Steigen – noch war die Helle vorstellbar und in Realität zu übertragen – ein unpassender Terminus in diesem Zusammenhang, als ob Träume keine Realität besäßen. Kein allmähliches Erwachen, auch nicht der Wunsch, irgendeinen Sinn in diesem Traum zu erforschen – die

Forderung des heutigen Tages stand sogleich wie eine Mauer vor mir, an der ich mich nicht vorbeimogeln konnte. Immerhin war ich ruhig, verhältnismäßig ruhig, selbst nach dem starken Kaffee, den ich wie immer im Bett einnahm. Dann das eingeübte Morgenritual: noch im Morgenrock Lüften des Bettes, Aufräumen und Abstauben der Wohnung, Geschirrspülen, danach Gymnastik, Körperbürsten, Duschen. Die Wahl der Kleidung hatte ich bereits gestern entschieden: Hosenanzug – schließlich war ich nicht im Begriff, zum Standesamt, sondern vor den Scheidungsrichter zu gehen. Martin erwartete mich vor dem Gericht – ich hatte ganz vergessen, wie pünktlich er ist, eine Eigenschaft, die man bei seinem eher lässigen Lebensstil nicht vermutet. Das Gebäude wirkt düster, auch von innen, doch nahm ich keine Einzelheiten wahr, nicht einmal den eleganten Schwung der beiden Treppen, die oben in einer Balustrade endeten, an der unser Anwalt uns erwartete. Martin bezog ihn mit ein paar Erklärungen, damit er den Zusammenhang begriff, in unser Gespräch, das heißt in seine vor kurzem erlebte Story. Er gehört zu den Menschen, die immer etwas erleben und die vor allem darüber zu berichten verstehen, selbst wenn es sich um eine Bagatelle handelt. Drei Menschen, die der Zufall in einem Theaterfoyer oder am Tisch eines Speiserestaurants zusammengeführt hat – doch, das konnten wir sein, wie wir den breiten, nach Akten und Bodenpflege riechenden Korridor entlangschlenderten. Kein Wort über den Zweck unseres Hierseins. Das war auch nicht mehr nötig, waren doch alle Einzelheiten bereits bei

Martins letztem Besuch durchgesprochen, alle Aussagen abgestimmt mit dem Ziel, eine sogenannte einvernehmliche Scheidung zu erreichen. »Das wird in einer knappen Viertelstunde über die Bühne gehen«, hatte unser gemeinsamer Anwalt versichert.
Menschengruppen verschiedenen Alters vor einer Tür, die sich jetzt öffnete und ein Paar oder vielmehr Ex-Paar, zwei Menschen also, herausließ. Der Mann, etwas bullig, mit gerötetem Gesicht, schob sich an uns vorbei, ließ die Frau zurück, die nun nicht mehr seine Frau war. Sie blieb stehen, unschlüssig, als überlegte sie, wohin sie sich wenden sollte, dabei gab es nur einen Weg nach draußen. Ihr Gesicht war verweint und wirkte unordentlich mit verwischtem Augen-Make-up und fleckigem Rouge auf den zusammengepreßten Lippen.
Sie senkte den Kopf und ging an uns vorbei.
Jetzt blickte ich sie alle an, die wie wir auf ihren Termin warteten, gespannt, mit Gesichtern, die Erregung, Aggression und Verzweiflung spiegelten. Oh Gott, was tun wir. Der Anwalt mußte meine Betroffenheit bemerkt haben. Nach einem Blick auf seine Armbanduhr murmelte er »wir haben noch etwas Zeit« und dirigierte uns wieder in Richtung Balustrade.
Martin sprach jetzt hastig, aber ich achtete nicht mehr auf seine Worte.
Dann standen wir selbst vor der Tür. Als sie sich öffnete, drängten wir uns instinktiv aneinander, wie wir es 23 Jahre lang getan hatten, wenn Gefahr drohte, aber der Anwalt trat zwischen uns. Bei der Verhandlung

gab es keinerlei Pannen. Sie lief wie ein gut einstudiertes Miniaturstück ab, selbst das nichtstimmende Datum des letzten Geschlechtsverkehrs hatte ich zum Glück nicht vergessen. Zwei Jahre Trennung, Auseinandergelebthaben, keine Möglichkeit mehr zur Weiterführung dieser Ehe. Kein Wort von ihr, so war es abgemacht, und so war es auch richtig, denn sie war wirklich nur der letzte Anlaß zur Scheidung.
Ich glaube nicht, daß es länger als zehn Minuten gedauert hat. Unser Anwalt hatte noch einen Termin und verabschiedete sich gleich an der Tür des Sitzungssaals von uns. Dann gingen wir die Treppe hinunter. »Schau mal, diese Schmiedekunst – eine tolle Treppe!« Martin entgeht nie und in keiner Situation etwas, das ihn begeistern kann. Einen Augenblick blieben wir stehen und betrachteten eine kunstvolle Rosette im schmiedeeisernen Rankenwerk. »Verdammt, ich muß mich eilen, sonst verpasse ich meine Maschine – du nimmst es mir doch nicht übel, wenn ich vorlaufe, um ein Taxi zu erwischen?« Ich sah ihm nach, wie er die Treppe hinablief. Diese Treppe aus meinem nächtlichen Traum. Nur war ich sie im Traum hinaufgestiegen, und je höher ich gekommen war, um so heller war es geworden, während ich jetzt langsam die Stufen hinunterging. Als ich sie vorhin mit Martin hochgestiegen war, hatte ich sie nicht wiedererkannt, abgelenkt wie ich gewesen war. Sie war mir auch nicht so lang vorgekommen wie jetzt im Hinuntergehen.
Die vielen, vielen Stufen und unten die unbestimmte Beleuchtung des düsteren Eingangs . . .

Der Weiher. Vom Flugzeug aus müßte er wie ein Auge aussehen. Ein Rondell aus Licht in der wechselhaften Waldbeleuchtung. Ich setze mich auf eine Bank und hebe mein Gesicht in die Sonne, die mir guttut, auch wenn sie nicht mehr bräunt. Ich fühle mich unangemessen wohl, die Distanz zu mir selbst hält an und wird auch nicht beeinträchtigt durch das Wissen, daß sie trügerisch und chemisch bedingt ist. Nicht daran denken, daß ich heute abend Ditha anrufen muß, daß ich in den nächsten Tagen Briefe schreiben muß, an Ingrid und Tando, auch an Freunde, die alle nicht wissen, was heute geschehen ist. Aber was ist denn auch schon geschehen? Nichts, was sich nicht schon vorher entwickelt hat. Wenn ich nachher meine Wohnung betrete, wird es sein wie immer in den letzten beiden Jahren. Abgesehen von Martins Besuchen und meinem Urlaub, den ich bei ihm verlebt habe, war ich meistens allein, wenn ich vom Büro heimkam, in dieser Beziehung hat sich also nichts verändert. Oder habe ich diesen Zustand insgeheim vielleicht doch als einen Übergang angesehen? Möglich, daß seine Endgültigkeit doch einen Schock auslösen wird, daß diese kurze abgeleierte Gerichtsszene in Wirklichkeit noch gar nicht bei mir angekommen ist. Ich muß ja auch nicht reagieren, jedenfalls nicht heute.
Wieviel Kraft die Sonne noch hat. Ihre Wärme macht wohlig-müde. Während ich die Augen schließe, fällt mir wieder die Treppe ein. Seltsam ist das schon. Wenn ich bisher von Treppen geträumt habe, waren es entweder Treppen aus Erinnerungen oder nie gesehene Traum-

treppen, während ich die Treppe aus meinem gestrigen Traum heute morgen wirklich hinaufgestiegen bin, hinauf und hinab.

Ich überlege, ob ich nicht doch schon einmal in diesem Gerichtsgebäude gewesen bin, aber ich komme nicht drauf.

Gott, bin ich auf einmal müde. Nicht die dumpfe Müdigkeit nach einem arbeitsreichen Tag, sondern diese ganz spezifische Sonnenträgheit, bei der die Gedanken nicht ausgeschaltet, sondern höchstens flüchtiger sind. Sie beißen sich nicht fest, werden nicht zu Ende gedacht, gleichen Wellen, die heran- und zurückfluten.

Die Treppe – ich komme von dieser Treppe nicht los. Jetzt und hier auf dieser Bank am Weiher, eingesponnen von der wohltuenden Wärme herbstlicher Sonnenbestrahlung, dicht am Hinübergleiten in einen durchlässigen Schlummer, der die Grenzen zwischen Realität und Traum verwischt, verbindet sich die Treppe aus dem letztnächtlichen Traum mit der immerhin vorhandenen, sogar hinauf- und hinabgeschrittenen Gerichtstreppe auf seltsame Weise. Das Glücksempfinden beim Hinaufsteigen in das Licht und das Hinabsteigen in die Ungewißheit.

– Wohin wird sie mich führen? –

– Frag nicht. Du wirst sie ja gehen, Stufe für Stufe und mit dir alle anderen. Bist du nicht alt genug, um endlich zu begreifen, daß die einzige Gewißheit die der Unsicherheit ist. –

– Du bist da! Gut tut das, dich neben mir auf der Bank zu wissen, unendlich gut. Du bist also wiedergekom-

men, nach so vielen Jahren. Ich kann es nicht fassen – du bist wirklich wiedergekommen. –
– Ich war immer da – deine Antenne war nur defekt. Der Empfang war gestört. –
– Ich glaubte, ich hätte dich vergessen, hätte dich zusammen mit meiner Kindheit zurückgelassen. Die Fiktion eines Kindes: der Gefährte, der immer da war. Unumstößliche Gewißheit, damals. Aber ich hatte niemals das Bedürfnis, mich mit der Vergangenheit zu beschäftigen. Kindheit – ist das nicht eine Haut, die man abgestreift hat? Flüchtige Erinnerungen, das ja. Begebenheiten, die plötzlich lebendig werden, die man erzählt, wenn die Rede darauf kommt. Aber die Jahre danach, vor allem die lange Zeit mit Martin, waren prall gefüllt mit lebendiger Gegenwart ...
Martin. Dieser Mensch mit immer neuen Anfängen, einer, der von seinen Ideen geradezu bedrängt wurde. Hätte er doch nur mehr Ausdauer gehabt! Wie ansteckend er in seiner Begeisterung war, wenn er etwas Neues startete, und wie rasch er doch ermüdete. Das ständige Auf und Ab unseres Lebens, das hielt einen schon in Atem, da blieb wirklich kein Raum für die Vergangenheit. Ich bin erschöpft davon, das gebe ich zu, aber ich darf mich jetzt auch nicht einfach treiben lassen. Das befürchte ich nämlich, weil ich weiß, daß ich dazu neige. –
– Dein Leben hat sich heute verändert, und zwar nach deinem Willen verändert, aber du hast diese Veränderung noch nicht verarbeitet, hast sie noch gar nicht richtig wahrgenommen. Aktionsfähigkeit, darüber ver-

fügst du schon, doch es bringt nichts, wenn du von einer Aktion zur nächsten schreitest, ohne ihre Auswirkungen abzuwarten. Oder möchtest du zu den Überdrehten gehören, die immer Pläne haben, ständig unterwegs sind, laufend agieren, ohne jemals zu reflektieren, bis sie atemlos erkennen, daß ihnen das Leben davonläuft, daß sie, so sehr sie sich auch abhetzen, immer ein paar Schritte zurückbleiben. –

– Na, davon bin ich aber ziemlich weit entfernt, ich, die zur Passivität neigt, die sich gerne an der Realität vorbei in die Phantasie mogelt. –

– Stop! Für heute hast du dich bereits entschieden, dein Soll ist durchaus erfüllt. Hast du dir nicht ein schönes Programm ausgedacht für den Rest dieses Tages, ist es nicht angenehm, um diese Zeit statt im Büro in der Sonne zu sitzen? –

– Doch, es tut gut, die Sonnenstrahlen auf der Haut zu spüren, aber ist es nicht merkwürdig, daß gerade heute längst vergessene Bilder aufsteigen ... –

– ... nicht vergessene, das gibt es nicht und das weißt du. Alles Geschehene ist aufgezeichnet, und irgendwann wird das Band abgespult. Warum nicht heute? Ist dieser Tag, der einen neuen Abschnitt deines Lebens markiert, nicht sogar besonders gut dafür geeignet, Bilanz zu ziehen? –

– Diese Treppe – ich muß immer noch an diese Gerichtstreppe denken ... Diese vielen Stufen, die hinabführen. Treppen haben für mich von jeher etwas Symbolhaftes, genau wie Brücken. Treppen und Brücken. Schon als Kind war ich beeindruckt von der breiten

Steintreppe, die von dem Hiller-Haus in den Garten führte. Nun wohnt niemand mehr von der Familie dort, nachdem das Haus nach Kriegsende für Besatzungsoffiziere geräumt werden mußte und die Eltern früh gestorben sind. Wilfried ist gefallen, die Schwestern sollen im Ausland leben, so ist Renate allein in der Stadt geblieben. Ihr Mann hat die väterliche Fabrik übernommen, aber in die Villa ist sie nicht zurückgezogen. Vielleicht sollte ich sie besuchen, wenn ich demnächst nach Hause fahre. Aber ich habe auch Angst davor, denn ich habe sie nicht wiedergesehen, seitdem ich nicht mehr dort lebe. –

– Doch, du solltest sie wirklich wiedersehen. Erinnerst du dich noch an ihre Geburtstage im Herbst mit dem ähnlichen Geruch von heute in der Luft? Wenn die frühe Dämmerung über den Garten sank und die Bäume sich in eine schattenhafte Kulisse verwandelten, dann habt ihr die Kerzen in euren Laternen angezündet und einen Umzug durch den Park veranstaltet: schaukelnde Lampions in der einfallenden Dunkelheit, das Rascheln von betautem Laub unter euren Füßen. »Ich geh mit meiner Laterne« habt ihr gesungen, bis eure Stimmen leiser wurden und schließlich ganz verstummten. –

– Ja, das muß in den Herbstferien gewesen sein, weil Wilfried um diese Zeit immer zu Hause war. Von dem riesigen Nußbaum hat er durch Steinwürfe die Früchte heruntergeholt. Stundenlang waren wir damit beschäftigt, die grünen Schalen zu entfernen, die klebrigen Walnüsse mit einem Hammer aufzuklopfen und die dünne Haut von den Nüssen zu zupfen. Das Braun an unseren Fingern blieb tagelang haften ... –

– und manchmal habt ihr euch geküßt. –

– Was für ein Unsinn. Niemals haben wir uns geküßt, das heißt höchstens einmal, und das war viel früher auf dem Friedhof und geschah mehr aus Versehen. –

– Als ob man sich jemals aus Versehen küßte. Auf der untersten Stufe der Treppe habt ihr gesessen, und fast hätte Renates Vater euch ertappt, als er die Treppe herunterkam. »Na, ihr könnt es wohl nicht erwarten«, hat er gesagt, aber das bezog sich wohl auf die Nüsse, die, noch in ihrer grünen Schale, von den Stufen heruntergerollt waren. –

– Ach, Kinderküsse, was haben sie schon zu bedeuten. Später, als Halbwüchsige, haben wir uns eher gemieden, Wilfried und ich ... aber warum denke ich überhaupt daran? –

– Treppenassoziationen: die Traumtreppe, die Gerichtstreppe, die Villentreppe und wie wär's denn mit jener Treppe auf Capri? –

– Das fehlte auch noch, nein, an diese Treppe weigere ich mich zu denken. –

– Aber warum denn, dir erschien sie doch sehr reizvoll, damals. –

– Natürlich. Weil ich mich in diesen nichtabgezäunten Garten, der völlig verwildert und von streunenden Katzen bevölkert war, verirrt hatte. Ich wollte wissen, wohin die verschlungenen Wege führten, wollte gleichzeitig aber auch hinaus aus diesem fast unheimlichen Labyrinth von überwucherten Pfaden, die nach wenigen Schritten wieder endeten, hinaus aus dieser Wildnis aus Korkeichen, Feigen- und Olivenbäumen, verkrüppelten Kiefern und Agaven, bis ich plötzlich vor einer Steintreppe stand, einer Treppe an einer Hausruine. Feuchtes Ziegelmauerwerk mit Tür- und Fensteröffnungen, modrig, nur an wenigen Stellen verriet schmutziges Ocker den ehemaligen Anstrich. –

– Du bist hinaufgestiegen – ohne zu überlegen bist du hinaufgestiegen. –

– Ja, es war wie ein Zwang. Diese ganze Geschichte hatte von Anfang an etwas Traumhaftes. Stufe um Stufe stieg ich hoch, die Treppe war viel höher, als sie mir von unten erschienen war. Ich fragte mich, was mit diesem Haus geschehen sein mochte, dabei mußte ich achtgeben, weil die Steine bewachsen oder an anderen Stellen glitschig waren. Plötzlich endete die Treppe im Nichts. So schien es wenigstens, als ich endlich die letzte Stufe erreicht hatte und über mir nur noch dieser flirrende Mittagshimmel war. Das Steinquadrat, begrenzt durch die Reste einer niedrigen Mauer, ließ vermuten, daß es sich um eine ehemalige Dachterrasse handelte. Von hier oben erkannte ich, wie abschüssig das Gelände war. Ich bemerkte unterhalb der Treppe Geröll und Steine und nahm an, daß das Haus vielleicht durch einen Erdrutsch eingestürzt war. –

– Dann, als du dich vorsichtig zur anderen Seite wandtest, konntest du dein Entzücken kaum unterdrücken, so überwältigend war der Ausblick von hier oben.

– Oh ja. Das Meer ein grünblaues Farbenspiel, rechts die Küste, halblinks die Insel Ischia und tief unten der

Hafen – alles weggerückt und unwirklich im silbrigen Sonnenglast, abends würden die Farben ihre Leuchtkraft zurückgewinnen, die Konturen schärfer werden. Sonne und Mond würden am Himmel ihre Auf- und Abgänge inszenieren, ich hätte schreien mögen vor so viel Schönheit. –

– Aber du hast nicht geschrien, vielmehr hast du dich auf dem Boden niedergelassen und dich gegen die Mauer gelehnt, die an dieser Stelle unversehrt war. Es kam dir vor, als seien deine Augen nicht groß genug, diese Schönheit zu erschauen. Eine Steigerung schien dir undenkbar, und einen Augenblick hast du geglaubt, das müsse das größte Glück auf dieser Erde sein: hier, an diesem Fleck zu leben, und es schien ein Widerspruch zu sein, daß du immer trauriger wurdest, je länger du dort an der kantigen Steinmauer hocktest. –

– Ja, das stimmt. Zunächst war es wohl das Gefühl der eigenen Unzulänglichkeit, meine Sinne schienen nicht auszureichen, diese Vollkommenheit zu erfassen. Plötzlich wurde ich mir aber auch der unheimlichen Stille dieses Ortes bewußt, seiner Einsamkeit, die etwas Unbehaustes hatte, so als sei sie nicht von dieser Welt. Ich mußte an den Tod denken. Zum erstenmal zog ich ihn ernsthaft in Betracht, ich meine nicht als abstraktes Wissen, sondern als Gewißheit, als persönliche Gewißheit, die morgen schon aktuell werden konnte. Ich erhob mich, wollte weg von diesem Ort, der nicht für mich bestimmten Schönheit, wollte wieder in mein eigenes Leben zurück, zu Martin, der irgendwo am Meer angelte. –

– Du fühltest dich miserabel, als du die Treppe hinabgingst. –

– Ich habe mich wahrscheinlich immer miserabel beim Treppenabwärts gefühlt. Selbst körperlich macht mir das Hochsteigen trotz größerer Anstrengung weniger aus als das Hinab mit dieser scheußlichen Unsicherheit in den Kniekehlen. Ich war zudem gereizt, weil ich Hunger verspürte, dazu dieses unbestimmte Gefühl, beobachtet zu werden, bis ich dahinterkam, daß es die Katzen waren, die fast jede Stufe besetzt hielten. Von jeher bin ich eine Katzennärrin gewesen, und weil sie das spüren, kommen sie zu mir, umschnurren meine Beine, lassen sich von mir streicheln. In Rom hatte Martin immer Mühe, mir die Katzen fernzuhalten, die ständig um mich herumstrichen. Doch diese hier wichen bei der leisesten Annäherung zurück, wandten sich ab, fauchten bei einer versuchten Berührung. Sie dösten auf den warmen Steinstufen und sahen gleichwohl aus, als verteidigten sie ein Heiligtum. Gehörten im alten Ägypten Katzen nicht zu den heiligen Tieren? Ich ging durch ein Spalier von Katzen jeder Schattierung, bewacht von ihren Augen, grünen Augen, Bernsteinaugen, Opalaugen – auch seltsam, daß einem als Vergleiche zu Katzenaugen nur Edelsteine einfallen. Schon beinahe unten, entdeckte ich ein rabenschwarzes, junges Kätzchen mit noch glänzendem Fell und gelbgrünen Augen. Ich wollte es hochnehmen, da es mir zugänglicher erschien und mich ein plötzliches Verlangen nach der Berührung mit etwas Lebendigem überkam. Aber auch es war scheu und entwich mit einem Satz hinter die Treppe. Dabei hatte ich die Stufen nicht beachtet, von denen ein Stück abbröckelte, so daß ich stolperte und die letzten Stufen hinunterstürzte. –

– Schlimmer als der Schmerz war die Angst, nicht mehr weitergehen zu können, nicht mehr wegzukommen von diesem Ort, der dir eben noch als der Inbegriff von Vollkommenheit erschienen war. Jetzt warst du auf die Erde zurückgefallen, buchstäblich, ein Häufchen Elend am Fuße der Treppe, von der die Katzen plötzlich alle verschwunden waren. Dann fiel ein Schatten über dich und er stand dort. Ein Mann in Jeans und kariertem Hemd mit hochgeschlagenen Ärmeln, ein Italiener, vielleicht Tourist, vielleicht Einheimischer – längst haben sich ja die Unterschiede in der Art, sich zu kleiden, verwischt. Möglicherweise hatte er deinen Sturz gesehen, auf alle Fälle kniete er sich sofort neben dich, streifte die Sandale von dem verletzten Fuß und bewegte ihn mit äußerster Vorsicht hin und her. Dabei schüttelte er verneinend den Kopf, was offenbar bedeuten sollte, daß der Fuß nicht gebrochen sei. –

– Das merkte ich selbst, denn er schmerzte kaum noch. Wahrscheinlich war er beim Abrutschen umgeknickt – eine leichte Prellung, die anschwellen und sich später verfärben würde. Mit kalten Umschlägen und Hochlegen des Beines würde die Sache bald vergessen sein. Der Mann hob mich hoch und trug mich in den Schatten eines Feigenbaumes. Ich war ohne Kopfbedeckung und spürte auf einmal den langen Aufenthalt in der grellen Mittagssonne. In einem Anflug von Schwäche schloß ich die Augen und lehnte meinen Kopf an seine

Schulter, als er mich unter dem Baum absetzte, dessen breitfingrige Blätter wohltuendes Grün spendeten. Die schmalen Träger des dünnen Sonnenkleides waren von den Schultern gerutscht, so lag ich halbnackt mit geschlossenen Augen da und fand es ganz natürlich, daß seine Hände meine Schultern streichelten: Ich hatte mich verirrt, war gestürzt und beinahe in Panik geraten, er hatte mir geholfen und tröstete mich jetzt. Ja doch, das alles war in diesem Spiel enthalten, und wer hätte sagen wollen, wann der Funke übersprang, als es plötzlich nicht mehr seine Hände, sondern seine Lippen waren, die von den Schultern, über Hals und Ohren, meine Stirn berührten, bis sie endlich meinen Mund fanden. Nein, da war kein Widerstand und schon gar keine Bedenken, mein Kopf war wunderbar leer, das Gespräch fand zwischen unseren Körpern statt, Frage und Antwort unserer Lippen, Korrespondenz unserer Hände, die streichelten, wo sie vielleicht hätten abwehren sollen. Aber dies hier war kein Gesellschaftsspiel mit zugelassenen Regeln, nicht einmal ein geplantes Rendezvous, der Regisseur hatte Mittagspause, das Konzept war verlorengegangen. Zwei Menschen erkannten sich, zwei Menschen liebten sich, da gab es weder Verführer noch Verführte, kein Begehren und Gewähren, kaum noch ein Ich und ein Du – Ekstase jenseits von Zeit und Raum, die Unschuld der reinen Lust ohne Gestern und ohne Morgen. Im Grunde genommen konnten es genausogut zwei ganz andere Menschen sein, dieses Erlebnis war herausgehoben aus unser beider Leben, von dem wir nichts wußten.

Als wir uns voneinander lösten, blickten wir uns ohne Scham an. Keine Fragen standen in unseren Augen, nur das Lächeln des Glücks, von dem wir wußten, daß es uns schon im nächsten Augenblick verlassen würde. Später, in der Erinnerung würde es in einen Traum fließen, einen Traum von einer seltsamen Treppe, die ich hinuntergehe, von Katzenaugen bewacht, in einem fremdartigen Garten, der einem Labyrinth gleicht und der unter dem Feigenbaum für eine kurze Zeitspanne für zwei Fremde, die sich hier begegnen, zum Eden wird. – Ja, wenn es hier zu Ende gewesen wäre. –

– Hier war es zu Ende, basta. Was hernach kam, hatte doch nichts mehr mit diesem Erlebnis zu tun. –

– Eine deiner Blockaden, die du in deinen Erinnerungen errichtet hast, wo diese dir Unbehagen bereiten. Weißt du, daß es letztlich Feigheit bedeutet, mit diesen Verschönerungen zu leben? –

– Natürlich weiß ich das. Warum liefert uns die Realität aber auch immer die falschen Gags? Ich meine, hier hätte die Story doch wirklich enden können, ja enden müssen. Gut, ich sehe ein, dieser Mann konnte mich schließlich nicht unter dem Feigenbaum sitzen lassen und sich in Luft auflösen. Übrigens war er kaum größer als Martin, auch nicht wesentlich jünger, aber kräftiger, so nahm er mich wieder auf den Arm und trug mich durch den Garten, dessen verschlungene Wege er zu kennen schien, denn kurz darauf befanden wir uns auf der Straße. Behutsam entließ er mich aus seinen Armen, und ich versuchte, mit dem verletzten Fuß aufzutreten, was, wenn auch mit leichtem Stechen, gelang.

Ich stützte mich auf ihn, so setzten wir unseren Weg fort. Es dauerte nicht lange, da kannte ich die Straßen und Gassen wieder, wußte auch, daß es nicht mehr weit bis zur Piazza sein konnte, wo Martin und ich um diese Zeit unseren Campari zu trinken pflegten.
Ich blieb stehen und versuchte meinem Begleiter verständlich zu machen, daß ich jetzt wußte, wo ich mich befand und durchaus imstande war, ohne seine Hilfe weiterzugehen. Meine italienischen Sprachkenntnisse beschränken sich auf nur wenige Worte, wie sie ein Tourist benötigt, um eine Bestellung aufzugeben oder nach dem Weg zu fragen, jedoch waren Situation und Gestik so eindeutig, daß er verstehen mußte, daß ich jetzt allein weiterzugehen wünschte. Er aber schüttelte lachend den Kopf, nahm wieder meinen Arm, den ich ihm entzogen hatte, und bestand darauf, mich zu begleiten, wohin auch immer.
Wie zu erwarten, saß Martin an unserem gewohnten Platz auf der Piazza. Er sah uns sofort und kam uns entgegen. Ich gebe zu, daß ich mein Humpeln verstärkte, um die Situation zu verdeutlichen: ein kleiner Unfall, mit einem verstauchten Fuß als Folge und der Retter in der Not, so simpel war das. Kurz darauf saßen wir zu dritt an unserem Tisch auf der Piazza, da Martin darauf bestand, sich für die erwiesene Hilfe mit einem Drink zu revanchieren. –
– Und zu dritt seid ihr drei Tage lang geblieben. Am nächsten Morgen erwartete er euch schon an Martins Angelplatz, strahlend, mit kompletter Angelausrüstung. Er schlug vor, ein Stück weiter hinaus zu gehen,

wo er einen besseren Platz kannte und hob die Signora einfach hoch und trug sie dorthin, um ihren verletzten Fuß zu schonen, wie er sagte. Martin fand das köstlich und war überhaupt erfreut, einen kundigen Angelpartner gefunden zu haben. –

– Ja, er lief voll in die Falle, arglos wie eh und je. Seine Angelleidenschaft hatte er übrigens erst in diesem Urlaub entdeckt, und es war abzusehen, daß ihr eine lange Lebensdauer nicht beschieden sein würde, denn bei aller Begeisterungsfähigkeit, mit der er jedes neue Unternehmen anpackt, mangelt es ihm an Beständigkeit. Alberto mit irgendeinem Familiennamen, den ich vergessen habe – so hatte sich unser neuer Freund vorgestellt. Mit seiner Namensnennung schien er zugleich eine andere Identität angenommen zu haben, die nichts mehr mit jenem Namenlosen zu tun hatte, den ich in dieser ganz und gar unwirklichen Mittagsstunde geliebt hatte.

– Doch, an diesem ersten Abend, den ihr zu dritt verbrachtet, gelang es dir bereits mühelos, eine Trennung zwischen dem immer mehr ins Traumhafte abgleitenden Mittagsgeliebten und Alberto zu vollziehen. Wenn man euch so sitzen sah, später in der Taverne beim Abendessen, konnte man euch durchaus für Ferienfreunde halten, die eine unbeschwerte Zeit miteinander verleben. Besonders Martin, angefeuert durch den Wein, glänzte mit seinen italienischen Sprachkenntnissen. Wie immer in Gesellschaft, insbesondere in neuer Gesellschaft, sprühte er vor Einfällen und unterhielt sich glänzend. –

– Martin, ach ja. Nie ist mir jemand begegnet, der so schnell Kontakte findet wie er. Völlig vorurteilsfrei, ist er allen Menschen, überhaupt allem Neuen gegenüber gänzlich offen. Ich werde es vermissen, doch, das werde ich schon sehr vermissen ... Deshalb haßte ich ihn schließlich auch, diesen Alberto, haßte ihn, weil er Martins Arglosigkeit mißbrauchte. Nicht an jenem ersten Abend, da gelang es mir noch, ihn wie eine Zufallsbekanntschaft zu behandeln, mit der mich keine Gemeinsamkeit verband. Aber schon am nächsten Morgen, als er uns von weitem entgegenwinkte, wäre ich am liebsten umgekehrt. Ich schlug Martin sogar vor, unsere Abreise vorzuverlegen und begründete meinen Vorschlag mit der Fußverstauchung. Er hatte mir mehrmals in der Nacht die Kompressen gewechselt und wußte, daß ich noch Schmerzen hatte.
›Eine Autoreise, aber nein, das wäre das Verkehrteste für deinen Fuß. Hochlegen mußt du ihn, dann lassen die Schmerzen bald nach.‹
Alberto hob mich einfach hoch, und ich hätte ihn am liebsten geschlagen, mitten in sein lachendes Gesicht. Alles hat er kaputtgemacht, mutwillig hat er unsere Begegnung, diesen unmöglichen, traumhaften Rausch, zerstört, indem er mit allen Mitteln, selbst mit billigen Tricks, versuchte, ihn zu wiederholen. Zur Komplizin hat er mich gemacht, wenn er Martins gelegentliche und meistens von ihm provozierte Abwesenheiten dazu benutzte, mich zu verführen, eine Frau, von der er ja wußte, daß sie leicht zu haben war. Nein, es ist ihm nicht gelungen, aber ich haßte ihn dafür. –

– Stop, jetzt übertreibst du aber. Er hatte sich in dich verliebt, verrückt war er nach dir und hat die Spielregeln nicht beachtet, na und? Sei doch ehrlich, du hast vielleicht sein Verhalten schändlich gefunden, aber hast du ihn wirklich gehaßt? Ist nicht der Funke seines Begehrens auf dich übergesprungen, wenn er unter dem Tisch deine Knie berührte oder dich zu umarmen versuchte, wenn ihr für eine kurze Weile allein ward? Weil du diesen Aufruhr deiner zwiespältigen Empfindungen nicht länger ertragen konntest, hast du Martin schließlich überredet, einen Tag früher abzufahren und eure Rückreise in Rom zu unterbrechen. Wenn du so empört, so eindeutig empört gewesen wärst, warum hast du dann Martin nicht alles gebeichtet? –

– Unmöglich. Wenn überhaupt, dann hätte das sofort geschehen müssen. Warum sollte ich ihm diesen Urlaub verderben – er hielt nichts von Aussprachen und verabscheute Szenen. –

– Stimmt, ihr hattet beide diese Abneigung gegen Szenen und seid allen Auseinandersetzungen ängstlich aus dem Wege gegangen. Hättet ihr sie nur in Kauf genommen und nicht alle Probleme verdrängt, dann wäre dir die Gerichtstreppe heute morgen erspart geblieben. –

– Wahrscheinlich. Doch dürfte es wohl müßig sein, darüber nachzudenken, jetzt noch. Ich weiß überhaupt nicht, was diese längst verjährten Geschichten mir sollen. –

– Zum Beispiel dich selbst zu erkennen. Dich nicht einfach abzuwenden, wenn du an einen Punkt gelangt bist, der dir Unbehagen verursacht, nicht die Augen zu schließen vor deinen Fehlern und deinen Unterlassungen – was willst du denn, du befindest dich mit ihnen doch in bester Gesellschaft. Dein Selbstbild zu überprüfen, um die Richtung zu finden für deinen Weg, den du nach deinem eigenen Willen von jetzt an allein weitergehen wirst. –

– Eine Selbstanalyse im Alleingang also. Schluß mit den Illusionen, Schluß vor allem mit dem Wunschdenken, dem Retouchieren unbequemer Wahrheiten. Seit heute bin ich frei in meinen Entscheidungen, wirtschaftlich unabhängig, nahezu emanzipiert. Ich werde mich gegen das Rollenverhalten, das die Gesellschaft für meinen neuen Status als geschiedene Frau trotz aller gegenteiligen Sprüche immer noch vorschreibt, zur Wehr setzen. Ich werde, schon weil mir gar nichts anderes übrigbleibt, die Herausforderung der Realität annehmen, um mein Leben in den Griff zu bekommen, so nennt man das ja wohl. Endlich werde ich einen säuberlichen Trennstrich zwischen Wirklichkeit und Phantasie ziehen. Nein, das schaffe ich nicht, das nicht. Die Einbildungskraft, meine Erinnerungen und Träume, sie werden mich schon einholen, und wer sagt denn, daß sie nicht aus dem gleichen Stoff gemacht sind wie die Wirklichkeit. Wirklichkeiten auf verschiedenen Ebenen. Ebenen, die sich verschieben, ineinandergreifen. Dias, auf eine Leinwand projeziert. Die Aufnahmen sind von gleicher Schärfe, egal ob sie aus dem Kasten der Realität oder dem der Phantasie gezogen wurden . . . Mein Elternhaus. Wenn ich sage, ich fahre nach

Hause, dann meine ich dieses Haus. Immer noch quietscht die Gartenpforte. Meine Eltern erwarten mich, und Mutter hat seit Stunden immer wieder gesagt, gleich kommt Anne, damit nicht das passiert, wovor ich am meisten Angst habe, daß mein Vater mich nicht mehr erkennt und in seiner angstvollen Höflichkeit sagt: Wie schön, daß Sie uns auch einmal besuchen. Nein, nein, er hat mich erkannt, ich umarme ihn und bin entgegen jeglicher Vernunft und besseren Wissens fest davon überzeugt, daß mir jetzt und hier nichts mehr passieren kann ...

Und Martin, das erste Bild von ihm nach dem Krieg, kurz nach unserer Hochzeit, mit eingefallenen Wangen und schlabbrigen Hosenbeinen, noch in unserer ersten Wohnung im Elternhaus ...

Ditha mit ihren vier Kindern, erst das letzte wurde der ersehnte Stammhalter, aber er hat das väterliche Möbelgeschäft dann doch nicht übernommen und ist ausgewandert.

Jahre gab es, da schien ihre Ehe keinen Pfifferling mehr wert, Jahre, in denen Bernd weg vom häuslichen Fenster ein flottes Leben im Abseits geführt hat. Sturmerprobt, mit vielen Kompromissen gekittet, wieder und wieder gefährdet, hat sich ihre Gemeinschaft schließlich doch bewährt bis heute. Fast wäre man geneigt zu sagen: ein Happy-End.

Aber dieser Begriff aus der Flimmerkiste des Films, aufgemotzt von der Boulevardpresse für Konsumenten, die sich aus ihrer eigenen Misere in eine schönere Scheinwelt flüchten wollen, kann letzten Endes wirklich nur der Schnappschuß eines glücklichen Augenblicks sein, mit Erinnerungswert allzumal, im höchsten Fall das glückliche Ende einer Story, von der man die Fortsetzung nicht mehr erfährt – denn das Ende jeder Biographie ist das einzige, was feststeht, der Punkt, wo alle wieder auf denselben Nenner gebracht werden, so unterschiedlich die Lebenswege auch waren …

Bernd auf dem Bahnhof – eine Aufnahme von morgen oder übermorgen, aber mit eingeübten Riten und daher scharf bis in die Details. Wie er das macht, weiß ich nicht, doch immer steht er unmittelbar vor meinem Abteil, flott auch noch nach seinem Herzinfarkt, der seinen Familiensinn beachtlich vertieft hat, und küßt mich mitten auf den Mund. Das Aroma dieses Kusses hat sich reduziert durch den Wegfall von Tabak, auf den er verzichten muß, und hat eine Spur von Pfefferminz, einen Touch von Hygiene und Sterilität bekommen. Seine Augen gleiten ab, es ist ihm nicht unlieb, auf dem belebten Bahnsteig mit einer Frau im Arm gesehen zu werden …

Ein Junge in einem Matrosenanzug, sein Gesicht ist verwackelt – nein, ich kenne ihn nicht, es muß ein fremdes Bild sein, das versehentlich in mein Repertoire geraten ist …

Dies hier ist merkwürdig: ein hoher Spiegel, zu schmal für die beiden Mädchengestalten, die ineinanderfließen – ein Bild, das sich bewegt, zwei Figuren, die abwechselnd in den Spiegel hinein- und hinaustanzen, Ditha und Ingrid, vor ihrem ersten Ball. Ditha sagt: Ich schenke Anne ein Klavier und Ingrid sagt: Der Tango

heißt Jalousie. Als sie gegangen sind, orgelt die Ulme auf dem Hof ihre Sturmsinfonie ...
»Wo ist die Ulme geblieben«, fragte Ingrid, als sie zum erstenmal nach unendlich langen Jahren wieder nach Hause kam, denn erst als Rentnerin erhielt sie die Erlaubnis, aus ihrem Harzort innerhalb der Sperrzone der Deutschen Demokratischen Republik in die Bundesrepublik zu reisen.
»Sie hatte die Ulmenkrankheit«, antwortete die Mutter ...
Diesmal sitzt der Junge im Matrosenanzug auf einem Stein, der im seichten Wasser der See liegt. Über ihm kreist eine Möwe – ich möchte wissen, wer mir die Bilder von diesem Jungen untergeschoben hat ...
Mein Lieblingsbild: Rudolf unter der riesigen Kastanie vor seiner Schreibmaschine. Ich habe es oft betrachtet und kenne jedes Detail auswendig: die leeren weißen Papierbogen und rechts von der Maschine die beschriebenen, davor der Aschenbecher mit der kalten Pfeife, sein Tabaksbeutel aus weichem, braunem Leder, Streichhölzer. Ein Stapel Zettel, mit einem Stein beschwert, damit der Seewind sie nicht fortnimmt. Ich stehe am Fenster und beobachte ihn. Er hockt vor seiner Maschine, gekrümmt, mit verkniffenem Gesicht, tippt ein paar Takte, dann streckt er den rechten Arm und ich weiß, daß er den Bogen aus der Maschine ratschen, ihn zerknüllen und zu den anderen werfen wird, die bereits ringsherum auf dem Rasen liegen. Er hat einen schlechten Tag. Es ist sichtbar, wie er sich abquält, daß er leidet.

Jetzt kommt Blanche, die Nachbarkatze, mit ins Bild. Sie ist zu ihm auf die Bank gesprungen, und er beugt sich zu ihr, streichelt ihr seidig-weißes Fell, aber er nimmt sie nicht wirklich wahr, seine Blicke gehen durch sie, gehen durch alles hindurch, als sei alles um ihn herum aus Glas. Blanche scheint es zu spüren. Sie entzieht sich und schleicht beleidigt davon.
Nun sitze ich neben ihm, das zehnjährige Mädchen Anne, das seine Sommerferien an der Ostsee verbringt. Auch mein Vorhandensein nimmt er nicht zur Kenntnis. »Warum tue ich mir das an«, murmelt er, »ich weiß wirklich nicht, warum ich mir das antue.« Er hat einen ganz schlechten Tag. Sanft berührt er meine Haare, wie er vorhin Blanche gestreichelt hat. Auf einmal wird sein Blick gegenwärtig, nimmt mich auf. »Ich glaube, ich weiß, warum du manchmal scheinbar grundlos Angst hast, meine Kleine. Du hast bereits die Risse im Glashaus deiner Beschütztheit entdeckt, es ist dir nicht verborgen geblieben, daß du auf viele Fragen keine Antworten bekommst von den Erwachsenen, und manchmal reißt ein Ereignis für einen Augenblick den Vorhang weg, und du erkennst, daß vieles ganz anders ist, als man es dir vortäuscht, daß die bürgerliche Wohlanständigkeit eine Tarnkappe und die Welt, die du vorgefunden hast, durchaus nicht in Ordnung ist. Du schüttelst den Kopf, verstehst nur undeutlich, was ich meine, möchtest es auch lieber nicht wissen und schon gar nicht erklärt bekommen – recht hast du und deine Familie hat ebenfalls recht, wenn sie dich bewahren möchte, so lange es möglich ist. Ich hätte dir nur

gerne deine Angst genommen, weil ich weiß, was das bedeutet, Angst haben.«
»Schreibst du darüber in deinen Büchern?«
»Darüber auch, ja. Ich schreibe, wie ich mir die Welt vorstelle: vor allem ohne Angst – Angst vor Krieg, vor Not und Arbeitslosigkeit. Jeder sollte die gleichen Möglichkeiten zu lernen und zu arbeiten haben und jeder sollte seine Meinung sagen können.«
»Wenn du das schreibst und viele Leute lesen es, wird es dann besser werden?«
»Ich fürchte nein, meine Kleine. Es gibt zu viele Menschen, die nur ein Interesse daran haben, daß es ihnen allein besser geht, denen es ganz gleichgültig ist, wie die anderen leben.«
»Und du kannst es nicht ändern mit deinen Büchern? Wenn alle wissen, daß vieles schlecht ist, dann muß man es doch ändern können ...« Das Bild verblaßt und ein Schiff steigt herauf – man sollte meinen, es handele sich um ein Unterseeboot, weil es jedesmal aus dem Untergrund, von dem nicht genau auszumachen ist, ob er aus Wasser oder aus welchem Stoff auch immer ist, emporsteigt. Ich kenne es gut, es gehört zum Standardprogramm meiner Träume, dieses überbelichtete Bild eines riesigen, weißen Schiffes, das in übertriebener Langsamkeit den Horizont abmißt und auf dem sich nur zwei Menschen befinden: Tando und Rudolf. Sie winken unablässig, winken und winken, bis das Schiff sich im Horizont auflöst und die Klappe fällt ...
Zwei Jahre hatten sie bleiben wollen in Amerika, fünfzehn sind daraus geworden. Eine neue Karriere für Ru-

dolf – oh nein, es ist ihnen nicht schlecht gegangen, und in mancher Hinsicht müssen es wunderbare Jahre gewesen sein, abgesehen von dem ewig nagenden Heimweh, unter dem besonders Rudolf litt. Heimweh nach diesem Land, in dem auch seine Bücher, die nichts hatten ändern oder gar verhindern können, verbrannt wurden. Als er endlich hätte zurückkommen können, hatte ihn die Krankheit bereits gezeichnet. Tando war allein zurückgekehrt. Ihre Konstitution erwies sich als überaus stabil und besiegte schließlich ihren Schmerz, von dem alle geglaubt hatten, daß er sie vernichten würde. In ihrer schönen Altbauwohnung im Berliner Westend verwaltet sie seinen literarischen Nachlaß, verbringt immer noch viele Stunden im Archiv inmitten seiner Bücher, Schriften, Briefe. Aber Tando ist für das Alleinleben nicht geschaffen. Eine Zeitlang hat Lara bei ihr gewohnt, doch es war vorauszusehen, daß dies auf die Dauer nicht gutgehen konnte. Irgend jemand fand immer einen Platz in ihrer für sie allein ohnehin zu großen Wohnung, einer, der vorübergehend in der Stadt weilte oder dem das Geld für eine andere Unterkunft fehlte. Und einer von ihnen ist dann geblieben, ein alter Mime, immer noch gut beschäftigt und allein wie sie. »Wir brauchen uns«, sagte sie bei meinem letzten Besuch, »ich bin alt geworden und, du darfst nicht vergessen, daß ich amputiert bin, seitdem ich ohne Rudolf leben muß . . .«

Ich werde sie besuchen. Ja, sobald es möglich ist, werde ich Urlaub nehmen und nach Berlin und später nach Hause fahren. Zu Hause werden mich die Eltern erwarten, nichts kann mir dort passieren. Jedesmal, wenn ich dort bin, falle ich auf den Zauber dieser meiner Stadt herein. Ein paar vereinzelte Zufallsbomben in den letzten Kriegstagen – mehr hat sie nicht abbekommen. Die Schönheit der Altstadt ist unversehrt, ihre Fachwerkhäuser sind restauriert, und nachdem die schmalen Straßen und winkligen Gassen dem wachsenden Verkehr nicht mehr gewachsen waren, hat man die Autos aus der Innenstadt verbannt und hier wie vielerorts eine Fußgängerzone geschaffen, in der man ungestört flanieren oder sich auf von Blumenkübeln flankierten Bänken ausruhen kann. Schwedenbusse spucken Touristen aus, die nicht müde werden, das Schloß und die historischen Baudenkmäler im Bild festzuhalten.

Provinz – was heißt hier Provinz? Möglich, daß der Rhythmus eine Spur schwerfälliger ist, daß sich unversehens ein paar Walzertakte in die Stadtmelodie mogeln. Aber die Rockgruppe auf dem samstags stattfindenden Flohmarkt ist heiß. Im Zeitalter der Massenmedien benötigen neue Impulse keineswegs mehr Jahre, bis sie hier ankommen. Und immer wieder falle ich darauf herein, auf dieses trügerische Gefühl: Hier ist die Welt wenigstens um eine Spur mehr in Ordnung als anderswo, als zum Beispiel in der Großstadt, in der ich lebe, falle herein auf diesen verführerischen Schein. Verstehe nicht, warum mein Lyrikerfreund mir aus dieser Stadt schreibt: Ich ersticke hier. Gehe verstört am Abend mit Dithas Tochter durch die – zugegeben nur drei – Diskotheken. Das heißt, wir kommen gar nicht erst hinein. Auf ihre hoffnungsvolle Frage: Ist Tina hier? wird sogleich der Eingang blockiert, und Stimmen äffen in allen Tonarten ihre Frage nach: Ist Tina hier ... Ist Tina hier ... Ja, wo ist denn nur die liebe kleine Tina? ...

Zwei angstvolle Tage, zwei schlaflose Nächte, ausgefüllt mit Telefonieren, Warten und vergeblichem Suchen, haben das Gesicht der Mutter gezeichnet. Sie ist völlig erschöpft, als wir unsere Exkursion schließlich auf der Polizeiwache beenden, während der Vater zum wiederholten Male sämtliche Freundinnen und alle überhaupt nur erdenklichen Möglichkeiten mit dem Auto abfährt. »Sechzehn Jahre, sagen Sie? Ach, wissen Sie, da verschwinden doch täglich Jugendliche im Underground – wenn wir uns auch noch darum kümmern wollten.« Der Polizist, noch jung und ziemlich ungerührt, gähnt ausgiebig, dann kommt aber doch so etwas wie Teilnahme in seinen Blick. »Sie kommen wieder, glauben Sie mir, die meisten kommen wieder – spätestens wenn sie Hunger und kein Geld mehr haben.«

»Mir stinkt's!!!« steht auf dem Zettel, der auf dem Tisch ihres schick möblierten Jugendzimmers mit Television und Stereoanlage lag, mehr nicht ...

»Ist sie nicht zauberhaft, diese Stadt, geradeso als sei die Zeit hier stehengeblieben«, höre ich eine Touristenstimme und die Bezeichnung »Underground« erscheint mir denn doch stark übertrieben ... Und der Junge im Matrosenanzug – plötzlich wieder im Bild – kommt mir im Rahmen eben dieser Stadt auf einmal irgendwie bekannt vor ... Ich stehe auf der Brücke. Das Häuschen am Wehr, in dem immer noch alle Kinder zu

wohnen sich wünschen, ist frisch gestrichen und sieht wie ein Spielzeughaus aus. Die Brücke vibriert unter dem dröhnenden Verkehr, denn hier enden die Umleitung, und die Fahrzeuge haben wieder freie Fahrt. Ich blicke über das bräunlich-trübe Wasser hinüber zum Flußufer. Von der ehemaligen Hiller-Villa ist nur mehr das Dach zu erkennen, so hoch sind die Bäume im Park gewachsen. »Eigentlich ist er recht lustig, dieser Hut mit den Erdbeeren . . .« Wer spricht hier von Hut, ausgerechnet zu mir, die Hüte seit jeher verabscheut? Das Wasser ist nicht mehr brühig, sondern klar, mit sommerlichem Wellengekräusel, auf dem tatsächlich ein Hut, dieser Pfingsthut aus feinem Stroh mit Erdbeeren aus rosa Seide geschmückt, schaukelt. Man sieht ihm nicht an, daß er voll Zorn in den Fluß geschleudert wurde, so friedlich-naiv tanzt er ahnungslos über spielerische Wellen auf das gefräßige Wehr zu.
Ich wende mich ab, überquere die Straße hinter der Brücke, und während ich die Stufen zum alten Friedhof hochsteige, weiß ich, daß Wilfried mir folgt. An einem verfallenen Grabstein holt er mich ein, redet mir gut zu: So bös war es doch nicht gemeint, das mit dem Hut – und plötzlich, mehr aus Versehen, küssen wir uns. Der steinerne Engel, schon etwas beschädigt, schwankt bedenklich, und dieser unvermeidliche Junge im Matrosenanzug geht langsam, mit abgewandtem Gesicht, vorbei. Ich lasse Wilfried zurück und laufe ihm nach, diesem Jungen im Matrosenanzug, der jetzt stehengeblieben ist und auf mich wartet. Sein Gesicht ist mir zugewandt – wie vertraut es mir plötzlich ist . . .

– Endlich erkennst du mich wieder. –
– Endlich bist du wiedergekommen. Heute, an einem Tag, an dem ich dich brauche. Und hatte dich doch schon vergessen in all den Jahren. –
– Nicht vergessen. Nur meinen Namen wolltest du nicht mehr wissen und diesen lächerlichen Matrosenanzug, den ich längst nicht mehr trage, mochtest du absolut nicht. Aber deine Tagebücher – waren sie nicht Briefe an mich, und deine Gedanken, waren sie nicht Gespräche mit mir? –
– Ich denke oft in Dialogen, das gebe ich zu, es ist eine Marotte von mir. –
– Eine Marotte, nein. Jeder braucht den Dialog. Menschen, die keinen Gesprächspartner haben, sprechen mit sich selbst. –
– Ich, ich hatte Martin ... meine Stimme rutscht ab. Tonausfall – wie ärgerlich. –
– Ja, ich weiß, du hattest Martin. Aber gib es doch zu: Eure Gespräche waren mühsam geworden, Worte liefen aneinander vorbei, und die Zeit, wo der eine aussprach, was der andere dachte, ist lange schon vorbei. –
– Das stimmt. Ich habe ja auch alles gründlich bedacht, es ist durchaus keine Spontanentscheidung, aber heute morgen, vor jenem Gerichtssaal diese plötzliche Vertrautheit, die hat mich unsicher gemacht. Wie, wenn dieser neue Anfang in Wahrheit ein jämmerliches Versagen wäre? Die Treppe, diese entsetzlich vielen Stufen, die abwärts führten ... –
– Du wirst noch viele Stufen hinauf- und hinabgehen. Hab keine Angst, so hab doch keine Angst – mehr Stu-

fen, als du verkraften kannst, werden es nicht sein. –
– Werde ich es schaffen? Ich, ich habe wirklich plötzlich Angst. Vielleicht habe ich mich überschätzt, vielleicht bin ich gar nicht die selbständige Frau, die Unabhängigkeit und Eigenverantwortung begehrt. –
– Du hast diesen Weg gewählt, jetzt mußt du auch den Mut haben, ihn zu gehen. Du wirst es schon schaffen, Anne, ganz bestimmt wirst du es schaffen! –

Ich stoße auf etwas Hartes: die Bank im Stadtwald. Mein Nacken ist auf ihre rauhe Holzlehne geschlagen – ich muß etwas eingeduselt sein. Seltsam, diese Phase zwischen Bewußtsein und Traum, wenn für Sekunden die Zeit aufgehoben ist und die Bilder ineinander übergehen.
Ich reibe den schmerzenden Nacken und richte mich hoch. Vom anderen Ufer des Weihers dringen Stimmen. Frauenstimmen und helle Kinderstimmen. Die Sonne ist hinter den Bäumen verschwunden. Ich fröstele plötzlich und stehe auf. Einen Augenblick ist mir, als hätte jemand neben mir auf der Bank gesessen. Die Tage werden schon merklich kürzer – ich darf keine Zeit mehr verlieren, wenn ich noch im Hellen nach Hause kommen will.